Andreas Schmidt
WattenMord

AF202055

Bibliografische Information der Deutschen Nationalbibliothek
Die Deutsche Nationalbibliothek verzeichnet diese Publikation in der
Deutschen Nationalbibliografie; detaillierte bibliografische Daten sind im
Internet abrufbar über http://dnb.ddb.de

2. Auflage, 2013

© 2012 CW Niemeyer Buchverlage GmbH, Hameln
www.niemeyer-buch.de
Alle Rechte vorbehalten
Der Umschlag verwendet ein Motiv von shutterstock.com,
Ocean storm Nejron Photo 2012
Printed in Germany
ISBN 978-3-8271-9511-1

Andreas Schmidt

WattenMord

CW Niemeyer N

Für meine Mutter.
Einfach mal, um danke zu sagen!

Über den Autor:

Andreas Schmidt ist verheiratet und Vater zweier Kinder, er lebt und arbeitet mit seiner Familie in Wuppertal. Die Leidenschaft für das Schreiben entdeckte er als Jugendlicher; so schrieb er als Schüler diverse Kurzgeschichten und arbeitete an Schülerzeitungsprojekten mit. Nachdem er zahlreiche Heftromane für große Verlage geschrieben hatte, gab er 1999 mit „In Satans Namen" sein Krimi-Debüt. 2002 gelang ihm mit „Das Schwebebahn-Komplott" der Durchbruch. Inzwischen sind sechs Wuppertal-Krimis, eine Anthologie sowie der Thriller „Mein ist die Nacht" erschienen. Seit 2008 ist er hauptberuflich als Autor und Texter für verschiedene Agenturen und Verlage sowie als Freier Redakteur tätig.

Mehr über Andreas Schmidt und seine Aktivitäten erfahren Sie unter www.andreasschmidt.org

EINS

Husum, Badestrand Dockkoog, 7.30 Uhr

Als sie die Deichkrone erreicht hatte, bot sich ihr ein einzigartiger Ausblick auf das Meer. Ja, dachte sie zufrieden, so fühlt sich Freiheit an. Wie jeden Samstag hatte sie sich in aller Frühe aufgemacht, um ein paar Runden am Husumer Badestrand zu joggen. Wiebke Ulbricht verlangsamte ihre Schritte und war froh, ihren Puls wieder unter Kontrolle zu haben. Die Luft roch frisch und würzig, genau so liebte sie es. Langsam eroberte die See das Watt zurück, und nur ein sanfter Wind strich über die Grasbüschel auf dem Deich. Eine Möwe kreischte über ihrem Kopf und zog dann in östliche Richtung davon.

Die junge Kommissarin genoss die Ruhe und Einsamkeit, die hier herrschten, bevor die ersten Badegäste eintrafen.

Um diese Zeit lagen die Strandkörbe noch verlassen da. Wiebke genoss die Stille, die nur vom Rauschen des Meeres überlagert wurde. Soeben brach die Sonne durch die Wolken und zauberte ihr einzigartiges Licht auf die Wiesen und den Strand. Das morgendliche Joggen war für Wiebke Ulbricht Balsam auf der Seele und der nötige Ausgleich, um von der Hektik im Job abzuschalten.

Neben ihr lag jetzt das „Nordsee-Hotel". Bald schon würde sich hier etwas tun, und Wiebke wusste nicht, ob sie die geplanten Umbauarbeiten als gut oder schlecht bewerten sollte. Ein Investor plante, am Dockkoog einen Ferienpark zu errichten. Dazu würden das alte Hotel und der benachbarte Campingplatz für immer weichen müssen. Während die Stadtväter einen Vorteil in den Plänen des Bauherrn sahen – immerhin sorgte er mit seiner Investition für zusätzliche Gewerbesteuer und Arbeitsplätze – gingen Naturschützer schon seit mehr als einem Jahr gegen das Bauvorhaben auf die Barrikaden. Es verging kein Tag, an dem es keinen Artikel über das geplante Ferienressort am Dockkoog in den Husumer Nachrichten gab. Nach dem augenblicklichen Stand der Dinge sollte das alte „Nordsee-Hotel" dem Erdboden gleichgemacht werden. Doch der Besitzer weigerte sich, zu verkaufen. Wahrscheinlich, so unterstellte man ihm hinter vorgehaltener Hand, wollte er den Preis für sein Grundstück damit in die Höhe treiben, um sich dann zur Ruhe zu setzen.

Eine Bürgerinitiative wehrte sich gegen das Ferienressort und machte in Husum Stimmung, doch der Investor, ein Immobilienkaufmann aus Flensburg, ließ sich vom Einsatz der um die Umwelt besorgten Bürger nicht von seinem Vorhaben abbringen. Auch die Unterschriftensammlung der Menschen, die sich gegen das Ressort am Badestrand ausgesprochen hatten, konnte den Immobilienkaufmann nicht dazu bewegen, an einer anderen Stelle zu bauen. Nur der Besitzer des „Nordsee-Hotels" stellte noch eine Hürde dar.

Während Wiebke weiterjoggte, fragte sie sich, wann er dem Druck nachgab und endlich verkaufte. Im Grunde war es ihr egal, ob man hier baute oder nicht. Sicherlich brachten solche Änderungen eine Menge Vor-, aber auch viele Nachteile. Doch sie war Polizistin und kannte sich weder mit dem Geschäft der Spekulanten, noch mit der Ökologie genügend aus, um sich ein Urteil zu erlauben.

Außerdem war ihr Privatleben turbulent genug, hatte sie doch die letzte Nacht mit ihrem Freund Tiedje verbracht. Er war wieder einmal völlig unangemeldet bei ihr zu Hause in Ostenfeld aufgetaucht, hatte Blumen und eine Flasche Wein mitgebracht und sie mit seinem treuen Hundeblick angeschaut, sodass sie ihn nicht fortschicken wollte. Unwillkürlich zweifelte Wiebke daran, ob „Freund" die richtige Bezeichnung für ihr Verhältnis zu Tiedje war. Zwei Jahre lang waren sie ein Paar, und Wiebke war fest davon überzeugt gewesen, an seiner Seite alt zu werden. Doch er hatte darunter gelitten, als sie die Stelle bei der Kripo in Husum angenommen hatte. Zu wenig Freizeit, und wenn ein Einsatz anstand, kam es durchaus vor, dass sie sich ein paar Tage lang überhaupt nicht sahen. Die freie Zeit hatte Tiedje genutzt, um sich ein neues Mädchen anzulachen. Wiebke hatte er damit das Herz gebrochen. Sie hatte wochenlang darunter gelitten und sich fest vorgenommen, sich nie wieder mit ihm einzulassen. Doch irgendwann war er bei ihr aufgekreuzt und hatte sie überzeugt, dass sie die richtige Frau für ihn sei. Und zwar nur sie.

Dennoch war das Verhältnis seitdem angespannt. Wie sagte man neudeutsch? Sie führten eine On-Off-Beziehung. Eine feste Beziehung hatten sie nicht mehr. Nur ab und zu, wenn sie sich nach einer starken Schulter und körperlicher Nähe sehnte, dann sahen sie sich und verbrachten auch eine Nacht zusammen. Am nächsten Morgen verschwand er dann wieder nach Kiel, wo er lebte. Sie wusste nicht, was er dort trieb, und wenn sie ehrlich zu sich war, dann wollte sie es auch gar nicht wissen. Wiebke versuchte sich damit abzufinden, Single zu sein. Sie hatte in den letzten Monaten einen unsichtbaren Schutzwall um sich errichtet, um Tiedje auf der nötigen Distanz zu halten. Auf gar keinen Fall wollte sie zu viele Gefühle in ihn investieren. Nicht, um eines Tages wieder von ihm enttäuscht zu werden.

Wiebke verlangsamte ihre Schritte und sog die würzige Meeresluft tief in ihre Lungen ein. Sie ließ den Blick über die Stelle schweifen, an der das Ferienressort entstehen sollte. In der Zeitung hatte sie Fotomontagen gesehen, in denen man darstellte, wie es hier bald schon aussehen könnte.

Das dumpfe Tuckern eines Schiffsdiesels riss sie aus den Gedanken. Wiebke blickte auf die Nordsee hinaus. Die „Argus", ein im Husumer Hafen beheimateter Krabbenkutter, ging auf Fang. Schemenhaft erkannte sie den Käpt'n auf der Brücke. Während der 250 PS Cummins-Diesel gegen die Wellen anstampfte, klappten die Arme der Fangnetze über die Bordwände. Wenn der siebzehn Meter lange Kutter von seiner Fahrt zurückkehrte, würde man die fangfrischen Fische und Krabben sofort auf die wartenden Lastwagen verfrachten.

Auch wenn die Klagen der Fischer immer lauter wurden, so hatte der Anblick des blauen Kutters doch etwas Romantisches, fand Wiebke. Sie trabte weiter, ohne nach vorn zu blicken.

Prompt prallte sie mit einem stabilen Mann zusammen. Ein keuchender Laut kam über seine spröden Lippen, während er Wiebke böse anblickte.

„Haben Sie keine Augen im Kopf?", fragte er.

„Entschuldigung, aber ich war in Gedanken", erwiderte Wiebke peinlich berührt.

„Schon gut, ist ja nichts passiert." Er lächelte versöhnlich.

Wiebke glaubte zumindest, dass der Mann lächelte. Denn von seinem runden Gesicht konnte sie nicht viel erkennen – es verbarg sich hinter einer dunkelblauen Pudelmütze, buschigen Augenbrauen und einem dichten Vollbart. Im Mundwinkel klemmte eine längst erkaltete Pfeife. Mit seiner blauweiß gestreiften Arbeitsjacke, den Gummistiefeln und der verblichenen Hose sah der Mann aus, als käme er geradewegs von Bord der „Argus".

Wiebke schätzte ihn auf knapp zwei Meter; sein Alter vermochte sie nur grob zu erahnen und sie tippte, dass er Mitte dreißig war. Der Bart machte ihn älter.

„Ist das nicht ein Jammer?", fragte der Hüne jetzt und blickte an Wiebke vorbei. Bei jedem seiner Wörter wippte die Pfeife zwischen seinen Lippen.

Sie wusste nicht, wovon der Fremde sprach und wandte sich um. Schräg hinter ihr lag das „Nordsee-Hotel".

„Was ist ein Jammer?"

„Na, das alles wird bald der Vergangenheit angehören. Und die Umwelt gleich mit." Er schüttelte den Kopf, so, als könne er seinen Worten selbst keinen Glauben schenken. „Es ist ein Skandal allererster Güte, was hier passieren soll."

Jetzt verstand Wiebke. „Sie meinen die Baupläne für das Ferienressort?"

Er nickte mit ernster Miene. „Da kann man schon mal unkonzentriert über den Deich joggen, wie Sie es getan haben. Dieser Heiners ist ein aalglatter Geschäftsmann. Er schert sich nicht darum, was er hier anrichtet, solange er seine Gewinne optimieren kann. Als wenn seine Bausünden auf Sylt nicht genügen würden."

„Sylt?"

„Ja, Heiners hat eine ähnliche Siedlung vor einigen Jahren auf Sylt verbrochen. Die Natur hat eben den Kürzeren gezogen, so einfach ist das."

„Und Sie setzen sich für den Schutz der Natur hier am Dockkoog ein", mutmaßte Wiebke, die eigentlich nicht vorhatte, sich mit einem fremden Mann über die Pläne eines Immobilienmaklers zu unterhalten. Längst schon war der Dockkoog zum Politikum geworden.

„Sozusagen, ja."

Er hielt Wiebke seine große Pranke hin. Sie war nicht grob, sondern trotz ihrer Größe fast feminin. Den Tick, bei einem Mann zuerst auf die Hände zu achten, hatte sie wohl von ihrer Mutter geerbt, die immer gesagt hatte, dass die Hände eines fremden Mannes ganze Geschichten erzählen konnten. Wiebke betrachtete unauffällig die gepflegten Hände ihres Gegenübers. Diese Hände waren keine harte Arbeit gewohnt.

„Mein Name ist Torben Schäfer. Und ich habe die Bürgerinitiative ‚Rettet den Dockkoog' ins Leben gerufen." Nun grinste er.

„Und dabei bin ich schon des Öfteren mit Heiners angeeckt."

„Kann man davon denn leben?"

„Das ist Ehrenamt." Schäfer winkte ab. „Im wahren Leben bin ich Lehrer an der Hermann-Tast-Schule, aber der Erhalt des Naturschutzgebietes am Dockkoog ist meine Herzensangelegenheit."

Wiebke tippte darauf, dass Schäfer Biolehrer war, schwieg aber. Wahrscheinlich mussten seine Schüler zahlreiche Wattwanderungen mit ihm unternehmen.

„Nun denn, ich muss weiter. Aber wenn Sie mögen, kommen Sie doch einfach am nächsten Freitag in die Aula unserer Schule. Dort findet eine Podiumsdiskussion statt. Sogar Heiners hat sein Kommen angekündigt." Schäfer strich sich durch den pelzigen Bart und griente kampflustig. „Na, der soll sich mal warm einpacken."

Wiebke lächelte freundlich zurück, murmelte „ich überleg es mir" und verabschiedete sich von Torben Schäfer. Sie mochte Menschen, die wussten, was sie wollten. Und zu dieser Sorte gehörte der Lehrer ganz bestimmt. Vielleicht sollte sie sich die Podiumsdiskussion wirklich anschauen.

ZWEI

Oldenswort, 5.35 Uhr

Als sie die Augen aufschlug, wehte ein verführerischer Duft nach frischem Kaffee durch die Wohnung. Mit dem Erwachen lag ein glückliches Lächeln auf Beke Frahms Lippen. Sie rekelte sich wohlig auf dem Laken ihres Betts und blinzelte in die Sonne, die durch das Fenster ins Zimmer fiel und das Mobiliar in ein warmes Licht tauchte. Beke blickte auf den altmodischen Wecker, der auf dem kleinen Nachtschrank neben dem Bett stand und ein metallisches Ticken erzeugte.

Halb sechs, höchste Zeit, zu Potte zu kommen. Beke schlug die dünne Bettdecke zurück und stand auf. Wie immer hatte sie nackt geschlafen. Im Sommer verzichtete sie auf Nachtwäsche. Und selbst wenn sie welche getragen hätte, dann wäre sie spätestens dem Nahkampf mit Peer Hansen in der letzten Nacht zum Opfer gefallen. Ihr Herz schlug ein paar Takte schneller, als sie an ihren Freund dachte, der gut gelaunt in der Küche herumwerkelte und laut, aber falsch, zur Musik aus dem Radio mitsang. Es war eine seltsame Liebe, die das Paar seit einigen Monaten miteinander verband. Er war fünfundzwanzig Jahre älter als sie und verheiratet. Wirklich viel wusste sie nicht von ihm, außer dass er in der Geschäftsführung eines Husumer Unternehmens am Außenhafen arbeitete und dort einige Leute unter sich hatte. Peer verdiente gut und fuhr einen dicken Wagen, doch das war es nicht, was die junge Frau an ihm faszinierte.

Sie litt nicht unter einem Vaterkomplex, doch seine erfahrene Art machte ihn unwiderstehlich für Beke: Peer war einfühlsam, konnte stundenlang mit ihr ernsthafte Gespräche führen und im nächsten Moment herzlich mit ihr lachen. Er hatte eine Vorstellung von seinem Leben ... und er war ein unglaublich guter Liebhaber. Unter seinen Händen vergaß Beke jedes Mal den Altersunterschied, der sie trennte. Nur der Umstand, dass er verheiratet war, bereitete ihr Kopfzerbrechen. Niemals hatte sie vorgehabt, eine Ehe zu zerstören. Doch Peer versicherte ihr immer wieder, dass seine Ehe nur noch auf dem Papier bestand und dass auch seine Frau ein sehr ausschweifendes Liebesleben führte.

Außerehelich, versteht sich – das fügte er immer mit einem säuerlichen Gesichtsausdruck hinzu, wenn sie wieder einmal darüber sprachen. Doch sie sprachen selten darüber, und Beke versetzte es jedes Mal einen Stich ins Herz, wenn er nach einer leidenschaftlichen Nacht in den frühen Morgenstunden wieder zu seiner Frau fuhr.

Sie wischte die trüben Gedanken fort und trat an das Schlafzimmerfenster. Albers schlich schon wieder über den ehemaligen Schulhof. Der alte Mann hatte immer etwas zu tun. Heute kümmerte er sich um sein kleines Beet am Rande des sonst eher heruntergekommenen Hofes. Die Blumen standen in voller Blüte, und Vogelgezwitscher drang durch den Spalt des offenen Fensters an ihre Ohren. Die Luft roch herrlich, und Beke schlüpfte in den dünnen Morgenmantel, der über der Lehne des Stuhls hing. Barfuß ging sie in die Küche, lehnte schmunzelnd im Türrahmen und beobachtete Peer, der gerade eine Portion Rührei zubereitete und ihr den Rücken zukehrte. Den wackligen

Tisch hatte er liebevoll gedeckt. Gut sah er aus in seinem hellblauen Hemd und der Baumwollhose. Damit keine Fettspritzer aus der Pfanne auf seinem Hemd landeten, hatte er sich ihre Küchenschürze übergezogen.

Peer war groß und breitschultrig, sein kurzes dunkles Haar von einzelnen silbernen Fäden durchzogen. Er legte Wert auf ein gepflegtes Äußeres; wahrscheinlich lag das auch an seinem Job als Geschäftsführer.

Beke konnte nicht anders – sie schlich sich von hinten an ihn heran und schlang ihre Arme um seinen Körper. Er unterbrach sein Treiben und genoss, wie sie sich an ihn schmiegte. Eilig nahm er die Pfanne von der Platte und schaltete den Herd aus. Dann drückte er Beke sanft fort und drehte sich zu ihr um.

„Guten Morgen, mein Schatz", sagte er und lächelte sie glücklich an. Bevor sie antworten konnte, verschloss er ihre Lippen mit einem Kuss. Seine Hände glitten unter den Morgenmantel, lösten den Gürtel und streiften ihr den dünnen Stoff von den Schultern. Raschelnd glitt das leichte Kleidungsstück zu Boden. Peer bedeckte ihre Haut mit Küssen und ließ dabei keine Stelle aus. Es dauerte nicht lange, bis sie wohlig erschauderte, die Augen schloss und den Kopf in den Nacken warf.

„Ich bin spät dran", flüsterte sie zwischen zwei Küssen, doch Peer legte ihr einen Finger auf den Mund und bedeutete ihr zu schweigen. Sanft drückte er sie gegen die Arbeitsplatte und setzte seine Liebkosungen fort. Als er vor ihr auf die Knie sank und seinen Kopf in ihrem Schoß barg, war ihr Widerstand wie weggeblasen. Sie konnte nicht anders, spreizte die schlanken Schenkel und hob das Becken an.

Wieder einmal hat er mich verzaubert, dachte Beke, dann schaltete sie den Verstand ab und sehnte herbei, ihn endlich ganz zu spüren. Dieser Mann war der blanke Wahnsinn. Und er war wie gebaut für Beke Frahm.

Multimar Wattforum, Tönning, 7.40 Uhr

Die Adresse „Am Robbenberg" war Programm: Hier lag das Multimar Wattforum in Tönning. Der Architekt hatte wohl einen mächtigen Ozeanriesen im Kopf gehabt, als er die Entwürfe für das Hauptgebäude angefertigt hatte. Große Glasflächen und runde Fenster, die an Bullaugen erinnerten, unterstrichen den Eindruck, dass es sich bei dem Gebäude um ein Kreuzfahrtschiff handeln könnte. So schien das Multimar Wattforum wie ein majestätisches Schiff gleich neben dem Deich vor Anker zu liegen. Seit seiner Eröffnung 1999 hatten mehr als zwei Millionen Besucher den Weg nach Tönning gefunden, um sich von der Unterwasserwelt der Nordsee verzaubern zu lassen. Längst hatte sich die Einrichtung bei Schulklassen und Touristen als Geheimtipp herumgesprochen. Beke erfüllte es mit Stolz, hier arbeiten zu dürfen.

Wolken schienen über das Flachdach des Gebäudes nach Osten zu kriechen.

Obwohl sie die sieben Kilometer von ihrem Wohnort Oldenswort normalerweise mit dem Fahrrad zurücklegte, hatte sie sich heute ausnahmsweise von Peer mit dem Auto bringen lassen.

Nach ihrem leidenschaftlichen Liebesspiel am Morgen war sie spät dran. Doch sie bereute nichts und war froh, dass Peer sie nach Tönning fahren konnte. Abgesehen davon, dass sie seine Anwesenheit im Auto noch ein paar Minuten länger hatte genießen können, war

15

es ihr gelungen, in buchstäblich letzter Minute zum Dienst zu erscheinen.

Mit einem leidenschaftlichen Kuss verabschiedeten sie sich voneinander. Sofort kribbelte es wieder in Bekes Schoß, und als er seine Hände an den Innenseiten ihrer Schenkel hochgleiten ließ, kam ein leises Stöhnen über ihre Lippen. Dieser Mann machte sie verrückt; er wusste genau, welche Knöpfe er drücken musste, um ihre Lust zu wecken. Widerwillig entzog sie sich seinen Liebkosungen. „Ich bin spät dran", murmelte sie heiser und brachte ein Lächeln zustande. Es dauerte einen Moment, bis sich ihr Puls wieder normalisiert hatte. „Sehen wir uns heute Abend?" Sie wusste nicht, ob sie es so lange ohne Peer aushielt, verzehrte sie sich doch jetzt schon wieder nach ihm.

Er nickte. „Ich komme später, aber ich werde kommen." Nun legte er den Kopf schräg. „Haben wir den Abend denn für uns, oder müssen wir noch mal los, so wie gestern?"

„Ich hatte nur etwas vergessen, mehr nicht", erwiderte sie hastig und öffnete die Beifahrertür. Ein frischer Wind wehte ins Wageninnere und spielte mit ihrem Haar. Ein letztes Mal beugte sie sich zu ihm herüber und hauchte ihm einen Kuss auf die Lippen, dann stieg sie aus. „Bis heute Abend also."

Er nickte. „Bis heute Abend."

Nachdem sie die Tür ins Schloss gedrückt hatte, legte er einen Gang ein und wendete den Mercedes, bevor er mit quietschenden Reifen den Personalparkplatz verließ.

Wehmütig blickte sie ihm hinterher. Nachdem der schwere Wagen um die nächste Biegung verschwunden war, versuchte sie sich auf den Job zu konzentrieren. Als Ausstellungsbetreuerin hatte sie die ehrenvolle Aufgabe, die Anlage „hochzufahren", wie man den ersten Rundgang durch die Ausstellung intern nannte.

Das Wetter war in der letzten halben Stunde umgeschlagen; dichte Wolken hatten sich vor die Sonne geschoben. Der feine Sprühregen durchnässte ihr Haar und überzog Bekes Kleidung wie ein nasses Netz.

Beke betrat das Wattforum durch den Diensteingang, der sich seitlich am Hauptgebäude befand. Nachdem sie sich an der elektronischen Stechuhr eingeloggt und ihre Arbeitszeit offiziell begonnen hatte, fand sie sich in einem Treppenhaus wieder. Steile Stufen führten nach oben. Rechts gab es eine Kaffeeküche. Beke streifte die Jacke ab und hängte sie an den Haken, bevor sie sich an der Kaffeemaschine zu schaffen machte. Als die Maschine ihr asthmatisches Röcheln von sich gab, verließ Beke den Raum und holte von nebenan einen Putzlappen aus einer kleinen Kammer. Hier hing auch ihre dunkelblaue Weste mit dem weißen Multimar-Logo auf der Brust. Sie schlüpfte hinein und setzte ihren Weg fort. Durch eine feuerfeste Tür gelangte sie in die eigentliche Ausstellung. In den Aquarien herrschte Dunkelheit; die Beleuchtung der Becken wurde jahreszeitabhängig über Zeitschaltuhren gesteuert. Erst gegen neun Uhr, wenn die ersten Besucher die Ausstellung betraten, würde die hier versammelte Unterwasserwelt zum Leben erwachen.

Beke tauchte in die Fauna der Nordsee ein und ließ sich von dem hier herrschenden Dämmerlicht verzaubern. Die Meeres- und Wattbewohner schienen noch zu schlafen. Eine fast surreale Welt umgab sie, und Beke genoss den Augenblick der fast meditativen Stille hier unten. Sie liebte den Morgenrundgang, die Stunde der Einsamkeit, bevor die Besucher in das Zentrum stürmten und Kinderlachen und Stimmengewirr allgegenwärtig waren. Die junge Frau befreite die Scheiben der einzelnen Becken von Fingerabdrücken, die man auf den unbeleuchteten Aquarien gut erkennen konnte. Ab und zu huschten Schatten an ihr vorüber; Fische, die durch ihre Arbeit angelockt wurden.

Das Walhaus wurde von der Nachbildung des achtzehn Meter langen Pottwals, der unter der hohen Decke zu schweben schien, beherrscht. Beke fand es ein wenig unheimlich, dass man den Meeresgiganten unter Verwendung eines echten Skeletts nachgebildet hatte. Nachdem sie sich davon überzeugt hatte, dass auch die kleinen Kabinen, in denen die Besucher den Walgesängen lauschen konnten, sauber waren, führte Bekes Weg sie zu ihrem persönlichen Highlight der Ausstellung: Dem Großbecken mit knapp dreihunderttausend Litern Wasser. Zweimal wöchentlich stieg ein Taucher ins Wasser, um die Fische vor den Augen der Zuschauer zu füttern. Der Raum vor dem großen Aquarium erinnerte dabei an einen Uni-Hörsaal: Stufenförmig waren Bänke angelegt worden, die den Besuchern ermöglichten, hier mit den Bewohnern der Nordsee auf Tuchfühlung zu gehen. Während das Forum tagsüber abgedunkelt war, brannte jetzt das Arbeitslicht. Von hier unten aus wirkte der hohe Raum fast zylindrisch. Bevor sie sich an das Reinigen der großen Scheibe machte, betrat sie einen kleinen Nebenraum, den sie „die Grotte" nannte. Durch ein Seitenfenster konnten die Besucher in das nachgebildete Riff blicken. Durch unsichtbare Lautsprecher wurden sphärisch anmutende Klänge eingeblendet. Beke atmete tief durch, dann befreite sie das Fenster von Fingerabdrücken. Als ein Schatten, schnell wie ein Blitz, nur wenige Zentimeter jenseits der dicken Scheibe an ihr vorbeischoss, zuckte sie zurück. Um ein Haar hätte sie geschrien.

„Mann, hast du mich erschreckt", murmelte Beke, als sie im Dunkel des Beckens einen Stör erkennen konnte, der nervös seine Bahn durch das Wasser zog und sie bei der Arbeit zu beobachten schien. Nachdem sich Bekes Herzschlag normalisiert hatte, setzte sie ihre Arbeit fort und sorgte für Ordnung und Sauberkeit in dem kleinen Raum mit der niedrigen Decke. Sie bemerkte, dass sich noch nicht so viele Tiere an der Scheibe aufhielten, wie es sonst der Fall war, wenn sie morgens als Erste die Ausstellung besuchte.

Beke umrundete die kleine Grotte und stand im Forum. Bei den Vorführungen fanden hier gut einhundertdreißig Personen Platz, um das einzigartige Unterwasser-Spektakel aus nächster Nähe beobachten zu können. Doch so hell erleuchtet hatte der Raum seinen fast mystischen Charme, den er bei Dunkelheit und beleuchtetem Aquarium besaß, verloren. Trotzdem genoss die junge Frau die Stille und nahm sich einen Augenblick Zeit. Sie setzte sich auf die unterste Bank und betrachtete das Treiben im Großbecken. Das Wasser selbst war gefiltert und wurde von Eiweiß gereinigt. Trotz der schlechten Lichtverhältnisse erkannte sie die leichte Strömung um den nachgebildeten Felsen in der Mitte des Beckens, die Algen und feinste Partikel vor sich hertrieb. Und da war noch etwas, das sie verwunderte: Auf dem Boden des Aquariums wimmelte es von Fischen. Es schien, als hätten sich alle Tiere, die in dem Becken lebten, an einer Stelle versammelt. So etwas war außergewöhnlich und kam nur dann vor, wenn es Futter gab, das man nur an einer einzigen Stelle ausgelegt hatte. Doch die Meeresbiologen des Multimar waren keine Anfänger – sie wussten, wie man Fische artgerecht fütterte. Was also war es, das die Fische so in den Bann zog, dass sie in hektisches Treiben ausgebrochen waren?

Beke erhob sich verwundert und trat nah an die Scheibe, um im Zwielicht des Großbassins etwas erkennen zu können. Die Fische nahm sie nur schemenhaft wahr, zu sehr spiegelte sich das Arbeitslicht des Vorraumes im Glas. Es war eine unheimliche und bizarre Szenerie, und Beke legte schützend beide Hände zwischen Gesicht und Scheibe, um in das Innere des Beckens blicken zu können. Die Ranken im nachgebildeten Felsen verschwammen mit den aufgeregt wirkenden Tieren zu einer breiigen Masse, und Beke war versucht, den Technikbereich des Multimar aufzusuchen, um die Beleuchtung des Großbeckens einzuschalten. Hier stimmte etwas nicht, so viel stand für die Ausstellungsbetreuerin fest. Sie blinzelte in das Schummerlicht und traute ihren Augen nicht: Täuschte sie sich, oder lag da eine menschliche Gestalt am Grund des Beckens?

Ihr Herzschlag beschleunigte sich, und Beke rang nach Luft. Sie spähte angestrengt ins Wasser und glaubte nun tatsächlich, einen Arm erkennen zu können, der im Wasser trieb. Je länger sie hinsah, desto sicherer wurde sie. Nun kannte sie den Grund, warum sich die Fische hier unten versammelt hatten: Sie witterten Nahrung. Einer der Rochen schien seine Beute besonders zu genießen; ein Katzenhai zog bereits lauernd seine Bahnen um den leblosen Körper im Wasser.

Es war ein bizarrer Anblick: Der Mensch am Boden des Großbassins leistete keine Gegenwehr. Er ließ es widerstandslos geschehen, dass die Fische an ihm herumknabberten. Der Hummer hatte sein Versteck verlassen. Er machte sich mit seinen Scheren an den Händen und im Gesicht des Unbekannten zu schaffen. Die Rochen hatten mit ihren Raspelzähnen flächige Abschürfungen auf der freien Haut des Mannes hinterlassen. Nun erkannte Beke auch ein wächsernes Gesicht. Mund und Augen standen offen, und sie fürchtete, dass hier jede Hilfe zu spät kam. Es war zu dunkel, um die winzigen blutigen Wunden im Gesicht des Mannes zu erkennen, doch Beke konnte die offenen Stellen erahnen.

Sie stieß sich von der dicken Glasscheibe ab und schüttelte den Kopf. Spielte ihr die Fantasie einen Streich? Natürlich, dachte sie, natürlich ist es eine sehr kurze und durchliebte Nacht gewesen, und sie hatte denkbar wenig Schlaf gefunden, doch war es möglich, dass sie sich das, was hinter der mehr als dreißig Zentimeter dicken Scheibe geschah, einbildete?

Beke zögerte, dann gab sie sich einen Ruck und wandte sich um. Sie presste ihr erhitztes Gesicht an das kühle Glas und blickte angestrengt in das Wasser.

Nein, dachte sie und spürte, wie Adrenalin in ihre Blutbahn floss. Keine Einbildung. Der Mensch im Wasser war Realität.

Ihr Gehirn arbeitete auf Hochtouren. Wie war der Mann hinter dem Glas in das Großbassin gekommen? Hatte sich jemand in den Technikraum über dem Becken verirrt und war durch einen Fehltritt in das Aquarium gestürzt?

„Hilfe", durchzuckte es sie brennend. „Ich muss Hilfe holen."

Nach einem letzten Blick ins schummrige Wasser rannte sie aus dem Forum. Sollte der Mann im Wasser noch leben, kam es jetzt auf jede Sekunde an. Den vernünftigsten Gedanken, nämlich den, dass der Mensch schon längst tot war, verdrängte sie.

DREI

Tönning, 8.50 Uhr

Wiebke spürte, dass etwas mit ihrem Partner nicht stimmte. Die junge Kommissarin hatte ihn schon während der Fahrt nach Tönning immer wieder von der Seite betrachtet, doch Hauptkommissar Jan Petersen hatte stur nach vorn geblickt und das Lenkrad so fest umklammert, als würde er es am liebsten zwischen den Händen zerquetschen. Unterwegs sprach er nur über ihren Auftrag – kein einziges privates Wort, nichts. So kannte Wiebke ihren Kollegen nicht. Sie hatte ihm förmlich angesehen, wie es hinter seiner Stirn arbeitete. Dennoch wollte sie ihn nicht nach dem Grund für sein Verhalten fragen. Sie war sicher, dass Petersen mit ihr darüber reden würde, sobald er mit sich selbst wieder im Reinen war. Womöglich, so vermutete sie, gab es wieder Probleme mit seiner Exfrau. Petersen war geschieden und litt unter dem ehrgeizigen Rechtsanwalt seiner Ex, der immer wieder einen Weg fand, den Kommissar bis auf das letzte Hemd auszuziehen.

An sich war Petersen ein netter Kerl, er war umgänglich und trug das große Herz am rechten Fleck, was ihn im Kollegenkreis beliebt machte. Am meisten imponierte der jungen Kommissarin der ausgeprägte Gerechtigkeitssinn, der ihn irgendwann dazu bewogen hatte, bei der Polizei anzuheuern.

Um kurz nach acht erreichte die Husumer Polizei der Anruf aus dem Multimar Wattforum in Tönning.

„Leblose Person im Wasserbecken", hatte es lapidar geheißen. Matthias Dierks, seines Zeichens Erster Kriminalhauptkommissar und Leiter der Husumer Kriminaldirektion, hatte umgehend zum Hörer gegriffen und Piet Johannsen von der Spurensicherung losgeschickt. Dann informierte Dierks den diensthabenden Staatsanwalt und die Kollegen in Flensburg, bevor er zwei seiner Leute abstellte.

Wiebke saß gerade an ihrem Schreibtisch, als das Telefon sich meldete.

„Wir müssen sofort los", hatte ihr Jan Petersen kurz angebunden gesagt. „Alles stehen und liegen lassen – ich erzähl dir alles im Auto."

Die Fahrt hatte sie nach Tönning geführt, zum Multimar Wattforum. Im Becken des Großaquariums hatte eine Mitarbeiterin der Ausstellung am frühen Morgen einen Mann gefunden, den die Taucher des Multimar nur tot hatten bergen können. Ob es sich um einen Unfall handelte oder eventuell jemand nachgeholfen hatte, den Mann ins Wasser zu stürzen, war unbekannt. Fest stand nur, dass der Tote nicht zum Team gehörte. Keiner wusste, wie er sich Zutritt zur Ausstellung verschafft hatte. Das herauszufinden, war nun Wiebkes und Petersens Part.

„Schon einiges los hier", murmelte Petersen, als er den Dienstwagen auf den Personalparkplatz lenkte, der sich seitlich vom Gebäude des Multimar befand. Der Kollege vom Streifendienst hatte sie zum Personaleingang gebeten.

„Allerdings", nickte Wiebke. Sie sah ein paar Streifenwagen, die kreuz und quer auf dem Gelände parkten, einen Krankenwagen – offenbar das Einsatzfahrzeug des Notarztes – sowie den Kombi eines örtlichen Bestattungsunternehmens. Wie Wiebke erleichtert feststellte, schien die Presse noch nicht anwesend zu sein. Sie fand es müßig, sich den Journalisten zu stellen und Fragen nur ausweichend zu beantworten, weil sie die laufenden Ermittlungen nicht gefährden wollte. Schnell wurde einem da das Wort im Mund umgedreht, und Dierks tobte, weil mitunter am nächsten Tag eine Falschmeldung in der Zeitung stand.

Wiebke löste den Sicherheitsgurt und angelte nach ihren Unterlagen, die auf dem Rücksitz lagen. Sie verrenkte sich den Kopf und suchte den Parkplatz ab. „Ich sehe Piets Wagen gar nicht. Aber er ist doch lange vor uns los. Wenn er mit der Spurensicherung noch nicht durch ist, brauchen wir da gar nicht rein."

Nun grinste Petersen. „Mach mal langsam, Mädchen. Piet ist schließlich nicht mehr der Jüngste."

Seite an Seite marschierten sie auf den Personaleingang zu, eine feuerfeste Stahltür mit einem kreisförmigen Fenster, das einem Schiffsbullauge nachempfunden war.

Rechts gab es eine Videokamera und ein Panel, auf dem die Mitarbeiter sich per Zahlencode Zutritt verschaffen konnten, darunter ein handelsübliches Sicherheitsschloss.

Petersen bollerte mit der Faust gegen die Eisentür. Es dauerte einen Augenblick, dann wurde ihnen von einem uniformierten Kollegen geöffnet. Wiebke erkannte Polizeimeister Theves, einen jungen Kollegen vom Streifendienst. Eine eher unscheinbare Gestalt, daran änderte auch die dunkelblaue Polizeiuniform nicht viel.

Man kannte sich vom Sehen. „Moin - ihr wart zuerst hier?", fragte Wiebke ihn.

Theves nickte und berichtete Petersen und Wiebke, was er wusste. Neues hatte er jedoch auch nicht zu berichten. „Der Staatsanwalt möchte, dass ihr euch einen Überblick verschafft", schloss er seine Ausführungen, und Wiebke glaubte, ein schadenfrohes Grinsen auf seinen Lippen erkennen zu können.

„Mit wem haben wir die Ehre?", fragte Petersen.

„Mahndorf hat Dienst", erwiderte Theves.

„Na, der ist doch in Ordnung", erwiderte Wiebke und bemerkte erst jetzt den hochgewachsenen Mann Ende vierzig, der sich zu ihnen gesellte. Er wirkte ziemlich nervös, daran änderte auch der wachsame Blick seiner blauen Augen und der gesund wirkende, braune Teint nichts. Zu einer khakifarbenen Hose trug er ein dunkelblaues Hemd, auf dessen Brusttasche das Multimar-Logo aufgestickt war. Ein Mitarbeiter also, wahrscheinlich einer der Vorgesetzten, schätzte Wiebke. Sie sparte es sich, die Dienstmarke zu zücken. „Kommissarin Ulbricht, mein Kollege Hauptkommissar Petersen von der Kripo Husum." Sie deutete mit dem Daumen auf Jan Petersen.

„Ralf Finner, Moin."

Petersen erwiderte den Gruß. „Sie gehören zu dem Laden, nehme ich an?"

Manchmal war er einfach nur peinlich, durchzuckte es Wiebke.

Jan Petersen hatte eine etwas rustikale Art, die nicht immer angebracht war. Doch wer ihn kannte, wusste, dass er es nicht böse meinte.

Finner hatte die flapsige Anmerkung offenbar überhört.

Er nickte. „Schrecklich, was da passiert ist."

„Führen Sie uns zum Fundort?", bat Wiebke höflich.

„Natürlich." Finner nickte. „Bitte kommen Sie mit."

„Wir kommen zurecht, danke", sagte Petersen an Polizeimeister Theves gewandt. Er hatte Anstalten gemacht, sich der Gruppe anzuschließen. „Bleib man hier und halt die Stellung, nicht dass noch jemand von der Presse mit reinrutscht."

„Allns torech." Theves nickte dienstbeflissen und zog die schwere Metalltür mit dem Bullauge zu.

Nun standen sie in einem gefliesten Korridor. Links gab es eine Stechuhr, die auf „Gehen" stand.

Sie betraten ein recht unspektakuläres Treppenhaus, das steil nach oben führte. Die Wände waren weiß getüncht, der Boden wirkte frisch gewischt. Unterwegs berichtete Finner ihnen, was geschehen war.

„Wo befindet sich Ihre Mitarbeiterin jetzt?", fragte Wiebke.

„Im Aufenthaltsraum. Wie Sie sich vorstellen können, steht Sie unter Schock."

„Natürlich."

Durch eine weitere feuerfeste Tür gelangten sie in die Ausstellung. Wiebke war vor einigen Jahren schon einmal hier gewesen. Doch seit ihrem letzten Besuch hatte sich vieles geändert im Multimar. So wie es aussah, hatte man die Ausstellung vergrößert. Jetzt aber fand sie keine Zeit, sich in Ruhe umzublicken, denn Finner marschierte zielstrebig zum „Forum", wie er den theaterähnlichen Raum nannte. Anstatt einer Bühne bot sich den Zuschauern ein atemberaubender Ausblick auf eine faszinierende Unterwasserwelt.

„Ich krieg' Hunger", flüsterte Petersen an Wiebke gewandt.

Sie warf ihm einen vorwurfsvollen Blick zu, den er mit einem Grinsen quittierte.

„Riech doch mal – es duftet ganz herrlich nach Fischstäbchen!", bekräftigte er unbeeindruckt.

„Du spinnst!" Wiebke tippte sich bezeichnend gegen die Stirn.

„Das Thema ‚vom Meer auf den Teller' haben wir tatsächlich in unserer Ausstellung aufgegriffen", mischte sich Ralf Finner jetzt ein. „Das ist für unsere kleinen Besucher ganz wichtig, sie lernen zum Beispiel, wie aus Fisch ihre geliebten Fischstäbchen werden."

Petersen nickte und warf Wiebke einen „Siehst du, ich hab's dir doch gesagt"-Blick zu.

„Das hier ist also das Forum?", kam Wiebke zum Grund ihres Besuches im Multimar zurück. Sie blickte sich in dem Raum um. Durch eine gut sechs mal sechs Meter große Panoramascheibe konnten sie gleich in die Nordsee blicken – so sah es wenigstens aus.

Wiebke erkannte einen großen Hummer, der neugierig aus einer Felshöhle kam. Der Felsen bildete das zentrale Element im Wasser, um ihn herum tummelten sich die Fische. Sie erschauderte, als sie sich den Anblick eines Toten in dieser Unterwasserwelt vorstellte, und fragte Finner, welche Fische sich in dem Großbecken befanden.

„Fünf Kabeljaue, Lachse, zwei Störe, Steinbutts, Nagelrochen, Katzenhaie, Meerforellen und da unten unser großer Hummer", zählte der Biologe auf.

„Was mich viel mehr interessiert", fuhr Petersen dazwischen, der angestrengt ins Wasser starrte, „wo ist die tote Person denn abgeblieben?"

Finner zog die Mundwinkel nach unten. „Im Technikraum, der sich oberhalb des Beckens befindet. Leider konnten wir nichts mehr für ihn tun. Das Wasser ist konstant auf 11 Grad temperiert. Ein Mensch stirbt bei diesen Temperaturen nach spätestens zehn Minuten."

Wiebke riss sich vom Anblick der künstlichen Unterwasserwelt los und wechselte einen Blick mit Petersen, der sehr schweigsam geworden war. „Worauf warten wir?"

„Wo bleibt ihr denn?" Piet Johannsen war aufgeregt, als Wiebke und Petersen in Begleitung von Ralf Finner den Technikraum betraten. Hier herrschte eine Akustik wie in einem Hallenbad. Der Raum selbst war nicht sehr groß – dicke Leitungen, Schaltkästen mit Kontrolllampen und große Kessel bestimmten das Bild. Es gab schmale Gitterroste, die um das Becken herumführten und nur durch einen Handlauf aus Glasfaserkunststoff gesäumt wurden.

Johannsen raufte sich die schlohweißen Haare. Er war nicht allein: Neben ihm standen ein Mann im weißen Kittel – wohl der Notarzt – und Fritz Mahndorf, der Staatsanwalt. Wie immer war er perfekt gekleidet, der Maßanzug war bestimmt nicht von der Stange. Auch die schwarzen Schuhe trugen das Label eines italienischen Designers. Mahndorf machte eine betroffene Miene.

Er hatte die Hände hinter dem Rücken verschränkt und marschierte auf dem schmalen Gitterrost, das zum Beckenrand führte, auf und ab.

Über den engen Laufgang kletterte Johannsen zu seinen Kollegen herunter, der Staatsanwalt folgte ein wenig schwerfällig.

„In der Ruhe liegt die Kraft", belehrte Petersen den Kollegen von der Kriminaltechnik, der sich umständlich aus seinem weißen Faseranzug schälte und den Aluminiumkoffer mit der Ausrüstung zusammenklappte.

„Du hast gut reden", erwiderte Johannsen und nahm die Nickelbrille von der geröteten Nase und polierte die Gläser mit dem Saum seines T-Shirts. Er deutete auf Mahndorf. „Der Staatsanwalt drängt."

„Jetzt sind wir ja hier", beschwichtigte Wiebke den Kollegen. Petersen blickte sich neugierig um. Dabei hatte er die Hände in den Hosentaschen versenkt – eine alte Angewohnheit. So vermied er es, an einem Tatort Spuren zu hinterlassen und Dinge aus Versehen anzufassen.

„Können Sie uns schon etwas zu dem Toten sagen?", wandte sich Wiebke an den Notarzt, der sich ihr als Dr. Clausen vorstellte.

Clausen schüttelte den Kopf. „Bedauerlicherweise nein. Blutergüsse, die er sich beim Sturz über den Beckenrand zugezogen haben könnte, nichts, was zwangsläufig auf Fremdeinwirkung hindeutet. Ich kann also nicht sagen, ob da jemand nachgeholfen hat, falls das Ihre nächste Frage sein sollte." Er presste die schmalen Lippen zu einem Strich zusammen. „Er war bereits tot, als ihn die Taucher aus dem Wasser gezogen haben. Auch meine Reanimationsversuche verliefen erfolglos." Der Notarzt machte eine bedauernde Miene.

Wiebke löste sich von der Gruppe und kletterte über eine Eisentreppe hinauf zum Beckenrand. Ein grauweißes Schlauchboot stand an einem der Gitter. Unter der Decke gab es eine Art Kran und eine Lampe, die fast mittig über dem Bassin angebracht worden war und wahrscheinlich für den mystischen Lichtschein, der sich den Besuchern im Forum bot, verantwortlich war. Unter ihr glitten Schatten pfeilschnell durch das Wasser. Schemenhaft erkannte sie die Nachbildung des großen Riffs in der Beckenmitte. Ein Rochen wagte sich gemächlich an die Wasseroberfläche und zog eine Bahn durch das Becken, dann verschwand er wieder in der Tiefe. Wiebke bekam ein mulmiges Gefühl, als sie an der Stelle stand, wo der eiserne Handlauf unterbrochen war. Eine Klappleiter war ins Wasser gelassen worden. Es war offensichtlich, dass die Leiter nur angelegt war, wenn sich ein Taucher im Becken befand. Ansonsten gab es keine Möglichkeit, sich aus eigener Kraft an Land zu ziehen. Hier war der Mann ins Wasser gestürzt, ob freiwillig oder nicht, das mussten sie noch herausfinden. Zwischen der Wasseroberfläche und dem Rand des Gitters lagen gut anderthalb Meter. Wer hier hineinfiel, hatte keine Chance, ohne Hilfe wieder herauszukommen. Ihr war, als würde der Boden unter ihr schwanken. Wiebke umklammerte das Geländer fester, als sie sich nach vorn beugte und ins Wasser blickte. Ein Schauer rieselte über ihren Rücken, als sie sich vorstellte, dass ein Mensch in dem kalten Wasser so gut wie keine Überlebenschance hatte.

„Wie tief geht das runter?", fragte sie über die Schulter.

„Siebeneinhalb Meter." Finner war ihr auf den Laufsteg gefolgt.

„Das ist ziemlich gefährlich." Wiebke riss sich vom Blick auf das Becken los und betrachtete den Meeresbiologen nachdenklich.

„Normalerweise nicht, denn unser Personal befindet sich niemals allein in diesem Raum. Wer sich am oder im Wasser befindet, hat immer eine Hilfsperson in seiner Nähe – so lautet die Vorschrift."

Wiebke umklammerte den Handlauf jetzt so fest, dass ihre Knöchel weiß unter der Haut hervortraten. Sie fragte sich, wie sich ein Mensch fühlte, der hier in das Großbecken fiel, den Gedanken vor Augen, es nicht mehr ohne fremde Hilfe an Land zu schaffen. Panik, Herzrasen, Unterkühlung, Wasser in der Lunge, Ersticken. Ein grausamer Tod.

Wiebke wandte sich vom Blick in die Tiefe ab und folgte Finner, der sich wieder zu den anderen gesellte.

„Frag mich jetzt bitte nicht, wie lange der arme Teufel im Wasser gelegen hat", wurde sie von Johannsen empfangen. „Ein Scheißtod, gar keine Frage."

„Ist er ertrunken oder erfroren?"

„Das muss die Obduktion ans Licht bringen", antwortete Dr. Clausen, dann wandte er sich an Piet Johannsen. „Ich bin durch hier", sagte er sachlich. „Wenn du mich nicht mehr brauchst …"

„Kein Thema, hau ruhig ab, jetzt sind wir am Zug."

„Danke." Der Mediziner nickte Mahndorf zu, schnappte sich den Koffer und verließ den Raum.

Der Staatsanwalt räusperte sich. „Erschwerend kommt hinzu, dass wir es bei dem Opfer mit einer bekannten Person zu tun haben, die in den letzten Monaten immer wieder im Mittelpunkt der Öffentlichkeit stand."

„Heißt das, unsere Leiche war ein Promi?" Petersen schüttelte den Kopf.

„Wenn Sie es salopp so nennen möchten, ja." Fritz Mahndorf nickte. „Sicherlich sagt Ihnen der Name Holger Heiners etwas?"

Petersen warf Wiebke einen Blick zu und machte große Augen. Er pfiff durch die Zähne. „Der Holger Heiners?"

„Ich weiß nicht, wie viele Personen mit diesem Namen Sie kennen, aber hier handelt es sich um den bekannten Immobilienkaufmann, der für das geplante Ferienressort am Dockkoog verantwortlich zeichnet. Das Bauvorhaben stößt immer wieder auf Kritik der Anwohner und Umweltschützer. Insofern hatte der Tote wahrscheinlich nicht nur Freunde, wie Sie sich denken können. Und genau dieser Umstand verleiht dem Fall eine ungewöhnliche Brisanz. Deshalb muss ich Sie schon zu diesem Zeitpunkt bitten …"

Petersen winkte ab. „Keine Panik, wir werden diskret vorgehen und niemanden von der Presse informieren, was für einen dicken Fisch wir hier heute aus dem Wasser gezogen haben."

Für die Metapher fing sich Petersen prompt einen missbilligenden Blick von Mahndorf ein.

„Ich muss Sie doch bitten, den Fall mit dem nötigen Ernst zu behandeln."

„Natürlich." Petersen murmelte eine Entschuldigung. „Steht denn fest, dass er es ist?"

„Hören Sie, ich kannte Heiners seit vielen Jahren. Wir spielten gemeinsam im Golfclub Husumer Bucht. Des Weiteren hat ein Blick in seine Brieftasche bewiesen, dass ich mich nicht irre." Mahndorf schüttelte den Kopf. „Verwechslungen sind also ausgeschlossen. Bei dem Leichnam handelt es sich eindeutig um Holger Heiners."

„Wir haben auch sein iPhone sichergestellt", mischte sich nun Johannsen ein. „Aber die Dinger reagieren allergisch auf Wasser, wie ihr euch vorstellen könnt. Ich werde trotzdem versuchen, die Daten auf dem Ding zu retten, aber garantieren kann ich nichts."

„Kann ich ihn sehen?"

Wiebke blickte den Staatsanwalt an wie ein kleines Mädchen, das sich sehnlichst wünschte, sein Weihnachtsgeschenk schon vor Heiligabend begutachten zu dürfen.

„Natürlich." Mahndorf nickte.

Wiebke sah ihm an, dass es dem Staatsanwalt imponierte, dass sie sich freiwillig eine Leiche ansehen wollte, die einen längeren Zeitraum im Wasser verbracht hatte.

„Folgen Sie mir."

Mahndorf führte sie an den Rand des Technikraumes. Von hier zweigten zahlreiche unbeleuchtete Nischen ab. Es gab einen schmalen Gang, der von arm-dicken Leitungen und Kabelsträngen gesäumt war, die ins Nichts zu führen schienen.

„Das sind unsere Katakomben", erklärte Ralf Finner, dem Wiebkes ängstlicher Blick nicht entgangen war. „Ein ausgezeichnetes Versteck für Zeitgenossen, die Böses im Schilde führen."

„Soll das bedeuten, dass man hier auf Heiners ge-wartet hat, um ihn in einen Hinterhalt zu locken?" Petersen war stehen geblieben.

„Das herauszufinden ist Ihr Job, aber ich wollte nur darauf hinweisen", erwiderte Finner ein wenig pikiert.

Zwei Männer in schlecht sitzenden, schwarzen An-zügen waren damit beschäftigt, den leblosen Körper in einen Leichensack zu betten. Als sie die Polizisten sahen, traten die Bestatter zurück. Wiebke ging neben dem Toten in die Hocke und betrachtete ihn. Vor dem Anblick einer Wasserleiche hatte sie sich nicht ge-fürchtet, und entgegen ihrer schlimmsten Vorstellung war Holger Heiners' Leichnam nicht aufgequollen. Seine Haut wirkte wächsern. Winzige Bisswunden übersäten sein Gesicht.

„Was ist das?", fragte sie an Ralf Finner gewandt.

„Das, wonach es aussieht", erwiderte er. „Bisswun-den, die ihm von den Tieren im Becken zugefügt wor-den sind."

„Soll das heißen, dass ...", Wiebke stutzte.

„Es sind Tiere, und sie wollen sich ernähren, so ein-fach ist das."

„Die Fische aus der Nordsee würden also einen Menschen fressen?"

„Es sind Aasfresser. Und wäre der Mann erst in zwei Wochen entdeckt worden ..." Finner machte eine Pause, „viel wäre wohl nicht mehr von ihm übrig."

„Wie schätzen Sie die Situation ein? War das ein Unglück oder hat da jemand nachgeholfen?"

„Schwer zu sagen. Heiners muss irgendwie hier reingekommen sein. Was dann geschah, müssen Sie herausfinden, Frau Kommissarin." Der Meeresbiologe zuckte die Schultern.

Wiebke betrachtete den Toten. Mit dem Mann, den sie von zahlreichen Fotos in der Zeitung kannte, hatte er nicht viel gemeinsam, und trotzdem war Heiners zu erkennen. Sie schätzte ihn auf Ende vierzig, Anfang fünfzig. Zu einer Jeans trug er ein Poloshirt mit dem bekannten Alligator auf Höhe der Brusttasche; ganz sicher handelte es sich bei dem blassgelben Shirt nicht um ein Plagiat. Einen Schuh hatte er verloren. Die Haare trug Heiners kurz, an der rechten Hand erkannte sie einen dicken Ehering. Also gab es eine trauernde Witwe, die wahrscheinlich noch nichts davon ahnte, dass ihr Mann tot war.

Wiebke erhob sich und bedeutete den Männern vom Bestattungsinstitut, den Leichensack zu verschließen. Sie hatten Anweisung, den Leichnam zur Rechtsmedizin nach Kiel zu transportieren. Hier würde die Obduktion stattfinden, und Wiebke befürchtete, dass sie und Petersen anwesend sein mussten. So war es Vorschrift, doch sie würde sich nicht darum reißen. Sie blickte Mahndorf an. „Wie sollen wir vorgehen?"

„Ich möchte mich nicht in Ihre Arbeit einmischen."

„Also brauchen wir das ganz große Besteck hier", murmelte Petersen und zog das Handy hervor. Er wählte die Nummer des Ersten Kriminalhauptkommissars Matthias Dierks und forderte Verstärkung durch Kollegen aus anderen Kommissariaten und dem Streifendienst an. Danach wandte er sich an Finner, der den Bestattern die Tür aufgehalten hatte.

„Wir benötigen eine Liste aller, die zum Multimar Zugang haben. Mitarbeiter, Lieferanten, Kunden, weiß der Geier. Und sagen Sie Ihrem Chef, dass der Laden bis auf Weiteres geschlossen bleibt."

„Sie ist weg!" Ein zierliches Mädchen mit kurzen, dunklen Haaren kam ihnen völlig aufgelöst im Treppenhaus entgegen. Ihr Gesicht war vor Aufregung gerötet. An der dunkelblauen Weste mit dem Multimar-Logo auf der Brust erkannte Wiebke, dass sie zum Personal gehörte. Unsicher irrte ihr Blick zwischen Finner, der offenbar ihr Vorgesetzter war, und den Polizisten hin und her. „Ich war nur kurz eine rauchen, und als ich zurückkam …"

„Maike – wovon sprichst du?" Ralf Finner blieb stehen und starrte sie entsetzt an. „Was heißt das: ,Sie ist weg'?"

Maike wirkte hilflos. „Wenn ich das wüsste! Ich habe ihr gesagt: ,Warte hier, die Polizei kommt gleich und wird dich befragen, du musst hier bleiben', aber sie hat sich einfach nicht aufhalten lassen und ist abgehauen. So kenn ich die Beke gar nicht!"

„Warum sollte sie flüchten?" Ralf Finner war es sichtlich peinlich, dass sich Beke Frahm der Befragung durch die Polizei entzogen hatte. „Sie hat doch gar nichts zu verbergen."

„Wahrscheinlich steht sie unter Schock." Wiebke lächelte ihn freundlich an. „So etwas passiert schon mal. In solchen Situationen neigen manche Leute zu irrationalen Fluchten – meist dorthin, wo sie sich geborgen fühlen. Nach Hause, beispielsweise."

„Ich werde Ihnen ihre Adresse heraussuchen, Frau Ulbricht." Finner führte die Beamten in den verwaisten Pausenraum, wo er ihnen einen Kaffee anbot. Petersen entschuldigte sich mit Kreislaufproblemen und lehnte dankend ab. Wiebke betrachtete ihn nachdenklich, kommentierte die Bemerkung ihres Partners aber nicht. Später würde sie mit ihm reden. Danach verschwand Finner von der Bildfläche. Das junge Mädchen, das offenbar die Aufgabe gehabt hatte, sich um die unter Schock stehende Beke zu kümmern, war ebenfalls fort. Wiebke hoffte, dass ihr nun keine personellen Konsequenzen drohten. Sie sank auf einen der einfachen Stühle in der Kaffeeküche und blickte durch das große Fenster hinaus in die Marsch. Der Regen hatte nachgelassen, doch noch immer war der Himmel grau. Wiebke pustete in die Tasse und genoss den leicht bitteren Geschmack des Kaffees.

„Was ist das für eine Scheiße?", fragte sie leise an ihren Partner gewandt.

Petersen hockte sich vor ihr auf die Tischkante. „Heiners hatte Dreck am Stecken, jede Wette. Immer wieder geistern Gerüchte durch die Medien, dass er nicht ganz legal gearbeitet haben soll, um zum gewünschten Erfolg zu kommen. Das verschaffte ihm zwar Vorteile gegenüber seinen Mitbewerbern, aber auch viele Neider und Feinde." Er winkte ab. „Und wir können nun zusehen, dass wir die Nadel im Heuhaufen finden."

„Sicherlich wird sich die Mordkommission einmischen, dann sind wir raus aus der Sache." Der Erste Kriminalhauptkommissar Udo Friedrichs von der Bezirkskriminalinspektion Flensburg leitete die Mordkommission. Er war für seine selbstherrliche und herrschsüchtige Art bekannt. Wiebke konnte gut darauf verzichten, ihm zuzuarbeiten. In Petersens momentaner Gemütslage konnten die Männer schnell aneinandergeraten; und da Friedrichs am längeren Hebel

37

saß, würde Jan Petersen mit den Konsequenzen leben müssen.

„Die sind doch chronisch unterbesetzt", unkte Petersen. „Mit ein bisschen Glück nehmen die uns den Bürokram ab. Die Feldarbeit bleibt an uns hängen, jede Wette! Aber so wie ich KHK Friedrichs kenne, wird er froh sein, am Ende die Pressekonferenz zu leiten und seine dumme Visage in jede Kameralinse zu halten. Der ist so was von mediengeil!"

Wiebke lachte trocken auf. In der Tat munkelte man hinter seinem Rücken, dass Friedrichs an einer Profilneurose litt. „Du machst mir ja richtig Mut." Dann wurde sie ernst. „Sag mal, glaubst du wirklich, dass die junge Frau, die Heiners im Becken entdeckt hat, unter Schock steht und deshalb abgehauen ist?"

Petersen rutschte von der Tischkante herunter, um durch den Raum zu wandern. „Ich weiß es nicht. Welchen Grund sollte sie sonst haben, sich zu verdünnisieren?"

„Vielleicht hängt sie tiefer in der Sache mit drin, war vielleicht in den Ablauf involviert."

„In welchen Ablauf?" Petersen unterbrach seine Wanderung und runzelte die Stirn.

„So ein Mord – ich gehe mal bewusst von Mord aus – muss von langer Hand geplant werden, Jan. Holger Heiners muss herkommen, also wird man ihn unter einem fadenscheinigen Grund hergelockt haben, was nicht ganz leicht gewesen sein dürfte. Dann muss sichergestellt sein, dass er außerhalb der Öffnungszeiten ins Multimar kommt, also muss jemand in der Sache mit drin hängen, der Zugang zum Gebäude hat und sich mit den Gegebenheiten dort auskennt. Dass der Täter sein Opfer im Großbecken entsorgt, grenzt doch an einen perfekten Mord."

Petersen schüttelte den Kopf. „Mach mal langsam, Mädchen. Wo ist das bitte schön ein perfekter Mord? Die Leiche ist da und wurde sogar an einer prägnanten Stelle verkippt, wenn ich das mal so ausdrücken darf. Der Mörder serviert uns sein Opfer auf dem Silbertablett, ich will gar nicht wissen, wie viele Menschen täglich vor der großen Scheibe hocken, um den Fischen bei ihrer Mahlzeit zuzuschauen." Petersen nahm Wiebke die Kaffeetasse aus der Hand und trank wie selbstverständlich einen Schluck davon, bevor er fortfuhr: „Wenn du mich fragst, hat der sich was dabei gedacht. Man sollte den Toten sehen, je mehr Leute, desto besser."

„Eine Inszenierung?" Daran hatte Wiebke noch gar nicht gedacht. „Du meinst, er sucht die Öffentlichkeit?"

„Er selbst nicht – aber er wollte mit seiner Tat ein Zeichen setzen, so rum wird ein Schuh draus. Denk mal nach! Holger Heiners galt bei vielen Leuten als Buhmann. Nicht, weil er sich mit seinen Immobilien verspekuliert hat, sondern weil er da bauen will, wo es Umweltschützern so richtig wehtut: Am Dockkoog."

Wiebke machte eine wegwerfende Handbewegung. „Mal Hand aufs Herz: Eine Touristenattraktion ist der Dockkoog doch schon lange nicht mehr. Und nun kommt einer, der frischen Wind in die Stadt bringen will."

„Dabei schert er sich einen Dreck um die Stimmen der Umweltschützer."

„Weil er nicht viel von der vorhandenen Landschaft verbauen wird", trumpfte Wiebke auf. „Das habe ich nämlich in der Zeitung gelesen. Angeblich wird er das Naturschutzgebiet vollständig erhalten."

„Das sagt er jetzt. Aber es gibt genügend Menschen, die ihm nicht von jetzt auf gleich trauen, wenn du mich verstehst."

„Und das Multimar gehört zum Naturpark Wattenmeer. Man lebt den Naturschutz sozusagen mit Leib und Seele."

Petersen grinste. „Jetzt verstehen wir uns."

„Ich habe hier die Anschrift von Frau Frahm." Ralf Finner war mit einem kleinen karierten Zettel in der Hand im Aufenthaltsraum erschienen. „Vielleicht versuchen Sie es einfach bei ihr zu Hause? Sie lebt in der alten Schule von Oldenswort."

„Danke." Wiebke leerte den Kaffee und stellte die Tasse auf den Tisch. Sie erhob sich und nahm den Zettel an sich. „Sagen Sie", fragte Wiebke, als sie an der Tür angekommen war. „Gibt es hier eigentlich Naturschützer unter dem Personal, aktive Naturschützer, meine ich?" Finner nickte. „Ich weiß, was Sie jetzt denken." Er winkte ab. „Aber ich kann Sie beruhigen. So ist es nicht. Niemand von meinen Leuten wäre zu einem Mord imstande."

„Das werden wir überprüfen müssen", erwiderte Wiebke, dann waren sie draußen. Petersen telefonierte bereits mit Matthias Dierks, ihrem direkten Vorgesetzten. Er schilderte ihm den Stand der Dinge und bat um Unterstützung der anderen Ermittlerteams. Nun war es eine Frage der Zeit, bis die Presse auf den Fall aufmerksam wurde.

Oldenswort, 9.40 Uhr

„Ist es das?" Wiebke beugte sich im Beifahrersitz vor. Der Kirchenweg von Oldenswort führte U-förmig um die Dorfstraße herum. Der spitze Kirchturm von Sankt Pankratius ragte in den trüben Himmel, als wolle er ein Loch in die graue Wolkendecke bohren.

Petersen hatte den Dienstwagen vor der ersten Linksbiegung gestoppt. Auf seiner Seite befand sich ein alter Hof, über den sich Wäscheleinen spannten. Ein alter Mann trat gerade in gebückter Haltung ins Freie und äugte misstrauisch zu ihnen hinüber. Auf dem eingezäunten Hof parkten drei Autos – ein alter Audi und zwei rote Kleinwagen, alle mit nordfriesischer Zulassung. An der schmutzigen Fassade lehnte ein rostiges Fahrrad, das irgendwann einmal schwarz gewesen sein musste. Auf dem Hof selbst, hüfthohes Unkraut. Der Alte schleppte einen Müllsack zu den Abfalleimern im Hof und ließ Wiebke und Petersen dabei keine Sekunde aus den Augen.

„Hui, das nenn ich mal einen wachsamen Nachbarn", grinste Petersen und legte den Gang ein.

„Dann leg dich lieber nicht mit ihm an", lachte Wiebke.

Das hübsche, reetgedeckte Friesenhaus auf der gegenüberliegenden Straßenseite wollte gar nicht zu dem heruntergekommenen Gebäude passen, das offensichtlich tatsächlich früher mal eine Schule beherbergt hatte. Es war sauber und gepflegt; der genaue Gegensatz zu dem Kasten auf der anderen Straßenseite.

Petersen lenkte den Wagen an den Straßenrand. Sie stiegen aus und suchten nach der vorderen Haustür, die sich hinter der nächsten Biegung der kleinen Straße befand. Ein frischer Wind wehte den Duft von Kuhmist heran. In der Ferne bellte ein Hund. Landidylle pur, dachte Wiebke, als ihr Blick über die Backsteinfassade der alten Schule strich. Wie es aussah, hatte hier schon lange niemand mehr Geld in den Erhalt des

Hauses gesteckt. Es gab zwei schmuddelige weiße Haustüren, die jeweils drei Klingelschilder aufwiesen. Daneben hingen verbeulte Blechbriefkästen, zwischen den beiden Türen eine nackte Glühbirne.

„Idyllisch ist anders", kommentierte Petersen, als er einen Finger auf die Klingel von Beke Frahm legte. Das Schrillen der Glocke drang an ihre Ohren. „Will nur hoffen, dass der Alte gleich nicht vor uns steht."

„Wir sind bewaffnet", grinste Wiebke und legte eine Hand ans Holster.

Bevor Petersen etwas erwidern konnte, ertönte der Türsummer. „Immerhin der geht", kommentierte er und stemmte sich gegen die schwere Haustür. Sie standen in einem heruntergekommenen Treppenhaus. Irgendwo dudelte ein Radio, aus einer anderen Richtung drang das Weinen eines Kindes an ihre Ohren.

Über eine knarrende Holztreppe gelangten sie in das erste Obergeschoss. Eine der Wohnungstüren war nur angelehnt. Wiebke, die vorgegangen war, zögerte. Sie klopfte an das vergilbte Holz.

„Frau Frahm, sind Sie da?"

„Moment bitte, ich komme!"

Schritte näherten sich, dann wurde die Tür weit geöffnet. Wiebke und Petersen standen vor einer jungen Frau mit schulterlangen, blonden Haaren, die sie zu einem Pferdeschwanz zusammengebunden hatte. Sie trug ein weites T-Shirt und eine bequeme Jogginghose und machte nicht den Eindruck, gerade von der Arbeit zu kommen. Ihre Miene drückte Verwunderung über den Besuch der Kommissare aus.

Wiebke hielt ihr den Dienstausweis hin und stellte sich vor.

„Ich bin Kommissarin Ulbricht von der Kripo in Husum, das ist mein Kollege, Hauptkommissar Petersen." Sie lächelte. „Dürfen wir einen Moment reinkommen?"

„Dann kommen Sie wegen der Leiche im Becken?" Ihre Stimme klang tonlos, unbeteiligt und matt.

„Richtig." Petersen nickte. Sie folgten der Frau in die Wohnung und betraten die Stube. Dafür dass das Haus von außen schäbig wirkte, war Beke Frahms Wohnung modern und heimelig eingerichtet. Die Wände waren weiß und cremefarben gestrichen, auf dem Boden lag helles Laminat in Dielenoptik. Auch die alten Kassettentüren wirkten sauber und frisch gestrichen.

„Schön haben Sie es hier", bemerkte Wiebke.

Beke Frahm nickte und lachte trocken auf. „Dafür dass ich in dieser Bruchbude lebe, versuche ich es mir so gemütlich wie möglich zu machen – wer weiß, wie lange ich hier noch wohnen darf."

Wiebke tauschte einen Blick mit Petersen. „Sie müssen ausziehen?"

Die junge Frau zuckte die Schultern. „Vielleicht. Haben Sie das große Schild am Zaun zum Hof nicht gesehen? ‚Baugrundstück zu verkaufen', steht da. Mein Vermieter hat keine Lust mehr, in eine mehr als hundert Jahre alte Schule zu investieren. Oder er ist pleite, ich weiß es nicht. Deshalb sucht er einen Käufer für das Grundstück. Wahrscheinlich müssen wir dann alle ausziehen, bevor der Bagger kommt und alles hier dem Erdboden gleichmacht." Sie brach ab und machte eine wegwerfende Handbewegung.

„Ach, vergessen Sie es."

Schweigend setzten sie sich – Petersen auf das Zweiersofa, Wiebke sank auf den Sessel, und Beke Frahm nahm auf der Dreiercouch Platz. Sie zog ein Bein unter das Gesäß und begann an den Fingernägeln zu kauen.

„Warum sind Sie abgehauen?", fragte Wiebke. „Wir hatten noch ein paar Fragen an Sie."

„Dann können Sie mich doch jetzt auch hier fragen", erwiderte Beke Frahm trotzig. Ein fahriger Blick zu Wiebke und Petersen, danach starrte sie auf den Fußboden. „Auf der Arbeit hab ich es nicht länger ausgehalten. Erst die gruselige Entdeckung im Aquarium, dann die Fragen der Kollegen, die immer gleichen nervigen Fragen." Sie schüttelte den Kopf. „War alles ein bisschen viel, verstehen Sie?"

„Möchten Sie uns erzählen, wie Sie den Mann im Wasser gefunden haben?", wagte Wiebke einen Vorstoß. Sie lächelte die Angestellte des Multimar freundlich an und empfand ein wenig Mitleid mit ihr. Natürlich sprach sich ein solcher Fund schnell bei den anderen Mitarbeitern herum. Entsprechend belastend waren die Fragen der Kollegen. Immer die gleichen Fragen, immer die gleichen Antworten.

Beke betrachtete Wiebke nachdenklich, dann nickte sie. Stockend erzählte sie den Beamten, wie sie morgens die Ausstellung eröffnet hatte. Und sie berichtete ungewöhnlich sachlich, wie sie Holger Heiners im Becken gefunden hatte, während die Fische an ihm herumknabberten. Würden nicht Tränen in ihren Augen glänzen, hätte Wiebke denken können, dass Beke Frahm der Vorfall absolut kalt ließ. Doch so war es nicht, und die junge Kommissarin spürte, wie nah der Tod des Mannes der Biologin zu gehen schien.

„Kannten Sie den Toten?", fragte Wiebke, nachdem Beke Frahm ihre Ausführungen abgeschlossen hatte.

„Nein." Sie klang entschlossen, fast energisch, als sie Wiebke kopfschüttelnd anblickte. „Wie kommen Sie denn darauf?" Ihre Stimme war plötzlich ein paar Nuancen höher, und Wiebke beobachtete sie sehr aufmerksam. Sie sah, wie sich die junge Frau zur Ruhe zwang. Nervös strichen ihre Hände über den Stoff des Sofas.

„Nordfriesland ist überschaubar – jeder kennt jeden." Wiebke hatte keine Lust, ihr gleich zu eröffnen, dass die junge Frau einen bekannten und nicht sehr beliebten Immobilienkaufmann tot aufgefunden hatte. Sie erhoffte sich, Beke Frahm so ein wenig mehr aus der Reserve locken zu können.

„Das müssen Sie mir nicht erzählen – ich bin hier aufgewachsen", erwiderte die junge Frau nun mit einem matten Lächeln.

Entweder kannte sie Holger Heiners wirklich nicht, oder sie war eine grandiose Schauspielerin, dachte Wiebke.

„Wie lange arbeiten Sie schon im Multimar?" Petersen hatte sich geräuspert, nachdem Beke Frahm schwieg.

„Seit einigen Monaten. Ich konnte dort gleich nach dem abgeschlossenen Studium anfangen."

„Was gehört zu Ihren Aufgaben?"

„Derzeit betreue ich unsere Ausstellung. Das beginnt morgens damit, den ersten Rundgang zu machen." Sie kaute auf der Unterlippe und wich den Blicken der Polizisten aus. Plötzlich wirkte sie wieder nervös, und auch ihr Lachen klang ein wenig hysterisch. „Womit wir wieder beim Thema wären."

„Ist Ihnen außerdem etwas aufgefallen, als Sie heute Morgen ins Multimar kamen? Etwas Ungewöhnliches?" Petersen fixierte die junge Frau mit seinem Blick. Seine Miene wirkte versteinert, und Wiebke wunderte sich über seine knallharte Art, die sie nicht von ihm gewohnt war. Sie beschloss, ihn später endlich zu fragen, was ihn beschäftigte.

„Nicht dass ich wüsste", erwiderte Beke Frahm, ohne ihn anzublicken. „Ich war ja nicht die Erste im Gebäude. Meist sind ein paar Techniker schon da, die sich um die anfallenden Reparaturen und Wartungsarbeiten kümmern. Aber in der Ausstellung war ich die Erste an diesem Morgen. Das ist nichts Besonderes, sollte das ihre nächste Frage sein. Haben Ihre Leute denn keine Einbruchspuren festgestellt?"

„Wir warten die Auswertung der Untersuchungen ab", erwiderte Petersen ausweichend. Dass er mit Piet Johannsen nicht darüber gesprochen hatte, ob sich möglicherweise jemand unbefugt Zutritt zum Multimar verschafft hatte, ärgerte ihn sichtlich.

„Der Täter muss ja irgendwie da reingekommen sein. Und zum Team gehört er nicht, so viel kann ich Ihnen sagen." Ein seltsamer Unterton klang in Beke Frahms Worten mit.

„Warum legen Sie für Ihre Kollegen die Hand ins Feuer?", fragte Petersen.

„Ich weiß einfach, dass die Kollegen so etwas nicht tun würden." Sie lachte, und es klang gereizt.

„Darf ich fragen, wo Sie die letzte Nacht verbracht haben?" Wiebke achtete auf jede Regung im Gesicht der jungen Frau, deshalb entging ihr nicht das fast unmerkliche Zucken im rechten Augenwinkel von Beke Frahm.

„Hier", sagte sie ein wenig zu schnell. „Ich war hier."

„Allein nehme ich an?" Wiebke musterte sie eindringlich. „Oder haben Sie einen Freund?"

„Nein, wie kommen Sie darauf?"

„Wäre das so abwegig?"

Nun lächelte die junge Frau, doch ihre Blässe war einem leicht roten Hautton gewichten. „Nein", sagte sie kopfschüttelnd. „Das wäre es wohl nicht. Also – ich war allein hier, habe Fernsehen geguckt, gebadet und bin dann recht früh zu Bett gegangen."

„Danke." Wiebke erhob sich, Petersen folgte ihr.

Auch Beke Frahm stand auf und brachte ihren Besuch zur Tür. Wiebke reichte ihr eine Visitenkarte mit dem Wappen der Polizei von Schleswig-Holstein und bat sie, sie anzurufen, falls ihr noch etwas einfiele. An der Tür wandte sie sich noch einmal um. „Ach und, Frau Frahm: Wie sind sie so schnell von Tönning hierher gekommen? Mit dem Auto?"

„Nein." Sie lächelte. „Normalerweise fahre ich mit dem Rad, das ist gut für die Figur." Sie klopfte sich bezeichnend auf die Hüften. „Aber heute war ich spät dran. Um Ihre Frage zu beantworten: Ich habe mich von einem Freund abholen und nach Hause fahren lassen."

„Hat der Freund sie morgens auch zur Arbeit gebracht, wenn sie normalerweise mit dem Rad fahren?", fragte Petersen.

„Ja ... ist das wichtig?"

„Für unsere Ermittlungen sind auch solche Details wichtig. Eventuell brauchen wir später noch den Namen und die Adresse ihres Freundes." Petersen nickte, dann waren sie draußen.

Nachdem sich die Wohnungstür hinter ihnen geschlossen hatte, blickte Wiebke ihren Kollegen an. „Und nun?"

„Komm erst mal mit." Er ging nach unten; Wiebke folgte ihm. Als sie draußen standen, winkte er ab. „Ich weiß nicht, wie ich das erklären soll", murmelte er und zündete sich mit umständlichen Bewegungen eine Zigarette an. „Aber irgendetwas stimmt mit ihr nicht. Sie hat ein schlechtes Gewissen."

„Warum sollte sie das haben? Sie hat die Leiche im Wasser gefunden, ist nervös und steht unter Schock – das würde auch ihre Flucht aus dem Multimar erklären. Meinst du, sie verschweigt uns etwas?"

„Da ist mehr im Busch", bestätigte Petersen und paffte den Rauch in den wolkigen Himmel. Seite an Seite marschierten sie zum Auto. Dort wurden sie bereits erwartet.

Wiebke erkannte den alten Mann, der vorhin den Müll nach unten gebracht hatte.

„Und?", fragte er sie grimmig. „Zieht sie jetzt aus?"

„Wie bitte?" Wiebke lächelte.

„Ob das junge Ding nun auszieht." Er betrachtete die Polizisten. „Sie sind doch von diesem Heiners geschickt worden, oder?"

„Moment, Moment", rief Petersen nun. In ihm schrillten sämtliche Alarmglocken. „Wovon sprechen Sie?"

„Sie kenn ich noch gar nicht. Der Heiners schickt sonst immer so gestriegelte Lackaffen, die uns Angst machen sollen." Der alte Mann schüttelte das ergraute Haupt. Die dunkelblaue Kapitänsmütze drohte ihm vom Kopf zu rutschen. „Nee, nicht mit mir, einschüchtern lasse ich mich nämlich nicht."

Wiebke hatte eine Ahnung, woher der Wind wehte. Sie lächelte den alten Mann freundlich an und zeigte ihm ihren Dienstausweis. „Wir kommen von der Kriminalpolizei und haben Frau Frahm wegen einer anderen Sache besucht." Um zu vermeiden, dass der Alte Beke Frahm als Kriminelle einschätzte, schob sie eilig hinterher: „Sie ist eine wichtige Zeugin für uns und kann uns bei der Aufklärung eines Verbrechens behilflich sein – deshalb sind wir hier."

„Sie sprechen nicht zufällig von Holger Heiners, dem Immobilienmakler?" Petersen wurde hellhörig.

„Doch, doch, junger Mann. Dem gehört der Kasten seit einem knappen Jahr. Er will uns alle hier rausekeln und das Haus abreißen lassen. Wahrscheinlich baut er dann hier Ferienwohnungen oder so'n Schiet." Der Alte winkte ab. „Ein Verbrecher ist das, sag ich Ihnen." Er hatte sich in Rage geredet. „Aber mich kriegt der hier nicht raus. Ich hab Wohnrecht auf Lebenszeit, daran ändert auch seine Kündigung nichts."

„Ich denke, er wird Sie künftig in Ruhe lassen." Wiebke bedeutete Petersen, dass es höchste Zeit wurde. Ihre Ungeduld wuchs nun auch. Sie wollte wissen, wie viele Feinde der Mann hatte, den sie am Morgen tot im Großbecken des Multimar gefunden hatten. Und sie wusste auch schon, wen sie ganz unbürokratisch fragen konnte. Als sie auf dem Weg nach Husum waren, wusste Wiebke, dass sie später noch einmal mit Beke Frahm reden mussten. Aber der Staatsanwalt erwartete noch am Vormittag erste Ergebnisse, und die Zeit rann ihnen förmlich durch die Finger.

VIER

Er war das stundenlange Autofahren nicht mehr gewohnt. Doch er war sicher, das Richtige zu tun. Und so war er im Morgengrauen aufgebrochen, nachdem er drei Tassen schwarzen Kaffee in sich hineingekippt hatte. An einer Tankstelle auf dem Weg zur Autobahn versorgte er sich mit belegten Brötchen und einem weiteren Coffee to go, bevor er die Reise antrat, die wahrscheinlich den Rest seines Lebens verändern sollte.

Er, der alte Mann, war gespannt, wie es ihr in den letzten Jahren ergangen war. Viel wusste er nicht von ihr, darüber war er sich im Klaren. Und er wusste auch, dass das zum Teil seine eigene Schuld war. Er hatte den Kontakt zu ihr einschlafen lassen und sich stattdessen total verbittert in die Arbeit gestürzt.

Alles nur, um sein Privatleben zu vergessen.

Aber er war müde geworden, hatte es satt, die Vergangenheit zu verdrängen. Deshalb machte er sich jetzt endlich auf den Weg zu ihr. Er wollte Klarheit haben, wollte wissen, ob sie sich noch zu ihm bekennen wollte. Lange hatte er gezögert und mit sich gehadert. Was, wenn sie nicht auf ihn gewartet hatte, wenn sie sich damit abgefunden hatte, dass er aus ihrem Leben verschwunden war?

Wie würde er reagieren, wenn sie ihm die kalte Schulter zeigte und nichts mehr von ihm wissen wollte, weil sie längst in einem anderen, in ihrem eigenen Leben angekommen war?

Selbstzweifel hatten ihn geplagt, doch schließlich siegte der Wille, sie wiederzusehen. Und so hatte er sich auf den Weg in den Norden gemacht. Und wenn sie ihn fortschicken würde, dann hatte er wenigstens ein paar freie Tage, die er an der See verbringen konnte, bevor er verletzt und gedemütigt den Heimweg antreten würde.

Doch insgeheim hoffte er, dass es nicht so sein würde.

Hermann-Tast-Schule Husum, 10.35 Uhr

Einige Schüler beäugten sie neugierig, als sie durch die gläsernen Türen das Hauptgebäude der Schule am Bahndamm betraten. Mit dem schicken Backsteinsockel, den modernen Wellblechfassadenteilen und den großen Glasflächen erinnerte das Gebäude äußerlich eher an den edlen Verwaltungstrakt eines Großkonzerns als an eine Schule. Sonnenkollektoren, die zur Energiegewinnung dienten, rundeten das Bild von einer zeitgemäßen Bildungseinrichtung ab.

Im Innern vermisste Wiebke den typischen Schulgeruch mit einer Mischung aus Bohnerwachs, verstaubten Lehrbüchern und Butterbroten. Sie blickte sich um. Es hatte sich einiges getan in den Jahren, seitdem sie die Schule verlassen hatte. Nach wenigen Metern standen sie in der Mensa; auch hier überwogen helle und freundliche Eindrücke, was nicht nur an den bunten Bildern an den Wänden lag.

„Und nun?", fragte Petersen ein wenig unschlüssig. Er hatte nicht verstanden, warum Wiebke unbedingt in die HTS fahren wollte, um ausgerechnet hier an die gewünschten Informationen zu kommen. „Denkst du, dass die Kids Holger Heiners auf dem Gewissen haben?"

„Unsinn." Wiebke schüttelte den Kopf und berichtete Petersen nun endlich von ihrem Treffen mit dem eigenartigen Lehrer, den sie vor ein paar Tagen am Dockkoog kennengelernt hatte. „Ich könnte mir gut vorstellen, dass er uns einige Fragen beantworten kann, bevor wir in die Ermittlungen einsteigen."

Jan Petersen machte keinen Hehl daraus, dass er Wiebkes Idee für vergeudete Zeit hielt. „Ich glaube, da gibt es wichtigere Zeugen, die uns etwas über das Geschäftsgebaren dieses Heiners erzählen können. Oder glaubst du, Schäfer hat seinen Erzfeind aus dem Weg geräumt?" Er schüttelte den Kopf. „Das ist doch alles völlig in die Luft gefurzt! Diesen Körnerfressern trau ich keinen Mord zu, echt nicht, Wiebke."

Wiebke war am Rand der Mensa stehen geblieben. „Wart es doch erst einmal ab, Jan. Ein Motiv hätten die Leute von der Bürgerinitiative doch." Sie fragte sich immer noch, warum ihr Kollege so schlecht gelaunt war. Eigentlich verstanden sie sich recht gut – dienstlich und auch privat, und sie konnten über alles reden. Doch irgendwas schien ihm schwer im Magen zu liegen, und sie ärgerte sich darüber, dass er nicht mit ihr darüber sprach. Auf der Fahrt nach Husum hatte sie schweigend neben ihm gesessen und sich wieder nicht getraut, ihn zu fragen. Nicht einmal über den Fall hatten sie gesprochen. Sie hatte ihn lediglich gebeten, hierher zu fahren.

Petersen seufzte, doch dann legte sich ein breites Lächeln auf sein kantiges Gesicht. Was auch immer ihn bis eben bedrückt hatte – es war wie weggewischt. Er blickte geradewegs an Wiebke vorbei und murmelte freundlich ein gedehntes „Moin".

Wiebke wandte sich um und wusste, was den plötzlichen Sinneswandel bei ihrem Kollegen hervorgerufen hatte. Eine Frau mit schulterlangen, blonden Haaren, Wiebke schätzte sie auf Anfang zwanzig, näherte sich mit wiegenden Schritten. Sie trug eine eng anliegende Jeans und ein figurbetontes Shirt, unter dessen Stoff sich üppige Brüste abzeichneten. Keine Frage, sie war verführerisch und gleichermaßen bildhübsch.

Die junge Frau blieb stehen und betrachtete die Polizisten mit einem neugierigen Blick. Während sie Wiebke nur knapp zunickte, schenkte sie Petersen einen lasziven Augenaufschlag.

„Moin", sagte sie freundlich. „Kann ich Ihnen helfen?"

Für eine Schülerin war sie zu alt, für eine Lehrerin noch zu jung, stellte Wiebke fest. Wahrscheinlich arbeitete die junge Frau im Sekretariat der Schule.

Wiebke bemerkte, dass Petersen gerade dahinschmolz und überlegte, warum sich bei Männern das Hirn abschaltete, sobald sie einer hübschen Frau gegenüberstanden. Wahrscheinlich waren es die Gene, dachte sie. „Im Prinzip sind wir Neandertaler; die Herren der Schöpfung sind nach wie vor darauf programmiert, ihr Erbgut weiterzureichen. Das ist Instinkt", dachte sie.

Nein, widersprach sie sich in Gedanken selbst. Das war primitiv.

„Wir würden gern Herrn Schäfer sprechen", sagte sie, bevor Petersen noch zu sabbern begann. Der Auftritt ihres Kollegen war ihr peinlich. Um von Petersen abzulenken, zückte Wiebke den Dienstausweis.

„Oh." Das Lächeln auf dem aparten Gesicht der jungen Frau gefror, und sie zog eine Augenbraue hoch. Dann blickte sie auf die Armbanduhr. „Da haben Sie Glück. Er hat gerade keinen Unterricht." Sie machte eine einladende Geste. „Bitte folgen Sie mir!"

Das ließ sich Petersen nicht zweimal sagen. Die attraktive, junge Frau ging voran, und als er ihr auf den

Hintern starrte, fing er sich prompt einen Seitenhieb von Wiebke ein. Er musterte sie fragend – sie funkelte ihn böse an und schüttelte den Kopf. Später würde sie ihm sagen, wie albern er sich benahm.

Sie gingen in das erste Stockwerk des Gebäudes. Wiebke bemerkte die Hinweistafeln, die zum Sekretariat führten. Also hatte sie sich nicht geirrt, die Blondine, die Petersen den Kopf verdrehte, war die Schulsekretärin.

Inzwischen waren sie auf einem Gang angekommen. Links lag das Sekretariat. Plakate zu Veranstaltungen zierten die Tür. Doch die Mitarbeiterin der Schule deutete nach rechts auf eine Tür, in der sich eine Milchglasscheibe befand. „Herr Schäfer müsste im Arbeitsraum sein", kommentierte sie, klopfte kurz an und steckte den Kopf in den Raum. „Ah", sagte sie. „Gut, dass du hier bist. Hier sind zwei Herrschaften von der Polizei, die dich gern sprechen würden."

Wiebke fiel sofort auf, dass die Frau vermied, ihm direkt in die Augen zu blicken.

Zu dritt betraten sie den fensterlosen Raum. Wiebke erkannte Schäfer sofort wieder. Sie musste schmunzeln, verkörperte der Lehrer doch das klassische Bild eines naturliebenden Biolehrers: Er trug trotz der angenehmen Temperaturen einen Wollpulli, dazu die obligatorischen Jeans und Gesundheitsschuhe. Nur die Kapitänsmütze und die Pfeife in seinem Mundwinkel fehlten heute. Schäfer saß an einem der sechs L-förmig angeordneten Computer und blickte neugierig auf. Als er Wiebke sah, wirkte er ein wenig überrascht. Offenbar erinnerte er sich an ihr Treffen am Dockkoog.

„Sie?" Dann räusperte er sich. „Sie sind Polizistin?"

„Ja, Kripo Husum", nickte Wiebke und lächelte. „Man sieht sich eben immer zweimal im Leben."

„Ich bin dann mal wieder weg", flötete die Blondine und zog sich zurück.

Täuschte Wiebke sich, oder hatte ihre Stimme dem Kollegen gegenüber unterkühlt und distanziert geklungen?

Schäfer blickte ihr fast wehmütig hinterher. Auch er starrte auf ihren Hintern.

Sind denn alle Männer gleich?, fragte sich Wiebke und trat näher, nachdem die Blondine die Tür hinter sich geschlossen hatte. „Die Schulsekretärin nehme ich an?"

„Nein." Torben Schäfer schüttelte mit einem feinen Lächeln den Kopf und zupfte an seinem Bart herum. „Das ist Levke Kühn. Sie ist Referendarin an unserer Schule."

„Schöner Name", murmelte Petersen.

Schäfer nickte. „Ja, er stammt aus dem Friesischen. Der Name ist abgeleitet von ‚leavje' und bedeutet so viel wie ‚mögen, liebhaben'."

Wiebke schwieg und wunderte sich über Schäfers sanfte Art. „Holger Heiners ist tot", sagte sie dann so unvermittelt, dass Torben Schäfers sanftes Lächeln wie ausgeschaltet war.

Seine Augen wurden groß, als er zu Wiebke aufblickte. Mit einer fahrigen Handbewegung strich er sich durch das Gesicht. „Was haben Sie gesagt?"

Petersen setzte sich auf eine Tischkante. „Er ist ermordet worden, deshalb sind wir hier, um mit Ihnen über Heiners zu sprechen."

Wiebke zog sich einen freien Stuhl heran und setzte sich verkehrt herum darauf. „Als Gründer der Bürgerinitiative ‚Rettet den Dockkoog' war Ihr Verhältnis zueinander wohl eher gespannt, oder?"

„Aber Sie wollen mir jetzt keinen Mord unterstellen, nehme ich an?", konterte er angriffslustig.

Wiebke wunderte sich, wie schnell er sein Selbstbewusstsein wiedergefunden hatte. „Wir ermitteln in einem Tötungsdelikt, das sich erst vor wenigen Stunden ereignet hat", stellte sie klar. „Insofern ist es zu früh, einen Verdacht auszusprechen. Deshalb wären wir Ihnen dankbar, wenn Sie uns Ihr Verhältnis zu Holger Heiners schildern würden."

Schäfer nickte nachdenklich und stierte ins Leere. Sekundenlang schien er geistesabwesend zu sein, dann ging ein Ruck durch seine massige Gestalt. „Ich muss zugeben, dass ich mir seinen Tod nicht nur einmal in den letzten Monaten gewünscht habe", räumte er zerknirscht ein. „Wir waren Kontrahenten: Naturschutz contra Neubau – so was konnte nicht friedlich abgehen."

„Hatten Sie Kontakt zu ihm?" Wiebke blickte ihn ernst an.

„Natürlich. Mehrmals sogar. Auf einer Podiumsdiskussion war ich kurz davor, ihn körperlich anzugreifen."

„Wie kam das?", mischte sich Petersen ein. Er rutschte von der Tischkante und wanderte im Raum herum, blieb an einem der hohen Regale stehen und betrachtete interessiert die Buchrücken.

„Ich bin auch nur ein Mensch", murmelte Torben Schäfer. Der Lehrer lehnte sich in seinem Stuhl zurück und legte die Beine übereinander. „Und Heiners hatte eine sehr provokante Art an sich, die einen schnell auf die Palme bringen konnte. Mit einem einzigen Satz konnte er das, wofür ich wochenlang gekämpft habe, in Grund und Boden reden. Als Lehrer bin ich rhetorisch auch nicht ganz unbedarft, aber Heiners' Art war nicht auszuhalten. Er hat uns verspottet und verhöhnt, hat uns mit Klagen gedroht und in der Presse niedergemacht."

„Uns?", fuhr Petersen dazwischen.

„Ja, mich und meine Anhänger. Es gibt viele Menschen, die das Bauprojekt am Dockkoog verhindern wollen."

„Wie hat er Sie in der Presse niedergemacht?", fragte Wiebke. „Es besteht Pressefreiheit, und ich könnte mir gut vorstellen, dass die Journalisten durchaus in der Lage sind, sich eine eigene Meinung über Ihre Aktivitäten zu bilden."

Schäfer winkte ab. „Er hat sie alle gekauft, alle. Die meisten Reporter sind freie Mitarbeiter, die auf Basis eines lächerlich geringen Zeilenhonorars schreiben. Da muss ich Ihnen nicht erklären, wie sie auf ein lukratives Angebot von Heiners reagiert haben, oder?"

Petersen verstand. „Mit vollen Hosen stinkts sich gut." Er machte keinen Hehl daraus, wie er über Holger Heiners und sein Verhältnis zur Presse dachte. „Immer dasselbe."

Wiebke blieb sachlich. „Haben Sie nicht auf einer Gegendarstellung bestanden, wenn man Sie in der Öffentlichkeit durch den Kakao gezogen hat?"

„Journalistisch waren die Artikel so verfasst, dass ich sie nicht anfechten konnte. Aber menschlich betrachtet hat Heiners zum Feldzug gegen ‚Rettet den Dockkoog' geblasen. Er war wie der Rattenfänger von Hameln – alle haben nach seiner Pfeife getanzt."

„Aber Sie haben sich nicht entmutigen lassen?", vermutete Wiebke.

„Nein." Der Lehrer schüttelte energisch den Kopf. „Aber es half nichts: Gegen Holger Heiners war kein Kraut gewachsen. Und soll ich Ihnen etwas im Vertrauen sagen?" Er wartete ab, sein Blick huschte ein wenig unstet zwischen Wiebke und Petersen hin und her. „Sein Tod ist für mich eine gute Nachricht."

„Glauben Sie ernsthaft, dass sein Unternehmen das Bauvorhaben jetzt abschreibt?" Petersen gab sich skeptisch.

„Natürlich."

Torben Schäfer nickte.

„Sein Unternehmen ist strukturiert wie ein Bienenstock. Stirbt die Königin, wandern die Bienen ab, um neue Völker zu gründen."

„Das passiert aber auch, wenn es in einem Bienenstock mehrere Königinnen gibt." Wiebke erinnerte sich schmunzelnd an ihren eigenen Biologieunterricht.

„Exakt, Frau Ulbricht. Deshalb war Heiners auch Alleinherrscher in seinem Unternehmen. Niemand kam an ihn ran, keiner in seiner Firma kennt alle Daten und alle Geheimnisse." Der Lehrer zuckte die Schultern. „Nun weiß wohl keiner, ob sein Laden noch weiter existieren kann. Ich wage das zu bezweifeln."

„Sie sind gut über die internen Strukturen informiert", stellte Petersen fest und lehnte sich lässig an eines der Aktenregale.

„Es ist immer gut, wenn man weiß, wie der Feind aufgestellt ist", lächelte Schäfer tiefgründig. „Es gibt einen Mann, der immer an Heiners Seite ist … war. Christian Rohde ist seine rechte Hand und, mit Verlaub gesagt, ein elender Speichellecker. Nun steht er vor dem Nichts. Seine Schleimerei hat ihm nicht viel gebracht, den ohne den allmächtigen Holger Heiners ist Rohde eine Nullnummer."

Wiebke wurde aus dem Mann nicht schlau. Er war Naturschützer durch und durch, und er hatte Holger Heiners bis aufs Blut gehasst – das hatte er eben unumwunden zugegeben. Doch er war hauptberuflich Lehrer, und sie traute ihm einfach keinen Mord zu. Dennoch war da noch etwas anderes, dass den Hass von Torben Schäfer auf Holger Heiners unberechenbar machte. Wiebke wusste nicht, was das war.

„Könnten Sie sich vorstellen, wer ihn ermordet hat?", fragte sie.

„Nein." Kopfschütteln. Der Lehrer wippte mit seinen Biosandalen. „Aber man munkelt, dass es bei einigen seiner Geschäfte unseriös ablief. Wahrscheinlich hatte er so viele Feinde, wie ein Igel Stacheln hat."

Wiebke fiel auf, dass Schäfer immer Vergleiche mit der Natur heranzog. Sie nickte Petersen zu und erhob sich.

„Vielen Dank, Herr Schäfer." Sie reichte ihm ihre Visitenkarte. „Rufen Sie mich an, wenn Sie eine Idee haben, die uns weiterbringt."

Schäfer blickte nachdenklich auf die Karte, um sie sich dann umständlich in die Hosentasche zu stopfen. „Darf ich Sie noch etwas fragen?"

Wiebke und Petersen waren bereits an der Tür. „Natürlich."

„Wie ist er …" Torben Schäfer suchte nach den richtigen Worten, fand sie aber nicht.

„Man hat ihn in das Großbecken des Multimar geworfen. Er ist ertrunken, vielleicht auch erfroren, das genaue Ergebnis der Obduktion steht noch aus."

Schäfer nickte. „Welch Ironie des Schicksals, finden Sie nicht?"

„Wovon sprechen Sie?" Wiebke machte auf dem Absatz kehrt und musterte den Biolehrer.

„Ein Mann wie Holger Heiners hat sich um den Erhalt der Natur einen Dreck geschert. Wo er ein Geschäft witterte, hat er gebaut und die Umwelt zerstört. Und nun stirbt er dort, wo man sich intensiv für den Naturschutz und um das Weltnaturerbe Wattenmeer einsetzt. Seltsam, oder?"

Wiebke antwortete nicht und zog Petersen aus dem Arbeitszimmer. Sie hatte genug gehört.

Husum, Polizeidirektion Poggenburgstraße, 11.05 Uhr

Fritz Mahndorf blickte bezeichnend auf die goldene Armbanduhr, als Wiebke und Petersen abgehetzt und mit einer fünfminütigen Verspätung im Besprechungszimmer erschienen. Alle anderen saßen bereits am langen Tisch und hatten Unterlagen vor sich ausgebreitet.

Matthias Dierks hatte in der Zwischenzeit sein Team zusammengetrommelt und erste Recherchen angestellt. Die Kollegen aus Flensburg waren noch nicht da, auch KHK Friedrichs glänzte durch Abwesenheit. Der Staatsanwalt hatte sich einen Stuhl herangezogen und am Kopfende, gleich neben Dierks, Platz genommen. Rechter Hand saß Kriminalkommissarin Katja Graf, eine etwas mollige aber durchaus hübsche Kollegin, die ihren Dienst nur wenige Wochen vor Wiebke in der Husumer Wache angetreten hatte. Ihr Assistent war der schlaksige Kommissaranwärter Sven Gerkes, der nun voller Tatendrang mit seinem Kugelschreiber tickerte. Links saß der Kriminaltechniker Piet Johannsen vor einer aufgeschlagenen Mappe. Er blätterte in den Unterlagen und sah nur kurz auf, als Wiebke sich neben ihn setzte. Auch Petersen zog sich scharrend einen Stuhl zurecht. Wiebke blickte in die Runde. Dieser Verein sollte also den Mord an einem bekannten Immobilienmakler aufklären – wenn es denn ein Mord war. Andere Mordkommissionen arbeiteten mit zwölf Leuten. So setzte sie auf die Unterstützung der Kollegen aus Flensburg, auch wenn sie keine große Lust hatte, sich von Friedrichs herumkommandieren zu lassen.

„Da wir nun vollzählig sind, können wir mit dem Zusammentragen unserer Informationen beginnen", eröffnete Matthias Dierks das Meeting. „Die Mordkommission aus Flensburg erwarte ich noch heute Vormittag, dann können wir auf breiter Front kämpfen." Er wechselte einen schnellen Blick mit Mahndorf, der an seinem Krawattenknoten herumzupfte. „Ich möchte den Kollegen von Anfang an mit guten Vorkenntnissen zur Verfügung stehen, gleichwohl muss ich anmerken, dass wir wahrscheinlich inoffiziell mit der Klärung des Tötungsdeliktes beauftragt werden." Er lächelte in die Runde. „Wie wir alle wissen, ist Erster Kriminalhauptkommissar Udo Friedrichs als Leiter der Mordkommission in Flensburg der Mann, der die Zügel in der Hand hält. Er ist sehr ehrgeizig und für seine hohe Aufklärungsquote bekannt. Deshalb sollten wir alles in unserer Macht stehende tun, um ihn tatkräftig zu unterstützen."

Petersen lachte, als hätte er einen guten Witz gehört. „Ist doch immer der gleiche Scheiß."

„Was meinen Sie?", fragte Mahndorf streng.

„Wir machen die Drecksarbeit für die Flensburger, dann kommen Friedrichs' Leute her und kommandieren uns rum. Warum lösen wir den Fall nicht allein?"

„Weil die Mordkommission in Flensburg sitzt und wir die Kollegen aufgrund unserer Orts- und Personenkenntnisse unterstützen." Matthias Dierks war die Situation im Beisein des Staatsanwaltes sichtlich unangenehm. „Das ist so geregelt, und wir werden ganz bestimmt nichts daran ändern. Im Gegenteil: Weil Holger Heiners recht bekannt war und der Fall das Interesse der Öffentlichkeit anziehen wird, müssen wir davon ausgehen, dass sich das LKA für den Toten interessiert."

„Das wird ja immer besser. Die mischen sich in unsere Arbeit ein und schmücken sich zum Schluss mit unseren Federn", zeterte Petersen und hieb wütend auf den Tisch.

„Jan, bitte", wagte Dierks einen Versuch, ihn zu beruhigen. „Du bist lange genug Bulle und kennst die Regeln." Die Männer waren in einem Alter und kannten sich lange genug, um zu wissen, was der andere dachte. Eigentlich, überlegte Wiebke, wären sie ein perfektes Team. Aber irgendwann hatte man Dierks zum Ersten Hauptkommissar befördert und ihn zum Leiter der Kriminalinspektion Husum ernannt.

„Also steht schon fest, dass es sich um Mord handelt?", fragte Wiebke, um die angespannte Situation aufzulockern. Sie hatte keine Lust auf einen Streit der beiden, und die Zeit drängte.

Piet Johannsen blickte auf. „Ich habe vor ein paar Minuten mit der Rechtsmedizin telefoniert. Natürlich steht die Obduktion noch aus, aber inzwischen hat man Blutergüsse festgestellt, die offenbar durch einen stumpfen Gegenstand hervorgerufen wurden und nichts mit einem möglichen Unfall zu tun haben. Er ist also nicht aus Versehen in das Wasser gefallen."

„Womit wir beim Thema wären", mischte sich nun auch Matthias Dierks ein. „Die Obduktion. Sie wird noch heute Nachmittag stattfinden." Aufmerksam betrachtete er sein Team, dann blieb sein Blick auf Wiebke und Petersen haften. „Ich möchte, dass ihr dabei seid."

„Klar, ich hab noch nichts gegessen", maulte Petersen. „Können das nicht die Flensburger übernehmen? Uns fehlt die Zeit, und hier ist viel zu tun."

Fritz Mahndorf schüttelte den Kopf. „Auch ich erachte es für sinnvoll, wenn Sie beide das übernehmen. Sie bearbeiten den Fall seit der ersten Minute und können möglicherweise wichtige Schlüsse ziehen."

Petersen nickte. „Schon gut."

Das hatte Wiebke befürchtet. In ihrer Laufbahn als Polizistin würde dies die erste Autopsie sein, der sie beiwohnen würde. Und sie war sich im Klaren darüber, dass sie keine Ahnung hatte, wie sie das überstehen sollte. Trotzdem war sie froh, dass auch Petersen dabei sein würde. Er gehörte schon länger zu dem Laden und machte so etwas nicht zum ersten Mal mit.

„Weiter im Text", sagte Dierks mit erhobener Stimme. „Wie wir wissen, handelt es sich bei dem Toten um den Immobilienkaufmann Holger Heiners, geboren am 3. März 1960 in Kiel. Wohn- und Firmensitz ist Flensburg. Heiners war verheiratet – die Kollegen aus Flensburg besuchen gerade die Witwe und werden sie vom Tod ihres Mannes unterrichten."

Wenigstens der Kelch geht an mir vorbei, dachte Wiebke erleichtert.

„Heiners kam zu Lebzeiten immer wieder in die Schlagzeilen. Man dichtete ihm unseriöse Geschäfte an, angeblich soll er einflussreiche Politiker bestochen haben, um seine geplanten Bauprojekte zu genehmigen. Auch die Zusammenarbeit mit der Nord-Ostsee-Bank soll nicht immer so gelaufen sein, wie sich das die Öffentlichkeit wünschte." Dierks, der abgelesen hatte, blickte jeden im Raum an. „Aber ob er tatsächlich mit dem Gesetz in Konflikt gekommen ist, ließ sich in der Kürze der Zeit nicht nachweisen. Es gab natürlich immer wieder Meldungen in der Presse, auch kam es mehrfach zu einem Rechtsstreit, doch nachzuweisen war Holger Heiners nie etwas." Der Erste Hauptkommissar blickte Sven Gerkes an. „Ich möchte, dass Sie recherchieren, was es mit den Geschichten auf sich hat."

„Sicher." Der junge Kommissaranwärter nickte eifrig und machte sich Notizen.

„Apropos unseriös", warf Petersen nun ein. Als alle Augen auf ihn gerichtet waren, berichtete er den Kollegen von dem Zwischenfall in Oldenswort. „Zufällig gehört auch die alte Schule zu seinen Objekten. Wie es aussieht, lies er die Immobilie sehenden Auges verwahrlosen und drohte den Mietparteien mit einer Räumungsklage. Gleichzeitig warb er auf dem Hof des Gebäudes um Käufer für Bauland. Wie es aussieht, wollte er die alte Schule abreißen und an gleicher Stelle Land verkaufen. Das ist grenzwertig, wenn auch nicht illegal."

„Wir sollten eine Durchsuchung von Heiners' Büros in Betracht ziehen", plante Mahndorf und erntete von Dierks ein zustimmendes Nicken. „Vielleicht hat es im Vorfeld Drohungen gegen Heiners gegeben. Möglicherweise von einem Mieter, der sich die rüden Methoden des Hausherrn nicht länger gefallen lassen wollte. Heiners gehörten zahlreiche Objekte zwischen den Meeren, da könnte ich mir gut vorstellen, dass es ab und zu Unmut gab."

Dierks blickte in die Runde. „Sonst noch Vorschläge?"

Katja Graf nickte. „Auch für die Umweltschützer am Dockkoog war Heiners ein rotes Tuch – er wollte das Ferienressort am Badestrand auf Biegen und Brechen durchsetzen und hatte auch hier eine Menge Feinde. Hier sollten wir ansetzen: Gibt es eventuell auch militante Umweltschützer, die bereit wären, den Tod eines Menschen in Kauf zu nehmen?"

Wiebke überlegte, ob Torben Schäfer für eine solche Tat in Frage käme, verwarf den Gedanken aber schnell wieder. Der Biolehrer war enttäuscht und wütend, doch war er auch zu einem Mord fähig?

„Was die Bürgerinitiative ‚Rettet den Dockkoog' angeht, so haben wir bereits mit dem Gründer gesprochen. Er macht mir nicht gerade den Eindruck, jemanden umzubringen, nur um die Natur zu schützen, dennoch sollten wir nichts ausschließen. Außerdem werden wir prüfen, wer sich dem Unterfangen angeschlossen hat. Vielleicht gibt es den einen oder anderen, der uns schon mal aufgefallen ist." Wiebke notierte sich etwas. „Ich werde eine Mitgliederliste der Bürgerinitiative anfordern, dann können wir jeden einzelnen Teilnehmer durchleuchten."

„Die haben mehr als zweitausendfünfhundert Unterschriften von Menschen, die gegen den Betonklotz sind, gesammelt", merkte Petersen an. „Da ist bestimmt das eine oder andere Mitglied militanter Umweltschützer dabei."

„Klingt wie ein Widerspruch in sich", murmelte Katja Graf mit einem Lächeln.

„Bleibt das Multimar Wattforum als prägnanter Leichenfundort", brummte der Staatsanwalt. „Ich habe eine Liste aller Mitarbeiter angefordert, zusätzlich alle Lieferanten und externe Dienstleister, die für die Einrichtung tätig sind und Zutritt zum Multimar haben. Sobald die Liste vorliegt, sollten wir auch hier ermitteln. Irgendwie muss Heiners ja in das Gebäude gekommen sein."

„Na", lachte Petersen süffisant, „da haben die Kollegen aus Flensburg ja eine Menge Arbeit vor der Brust, wenn sie denn mal hier aufschlagen."

„Red kein Blech, Jan", wetterte Matthias Dierks. „Die Flensburger kommen, klagen über ihre personelle Situation, betonen, dass ihnen der Fall obliegt, und delegieren munter an uns. Ihnen mit den Informationen zu dienen, das ist unser Job."

„Goldene Aussichten", brummte Petersen und schüttelte den Kopf. Ohne ein weiteres Wort erhob er sich. Wiebke sah ihrem Partner an, dass er kurz vor dem Platzen stand.

„Jan, setz dich!", gellte die Stimme des Ersten Kriminalhauptkommissars durch den Raum.

„Keine Zeit", erwiderte Petersen, ohne sich umzuwenden. „Ich habe viel Arbeit – und bei der Leichenschau muss ich auch dabei sein." Hinter ihm knallte die Tür, und mit einem Blick auf Dierks stellte Wiebke fest, dass dem Abteilungsleiter die Situation sichtlich unangenehm war, zumal der Staatsanwalt mit hochrotem Kopf neben ihm saß.

Fritz Mahndorf klappte sein Notizbuch zu, steckte es in die Innentasche seines Jacketts und erhob sich ebenfalls. Er nickte mit verschlossener Miene in die Runde, schloss sorgsam die Knöpfe seines Sakkos und sagte an Dierks gewandt: „Reden Sie mit ihm. Petersen ist ein guter Mann, ich will ihn nicht verlieren." Dann verabschiedete er sich und ließ die Polizisten allein.

Husum, Hermann-Tast-Schule, 11.50 Uhr

Der Duft nach frischem Mittagessen wehte durch die Korridore des Gymnasiums. In der Mensa wurde mit Geschirr und Besteck geklappert. Im Sekretariat herrschte um diese Zeit reger Betrieb. Doch Madeleine Oelke ließ sich nicht so schnell aus der Ruhe bringen. Sie bediente fast gleichzeitig Telefon, Computer und die wartenden Schüler. Dabei blieb sie immer höflich und hatte für jeden, der an ihrem Tresen wartete, ein Lächeln übrig. Sie war lange genug Schulsekretärin an der Hermann-Tast-Schule und arbeitete routiniert Seite an Seite mit Schulleiter Walter Fedders, dessen Büro an das Sekretariat grenzte. Es war ein angenehmes Arbeiten, und sie kam jeden Morgen gut gelaunt aus Treia, wo sie lebte, nach Husum. Auch ihre beiden Kinder, Gyde und Sünje, waren hier zur Schule gegangen. Nun, wo die Kinder erwachsen waren – Gyde arbeitete als Polizistin in Husum, Sünje als Schifffahrtskauffrau in Hamburg – konnte sie sich ganz auf den Job konzentrieren.

Die Tür zum Sekretariat flog auf und schlug an die dahinterliegende Wand. Überrascht blickte Madeleine Oelke auf, um zu sehen, wer da in das Vorzimmer des Direktors stürmte.

Levke Kühn, die junge Referendarin, betrat den Raum, doch noch bevor Madeleine Oelke sie nach ihrem Wunsch fragen konnte, stand sie bereits im Büro von Walter Fedders, der überrascht aufblickte. Madeleine Oelke verließ ihren Arbeitsplatz und folgte Levke Kühn in das angrenzende Zimmer.

Obwohl sich Walter Fedders so schnell nicht aus der Ruhe bringen ließ, zupfte er ein wenig nervös an seinem Bart herum und betrachtete die junge Kollegin mit fragender Miene. Als er von Levke Kühn zur Leiterin des Sekretariats blickte, zuckte sie ein wenig hilflos die Schultern.

Fedders bedachte Madeleine Oelke mit einem nachsichtigen Lächeln, sagte: „Ist schon in Ordnung", und widmete sich der Referendarin. Doch sie schien nicht das geringste Interesse an einem Gespräch mit dem Schulleiter zu haben, denn auf einem der beiden Besucherstühle vor seinem Schreibtisch saß Torben Schäfer. Auch er drehte sich neugierig zu Levke Kühn um. Dass sie jetzt hier im Büro des Schulleiters stand, war ihm offenbar etwas unangenehm. Das Blut schoss ihm ins Gesicht. Seine buschigen Augenbrauen zogen sich zu einem Strich zusammen.

„Hallo Torben", sagte sie, nachdem sie Fedders knapp begrüßt hatte. „Kann ich dich gleich kurz sprechen?" Als er schwieg, fuhr sie fort: „Ich warte drüben im Arbeitszimmer auf dich." Dann nickte sie dem Direktor zu, murmelte eine Entschuldigung und verließ das Büro des Schulleiters. Madeleine Oelke blickte ihr ratlos hinterher, dann wurde sie von einem Schüler in Beschlag genommen, der einen neuen Schülerausweis bei ihr beantragen wollte. Im nächsten Augenblick hatte sie den seltsamen Zwischenfall schon wieder vergessen.

Husum, Hafenstraße, 11.55 Uhr

Sie fand ihn auf der „Nordertor". Das blau-weiß angestrichene Restaurantschiff lag schon seit Jahren im Husumer Hafen. Zahlreiche Touristen und Einheimische liebten es, an Bord des urig eingerichteten Schiffes zu essen und zu trinken und genossen dabei den Blick auf den Binnenhafen. Irgendwo hatte Wiebke einmal gelesen, dass die „Nordertor" eines der ältesten Restaurantschiffe Deutschlands war. Das Schiff hatte einen verstärkten Bug und war in Notfällen zwischen den 1940er- und 1950er-Jahren auf der Ostsee als Eisbrecher eingesetzt worden. Wiebke wunderte sich, an was sie sich alles erinnerte, während sie das Schiff enterte.

Er hockte vornübergebeugt an einem der freien Tische im Außenbereich und stierte in sein Bierglas. Bunt gekleidete Touristen flanierten am Kai entlang und betrachteten die Auslagen der Andenkenläden. Möwen kreischten über dem Hafenbecken, und auf der gegenüberliegenden Seite stand der alte Tonnenleger „Hildegard" wie eine eiserne Festung auf dem Trockendock der ehemaligen Werft.

„Hallo." Unaufgefordert setzte sie sich.

Petersen blickte sie unverwandt an. „Und?", fragte er. „Bin ich jetzt suspendiert, weil ich das System angezweifelt habe?"

„Unsinn." Wiebke lächelte, dann wurde sie ernst. „Hast eine ziemliche Show abgeliefert, mein Guter."

Jan Petersen nahm einen Schluck von seinem Bier und zuckte die Schultern. Es kümmerte ihn nicht, dass im Dienst absolutes Alkoholverbot galt.

„Wie hast du mich gefunden?"

„Wer sagt, dass ich dich gesucht habe?" Wiebke wusste, dass es ihn in die Stadt gezogen hatte. Wann immer Petersen eine kleine Auszeit brauchte, trieb es ihn auf die „Nordertor".

„Was soll das?" Wiebke deutete mit dem Kinn auf sein Glas.

„Damit habe ich mir den Frust runtergespült." Er nippte an seinem Glas und lächelte matt. „Aber du musst dir keine Sorgen machen – nein, ich bin kein Alkoholiker."

„Dann lass den Scheiß."

„Schon gut." Petersen winkte die Bedienung an den Tisch und orderte einen Kaffee, schwarz und stark. Für Wiebke bestellte er einen Tee.

„Und?", fragte er, nachdem sie wieder allein waren. „Hab ich was verpasst?"

„Nein." Wiebke berichtete ihm vom seltsamen Ausgang der Sitzung. „Wahrscheinlich wissen alle am

Tisch, dass du recht hast, aber keiner traut sich es zuzugeben, dass wir den Flensburgern nur zuarbeiten."

„Udo Friedrichs ist ein Arschloch. Wer für ihn arbeitet, ist ein Sklave. Das brauch ich wirklich nicht, Wiebke. Es kotzt mich an."

„Du hat ein Burnout-Syndrom", diagnostizierte Wiebke besorgt. „Solltest mal Urlaub machen."

„Wovon denn?" Petersen rieb bezeichnend Daumen und Zeigefinger gegeneinander. „Weißt du, wann ich zuletzt im Urlaub war?" Er schüttelte den Kopf. Als Wiebke schwieg, sagte er: „Ich auch nicht. Ist schon zu lange her. Und seitdem ich geschieden bin, geh ich sowieso nur noch für meine Exfrau arbeiten."

Also doch, dachte Wiebke. Es war ihr schon am Morgen aufgefallen, dass ihm eine gehörige Laus über die Leber gelaufen sein musste. Als er noch verheiratet war, hatte seine Frau einen kleinen Andenkenladen an der Schiffsbrücke betrieben. Die Gewinne waren schlecht – viele waren nur zum Schauen gekommen, nicht zum Kaufen. Und wie Petersen mal erwähnt hatte, waren sie mehrfach bestohlen worden. Als die beiden sich scheiden ließen, hatte Petersens Exfrau den Laden verkauft, weil er absolut unrentabel geworden war und eine Pleite drohte. Seitdem nutzte ihr Anwalt jedes Mittel, um an Petersens Geld zu kommen.

„Willst du drüber schnacken?"

Er blickte sie traurig an. Kaffee und Tee kamen, sie tranken.

„Nee", sagte Petersen. „Lieber nicht, ich will dir nicht auch noch den Tag versauen. Musste eben nur raus, hab das Gequatsche nicht mehr ausgehalten."

„Du musst mit Dierks reden."

„Das werd ich tun, versprochen." Petersen nickte und pustete in seine Tasse. „Muss ich sowieso, wenn ich nicht bald unter einer Brücke pennen will." Dann grinste er und war ein Stück weit wieder ganz der Alte. „Aber ich war nicht untätig in der Zwischenzeit und habe recherchiert."

Wiebke blickte sich um. „Hier? Auf dem Restaurantschiff?"

„Exakt, Mädchen. Claude weiß eine Menge. Auch über den Dockkoog."

Claude Bruhn war der Wirt des Restaurantschiffes. Ein wirklich liebenswerter Kerl, der irgendwann mit seiner Frau aus Düsseldorf in den Norden gekommen war. Mit den Einwohnern Nordfrieslands hatte er sich auf Anhieb gut verstanden, und seine offene und ehrliche Art hatte ihm dabei geholfen, im Norden der Republik Fuß zu fassen. Obwohl sich Claude nach wie vor zu seiner rheinischen Heimat bekannte, hatte er längst den Entschluss gefasst, im Norden alt zu werden. So war es für ihn auch selbstverständlich, sich tatkräftig in das Geschehen der Stadt einzumischen. Und Claude war eine nie versiegende Quelle an Informationen. Klatsch und Tratsch in Husum, dachte Wiebke amüsiert.

„So", nickte sie und rührte in ihrem Tee. „Was weiß Claude denn?"

„Er sitzt im Stadtausschuss und war von Anfang an dabei, als Heiners im Rathaus sein Projekt vorstellte." Petersen schob mit angewiderter Miene das halbleere Bierglas fort. Offenbar wunderte er sich jetzt über sich selbst und widmete sich dem Kaffee. „Der damals namenlose Investor bestand darauf, dass Presse und Öffentlichkeit von der Sitzung ausgeschlossen wurden."

„Und diesem Wunsch hat man entsprochen?" Wiebke konnte es nicht glauben.

„Scheinbar ja. Heiners wusste um seinen Ruf und war sich darüber im Klaren, dass er auf Protest stoßen würde, wenn er sich von Anfang an als Investor des Ferienressorts am Dockkoog outen würde."

„Wieso lassen sich die Stadtväter auf so ein Projekt ein, wenn es doch so gegen den Willen der Bürger geht?"

„Heiners versprach ihnen 300 neue Arbeitsplätze zu schaffen, von den zu erwartenden Einnahmen aus der Gewerbesteuer mal ganz zu schweigen. Der Kasten soll hundertfünfzig Zimmer und hundert Ferienwohnungen bekommen, da kannst du dir vorstellen, dass die Gastronomie schon Dollarzeichen in den Augen hat. Man hat aber mit dem Protest der Bürger gerechnet. So richtig will den Neubau wohl keiner, und schon vor einigen Jahren ist es zu einem Bürgerbegehren gekommen, als man ein ähnliches Projekt plante. Knapp achtzig Prozent der Bürger haben sich damals gegen den Bau einer Hotelanlage am Dockkoog entschieden."

Wiebke atmete hörbar aus. „Das würde bedeuten, dass diese achtzig Prozent theoretisch zu den Tatverdächtigen gehören?"

Petersen lächelte. „Es ist genau das, was ich befürchtet habe, Wiebke: Eine Suche nach der Nadel im Heuhaufen."

FÜNF

Als er den Kopf ins Arbeitszimmer steckte, erhöhte sich ihre Herzfrequenz. „Komm rein", sagte sie schnell und erhob sich von ihrem Stuhl. Soeben hatte die Mittagspause begonnen, und das Lärmen der Schüler drang aus der Mensa herauf.

Gleich würde sie mehr wissen.

Torben Schäfer glitt in den Raum – bei seiner stabilen Figur ein seltsamer Anblick – und drückte die Tür so leise wie möglich ins Schloss. Doch er konnte nicht verhindern, dass die Milchglasscheibe der Tür leise klirrte. Er strahlte glücklich.

„Gut siehst du aus", bemerkte er und betrachtete Levke, doch sie ging nicht auf das Kompliment ein. Das Lächeln verschwand aus Torben Schäfers Gesicht, und er wurde sachlich.

„Du wolltest mich sprechen?"

„Ja, Torben."

Sie nickte, setzte sich auf eine Schreibtischkante und blickte ihm tief in die Augen. „Was passiert hier eigentlich?"

„Wovon redest du?" Er näherte sich ihr und hielt ihrem Blick stand.

Sie erkannte jetzt jede Pore seiner von Wind und Sonne gegerbten Haut und versuchte sich sein Gesicht ohne den buschigen Vollbart vorzustellen. Womöglich war er ein attraktiver Mann, wenn er sich nur ein wenig modischer kleiden würde und wenn er diesen Bart abrasierte, der ihn Jahrzehnte älter erscheinen ließ, als er in Wirklichkeit war.

„Ich bekomme es mit der Angst zu tun, Torben."

„Du musst keine Angst haben." Er schüttelte langsam den Kopf und legte seine Hände auf ihre Schultern. Sie ließ es geschehen.

„Erst will die Polizei zu dir, und dann sitzt du bei Fedders im Büro. Was ist hier los?" Sie gab sich Mühe, das Zittern in ihrer Stimme zu unterdrücken.

„Ich habe mit Fedders gesprochen, weil die Bürgerinitiative wieder eine Aktion plant. Er hat mich gebeten, mich aus dem öffentlichen Geschehen fernzuhalten. Als Lehrer habe ich eine Vorbildfunktion meinen Schülern gegenüber – und ich soll Verantwortung übernehmen."

„Torben, du bist einer der verantwortungsvollsten Lehrer an dieser Schule. Niemand setzt sich so wie du für den Umweltschutz ein."

„Das weiß Fedders auch. Aber er mag es nicht, wenn der Dockkoog zum Politikum wird und ich als Gründer der Bürgerinitiative immer mein dummes Gesicht in die Kameras der Reporter halte." Er lächelte. „Und ich kann ihn verstehen. Also werde ich mich ein wenig im Hintergrund halten, wenn wir demonstrieren."

„Du kannst nichts gegen das Bauvorhaben tun", behauptete Levke. „Holger Heiners ist ein mächtiger Mann, und er hat gute Argumente, warum er das Ressort ausgerechnet in Husum errichten will. Vielleicht solltest du das endlich einsehen. Er zerstört keine Umwelt. Nur der Parkplatz, das alte Hotel und der Campingplatz sollen für den Neubau weichen." Nun schüttelte sie den Kopf. „Die ganzen Demonstrationen sind völlig überflüssig, und du solltest endlich mit deiner Stimmungsmache gegen ihn aufhören, wenn ..."

Die Tür öffnete sich, und sie fuhren erschrocken auf. Madeleine Oelke blickte in den fensterlosen Raum. Sie sah, dass Schäfer seine Hände auf Levkes Schultern gelegt hatte und sie sich sehr nahe zu sein schienen. Die Störung war ihr unangenehm.

„Oh", murmelte sie mit rotem Kopf. „Ich hätte anklopfen sollen. Entschuldigung." Ohne eine Antwort von Schäfer und Levke abzuwarten, zog sich Madeleine Oelke zurück.

Sie waren wieder allein.

„Jetzt glaubt sie bestimmt, wir hätten was miteinander", murmelte Levke irritiert und strich sich eine Haarsträhne hinter das Ohr.

Torben Schäfer lächelte. „Haben wir das denn nicht?"

Levke schüttelte den Kopf und stemmte energisch die Hände in die Hüften. „Torben, bitte!" Dann atmete sie ein paar Mal tief durch. Wenn sie jetzt dicht machte, dann würde sie von Schäfer nichts mehr erfahren, so viel stand fest.

„Also – was wollte die Polizei von dir?" Sie gab sich Mühe, nicht allzu schnippisch zu klingen.

„Sie hatten ein paar Fragen an mich. Es hat einen Zwischenfall gegeben, der mir und ‚Rettet den Dockkoog' zugute kommen könnte."

„Was ist das für ein Zwischenfall?" Levke verengte die Augen zu schmalen Schlitzen.

„Mein größter Feind lebt nicht mehr." Er blickte sie mit ernster Miene an. „Holger Heiners wurde heute Morgen tot im Großbecken des Multimar Wattforums gefunden."

Sie glaubte zu fühlen, wie man ihr den Boden unter den Füßen wegzog. „Bitte?", fragte sie heiser und spürte, wie Tränen in ihre blauen Augen schossen. „Sag, dass das nicht wahr ist!"

„Ich fürchte, dann müsste ich lügen, Levke. Holger Heiners wurde ermordet."

Sie hatte genug gehört. Es klang schlüssig. Plötzlich wusste sie, warum sie ihn telefonisch nicht erreicht hatte. Es war so viel unausgesprochen gewesen, und sie hatte nach einer schlaflosen Nacht das Bedürfnis gehabt, ihm ihre Gedanken mitzuteilen, sich ihm noch weiter zu öffnen, als sie das jemals getan hatte. Doch sie hatte nur seine Mailbox erreicht und ihm natürlich keine Nachricht hinterlassen. Und sie hatte unendlich gelitten und den Moment, mit ihm zu sprechen, mit jeder Sekunde dieses Vormittags herbeigesehnt.

Und nun war alles vorbei?

Wenn Schäfer die Wahrheit sagte, dann würde sie nie mehr mit ihm sprechen können.

Nein, schrie alles in ihr, als sie von der Tischkante glitt und aus dem Raum stürmte, ohne sich ein letztes Mal zu Torben Schäfer umzublicken.

Husum, Badestrand, 12.15 Uhr

Sie hatte darauf bestanden, noch einmal zum Dockkoog hinauszufahren. Obwohl Petersen nicht verstand, was Wiebke damit bezweckte, so hatte er es nicht übers Herz gebracht, ihr die Bitte abzuschlagen. Nun standen sie vor der Wachstation der DLRG Husum und blickten hinaus auf das Meer. Die Luft roch würzig, und scheinbar hätte Wiebke den Job am liebsten ausgeblendet.

Im benachbarten Imbiss herrschte bereits reger Verkehr; und auch die meisten der strahlend weißen Strandkörbe waren belegt. Der Wind trieb Kinderlachen an ihre Ohren. Es war ein sonniger Tag geworden, auch wenn nach Jan Petersens Geschmack noch ein paar Grad bis zu seiner Wohlfühltemperatur fehlten.

Petersen, der viel zu dünn angezogen war, hatte die Hände in die Hosentaschen gesteckt und zog eine Grimasse. „So", brummte er. „Und was tun wir jetzt hier?"

„Einfach mal durchatmen", erwiderte Wiebke und schloss die Augen.

„Sag mal, Mädchen, du bist ja noch bekloppter als ich!" Er trat neben Wiebke und betrachtete ihr Profil. Sie war eigentlich sehr hübsch, die Nase vielleicht ein wenig zu lang, aber ansonsten war sie eine attraktive, junge Frau. Ihre Lippen waren sinnlich, die Wangenknochen nicht zu energisch und nicht zu weich, die Augenbrauen auch ohne Make-up perfekt. Schminke hatte sie eigentlich überhaupt nicht nötig. Trotzdem sah es komisch aus, wie sie einfach dastand, mit geschlossenen Augen, den Kopf leicht in den Nacken gelegt, das Kinn nach vorn gereckt, und das Spiel des Windes in ihrem dunklen Haar genoss. Petersen hatte den Eindruck, als wäre seine junge Kollegin geistesabwesend.

„Warum?" Sie lächelte, hatte die Augen immer noch geschlossen und atmete tief durch.

„Mich maulst du an, weil ich mich über das System unserer Polizei beschwere und mich pünktlich zur Pause davonmache, und jetzt stehst du am Dockkoog und genießt in aller Ruhe die Nordsee! Wiebke, wir haben viel Arbeit!"

Nun öffnete sie die Augen, löste sich vom Anblick des Meers und wandte sich zu ihm um. „Ich muss das haben, Jan. Es ist mir wichtig, hier zu sein, um mich in den Fall hineindenken zu können." Wiebke lächelte. „Ich brauche den Stallgeruch, wenn du so willst. Das Feeling. Vielleicht kommt mir hier eine gute Idee."

„Ich fürchte, dafür fehlt uns die Zeit." Petersen schüttelte verständnislos den Kopf und blickte auf seine Armbanduhr. „Wir müssen in knapp zwei Stunden in Kiel sein, um pünktlich zur Obduktion von Holger Heiners zu kommen. Und vorher haben wir noch ein paar Dinge zu erledigen." Er tippte mit dem Zeigefinger auf seine Uhr.

Wie zur Bestätigung fühlte er das leichte Vibrieren in der Hosentasche. Sein Handy. Umständlich zog er das Telefon hervor und warf einen Blick auf das Display. „Siehst du – der Chef ruft an. Was sag ich denn jetzt?"

„Die Wahrheit?"

Petersen schnaubte und drückte die grüne Taste. Matthias Dierks sprach ihn zu seiner Erleichterung nicht auf den Zwischenfall im Meeting an. Seine Stimme klang sehr abgeklärt und sachlich.

„Eben hat hier eine junge Frau angerufen. Sie wollte euch sprechen." Scheinbar las der Erste Hauptkommissar von einem Zettel ab. „Beke Frahm heißt sie. Und ihr trefft sie in ihrer Wohnung an. Wollt ihr hinfahren, oder soll ich sie nach Husum kommen lassen?"

„Nee, lass man. Wir sind schon unterwegs. Hat sie gesagt, worum es geht?"

„Nein. Allerdings gibt es einen Zeugen, der gesehen hat, dass Beke Frahm heute Morgen recht spät dran war. Sie wurde von einem Mann mit einem dunklen Mercedes zum Multimar gefahren. Der teure Wagen fiel auf, weil solche Autos normalerweise nicht beim Personaleingang anhalten."

„Gibt es ein Kennzeichen?"

„Leider nein." Dierks schnaubte vernehmlich. „Dann fahrt ihr nach Oldenswort und fühlt der Frau mal auf den Zahn – ich kann auch Piet zur Obduktion nach Kiel schicken. Dann ist zwar nur einer von uns dabei, aber das ist zu verantworten."

„Mach das, Wiebke wird sich freuen." Petersen grinste, als er die Verbindung unterbrach und Wiebke berichtete, was Dierks gesagt hatte.

Sie schien wirklich erleichtert zu sein, dass ihr die Obduktion erspart blieb. „Ich bin gespannt, was Beke Frahm noch eingefallen ist", murmelte Wiebke, als sie den Rückweg zum Auto antraten. „Außerdem habe ich auch noch ein paar Fragen an die Gute – immerhin war der Tote, den sie gefunden hat, ihr Vermieter."

„Und?", fragte Petersen, ohne seinen Blick von der Straße abzuwenden. Er fuhr einen flotten Stiefel, um nach Oldenswort zu kommen, und hoffte, dass in der Baustelle am Abzweig nach Friedrichstadt kein Radarwagen stand. Vorsichtshalber ging er vom Gas, um den Wagen gleich hinter der Baustelle wieder zu beschleunigen. Er machte keinen Hehl daraus, was er von Wiebkes Wunsch, noch einmal zum Badestrand gefahren zu sein, hielt. „Was hat das jetzt gebracht, dass wir noch mal draußen am Dockkoog waren?"

„Ich musste einfach noch mal raus, um mir vorzustellen, wie es dort wird, wenn das Ferienressort steht. Wird der Strand dann überlaufen sein? Oder ändert sich für die Badegäste nicht viel? Wie wird es aussehen, das neue Hotel?" Wiebke wusste, dass es keinen Sinn machen würde, mit ihrem Kollegen darüber zu diskutieren, dass es ihr oft half, zum Ort des Geschehens zu fahren. Manchmal war es auch einfach nötig, sich auf diese Art für den Fall zu sensibilisieren und so eine Lösung zu finden. Und auch wenn man Heiners tot im Großaquarium des Multimar gefunden hatte, so ahnte sie, dass es eine Verbindung zwischen Holger Heiners' Tod und dem Dockkoog gab. Zu sehr hatten sich die Gemüter in den letzten Monaten an

Heiners wohl ehrgeizigstem Projekt erhitzt. Was hatte Heiners mit dem Dockkoog verbunden, warum waren ihm die Proteste von Bürgern und Umweltschützern so egal gewesen? Tief hatte Wiebke die würzige Meeresluft in ihre Lungen eingesogen und sich von der Weite, die man dort verspüren konnte, davontragen lassen. Ein fast meditativer Moment, der ihr geholfen hatte, sich für das Thema zu öffnen.

Petersens Stimme riss sie aus den Gedanken. „Es gibt im Internet eine Fotomontage, auf der man sieht, wie es mit dem Ressort aussehen könnte, dazu hätten wir nicht rausfahren müssen."

„Das ist nicht das Gleiche", beharrte Wiebke. Die grüne Landschaft schien an ihnen vorbeizufliegen. „Ich will sensibilisiert sein, wenn wir an dem Fall arbeiten, und die Menschen verstehen, die sich entweder für oder gegen das Bauvorhaben einsetzen." Nun lachte sie. „So einfach ist das."

„Ja", nickte Petersen.

„Du verrenkst dir das Hirn, und dann kommen die Kollegen aus Flensburg, und wir dürfen wieder Fahrraddiebe und Einbrecher jagen."

Wiebke blickte ihren Kollegen lange an, ohne jedoch ein Wort zu sagen. Anscheinend verstand Jan Petersen auch so.

„Ich hab ein bisschen Stress, mehr nicht." Seine Kieferknochen mahlten, die Hände ruhten schwer auf dem Lenkradkranz.

„Und da kann ich diesen Behördenscheiß nicht ab. Ich bin Bulle geworden, um Verbrecher zu jagen. Meine Eltern haben mir schon früh beigebracht, dass Verbrecher böse sind und anderen Menschen Schlechtes zufügen. Deshalb passt es mir nicht in den Kram, mich bevormunden zu lassen."

Nun musste Wiebke lächeln. „Dann müssen wir einfach schneller sein als unsere Kollegen von der Mordkommission."

Petersen nickte mit verbitterter Miene. „Allerdings."

„Was hältst du von dieser Beke Frahm?", wechselte Wiebke das Thema. „Ich meine, es ist seltsam, dass sie, kurz nachdem sie den Toten im Becken gefunden hat, aus dem Multimar verschwindet, oder?"

Nun warf Petersen ihr einen schnellen Seitenblick zu. „Ja", sagte er. „Das ist mir heute Morgen auch schon aufgefallen."

„Wir sollten nichts ausschließen. Auch wenn sie klein und zierlich ist, wir wissen nicht, ob Holger Heiners schon tot war, als er in das Wasser stürzte. Unter Umständen hat man ihn unter einem fadenscheinigen Vorwand ins Multimar gelockt, um ihn dort zu töten. Ich kann mir nicht vorstellen, dass jemand mit einer Leiche auf dem Rücken in den Technikbereich der Ausstellung spaziert und den Toten ins Wasser wirft, um ihn den Besuchern im Forum zu präsentieren."

„Dazu müsste der Täter erst einmal hineinkommen", erwiderte Petersen. „Also schließt sich der Kreis, und wir müssen bei allen auf den Busch klopfen, die zum Multimar Zugang haben."

Sie hatten den Abzweig nach Oldenswort erreicht, und Petersen drosselte das Tempo. Wenig später hatten sie den malerischen Ortskern erreicht. Zum zweiten Mal standen sie an diesem Tag vor der alten Schule. Diesmal lenkte er den Mondeo direkt auf den ehemaligen Schulhof.

„Fahr den Mann nicht über den Haufen", warnte Wiebke, als sie die gebückte Gestalt neben der Einfahrt kauern sah. Der Alte legte Köder aus. Scheinbar wimmelte es hier vor Ungeziefer.

Petersen ging nicht darauf ein. „Hübsch hässlich haben die es hier", kommentierte er bissig, als er beim Aussteigen in einen Distelbusch trat. „Hier macht doch keiner mehr etwas sauber."

„Weil Holger Heiners den Komplex als Baugrund verkaufen wollte", erwiderte Wiebke. „Er ließ es herunterkommen, damit seine Mieter freiwillig ausziehen."

„Aber die Rechnung scheint nicht aufzugehen", knurrte Petersen. „Irgendwas ist faul im Staate Dänemark."

Wiebke deutete nach oben zu einem der Fenster. Sie erkannte die zierliche Gestalt von Beke Frahm, die am Küchenfenster stand und mit regloser Miene in den Hof herabschaute. „Wir werden bereits erwartet."

Petersen grinste schief. „Na dann auf in den Kampf, bevor man uns den Fall abnimmt."

Oldenswort, 12.45 Uhr

Ihr wurde schlecht, als sie den Rest des inzwischen kalten Kaffees hinunterkippte. Angewidert schüttelte sie sich und überlegte, ob sie richtig gehandelt hatte. War es gut gewesen, die Polizei anzurufen? Sie stierte auf das Telefon, das vor ihr auf dem Küchentisch lag. Zweifel keimten in ihr auf. War es der richtige Weg gewesen, den sie eingeschlagen hatte?

Rückte sie das nicht näher in den Dunstkreis eines gesuchten Mörders?

Ihr Herzschlag beschleunigte sich, und die zitternde Hand, mit der sie sich durch das erhitzte Gesicht fuhr, kam ihr wie ein Fremdkörper vor. Wie etwas, das nicht zu ihr gehörte und von jemand anderem gesteuert und geführt wurde.

Er ist tot, hämmerte alles in ihrem Hirn, und sie schüttelte immer wieder ungläubig den Kopf und spürte, wie ihr Tränen in die Augen schossen. Sie durfte nicht weinen, sonst würde das Make-up verwischen.

Mit einem lauten Knall landete die Kaffeetasse, ein mit der Silhouette des Eiderstädter Leuchtturms bemalter Steinpott, auf dem Küchentisch. Das Telefon vollführte einen Hüpfer, so als wolle es sich in purer Überlebensnot von der Kaffeetasse fortbewegen.

Schwerfällig wie eine alte Frau erhob sie sich und registrierte, dass ihre Knie weich waren. Beke Frahm kämpfte gegen den Schwindel an, streckte einen Arm nach der Arbeitsplatte der schmalen Küche aus, bekam sie zu greifen und verlagerte das Gewicht ihres Körpers. Sie hangelte sich zum Kühlschrank und öffnete ihn. Im Türfach stand eine Flasche mit Rum. Sie griff danach und drehte mit eiligen Bewegungen den Schraubverschluss ab. Sie hatte immer Rum im Haus. Für Grog, denn ansonsten trank sie kaum alkoholische Getränke. Doch in diesem Moment sehnte sie sich nach der brennenden Hitze in ihrer Kehle, nach der Dunstglocke des Alkohols, unter der alles verschwinden sollte. Beke Frahm nahm einen tiefen Schluck aus der Flasche. Der Rum brannte im Mund und im Hals, doch sie setzte die Flasche noch nicht ab. Beke hoffte inständig, dass ihr der hochprozentige Alkohol eine Art Erlösung verschaffte oder sie zumindest ein Stück weit beruhigte. Sie trank hastig und setzte die Flasche ruckartig ab, um sie mit zitternden Händen zu verschließen und sie an ihren Platz im Kühlschrank zu stellen.

Am liebsten hätte sie die Zeit zurückgedreht und den Anruf bei der Kripo rückgängig gemacht. Doch das war nicht möglich, und diese Tatsache bereitete ihr höllische Qualen. Warum hatte sie das getan? Sicherlich waren die Ermittler schlau genug, um irgendwann auf ihre Fährte zu gelangen. Sie hätte doch gar nicht nachhelfen müssen.

Doch nun war es zu spät.

Zu spät, hallte es in ihrem Schädel nach, während sie an der anthrazitfarbenen Arbeitsplatte der Küche lehnte, den wie ein blau-weißes Schachbrett gemusterten Fliesenboden anstarrte und sich die Schläfen massierte. Als sie den Kopf hob und die gegenüberliegende Wand anstierte, schien das Muster der hellen Küchentapete vor ihren Augen zu verschwimmen. Der Schwindel nahm zu, und sie schloss sekundenlang die Augen, bis grelle Punkte vor ihren Pupillen tanzten.

Beke hangelte sich in der Küche weiter bis zum Fenster vor. Der Marmor der breiten Fensterbank war kühl und erfrischte die Innenflächen ihrer Hände, auf die sie sich stützte, während sie hinunter in den Hof blickte. Kaum vorzustellen, dass hier früher Kinder in den Pausen gespielt, getobt und gelacht hatten. Nun wucherte das Unkraut hüfthoch zwischen den Steinen. Ein seichter Wind blähte die Wäsche auf, die einer der Nachbarn über die bunten Plastikleinen gespannt hatte. Die Deckel der Mülleimer standen weit offen, und ein penetranter Geruch von verfaulten Essensresten hing über dem Hof. Angewidert hob sie die Hand, um das auf Kipp stehende Fenster zu verschließen.

Gleich werden sie hier sein, dachte sie. Ich werde ihnen etwas erzählen, das sie weiterbringt, munterte sie sich auf. Immerhin ging es darum, einen kaltblütigen Mord aufzuklären. Da konnte sie keine Rücksicht auf gesellschaftliche Belange nehmen.

Unten im Hof tat sich etwas. Eine der Hoftüren wurde geöffnet, und das Quietschen der Scharniere be-

reitete ihr Kopfschmerzen. Alles an diesem verdamm-
ten Haus war altersschwach. Sie presste die Stirn an
die Scheibe des Küchenfensters und genoss die Kälte,
die durch ihren Schädel strömte und ihr ein wenig
Klarheit verschaffte.

Albers trat in gebückter Haltung ins Freie. Ohne sich
zum Haus umzublicken, schlich der Alte über den
Hof. Wie immer fluchte er wüst, doch sie verstand kein
Wort von dem, was er sagte. Wahrscheinlich regte er
sich über den Zustand seines Wohnhauses auf. Früher,
das wusste Beke, hatte er hier als Hausmeister der
Schule gearbeitet und jahrzehntelang für Ordnung
und Sauberkeit gesorgt. Es schien, als schmerzte es ihn,
untätig zusehen zu müssen, wie sein Lebenswerk nun
verkam.

Sie fragte sich, was aus dem bedauernswerten Kerl
werden würde, wenn hier alles dem Erdboden gleichgemacht würde. Wahrscheinlich landete er im Heim.
Mit seinen Kindern hatte er es sich schon vor vielen
Jahren verscherzt. Die wenigen Angehörigen, die noch
zu seiner Familie zählten, stritten jede verwandt-
schaftliche Beziehung zu dem verbitterten Mann ab.

Albers bückte sich immer wieder, schien kleine Gegenstände im Gebüsch zu verstecken.

Was tat er da nur?

Beke schärfte den Blick und versuchte zu erkennen,
was der alte Mann im Hof tat. Er legte kleine runde
Plastikbehälter aus.

Rattengift, durchzuckte es sie dann. Er legt Ratten-
köder aus. Bis zuletzt hing er an der alten Schule, der
er so lange die Treue gehalten hatte.

Als ein Auto den Kirchenweg herunter rollte, erwachte sie aus den trüben Gedanken. Beke hob den
Blick und erkannte einen unauffällig lackierten Ford

Mondeo Kombi, der gezielt auf den heruntergekommenen Hof gelenkt wurde. Sie erkannte zwei Personen in dem Wagen und wusste, dass es gleich losgehen würde.

Wieder kamen Zweifel in ihr auf, und Beke musste sich zwingen, gute Miene zu bösem Spiel zu machen. Sie konnte die Zeit nicht zurückdrehen, auch wenn sie das gern getan hätte.

Die Polizisten stiegen aus, wechselten ein paar Worte mit Albers, dann blickten sie an der Rückseite des Hauses empor.

So, als wäre sie erwischt worden, zuckte Beke Frahm zusammen und entfernte sich ruckartig vom Küchenfenster.

Albern, da sich die Gardinen bewegten, doch egal. Hauptsache, sie war dem Blick der Polizisten entkommen. Als es kurz darauf klingelte, kreiste ein einziger Satz in ihrem Gehirn: „Die Geister, die ich rief". Sie gab sich Mühe und atmete tief durch, bevor sie die Unsicherheit so gut wie möglich ablegte und zur Wohnungstür ging, um zu öffnen.

„Ich habe gelogen." Ihre Augen waren glasig und hatten nichts, aber auch gar nichts mehr mit dem wachen Blick der jungen Meeresbiologin von heute Morgen gemeinsam.

Wiebke tauschte einen raschen Blick mit Petersen und bemerkte, dass ihm die Veränderung der jungen Frau aus Oldenswort ebenfalls nicht entgangen war. Wiebke besaß genug Menschenkenntnis, um zu wissen, dass Beke Frahm getrunken hatte, wohl, um den Schock vom Morgen besser verkraften zu können.

„Wollen Sie uns nicht erst mal reinlassen?", fragte Petersen nun.

Beke Frahm nickte und gab den Eingang zu ihrer Wohnung frei. Ohne sich noch einmal zu ihren Besuchern umzublicken, ging sie durch den kleinen Korridor in die Küche.

Wiebke sah, dass sie ein wenig schwankte. In der Küche, einem schmalen aber langen Raum mit der Küchenzeile auf der rechten und einer Sitzecke auf der linken Seite, nahmen sie am Tisch Platz. Beke Frahm schien die Anwesenheit ihrer Gäste einen Moment lang vergessen zu haben. Sie sank auf einen der Stühle, stützte den Kopf in die Hände und stierte auf die Tischplatte.

„Sie haben uns also noch einmal hergebeten", begann Wiebke nach einer kleinen Pause. „Und Sie sagten, dass Sie gelogen hätten."

Nun ruckte Beke Frahms Kopf hoch. „Ja."

„Wobei haben Sie gelogen?"

„Ich ..." Sie zögerte, schüttelte den Kopf und fuhr sich mit einer fahrigen Handbewegung durch das Gesicht. „Ich habe die letzte Nacht zwar wirklich hier verbracht, aber nicht allein."

„Wer war bei Ihnen? Ihr Freund, der sie auch nach Hause gefahren hat?"

„Nein."

Wieder ein unkontrolliertes Kopfschütteln. „Ja, eigentlich schon", setzte sie dann nach, ohne die Polizisten anzusehen. „Die Leute denken, dass ich Single bin. Aber das mit meinem Freund, das darf keiner wissen, verstehen Sie?"

Wiebke schüttelte den Kopf. „Ich fürchte nein." Für sie war es selbstverständlich, dass man sich zu seiner Liebe bekannte. Dass jemand mit seinem Partner hinter dem Berg hielt, dafür musste es ihrer Meinung nach einen Grund geben.

„Ich habe ein Verhältnis mit einem verheirateten Mann. Wenn er herausfindet, dass ich mit Ihnen darüber gesprochen habe, dann wird er mich umbringen." Jetzt blickte sie Wiebke mit großen, ängstlichen Augen an.

„Ist Ihr Freund gewalttätig?"

Petersen zog es vor, zu schweigen. Dies war ein typisches Frauengespräch, aus dem er sich in der Regel heraushielt. Das hatte nichts mit ermittlungstaktischen Gründen zu tun – das war menschlich. In der Regel vertrauten Frauen sich Polizistinnen eher an als männlichen Kollegen.

„Ob er mich schlägt?" Beke Frahm schüttelte den Kopf. „Nein." Sie lachte, doch es klang gekünstelt. „Das würde er wohl niemals tun. Aber er hat andere Mittel und Wege, um mich zu bestrafen."

„Wollen Sie darüber sprechen?"

Kopfschütteln. „Deshalb habe ich Sie nicht hergebeten. Ich wollte Ihnen nur mitteilen, dass es jemanden gibt, der bezeugen kann, dass ich die letzte Nacht hier verbracht habe."

„Wir benötigen den Namen und die Kontaktdaten Ihres Freundes."

„Das ist leider nicht möglich." Diesmal wirkte ihr Kopfschütteln entschlossener. „Ich kann ihn nicht bekannt geben. Das wäre sicherlich sein Ende. Beruflich und privat. Ich könnte nicht damit leben, ihm seine Existenz zerstört zu haben."

„Hören Sie", nun mischte sich Petersen doch ein. „Hier geht es um einen Mord, und wir sind auf der Suche nach dem Täter." Er sprach mit energischer Stimme, um seinen Worten Nachdruck zu verleihen.

Die junge Frau blickte ihn ratlos an, schien sekundenlang geradewegs durch ihn hindurchzublicken, dann nickte sie kaum sichtbar. „Gut", sagte sie und atmete tief ein. „Er heißt Peer Hansen, vielleicht sagt Ihnen der Name etwas?"

„Und ob." Petersen nickte. Wie Wiebke wusste, hatte er schon seine Kindheit in Husum verbracht, deshalb schien er auch die wichtigen Namen der Region zu kennen.

„Es ist doch der Peer Hansen, der im Außenhafen die Werft leitet?", vergewisserte er sich dennoch bei Beke Frahm.

„Ja, das ist er." Sie nickte und stierte in die leere Kaffeetasse, die vor ihr stand. Sie blickte auf und bedachte Wiebke und Petersen mit flehenden Blicken. „Bitte halten Sie Peer da raus, ich möchte nicht, dass er Schwierigkeiten bekommt, wenn herauskommt, dass wir ..." Sie brach ab.

„Hauptsache, Sie bekommen keine Schwierigkeiten." Wiebke trommelte mit den Fingern auf der Tischplatte herum.

„Das ist zweitrangig, Hauptsache, Sie glauben mir, dass ich nichts mit dem Mord zu tun habe."

Wiebke wunderte sich über ihren plötzlichen Sinneswandel, sagte aber nichts dazu. Sie zückte einen kleinen Block und einen Stift, um sich von Beke Frahm diktieren zu lassen, was die junge Frau noch über ihren Freund wusste. Viel war es nicht.

„Warum erzählen Sie uns das alles?", fragte Wiebke, nachdem sie Beke Frahms Angaben notiert hatte.

„Weil ich keine Lust habe, unter Mordverdacht zu stehen."

Sie blickte Wiebke tief in die Augen. „Wahrscheinlich wäre ich in den Dunstkreis des Mörders geraten, weil ich ins Multimar komme. Und weil ich die Leiche im Wasser gefunden habe. Macht mich das nicht verdächtig?"

„Bislang nicht, nein." Wiebke schüttelte den Kopf. „Allerdings ist es seltsam, dass Sie behauptet haben, den Toten nicht zu kennen. Wie wir inzwischen wissen, war er ihr Vermieter."

Beke Frahm schien darüber überrascht zu sein, dass die Polizisten innerhalb kurzer Zeit wussten, dass sie Holger Heiners, entgegen ihrer Aussage, gekannt hatte.

„Warum haben Sie uns nicht die Wahrheit gesagt?", bohrte Petersen nun doch nach.

„Es ... es war mir unangenehm."

„Das müssen Sie uns erklären."

Beke blickte ihre Besucher unverwandt an. „Hallo – ich finde einen Toten im Großaquarium, behaupte, die Nacht hier allein verbracht zu haben, und ich gebe an, Heiners nicht gekannt zu haben. Sie halten mich für eine Lügnerin. Und es wäre nicht das erste Mal, dass so etwas reicht, um Leute in den Knast zu bringen."

„Sie scheinen sich auszukennen." In Petersens Stimme schwang Sarkasmus mit. „Gibt es denn sonst noch etwas, das Sie uns erzählen müssen?"

Eilig schüttelte die junge Frau den Kopf. „Nein", sagte sie leise. „Nichts."

„Wie war Ihr Verhältnis zu Heiners?", fragte Wiebke und legte den Stift und den Block auf den Küchentisch.

„Es war rein geschäftlich. Ihm gehört die Bude, er bekommt jeden Monat seine Miete. Mehr nicht. Aber er ist ein verdammtes Arschloch. War ein verdammtes Arschloch", verbesserte sie sich dann.

„Warum?"

„Er wollte uns hier rausekeln. Dazu schien ihm jedes Mittel recht zu sein."

„Das scheint ja ein netter Kerl gewesen zu sein." Petersen grinste schief. „Gab es eine Situation, wo er Ihnen oder einem Ihrer Nachbarn gedroht hat?"

„Er bedrohte uns damit, dass er keinen Cent mehr in diese Bruchbude steckte. Im Winter war die Heizung kaputt. Haben Sie eine Ahnung, wie lange wir gefroren haben, bevor er einen Handwerker mit der Instandsetzung beauftragt hat?" Als sie keine Antwort erhielt, fuhr Beke Frahm fort: „Zweieinhalb Wochen. Der olle Albers hat sich einen Gasofen besorgt, den er zu nah an der Gardine aufgestellt hat. Es gab ein Feuer, und um ein Haar wäre das ganze Haus abgebrannt."

„Haben Sie Heiners darauf angesprochen?"

„Nein – er hat sich am Telefon immer verleugnen lassen. Hier habe ich ihn auch nur ein einziges Mal gesehen, das muss gewesen sein, kurz nachdem er die alte Schule gekauft hat. Seitdem schickt er immer seine Lakaien vor. Peer hat schon mehrmals versprochen, mir eine Wohnung in Husum zu kaufen. Doch wahrscheinlich hatte er Angst, dass man ihn in meiner Nähe sehen könnte. Schon oft hat er gesagt, dass es typisch für Heiners sei ..."

„Moment, die beiden kannten sich?", fuhr Wiebke dazwischen.

„Ja, und sie hassten sich." Beke betrachtete die Polizisten nachdenklich. „Aber bitte fragen Sie mich nicht, warum. Es scheint eine uralte Geschichte zu sein, die mir Peer noch nicht erzählt hat. Und offen gestanden", nun lächelte sie, „offen gestanden haben wir auch andere Dinge im Kopf, wenn wir zusammen sind."

„Ist es eine rein sexuelle Beziehung, die Sie mit Peer Hansen führen?"

„Wir schlafen miteinander – ja." Beke Frahm errötete und blickte auf die Tischdecke. „Ich bin schon verliebt in ihn und hoffe, dass er ähnlich denkt. Wir genießen jede Minute, die wir miteinander verbringen können."

Petersen räusperte sich. „Ich will Ihnen nicht zu nahe treten, Frau Frahm. Aber Sie sind zweiundzwanzig Jahre alt. Ihr Freund hingegen muss doch schon über fünfzig sein."

„Siebenundvierzig", antwortete Beke Frahm schnell. „Er ist siebenundvierzig. Und ich mag ältere Männer. Sie sind erfahrener und viel reifer als Männer in meinem Alter."

Wiebke nickte und dachte plötzlich an ihre Beziehung zu Tiedje, der drei Jahre jünger war als sie. Vielleicht hatte Beke Frahm recht, und sie sollte sich nach einem älteren Mann umsehen. Nach einem reifen Mann, der Verständnis für ihren Job bei der Kripo hatte. Sie gab Petersen ein Zeichen und erhob sich.

„Wie steht Ihr Freund zum Bauvorhaben am Dockkoog?", fragte sie im Hinausgehen.

„Es ist ihm relativ egal, was am Badestrand passiert, solange sich nicht die Vorgaben für seinen Betrieb verschlechtern." Beke Frahm zuckte die Schultern. „Es kann nicht jeder ein Umweltschützer sein."

„Wohl wahr." Wiebke nickte, dann stand sie im Treppenhaus der ehemaligen Schule. Sie ahnte, wohin Petersen als Nächstes wollte.

SECHS

Die Wohnmobile hatten ihn auf den letzten Kilometern genervt, wohl auch, weil sein alter Vectra nicht schnell genug war, um die rollenden Ferienheime auf der Landstraße zügig überholen zu können. Am Ende der Autobahn hatte der Weg an grünen Feldern vorbei nach Husum geführt.

Die „graue Stadt am Meer", so hatte der Dichter Theodor Storm Husum genannt.

Ihm konnte das egal sein, denn mit einem Poeten verband ihn nichts. Er war bodenständig und lebte im Hier und Jetzt, nicht in den literarischen Ergüssen eines Dichters, der lange schon nicht mehr lebte. Sein Assistent war so nett gewesen, ihm ein paar Dinge über sein Reiseziel im Internet zu recherchieren. Schließlich wollte er nicht völlig unbedarft in Nordfriesland ankommen. Auf der Anfahrt hatte er überlegt, ob er gleich zu ihr nach Hause fahren sollte, den Gedanken jedoch gleich wieder verworfen. Sicherlich arbeitete sie noch. Wahrscheinlich, so dachte er ein wenig stolz, hatte sie nie pünktlich Feierabend. Wenigstens etwas, das sie nach all den Jahren der Trennung noch miteinander verband.

Bevor er sich einen Parkplatz suchte, fuhr er eine Ehrenrunde durch das kleine Städtchen und musste sich eingestehen, dass Husum ein durchaus heimeliges Flair verbreitete – sah man einmal von den quietschbunt gekleideten Touristen ab, die die kleinen Straßen bevölkerten. Ein Schild wies den Weg zum Badestrand. Das klang nach Nordsee, nach Urlaub und nach Freiheit. Spontan setzte er den Blinker und bog rechts von der Hauptstraße ab. Linker Hand lag ein kleines Hafengebiet, das irgendwie nicht zur nordfriesischen Idylle passen wollte. Hier sah alles nach harter Arbeit aus, und wären da nicht die Schiffe im Hafenbecken, hätte er denken können, sich im Industriegebiet seiner Heimatstadt zu befinden. Fabrikhallen, Kräne, alles sah aus wie in anderen Gewerbegebieten auch. Dennoch, das musste er sich eingestehen, war die maritime Stimmung nicht zu übersehen. Als er das Seitenfenster einen Spaltbreit öffnete, drang die würzige Luft der Nordsee in das Wageninnere. Sie erfrischte seine Lungen, und er atmete ein paar Mal tief durch. Dann fragte er sich, ob er sich nicht schon verfahren hatte. War dies wirklich der Weg, der zum Badestrand führte?

Er vertraute der Beschilderung und folgte der Straße. Kurze Zeit später hatte sich die Natur den Boden zurückerobert. Ja, dachte er zufrieden, das sieht schon eher nach Urlaub aus. Auf der schnurgeraden Fahrbahn fuhr er automatisch schneller als die erlaubten fünfzig Stundenkilometer, aber er rechnete nicht damit, dass man hier die Geschwindigkeit messen würde. Eine Gruppe von Radfahrern überholte er in weitem Bogen.

Etwas weiter hinten ragte ein rechteckiger Backsteinblock in den Himmel. Wahrscheinlich ein Hotel, dachte er, und tatsächlich wurde sein Verdacht wenig später durch ein Schild bestätigt. „Nordsee-Hotel", las er die Inschrift im Vorbeifahren.

„Na", grinste er. „Da hat sich der Besitzer aber mal einen aussagekräftigen Namen einfallen lassen."

Links der Deich, rechts ein Parkplatz. Er suchte eine freie Lücke und stieg aus. Jetzt spürte er, dass seine alten Knochen von der stundenlangen Autofahrt lahm geworden waren. Er streckte sich, dann marschierte er los. Vielleicht, so dachte er, war es gut, sich erst einmal den frischen Wind um die Nase wehen zu lassen, bevor er seine Mission begann.

Außenhafen Husum, 14.05 Uhr

Petersen hatte den Wagen gleich vor dem Verwaltungsgebäude der Werft geparkt. Kaum dass sie ausgestiegen waren, sprang ein rundlicher Mann im ölverschmierten Overall von seinem Gabelstapler und ruderte hektisch mit den Armen. Wiebke vermutete, dass sein Arbeitsanzug wohl irgendwann einmal blau gewesen war. Dafür leuchtete der Sturzhelm in einem beinahe heiteren Gelb.

„Hier könnt ihr nicht stehen bleiben, ihr Pappnasen!", rief er aufgebracht. „Da kommt gleich ein Laster, und der kommt da nicht durch." Seine kurzen Arme wirbelten durch die Luft und deuteten auf ein blaues Hinweisschild. „Könnt ihr nicht lesen? Der Parkplatz ist da hinten!"

Wiebke hätte schwören können, dass sich Jan Petersen nicht als „Pappnase" titulieren ließ, und rechnete schon mit dem Schlimmsten, als ihr Kollege dem Werftarbeiter jovial auf die Schulter klopfte. „Mensch Fiete, halt mal den Ball flach!" Er grinste. „Oder glaubst du ernsthaft, dass du hier draußen bei der Arbeit einen auf dicke Hose machen kannst? Ich glaub, ich muss mal mit deiner Elke reden."

„Petersen?" Der Arbeiter blinzelte, als benötige er dringend eine Brille.

Wiebke sah strahlend blaue Augen in einem dreckigen, unrasierten und fast runden Gesicht. Sie war erleichtert, als sie registrierte, dass sich die Männer offenbar kannten.

„Bist du das wirklich?"

„Nee, ich bin mein Zwilling." Petersen schüttelte den Kopf. „Klar bin ich das."

„Was treibt euch zwei Hübschen denn hierher?" Fietes Stimme klang versöhnlich, und Wiebke verkniff sich ein Grinsen, als sie seine forschenden Blicke bemerkte.

„Wir sind geschäftlich hier", erwiderte Petersen und zeigte seinem Bekannten die Dienstmarke.

Fietes Augen wurden groß. „Ach du Scheiße, du bist Bulle?"

„Nee, Kommissar. Wir müssen mal dringend mit dem Chef schnacken."

„Hat er was angestellt?"

„Klar, er hat einen alten Gauner wie dich eingestellt", feixte Petersen. „So, wo schläft er denn nun, dein Chef?"

Fiete zog eine Grimasse. „Oh, das ist ganz schlecht, oder habt ihr einen Termin gemacht?"

„Die Firma, für die wir arbeiten, vereinbart im Voraus keine Termine, das müsstest du doch am besten wissen."

„Na denn …" Er machte eine einladende Geste und deutete auf den Eingang des zweistöckigen Bürogebäudes. „Mir nach."

Er ging vor und besann sich in letzter Sekunde auf seine gute Erziehung. So hielt er Wiebke die Tür auf und führte die Besucher in die obere Etage. Der verschlissene Teppich dämmte ihre Schritte. Graue Türen zweigten von einem breiten Korridor ab, alle Türen waren zu. Wohl in Ermangelung eines Vorzimmers gab es am Ende des Ganges einen Arbeitsplatz, der offenbar von Peer Hansens Sekretärin benutzt wurde. An dem Schreibtisch saß eine hagere Frau Ende fünfzig. In ihrem braunen Kostüm mit der altmodischen Perlenkette und der Brille erinnerte sie Wiebke an eine strenge Lehrerin. Sie betrachtete die Frau nachdenklich. Hansens Sekretärin schien völlig in ihre Arbeit versunken zu sein. Während ihre rot lackierten Fingernägel über eine flache Tastatur flogen, starrte sie gebannt auf den Monitor. Sie saß vornübergebeugt auf ihrem Stuhl und wirkte mit ihrer grauen Haut und der langen schmalen Nase ein wenig wie eine Spitzmaus.

Erst als Fiete sich vernehmlich räusperte, kehrte sie in die Realität zurück. Ihr Gesichtsausdruck verriet, dass sie die Störung nicht sonderlich schätzte. Sie betrachtete den Werftarbeiter wie ein lästiges Insekt.

„Moin, Frau Schlick. Ist der Boss da?", fragte Fiete ein wenig kleinlaut.

Die Spitzmaus warf einen Blick auf die Telefonanlage, die sich am rechten Rand des Tisches befand.

„Telefoniert."

Offenbar bemerkte sie Wiebke und Petersen erst jetzt. „Haben Sie einen Termin?"

„Das scheint ja hier ganz angesagt zu sein", brummte Petersen und zückte zum zweiten Mal innerhalb kürzester Zeit seine Dienstmarke. „Wir haben ein paar Fragen an Herrn Hansen. Es ist dringend, und wir sind in Eile."

„Das tut mir leid, ich kann ihn jetzt nicht stören." Ihre Stimme klang eiskalt.

„Dann übernehmen wir das für Sie." Petersen nickte Fiete zu und gab Wiebke ein Zeichen, dann marschierte er auf die Tür links neben dem Schreibtisch der Sekretärin zu. Sie sprang hektisch auf und warf dabei fast ihren Stuhl um.

„So warten Sie doch, ich werde Sie bei Herrn Hansen anmelden." Nun versuchte sie, sich zwischen Petersen und die geschlossene Bürotür zu schieben.

„Nicht nötig, danke." Wiebke drückte Hansens Sekretärin sanft aber bestimmt zur Seite, dann standen sie im Büro des Geschäftsführers.

Peer Hansen blickte überrascht auf, nahm Haltung an und murmelte ein eiliges „ich ruf dich wieder an", ins Telefon, dann legte er auf und widmete sich den Besuchern. Er trug ein blütenweißes Hemd, dazu eine weinrote Krawatte und eine dunkle Stoffhose. Seine Haut war gebräunt, die Hände wirkten gepflegt. Wahrscheinlich war er körperliche Arbeit nicht gewohnt.

„Was fällt Ihnen ein …", rief er, doch Petersen winkte ab.

„Sie können ganz entspannt bleiben, wir sind von der Kriminalpolizei Husum."

Wieder kam die Marke zum Einsatz, doch diesmal fand sie keine Beachtung. Hansen funkelte seine Sekretärin böse an. „Frau Schlick, warum haben Sie nicht dafür gesorgt, dass ich …"

„Sie sind gleich durchmarschiert, und ich hatte keine Chance", murmelte sie, blass vor Angst.

Schlick war der passende Name für diese graue und dennoch arrogante Maus, dachte Wiebke. „Wir haben ein paar Fragen an Sie, Herr Hansen." Sie konnte beobachten, wie er um Fassung rang. „Es geht ganz schnell, dann halten wir Sie nicht mehr auf."

„Also gut." Er blickte an den Polizisten vorbei. Fiete hatte längst das Weite gesucht. „Es ist in Ordnung, Frau Schlick. Bitte lassen Sie uns allein."

Sie nickte stumm und zog sich zurück. Nicht ohne Petersen und Wiebke mit einem letzten wütenden Blick zu bedenken, zog sie die Tür von außen zu.

Hansen wartete einige Sekunden und nestelte an seinem Krawattenknoten herum. Wiebke nutzte die Zeit, sich im Chefbüro der Werft umzublicken. Der Raum war etwa fünfzehn Quadratmeter groß, es gab rechts einen langen Besprechungstisch, auf dem sich Aktenordner stapelten. Die linke Wand wurde von einem deckenhohen Bücherregal eingenommen, in dem Wiebke technische Fachtitel rund um den Schiffsbau entdeckte. Da es sich um ein Eckbüro handelte, gab es zwei große Fensterfronten. Eine lag in Hansens Rücken, die zweite erlaubte einen Blick auf das Werftgelände. Dort unten wurde gehämmert und geschweißt. Ein Gabelstapler rumpelte über den Hof. Es war auffällig, dass es keinerlei persönliche Gegenstände in Hansens Büro gab. Keine Pflanze, kein Bild an der Wand, nicht einmal das Foto seiner Frau auf dem Schreibtisch. Nun, die Erklärung dafür kannte Wiebke.

„Ich werde Ihnen keine Auskünfte geben", durchbrach Hansen das Schweigen nun. Er verschanzte sich hinter seinem Schreibtisch, ohne den Besuchern Platz anzubieten. „Sollten Sie Fragen stellen wollen, müssen wir auf meinen Anwalt warten."

„Haben Sie ein schlechtes Gewissen?" So leicht ließ sich Petersen nicht aus der Ruhe bringen. „Sie wissen doch gar nicht, weshalb wir hier sind."

„Ich habe zu tun", wich Hansen aus und verschränkte die Hände hinter dem Kopf. „Also – stellen Sie Ihre Fragen und dann lassen Sie mich arbeiten."

„Wenn Sie zu tun haben, können wir Sie auch gern bei Ihnen zu Hause besuchen, um Sie über Ihr Verhältnis zu Beke Frahm zu befragen. Oder wir laden Sie vor."

Hansen war ein schlechter Schauspieler. Er war sichtlich um Fassung bemüht, und dennoch konnte er nicht verhindern, dass ihm das Blut ins Gesicht schoss. Bezeichnend legte er den rechten Zeigefinger auf die Lippen. „Nicht so laut", zischte er. „Also gut – was kann ich für Sie tun?"

„Es geht ganz schnell", versprach Wiebke noch einmal. „Wir wollen nur wissen, wo Sie die letzte Nacht verbracht haben. Bei Ihrer Frau nehme ich an?"

„Was soll der Blödsinn? Ich war bei Beke, wie Sie sich nach dieser Frage vorstellen können."

„Und Ihre Frau macht sich keine Gedanken und fragt sich nicht, wo Sie übernachten?"

„Sie ist in London. Wahrscheinlich wieder mit einem ihrer Jungs. Ab und zu mietet sie sich einen Playboy, mit dem sie einige Zeit verbringt, bevor sie ihn abschießt." Abscheu schwang in seiner Stimme mit. „Unsere Ehe ist kaputt und besteht nur noch auf dem Papier."

„Warum halten Sie dann damit hinter dem Berg, dass Sie ein Verhältnis mit einer anderen Frau haben?" Wiebke setzte sich nun unaufgefordert auf einen der beiden Stühle vor Hansens Schreibtisch.

„Das ist ganz einfach. Die Firma gehörte Brigittes Vater. Und als ich in die Familie einheiratete, wurde ich dazu auserkoren, den Laden eines Tages zu übernehmen. Brigittes Eltern überwachen unser Leben mit Argusaugen. Sie machen sich ein schönes Leben in der Provence, kommen aber immer wieder mal auf Stippvisite in den Norden, um zu sehen, wie hier alles läuft. Sobald sie erfahren, dass unsere Ehe gescheitert ist, werde ich gefeuert." Er schüttelte den Kopf. „Das sind keine rosigen Aussichten, oder?" Nun hob Hansen beschwörend beide Hände. Er sprach leise. „Also – bitte behandeln Sie meine Angaben mit der nötigen Diskretion."

„Geschenkt." Petersen nickte. Er trat an eines der Fenster und blickte hinab auf das Werksgelände. „Sie sind Geschäftsführer der Werft und Ihr Posten hängt davon ab, wie glücklich Ihre Ehe ist. Dann würde ich es als glattes Eigentor bezeichnen, mir eine jüngere Frau anzulachen."

„Ich wüsste nicht, was Sie das angeht. Ich werde mich beschweren. Matthias Dierks ist ein guter Freund. Und ich werde ihn anrufen, sobald Sie mein Büro verlassen haben. Aus diesem Grunde darf ich Ihnen anraten, sich die Fragen, die Sie mir stellen möchten, gründlich zu überlegen."

„Bitte schildern Sie uns, wie Sie Ihre Freizeit gestern nach Dienstschluss verbracht haben." Wiebke versuchte, die Kuh vom Eis zu holen.

„Ich habe lange gearbeitet, bin erst gegen zwanzig Uhr aus dem Büro gekommen. Danach bin ich sofort zu Beke nach Oldenswort gefahren."

„Das Haus, in dem sie lebt, liegt doch sicher unter Ihrem Niveau", warf Petersen ein.

Hansen überhörte die Bemerkung großzügig und fuhr fort. Sein Blick ruhte auf Wiebke. „Ich habe schon darüber nachgedacht, ihr eine Wohnung hier in der Stadt zu kaufen. Dann hätte sie mit Heiners' Machenschaften nichts mehr zu tun gehabt und hätte nicht fürchten müssen, eines Tages auf der Straße zu stehen." Hansen hob die Hände nach oben. „Aber das hat sich ja nun wie von selbst erledigt." Er blickte Petersen feindselig an. „Es hätte aber auch andere Annehmlichkeiten, wenn sie in Husum leben würde: So könnten wir uns beispielsweise häufiger sehen. Allerdings, und das ist der Grund, weshalb ich die Umstände der Fahrerei nach Oldenswort in Kauf nehme, liegt der Ort weit weg vom Schuss. Die Wahrscheinlichkeit, dass wir zusammen von einem meiner Geschäftspartner oder Mitarbeiter gesehen werden, ist dort denkbar gering." Er lehnte sich weit über die Schreibtischplatte und brachte jetzt sogar ein Lächeln zustande.

„Aber zurück zu Ihrer Frage: Ich traf gegen halb neun in Oldenswort ein. Beke hatte uns etwas gekocht, sie hat Kerzen aufgestellt und uns einen romantischen Abend bereitet." Seine Augen leuchteten. „Das kann sie wundervoll. Sie ist eine sehr liebenswerte Person, und es tut mir in der Seele weh, dass wir uns nicht offiziell zu unserer Liebe bekennen dürfen. Aber meine berufliche Existenz steht auf dem Spiel, deshalb treffen wir uns heimlich."

„Die Nacht haben Sie auch gemeinsam verbracht, nehme ich an?"

Hansen nickte. „Ja, das haben wir. Und heute Morgen war sie ein wenig spät dran, deshalb habe ich sie nach Tönning gebracht, wo sie die schreckliche Entdeckung im Großbassin machte."

„Sie wissen also, weshalb wir hier sind?" Wiebke wunderte sich über den Ausbruch des Managers. Als intelligenter Mann hätte er sich an den Fingern einer Hand abzählen können, dass es nur eine Frage der Zeit war, bis ihre Ermittlungen sie in sein Büro führten. Dass er dennoch so abwehrend und emotional reagiert hatte, verwunderte die junge Kommissarin.

„Natürlich. Ich habe sie auch abgeholt, nachdem sie es im Multimar nicht mehr ausgehalten hat. Dann bin ich zu einem Termin nach Garding aufgebrochen."

„Haben Sie das Haus in Oldenswort erst heute Morgen wieder verlassen?"

„Ja." Er nickte, dann warf er einen Blick auf die Armbanduhr. „Wenn Sie mich jetzt entschuldigen würden, mein Terminkalender ist voll heute."

Petersen ließ sich nicht beirren. Er stand mit dem Rücken zu Hansen am Fenster und blickte hinaus auf das Werftgelände. „Das da unten sind Bauteile einer Windkraftanlage, oder?"

„Wir arbeiten im Dienstleistungsbereich auch in Sachen Offshore und schweißen Baugruppen zusammen, richtig." Hansen erhob sich und trat neben Petersen. „Ich bin der Meinung, dass Husum und die Windenergie zusammengehören. Die Hamburger sollen sich gefälligst da raushalten. Ich bin sicher, dass es nicht nur um die Messe geht, die sie uns abnehmen wollen. Aus diesem Grund mache ich mich für unsere heimische Wirtschaft stark. Oder ist das jetzt auch verboten?" Spott klang in seiner Stimme mit, doch Petersen ließ sich nicht provozieren. Er schwieg und blickte aus dem Fenster.

Wiebke wollte verhindern, dass die Lage wieder eskalierte, und sprang von ihrem Stuhl auf. Die Streitereien um die Windmesse zwischen Hamburg und Husum waren lange genug durch die Presse gegangen. „Danke, dann haben wir erst mal keine Fragen mehr an Sie, Herr Hansen." Petersen wandte sich mit überraschter Miene zu seiner jungen Kollegin um, sagte aber nichts.

„Wir finden allein heraus."

Petersen folgte ihrem Zeichen, dann standen sie im Flur des Verwaltungsgebäudes. Frau Schlick arbeitete an ihrem Schreibtisch und blickte keine Sekunde auf. Wiebke nahm das zum Anlass, ihr überfreundlich einen angenehmen Tag zu wünschen. Dann verließen sie den Verwaltungstrakt der Werft.

„Hey, Petersen, wart mal einen Moment!" Fiete schien unten auf sie gewartet zu haben. Er verließ den Schatten eines offen stehenden Schuppens, in dem Maschinenteile gelagert wurden. Hastig trat der Werftarbeiter auf die Polizisten zu.

„Ich weiß ja nicht, was ihr von Hansen wolltet, und es geht mich auch nichts an ..." Er blickte über die Schulter und vergewisserte sich, dass sie ungestört waren. Als Petersen nicht antwortete, nahm Fiete das zum Anlass, weiter zu plaudern. „Der Alte hat Dreck am Stecken."

Petersen wechselte einen Blick mit Wiebke, die unmerklich die Schultern zuckte. Er legte einen Arm um Fietes Schulter und führte ihn in den Schuppen, aus dem er gekommen war.

„Hier sind wir ungestört", versprach er. „Dann leg mal los."

„Ich kann da gar nicht viel zu sagen", entgegnete Fiete nun. „Aber ich weiß von einem Treffen, zu dem Hansen fährt. Es geht um eine Ladung, die er irgendjemandem übergeben will – keine Ahnung, was das für ein Geschäft ist, würd mich nicht wundern, wenn da was in Richtung Waffengeschäfte läuft."

Petersen kicherte. „Sach mal Fiete, hast du gesoffen?" Er trat näher. „Hauch mich mal an!"

Fiete tat ihm den Gefallen nicht, sondern schob stattdessen beleidigt wie ein kleines Kind die wulstige Unterlippe vor.

„Eine Lieferung?" Wiebke trat näher. Sie kannte den Werftarbeiter nicht gut genug, um sich über ihn ein Urteil bilden zu können, so wie das offensichtlich bei ihrem Partner der Fall war. Deshalb ging sie sachlicher an den Hinweis heran. „Wofür hat Hansen denn seine Mitarbeiter? Das muss ja ein wichtiges Geschäft sein, wenn er eine einfache Lieferung zur Chefsache macht. Was hat Ihr Chef denn mit Waffen zu tun?"

„Keine Ahnung, wirklich nicht. Von der Übergabe habe ich auch nur zufällig gehört, als er hier unten war und einen Anruf bekam. Er hat geglaubt, allein zu sein, aber ich habe alles mithören können." Nun hob er die ölverschmierten Hände. „Ihr müsst jetzt nicht denken, ich hätte gelauscht. Aber er hat so laut gesprochen, da konnt ich gar nicht anders."

„Selbstredend." Petersen nickte. „Und was hat eine kuriose Lieferung mit Waffengeschäften zu tun?" Er tippte sich bezeichnend an die Schläfe.

„Morgen Abend um elf Uhr gibt es eine Übergabe in Ohrstedt, an der alten Kaserne."

Wiebke wusste, dass es in Oster-Ohrstedt, mitten in einem Waldgebiet gelegen, einen Bundeswehrstandort gab. So recht wusste aber niemand, was dort geschah. „Die Bundeswehr arbeitet irgendwie für den Afghanistan-Einsatz", überlegte Wiebke. War es möglich, dass Hansen krumme Geschäfte machte, die mit dem Einsatz der Truppe zusammenhingen?

Petersen schien ihre Gedanken erraten zu haben. „Nee, Mädchen, das ist ein Logistik-Bataillon, wenn ich mich nicht irre. Die haben mit Munition und Waffen nicht allzu viel an der Hutkrempe." Er wandte sich an Fiete. „Aber dir danke ich für den heißen Tipp. Vielleicht werden wir an dem ominösen Treffen teilnehmen." Er klopfte dem Arbeiter auf die Schulter. „Bist ein Guter."

Wiebke fragte sich, woher sich die so unterschiedlichen Männer kannten. Sie beschloss, ihren Partner bei Gelegenheit darauf anzusprechen.

„Jetzt hab ich was gut bei dir, Petersen", rief Fiete ihnen nach, während die Polizisten zum Auto gingen.

„Aber sicher", nickte Petersen, ohne sich noch einmal zu Fiete umzublicken. „Ich lass dich das nächste

Mal laufen, wenn du meine Exfrau mal ausraubst."
Nun blieb er stehen und drehte sich doch noch einmal
zu seinem Bekannten um. „Vorausgesetzt, du betei-
ligst mich am Gewinn!"

Husum, Außenhafen, 14.25 Uhr

Wenn Petersen hungrig war, dann wurde er unerträglich. Wiebke wusste das, und auch aus diesem Grund
hatte sie keine Einwände gehabt, als er sie gefragt
hatte, ob er sie auf ein Fischbrötchen zum „Blinkfüer"
im Außenhafen einladen konnte. Jetzt löffelte sie eine
Krabbensuppe. Dazu gab es Mineralwasser. Petersen
hatte sich für Bratkartoffeln mit Krabben an Rührei
und eine Portion Salat entschieden.

Sie hatten einen der freien Tische im Außenbereich
des Restaurants ergattert und genossen ihre spartani-
sche Mahlzeit, die Petersen gut gelaunt als „nordfrie-
sisches Fastfood" bezeichnete. Inzwischen hatte die
Sonne auch die letzten Wolken über dem Hafenbecken
vertrieben, und so hatte Petersen die Jacke ausgezogen
und über den freien Stuhl zwischen ihnen gelegt. Ein
kleines Motorboot tuckerte gerade dem Dockkoog entgegen, und über dem Hafenbecken kreischten die
Möwen um die Wette, stets in der Hoffnung auf Beute.
Touristen standen am Kai und bestaunten das blau-
weiße Schiff der Wasserschutzpolizei.

Während Jan Petersen genüsslich kaute, machte er
einen sehr zufriedenen Eindruck. Er blickte zum Wasser hinaus, atmete tief durch und schien mit sich und
der Welt im Einklang zu sein. Vielleicht wäre er besser
zur See gefahren, anstatt bei der Polizei anzuheuern,
überlegte Wiebke, als er einem gerade auslaufenden

Schiff wehmütig nachblickte. Oder vielleicht zur Wasserschutzpolizei gegangen – das Gebäude der Kollegen lag gleich gegenüber vom „Blinkfüer".

„Was bedrückt dich?", fragte sie, nachdem sie lange überlegt hatte, ob dies der rechte Moment war, ihn auf sein seltsames Verhalten anzusprechen.

Petersen tupfte sich den Mund mit einer Papierserviette ab und spülte mit einem Schluck zuckerfreier Cola nach. Er betrachtete sie nachdenklich und lächelte matt.

„Was meinst du?"

„Du bist komisch."

„Schönen Dank auch." Er lachte. „Wie – ich bin komisch?"

„Na, seit heute Morgen machst du einen bedrückten Eindruck. Dann der Ausraster beim Meeting und das Bier auf der ‚Nordertor' während der Dienstzeit. Jan, so kenne ich dich nicht."

Er winkte ab und wirkte von einer Sekunde zur anderen wieder sehr verschlossen. „Ist nichts", murmelte er und schob sich mit den Fingern eine Krabbe in den Mund.

Doch so leicht wollte Wiebke sich nicht zufriedengeben. „Liegt es wirklich an deiner Exfrau? Hat sich ihr spitzfindiger Anwalt wieder etwas Neues einfallen lassen, um dich zu ärgern? Hast du finanzielle Probleme?"

„Natürlich fehlt mir das Geld an allen Ecken und Enden. Ich wohne in einer kleinen Bude, kann mir kein Auto leisten und muss jeden Cent dreimal umdrehen, bevor ich ihn ausgeben kann." Er lächelte gequält. „Aber in diesem Monat kommt es besonders hart – eine Nachzahlung vom Finanzamt, die Endabrechnung der Mietnebenkosten und meine ganzen Versicherungen …"

„Wenn ich dir irgendwie helfen kann?"

Petersen schüttelte den Kopf. „Nein. Ist doch alles nur Geld. Aber ich weiß nicht, wie ich meine Miete bezahlen soll, und das geht mir schon an die Nieren. Ich habe Angst, rauszufliegen."

Wiebke empfand Mitleid mit ihm. Petersen war ein feiner Kerl, und sie konnte ihn wirklich gut leiden. „Du solltest mit deinem Vermieter sprechen, vielleicht lässt er sich darauf ein, dass du später bezahlst."

„Offen gestanden ist es mir unangenehm."

„Aber es wird wohl nötig sein", erwiderte Wiebke. Irgendwann hatte sie von ihm erfahren, dass Jan Petersens Mutter früher Tänzerin gewesen war. Allabendlich war sie in der Kneipe des Vaters vor einem fast ausschließlich männlichen Publikum aufgetreten. Und sie hatte immer dafür gesorgt, dass der kleine Jan dann in der Wohnung über der Kneipe saß und sich anders beschäftigte.

Es wäre für sie unverzeihlich gewesen, wenn er ihr beim Strippen zugesehen hätte. Petersen war in einfachen Verhältnissen aufgewachsen, er kannte Gott und die Welt und hatte sich angeeignet, Gut von Böse unterscheiden zu können. Umso mehr schmerzte es Wiebke, ihn so verschlossen zu erleben. Das Wissen, dass ihm etwas schwer im Magen lag, und die Hilflosigkeit, nicht an ihren Kollegen heranzukommen, machten sie wahnsinnig.

„Ich weiß." Er nickte.

„Wenn es nur das Geld wäre …"

„Aber das ist es nicht?" Sie hatte die Frage wie eine Feststellung ausgesprochen.

Er schüttelte kauend den Kopf. „Nee."

„Willst du drüber schnacken?"

„Noch nicht."

„Gib mir einen Tipp, damit ich weiß, aus welcher Richtung du auf mich schießt." Sie lächelte ihn an.

„Liebe."

„Du hast Liebeskummer?" Damit hatte Wiebke am allerwenigsten gerechnet. Sie waren seit einigen Jahren ein Team und verbrachten einen Großteil des Tages gemeinsam. Sie teilten sich ein Büro, den Dienstwagen und redeten über alles. Mit keiner Silbe hatte Petersen erwähnt, dass es eine neue Frau in seinem Leben gab. Und auch die anderen Indizien waren nicht vorhanden gewesen. Keine Anrufe auf dem privaten Handy, kein „ich muss heute pünktlich raus" und keine verdeckten Andeutungen.

Petersen blickte sie unverwandt an, doch sie erkannte die tiefe Trauer in seinen braunen Augen.

„Ich werd nicht jünger, Wiebke. Und ich habe verdammt noch mal keine Lust, den Rest meines Lebens allein zu verbringen. Aber es fehlt mir einfach die Zeit, mir eine Frau zu angeln." Als ihm seine Formulierung auffiel, musste er schmunzeln.

„Es gibt Partnerbörsen und es gibt das Internet", schlug Wiebke ihm vor.

Petersen winkte ab. „Bleib mir weg mit so einem anonymen Kram. Anderes Thema: Wie läuft es bei Tiedje und dir?"

Damit hatte Wiebke nicht gerechnet, und die direkte Frage war ihr ein wenig unangenehm. „Es läuft nicht", erwiderte sie schließlich. „Wir sehen uns ab und zu, aber ein Paar sind wir nicht. Keine Ahnung, ob er gerade in diesem Augenblick fremdgeht. Wenn man überhaupt von Fremdgehen sprechen kann." Sie hatte keine Lust, Petersen zu gestehen, dass sie ab und zu eine gemeinsame Nacht mit Tiedje verlebte, wenn ihr nach körperlicher Nähe war.

„Hm." Jan Petersen blickte sie mit einem Dackel-blick an. „Und du bist nicht in ihn verliebt?"

„Ganz bestimmt nicht." Wiebke schüttelte den Kopf. „Ich meine nur, ihr hattet große Pläne: Deine Strand-kneipe, sein Shuttleservice zum Strand."

Tatsächlich hatte Wiebke immer davon geträumt, in einer kleinen Bar mit Meerblick Gäste zu bewirten, die ihr Tiedje mit einem geländegängigen VW-Bulli an den Strand kutschierte. Doch sie wusste nicht, ob es das war, was sie sich für ihre Zukunft wünschte: In der Gastro-nomie zu arbeiten und das Geschäft mit ihm gemein-sam führen. Dass alles klang wie eine kindliche Schwär-merei, seitdem sie bei der Kripo in Husum arbeitete.

„Vergiss es", murmelte sie und kratzte mit dem Plastiklöffel den Rest der Krabbensuppe aus dem Ein-wegteller. „Das war ein anderes Leben." Sie legte den Löffel in den Teller und tupfte sich die Lippen mit einer Papierserviette ab.

Petersen blickte sie an und nickte. „Bist im Leben an-gekommen, was?"

Nun musste Wiebke lachen. „Noch lange nicht, Jan." Ihr Blick glitt an Petersen vorbei zum Hafenbecken. Dort stand ein Mann von fast zwei Metern Körper-größe und blickte auf das Wasser hinaus wie ein alter Seemann, der auf die Ankunft seines Schiffes wartete. Gedankenverloren, einsam, stand er regungslos da und rauchte. Die etwas zu langen, dunklen Haare waren von silbernen Fäden durchzogen. Er trug eine altmodische Jeans mit Bundfalten, dazu ausgelatschte Schuhe und einen dünnen Sommermantel. Obwohl sie ihn nur von hinten sah, erinnerte sie der Mann an ihren Vater.

Fast wie Papa, dachte sie wehmütig. Würde Peter-sen das Schicksal ihres Vaters nun teilen? Auch Norbert Ulbricht war Kommissar gewesen. Er war verheiratet gewesen, aus dieser Ehe war Wiebke hervorgegangen. Doch bald schon hatte ihre Mutter die Nase voll davon gehabt, dass die kleine Familie die meiste Zeit ohne Vater und Mann auskommen musste, weil dieser Verbrecher jagte. Mutter hatte ihn in einer Nacht- und Nebelaktion verlassen und war an die See gezogen, um mit der kleinen Wiebke ein neues Leben zu beginnen. Natürlich dachte sie als Mädchen oft an ihren Vater und vermisste ihn sehr, doch irgendwie hatten sie sich aus den Augen verloren.

Und jetzt Petersen. Seine Frau hatte ihn aus dem gleichen Grund verlassen.

„Scheiß auf die Liebe – wir müssen Verbrecher jagen", riss seine Stimme sie aus den Gedanken, als das Klingeln eines Handys immer lauter wurde. Er kratzte den Rest Rührei zusammen und zupfte das Telefon aus der Jackentasche. Nach einem Blick auf das Display nickte er Wiebke zu. „Das ist Dierks. Wahrscheinlich hat Hansen sich schon über mich beschwert."

Wiebke trank einen Schluck Mineralwasser und folgte dem Telefonat ihres Kollegen.

„Wer sagt das? ... Piet? Ich denk, der ist in Kiel bei der Obduktion? ... Ach so. Aber das müssen wir ihm erst mal beweisen – wär' ja ein Hammer. ... Unsinn, nein, wir bleiben trotzdem am Ball, klar. ... Ja, Mattes, wir müssen schnacken, aber nicht jetzt. ... Sicher, wir fahren sofort los. Tschüss!"

Petersen drückte die rote Taste und ließ das Handy in seiner Tasche verschwinden. „Es gibt Arbeit", kommentierte er und leerte sein Glas. „Ich erzähl dir alles unterwegs." Als sie zum Dienstwagen eilten, war der hochgewachsene Mann am Kai wie vom Erdboden verschwunden.

Auf dem Weg ins Gewerbegebiet berichtete Petersen ihr, was er von Matthias Dierks erfahren hatte. Im Auto war es warm, und Wiebke hatte die Seitenscheibe einen Spaltbreit geöffnet. Der Wind spielte mit ihrem dunklen Haar. Die Stadthäuser schienen an dem Mondeo vorbeizufliegen.

„Piet hat die Fingerabdrücke, die er in dem Technikraum des Multimar gefunden hat, ausgewertet. Natürlich gab es zahlreiche Spuren, die von Mitarbeitern stammen."

„Heißt das, dass Piet sämtliche Mitarbeiter bereits erkennungsdienstlich erfasst hat?" Wiebke staunte nicht schlecht.

„Dierks hat ihm Verstärkung gegeben", nickte Petersen. „Sonst wär das in den paar Stunden nicht möglich. Aber er hat auch Prints im Multimar gefunden, die keinem der Mitarbeiter zugeordnet werden konnten."

„Sondern?"

„Es sind eindeutig die Fingerabdrücke eines gewissen Jörn Holst gefunden worden." Petersen grinste zu ihr herüber. „Na, klingelt`s, Mädchen?"

Wiebke überlegte fieberhaft, woher sie den Namen Jörn Holst kannte. Dann fiel es ihr ein. „Der Bauunternehmer Jörn Holst?"

„Bauunternehmer ist zu viel gesagt. Er hat sich stark verkleinert und macht nur noch Handlangerarbeiten, das soll er uns aber gleich selbst mal erzählen." Vor einer roten Ampel stoppte Petersen. Nervös trommelte er auf dem Lenkrad herum.

Nun verstand Wiebke, warum ihr Partner plötzlich so hektisch war. „Moment, Moment. Wenn Piet die

Fingerabdrücke in seinem System gefunden hat, dann bedeutet das doch, dass Holst schon einmal auffällig geworden ist."

„Exakt." Die Ampel wurde grün, und Petersen trat das Gaspedal bis zum Bodenblech durch. Er schien keine Zeit verlieren zu wollen. „Jörn Holst ist unserem Verein bereits bekannt. Er ist vorbestraft – gegen ihn hat es vor einiger Zeit eine Anzeige wegen Körperverletzung gegeben. Und nun rate mal, wem er damals an den Kragen wollte?"

Wiebke musste nicht lange überlegen. Petersens Fahrstil sprach seine eigene Sprache. „Du meinst, Heiners und Holst sind schon mal aneinandergeraten?"

Petersen nickte. „Wie Dierks am Telefon sagte, ging es bei dem Streit um die Dumpingpreise im Baugewerbe. Jörn Holst hat für Heiners gearbeitet. Der hat ihm die Preise diktiert, sodass Holst nicht viel verdient haben kann." Er blickte kurz zu Wiebke hinüber. „Wir sind mit den Kollegen vom Streifendienst verabredet. Sie verstärken uns, falls Holst wieder Ärger macht und sich gegen die Festnahme wehrt."

„Festnahme?" Wiebke runzelte die Stirn. „Das geht mir jetzt doch zu schnell. Wenn ich dich recht verstehe, dann hat Holst sich mal mit Holger Heiners geprügelt?"

„So sieht es aus. Heiners hat damals die Anzeige erstattet, und seine Anwälte haben im Nachhinein noch ein empfindliches Schmerzensgeld rausgeschlagen, das Holst an den Rand der Pleite brachte. Seit diesem Vorfall kämpft er um jeden Auftrag. Eine Bankauskunft hat unseren Verdacht bestätigt: Er krebst so am Rand der Insolvenz herum und muss zusehen, dass er seine Leute und die Materiallieferanten bezahlen kann, sonst ist es bald zappenduster."

„Er muss Holger Heiners gehasst haben", schlussfolgerte Wiebke. Der Grund für die körperliche Auseinandersetzung zwischen Heiners und Holst lag auf der Hand.

„Ich habe eine Theorie: Piet weiß, dass Jörn Holst für das Multimar tätig war. Als Handwerker ist er mit den Gegebenheiten dort vertraut – ich behaupte sogar, dass er weiß, wie er in das Gebäude kommt."

„Rache", spann Wiebke den Faden weiter. „Er bittet Heiners zu einem klärenden Gespräch ins Multimar, lockt ihn an den Rand des Großbeckens und stößt ihn ins Wasser. Dass Heiners keine Chance hat, musste Jörn Holst gewusst haben, wenn er im Multimar gearbeitet hat. Also brät er ihm eins über und verschwindet. Das Resultat kennen wir."

„Jetzt müssen wir ihm seine Tat nur noch beweisen", knurrte Petersen, als er einen Kreisverkehr verließ und in eine Straße abbog, die direkt in das Gewerbegebiet im Husumer Norden führte.

„Ich denke, für die Untersuchungshaft genügt das, oder?"

„Aber hallo", stimmte ihr Petersen zu. „Wir haben den Mörder von Holger Heiners, Wiebke."

Er lenkte den Wagen auf einen Betriebshof an der Otto-Hahn-Straße. Mehrere Flachdachgebäude, die wahrscheinlich als Lagerhallen genutzt wurden, und eine Art Container, der wohl als Verwaltungsgebäude diente, zeugten nicht gerade vom Wohlstand des Bauunternehmens. Wiebke ging voran, dicht gefolgt von Petersen. Ihre Ankunft war beobachtet worden; hinter einem der Fenster im Bürocontainer nahm Wiebke einen Schatten wahr. Die Sonne brach sich im staubblinden Glas der Scheibe, sodass sie nicht genau erkennen konnte, wer sich drinnen aufhielt. Doch gleich würde sie es wissen, dachte sie und legte eine Hand an die Dienstwaffe, als sie den Container betraten.

„Das ist absolut lächerlich!" Jörn Holst zupfte an seinen Hemdsärmeln herum und krempelte sie hoch. Ihm war sichtlich warm geworden. „Ich soll ein Mörder sein?"

Petersen war in das stickige Chefbüro des Betriebs gestürmt und hatte den Geschäftsführer mit den Vorwürfen, hinter dem Mord an Holger Heiners zu stecken, konfrontiert.

Wiebke lehnte am Fenster des Containers. Durch das Glas der Scheibe spürte sie die wärmenden Strahlen der Sonne. Die Luft in dem Bürocontainer war stickig, und Wiebke war froh, wenn sie hier wieder rauskamen. Petersen hatte sich breitbeinig vor dem Schreibtisch des Bauunternehmers aufgebaut. Die Männer maßen sich sekundenlang mit Blicken. Wiebke schätzte Jörn Holst auf Ende dreißig. Er war von stämmiger Natur, hatte blondes, dichtes Haar und trug einen sorgsam gestutzten Kinnbart. Das Oberhemd stammte wahrscheinlich nicht vom Designer, und auch Schuhe und Hose wirkten eher wie einfache Kaufhausqualität. Das Einzige, was Wiebke in die Kategorie Dekadenz einordnete, war die protzige goldene Armbanduhr an Holsts Handgelenk.

„Ich werde meinen Anwalt anrufen und euch eine Klage wegen Verleumdung anhängen, darauf könnt ihr euch verlassen!" Die Augen des Firmeninhabers funkelten wütend, als seine Blicke zwischen Petersen und Wiebke hin und her irrten.

„Tun Sie, was Sie nicht lassen können." Wiebke ließ sich vom aufbrausenden Gehabe dieses Mannes nicht beeindrucken. Sie wusste, dass der Ton in dieser Branche mitunter ein wenig herb war, und hatte sich auf der Fahrt zum Gewerbegebiet darauf einstellen können. Sie musterte Jörn Holst und fragte sich, ob er zu einem Mord fähig war. Immerhin, so resümierte sie insgeheim, hatte er eine große Klappe. Und die vorliegende Anzeige wegen Körperverletzung deutete darauf hin, dass er aufbrausend und gewaltbereit zu sein schien.

„Sie haben sich vor einiger Zeit mit Holger Heiners geprügelt", stellte sie in sachlichem Tonfall fest. „Warum?"

„Er hat mich provoziert." Holst lehnte sich auf seinem Bürostuhl zurück. Der Stuhl quietschte. „Haben Sie eine Ahnung, wie gut er das kann?" Er räusperte sich. „Ich meine ... wie gut er das konnte?"

„Nein. Ich habe ihn nie persönlich kennengelernt." Wiebke erinnerte sich daran, dass Torben Schäfer eine ähnliche Äußerung gemacht hatte.

„Sie sind ein gestandener Unternehmer, Herr Holst. Wollen Sie mir ernsthaft weismachen, dass Sie sich so leicht provozieren lassen? Und zwar so, dass Sie ihn zusammenschlagen? Wer kümmert sich um Ihren Laden, wenn Sie im Gefängnis sitzen?"

„Ich habe ihn nicht zusammengeschlagen – das ist Quatsch."

„Darüber gibt es ärztliche Atteste", mischte sich Petersen nun ein, der vorhin mit Matthias Dierks telefoniert hatte.

„Die er fingiert hat. Heiners war ein reicher Sack – er hat sich die Atteste für viel Geld von seinen Ärzten fälschen lassen, um das Schmerzensgeld in die Höhe zu treiben."

„So hoch, dass Sie fast daran pleite gegangen wären." Wiebke betrachtete den Unternehmer aufmerksam und achtete auf jede Regung in seinem Gesicht. „Wenn das kein Grund für eine Rache ist."

Petersen spann den Faden weiter, während er in dem staubigen Büro auf- und ablief. „Es kam zu einem Treffen im Multimar, wo Sie ihm eine zweite Abreibung verpasst haben. Eine sehr nasse Abreibung, um genau zu sein. Heiners ist qualvoll ertrunken."

„Am liebsten hätte ich ihn in ein Haifischbecken geworfen."

Wiebke horchte auf. „War das eben ein Geständnis?"

„Natürlich nicht!" Jörn Holst blickte sie böse an. „Was erlauben Sie sich? Ich hätte ihn am liebsten in ein Haifischbecken geworfen. Hören Sie mir nicht zu? Ich ‚hätte', habe ich gesagt."

„Man hat Ihre Fingerabdrücke am Tatort gefunden", stellte Wiebke klar.

Holst blickte sie sekundenlang wie einen Geist an, dann wurden seine Augen groß. Die Lippen, die er eben noch zu einem schmalen Strich zusammengepresst hatte, verzogen sich zu einem breiten Grinsen.

„Ist nicht Ihr Ernst", sagte er dann und schien plötzlich sichtlich amüsiert zu sein. „Wenn Sie gut in Ihrem Job sind, dann sollten Sie wissen, dass ich für den Laden arbeite."

„Mit Tötungsdelikten scherzen wir üblicherweise nicht." Wiebke warf Petersen einen Hilfe suchenden Blick zu.

„Sicherlich haben Sie Rechnungen für die Leistungen geschrieben, die Sie dort erbracht haben", half er ihr.

„Natürlich. Die Rechnungen kann ich Ihnen gern zeigen – natürlich werden es Ihnen die Leute in Tönning auch gern bestätigen. Unser Geschäftsverhältnis

117

ist durchweg gut. Ich arbeite zügig, und sie bezahlen schnell ihre Rechnungen."

Petersen band es dem Bauunternehmer nicht auf die Nase, dass Matthias Dierks ihn am Telefon längst gebrieft hatte und er wusste, dass Holst nicht log. „Wann waren Sie zuletzt dort im Einsatz?"

„Vor gut einer Woche, das kann ich aber herausfinden."

„Bitte."

Jörn Holst machte sich an seinem Computer zu schaffen. Er bewegte die Maus, und der Rechner erwachte aus dem Ruhezustand. Es wunderte Wiebke nicht im Geringsten, dass Holst sich eine barbusige Schönheit als Bildschirmhintergrund eingerichtet hatte. Holst erfüllte alle Klischees, und wahrscheinlich pfiff er den jungen Mädchen auf der Baustelle auch hinterher. Fehlte nur noch der Kasten „Flens" in der Ecke des Büros.

„Letzten Montag war das." Sein puterrotes Gesicht erschien hinter dem Monitor. „Eine Reparatur im Technikraum." Nun grinste Holst überheblich. „Das erklärt wohl meine Fingerabdrücke. Noch Fragen?"

„Ja." Petersen nickte. Das arrogante Gehabe seines Gegenübers begann ihn zu nerven. Er trat an den Schreibtisch, stützte beide Hände darauf und beugte sich zu Holst hinab. Wiebke sah ihrem Kollegen an, dass er ihm am liebsten an die Gurgel gegangen wäre. „Wo waren Sie letzte Nacht zwischen zweiundzwanzig Uhr abends und sechs Uhr morgens?"

Holst tat, als würde er angestrengt nachdenken. Dann lächelte er Petersen süffisant an. „Ich habe die Nacht mit einer Dame verbracht."

„Mit Ihrer Frau?", bellte Petersen ihn an. „Freundin?"

118

„Weder noch. Ich habe mir ein Mädchen aus einem Escort-Service gegönnt." Sein Grinsen wurde noch eine Spur breiter, und der lüsterne Blick, mit dem er jetzt Wiebke betrachtete, bereitete ihr Ekelgefühle. „Das tu ich ab und zu, wenn ich mal abschalten und vergessen will. Geht Ihnen doch sicher auch so, Kommissar?"

„Hauptkommissar, so viel Zeit muss sein." Petersen stieß sich von der Schreibtischkante ab und wanderte durch das kleine Büro. „Name und Adresse?"

„Wie bitte?"

„Ich will den Namen des Mädchens und den Ort, wo Sie die Nacht mit ihr … verlebt haben."

„Ach das." Jörn Holst lachte gewinnend, fast so, als würde er erst jetzt verstehen. „Kann ich Ihnen geben."

„Bitte."

„Das Hotel ‚Alte Schule' sagt Ihnen sicher etwas." Holst nahm ein Stück Papier aus einer Plexiglas-Zettelbox, griff zu einem Kugelschreiber und kritzelte etwas darauf. Dann reichte er den Zettel Petersen, der einen Blick darauf warf, ihn einmal zusammenfaltete und in die Hemdtasche stopfte.

„Ich hätte gern die Hotelrechnung gesehen", sagte Petersen.

„Das tut mir leid – ich habe sie weggeschmissen. Muss doch keiner wissen, was ich in meiner Freizeit mache." Holst tat bedauernd.

Petersen glaubte ihm kein Wort. Er nickte Wiebke zu. Sie erwiderte das Nicken und nahm ihre Handschellen vom Hosenbund, um sie zu entriegeln. Petersen griff zur Waffe, um seine junge Kollegin zu sichern und ließ Holst keine Sekunde aus den Augen.

„Haben Sie mir nicht zugehört?", widersprach Jörn Holst wütend. „Ich habe Ihnen ein Alibi genannt. Das sollten Sie vielleicht überprüfen, und dann werden Sie feststellen, dass ich mit dem Mord an Heiners nichts zu tun haben kann, verdammt noch mal!"

„Eins nach dem anderen", brummte Petersen. „Erzählen Sie uns nicht, wie wir unseren Job zu machen haben. Sie kommen mit, den Rest besprechen wir auf der Polizeiinspektion. Offen gestanden schätze ich Sie so ein, dass Fluchtgefahr besteht. Und das wollen wir nicht riskieren, also sollten Sie den Anweisungen meiner Kollegin Folge leisten."

„Das ist Behördenwillkür", protestierte Holst, doch er leistete keinen Widerstand und ließ sich schweigend von Wiebke die Handschellen anlegen. Wahrscheinlich wusste er, dass er verloren hatte, doch das würde eine Überprüfung seines Alibis ergeben.

Wiebke atmete einmal tief durch, dann gab sie ihrer Stimme einen festen Klang: „Herr Holst, Sie sind hiermit verhaftet. Sie stehen unter dringendem Tatverdacht, Holger Heiners im Multimar getötet zu haben."

SIEBEN

Er fragte sich, wo sie lebte. Nachdem er Husum und den kleinen Badestrand – konnte man das trocken gelegte Feuchtbiotop überhaupt Strand nennen? – erkundet hatte, machte er sich auf den Weg in das Dorf, in dem sie jetzt lebte. Unwillkürlich drängten sich ihm Fragen auf. Hatte sie hier auch ihre Kindheit verbracht? War sie hier aufgewachsen und zur Schule gegangen, oder war sie erst später, im Erwachsenenalter, nach Ostenfeld gezogen?

Während er den Ortsausgang von Husum passierte und die Gegend ländlicher wurde, versuchte er sich an das zu erinnern, was man ihm über die Gegend berichtet hatte. Drei Dörfer waren es, die irgendwie zusammenhingen. Ostenfeld, Wittbek und Winnert. Die Flusslandschaft nannte sich Eider-Treene-Sorge. Von einem Fluss war allerdings noch nichts zu sehen. Aber die Flüsse lagen, wenn er sich die Landkarte in der Erinnerung aufrief, erst im Landesinneren. Sein Gedächtnis funktionierte präzise wie eine Maschine, mit der er die einmal gespeicherten Daten abrufen konnte. Wahrscheinlich lag das an seiner jahrelangen Berufserfahrung. Sein Gehirn war gut geschult. Diese drei Dörfer waren umgeben von sattem Grün und luden Feriengäste zu Wanderungen und Radtouren ein.

Gut, dachte er. Wer es braucht. Ihm war die Gegend schon jetzt zu einsam, und er fragte sich, wie sie es hier aushielt. Die Ostenfelder Straße führte fast schnurgerade durch eine Landschaft, die von Großwindanlagen und Feldern geprägt war. Immerhin, so machte er sich Mut, war es nicht weit bis Husum. Zwölf Kilometer trennten Ostenfeld von der *grauen Stadt am Meer*. Als er das gelbe Ortseingangsschild der tausendfünfhundert Einwohner zählenden Gemeinde erreichte, wuchs die Aufregung in ihm. Er rechnete damit, dass fortan jeder seiner Schritte beobachtet wurde. Wahrscheinlich hatte man an seinem Nummernschild längst bemerkt, dass ein Fremder im Dorf war. Er erwischte sich dabei, auf die Fenster der Häuser, die nun die Hauptstraße säumten, zu achten. Sah er dahinter Schatten? Bewegten sich die Gardinen?

Unsinn, schalt er sich einen Narren. So etwas gibt es doch nur im Film.

Husum, Adolf-Brütt-Straße, 15.55 Uhr

Nachdem sie Jörn Holst in der Polizeidirektion abgeliefert hatten, setzten sich Wiebke und Petersen wieder ins Auto und suchten die Begleitagentur auf, bei der Holst angeblich Kunde war.

Die Agentur befand sich in einem unauffälligen Bürogebäude an der Adolf-Brütt-Straße. Nur ein kleines Schild mit der Aufschrift „HES – Ihr Service für gewisse Stunden" verriet, dass sich hier das Büro des Husumer Escort Service befand. Über der Tafel mit der Klingel entdeckten sie eine kleine Kamera, mit der Besucher begutachtet werden konnten, bevor sie ins Haus gelassen wurden. Wiebke drückte den Klingelknopf und wartete. Als man sie über eine Gegensprechanlage nach ihren Wünschen fragte, hielt sie kommentarlos ihren Dienstausweis vor die Kameralinse. Es dauerte keine Sekunde, bis der Türsummer ertönte und ihnen Einlass in ein kühles Treppenhaus gewährte.

Petersen grinste. „Sesam öffne dich."

„Wie gehen wir vor?"

„Wie die Profis." Nun lachte er. „Sicheres Auftreten bei völliger Ahnungslosigkeit. Du machst das schon."

„Na, schönen Dank auch."

„Da nich' für."

Prompt fing er sich einen freundschaftlichen Seitenhieb von Wiebke ein.

Im ersten Stock war eine Tür nur angelehnt, und Wiebke klopfte, bevor sie eintrat. Als von drinnen ein etwas zögerliches „Herein" ertönte, stieß sie die Tür auf und betrat den Empfang. Ein Tresen, darauf eine exotische Pflanze, grauer Teppich und helles Mobiliar ließen eher auf ein Versicherungsbüro oder auf einen Immobilienmakler, nicht aber an die Verwaltung eines Escort-Service denken.

Eine etwa vierzigjährige, schlanke Frau stand hinter dem Tresen und lächelte. Eine feine Parfümwolke umgab sie. Den Ausschnitt der Bluse fand Wiebke ein wenig gewagt, doch die Frau konnte es sich leisten, denn ihr Dekolleté war atemberaubend. Das lange, dunkle Haar trug sie offen.

„Was kann ich für Sie tun?"

„Wer bucht bei Ihnen die Damen?", kam Wiebke ohne Umschweife auf den Grund ihres Besuches.

„Ich. Mein Name ist Thordis Wimmer, ich bin die Geschäftsführerin des HES." Sie strahlte Selbstbewusstsein, aber keine Arroganz aus.

„Es geht um einen Ihrer Kunden."

„Klienten", wurde Wiebke ein wenig pikiert verbessert.

„Wie dem auch sei. Sagt Ihnen der Name Jörn Holst etwas?"

„Möglich."

„Er behauptet, gestern eines Ihrer Mädchen gebucht zu haben."

„Auch das ist möglich."

Wiebke hasste es, wenn Menschen um den heißen Brei redeten. „Hören Sie, wir haben keine Lust auf ein Frage-Antwort-Spiel. Wir ermitteln in einem Todesfall und sind auf sachdienliche Hinweise dringend angewiesen, also legen Sie die Karten auf den Tisch, Frau Wimmer."

Wiebkes klare Worte verfehlten ihre Wirkung nicht. Thordis Wimmer senkte den Blick und präsentierte ihre kunstvoll getuschten Augenlider. „Normalerweise ist die Diskretion in unserem Geschäft das A und O", versuchte sie ihr Verhalten zu erklären. „Wir sind eine exklusive Begleitagentur, die Damen haben Stil und sind intelligent, und wir haben uns ein gewisses Ansehen erarbeitet und möchten das Niveau gern halten. Zahlreiche einflussreiche Politiker, Geschäftsleute und Künstler zählen zu unseren Klienten, da halten wir mit Namen hinter dem Berg."

„Das tun wir auch", versprach Petersen und schenkte der Frau ein nachsichtiges Lächeln. „Wenn Sie jetzt so gut wären und Ihre Unterlagen durchschauen? Sonst müssten wir Ihre Computer beschlagnahmen und uns die erforderlichen Unterlagen selbst suchen."

„Um Gottes willen, dann bin ich geschäftsunfähig." Thordis Wimmer schlug theatralisch die Hände vors Gesicht, dann huschten ihre lackierten Fingernägel über die Tastatur ihres Rechners. „Jörn Holst war zum ersten Mal bei uns", sagte sie dann.

„Also hat er tatsächlich ein Mädchen gemietet?" Petersen grinste.

„Er hat eine unserer Damen gebucht", korrigierte ihn Brigitte Wimmer empört. „Ja", fügte sie dann an

Wiebke gewandt hinzu. „Das Datum stimmt. Es gibt eine Buchung."

„Wie heißt das Mädchen?" Wiebke stützte sich auf dem Empfangstresen ab und versuchte, etwas von den Einträgen in der Datenbank zu erkennen.

„Chantal."

„Ich bitte Sie", erwiderte Wiebke zweifelnd. „Wir wollen nicht ihren Künstlernamen wissen."

„Bürgerlich heißt sie Karin Vogt und wohnt in Simonsberg. Die Adresse kann ich Ihnen aufschreiben."

„Was mich interessieren würde", setzte Petersen nach. „Was hat Holst der Spaß gekostet?"

Ein paar Mausklicks, dann: „Dreihundertfünfzig Euro."

„Danke." Petersen nickte. Er hatte genug gehört und nickte Wiebke zu.

„Bitte schreiben Sie uns den Namen und die genaue Anschrift Ihrer Mitarbeiterin auf, dann lassen wir Sie in Ruhe."

„Gern." Thordis Wimmer nickte dienstbeflissen und schrieb die gewünschten Daten auf einen Zettel, den sie Wiebke reichte. „Und bitte – wahren Sie die Diskretion, wenn es möglich ist."

„Wir tun unser Bestes", versprach Wiebke und verabschiedete sich von der Geschäftsführerin des Husumer Escort Service. Sie würde das dumpfe Gefühl nicht los, dass irgendetwas an der Geschichte nicht stimmte.

Ostenfeld, Hauptstraße, 16.05 Uhr

Der Eingang befand sich etwas abseits von der Straße in einem Anbau, der offenbar als eigenständiges

125

Wohnhaus auf dem gleichen Grundstück diente. Das erklärte auch das „A" hinter ihrer Adresse, dachte er und blickte sich aufmerksam um. Unter einem Carport parkte ein metallicfarbener Renault Mégane älteren Baujahres. Irgendwie konnte er sich nicht vorstellen, dass sie einen Mégane fuhr. Wahrscheinlich, so konstatierte er weiter, gehörte der Wagen ihren Nachbarn. Hinter dem Haus lag der Garten, rechts ein Schuppen, dahinter eine Koppel. Fehlte nur noch, dass hinter dem Haus Schafe weideten.

Oder Kühe.

Nach Gülle roch es jedenfalls.

Das Krähen eines Hahns in der Nachbarschaft ließ keine Zweifel offen: Er war auf dem Land angekommen. Er wandte sich um und betrachtete die Fassade. Tiefroter Backstein, wie fast alle Fassaden in diesem Landstrich. Fast wunderte er sich ein wenig darüber, dass die Friesen ihre Straßen nicht auch noch verklinkert hatten.

Das Dach, so stellte er fest, bestand nicht aus einer Deckung mit Reet. Nichts Halbes und nichts Ganzes, dachte er ein wenig spöttisch. Nachdem er seine Betrachtung abgeschlossen hatte, wandte er sich dem Hauseingang zu, einer zweiteiligen Tür mit kleinen, gewölbten Scheiben. Dahinter ein Flur, wie es ihn zu Hunderttausenden gab. Eine bemalte Milchkanne, die als Schirmständer zweckentfremdet wurde, und eine Garderobe. Draußen ein Blumenpott, darüber ein eisernes „Willkommen"-Schild, das im Wind klapperte und ihn an die Karabiner eines Segelbootes erinnerte.

Er trat einen Schritt zurück und studierte die beiden Namen auf dem Klingelschild. Wie der Blitz traf ihn der Gedanke, dass sie vielleicht längst verheiratet war. Ein Stich durchzuckte seine Brust, als er sich ausmalte, dass sie glücklich verliebt sein könnte – möglicherweise sogar schon Mutter war.

Der Gedanke befremdete ihn. Sein Mädchen mit einem kleinen Kind auf dem Arm?

Aber was verlangte er? Immerhin hatten sie sich rund zwanzig Jahre nicht gesehen. Verdammt lange her, die Zeit blieb nicht stehen, und nun plagten ihn Selbstzweifel.

Ja, er hätte sie schon oft anrufen sollen. Vielleicht einfach Interesse an ihr und an ihrem Leben zeigen. Doch nichts von dem hatte er getan. Ab und zu mal eine Karte zu Weihnachten oder zum Geburtstag, das wars auch schon gewesen. Und selbst die Schreiberei war im Laufe der Zeit in Vergessenheit geraten. Verbittert hatte er sich in das Berufsleben gestürzt und sein Privatleben einfach ausgeblendet, so gut es ging.

Nun überlegte er, ob sie es ähnlich getan hatte. Wahrscheinlich hatte sie ihn längst vergessen, ihn aus ihrem Leben verbannt. Und er konnte ihr dafür nicht einmal böse sein.

Er zögerte, hob den Arm, hielt noch einmal inne, dann drückte er den Klingelknopf mit dem Schild, auf dem ihr Name stand. „W. Ulbricht" stand dort. Er holte tief Luft, fast so, als würde es ihm unendliche Überwindung kosten, dann klingelte er ein zweites Mal. Irgendwo im Haus zerriss ein Gong die Stille.

Es tat sich nichts. Er wartete eine halbe Minute, dann wagte er einen dritten Versuch, nach einer weiteren Pause einen vierten Versuch, der jedoch auch nicht von Erfolg gekrönt war.

Sie schien nicht da zu sein.

Klar, dachte er, was verlangte er auch? Dass sie sich zwanzig Jahre lang in ihrer Wohnung verschanzte, um auf seine Rückkehr zu warten?

Es schien ihm, als erwachte er aus einem Traum, als kehrte er aus einer Scheinwelt zurück, in der er die letzten Jahre einsam und frustriert verbracht hatte.

Er wandte sich wütend und enttäuscht ab und wanderte in der Einfahrt auf und ab. Die Arme hinter dem Rücken verschränkt erinnerte er an einen dozierenden Professor. Immer wieder blickte er auf die Uhr. Arbeitete sie im Schichtdienst?

Nachdem er das Laufen satt hatte, fiel sein Blick auf die massive Holzbank neben der Haustür. Eine Friesenbank, nicht zu vergleichen mit den Dingern für zwanzig Euro aus dem Baumarkt, die sich der begnadete Heimwerker aus einer Handvoll Brettern zusammenschrauben konnte. Das hier war echte Handarbeit. Friesische Handarbeit. Stabil und robust, wie alles in diesem Landstrich.

„Klönschnackbank", las er die eingebrannte Schrift in der Lehne der Bank.

Klar, die Friesen quatschten nicht, sie schnackten.

Sollte ihm auch recht sein. Er spürte seinen Rücken und fühlte sich plötzlich müde und ausgebrannt. Zweifel kamen in ihm auf, Zweifel, ob es richtig war, unangemeldet hier aufzutauchen.

Er wusste nicht mehr, ob er ihr damit eine Freude bereiten würde. Missmutig sank er auf die „Klönschnackbank" und streckte die Füße weit von sich. Er betrachtete die Bank neugierig und erblickte eine in die Bank eingearbeitete Holzkiste.

Eine Klappe ließ sich nach vorn öffnen. Die Aufschrift verriet den Sinn und Zweck der Klappe: „Bierfach" stand darauf.

Gegen ein Bier hätte er jetzt auch nichts einzuwenden gehabt. Doch wahrscheinlich hätte ihn der Gerstensaft nach der langen Fahrt schläfrig gemacht. Er war nicht mehr der Jüngste, darüber wurde er sich jetzt klar.

Von Neugier getrieben, zog er die Füße an und beugte sich weit vor, griff nach dem Verschluss und öffnete das Bierfach. Natürlich war es leer und so blieb ihm die Entscheidung, ob er sich nicht vielleicht doch für ein Bier erwärmen konnte, erspart.

„Suchen Sie etwas?"

Er zuckte zusammen und blickte erschrocken auf. Trotz vieler Jahrzehnte im Polizeidienst hatte er die Frau nicht bemerkt, die sich ihm genähert hatte. Sie war groß und Anfang fünfzig. Das blonde Haar trug sie modisch kurz, die Haut war gebräunt. Die Frau trug eine Brille, durch die sie den Fremden mit wachsamen, blauen Augen musterte. Eine Mischung aus Misstrauen und Neugier lag in ihrem Blick.

Er war aufgesprungen, hatte die Klappe des Bierfaches einfach offen stehen lassen und rang sich jetzt ein nervöses Grinsen ab.

„Moin moin", setzte die Frau nun nach.

„Morgen", erwiderte er ein wenig unbeholfen und erinnerte sich daran, dass die Friesen ja zu jeder Tageszeit „moin" zu sagen pflegten. Komisches Volk.

Er gab einer alten Gewohnheit nach, griff in die Manteltasche und zog seine Dienstmarke hervor, die er der Frau präsentierte.

„Kriminalpolizei", stellte er sich vor. „Hauptkommissar Norbert Ulbricht."

Die Augen der Frau weiteten sich, und er wusste nicht, ob das Respekt, Angst oder Ehrfurcht signalisierte.

„Oha", machte sie und deutete auf eine weitere Tür im Haus, die er erst jetzt erblickte. Scheinbar eine Küchentür. „Na denn kommen Sie mal mit."

Ulbricht hatte keine Einwände und ließ sich von der Nachbarin seiner Tochter ins Haus führen. Es konnte nicht schlimmer werden.

Husum, Süderstraße, 16.20 Uhr

Die Fahrt dauerte keine zehn Minuten, dann hatten sie die Süderstraße erreicht. Petersen lenkte den Wagen auf den Gästeparkplatz des Hotel-Restaurants. Während man in den Abendstunden hier kaum einen Parkplatz fand, herrschte um diese Zeit noch nicht viel Betrieb. Die Sonne drang durch die tief hängenden Äste der alten Kastanien, während die Beete mit Krokussen bepflanzt waren; wohl eine Anlehnung an den Schlosspark von Husum. Die alljährliche Krokusblüte im März zog Touristen in Scharen in die graue Stadt am Meer. Ein Springbrunnen in der Mitte des parkähnlich angelegten Gartens plätscherte munter vor sich hin.

Bei dem imposanten Anblick fragte sich Wiebke unwillkürlich, wie sich Jörn Holst ein solches Hotel leisten konnte, wenn es ihm doch finanziell so schlecht ging. Wahrscheinlich war dies eines der letzten Häuser, bei dem er auf Rechnung bezahlen konnte. Wahrscheinlich würde die Geschäftsleitung des Hotels ihr Geld niemals zu sehen bekommen.

Petersen pfiff beim Anblick des gediegenen Hotels durch die Zähne. „Immerhin hat er sein Mädchen nicht in ein billiges Stundenhotel geschleppt."

„Wahrscheinlich hat er die Zeche geprellt", entgegnete Wiebke. Als sie zum Himmel blickte, sah sie düstere Wolken, die sich vor die Sonne schoben. Sicherlich würde es gleich regnen. Seite an Seite betraten sie das Hotel, das in einem hoch aufragenden Backsteinbau mit verspielt wirkenden Türmchen lag. Mit ein wenig Fantasie konnte man erkennen, dass es sich bei dem Haus um eine ehemalige Schule handelte.

An der Rezeption zückte Wiebke die Dienstmarke. Der Angestellten, einer jungen Frau mit kurzen, schwarzen Haaren, schoss vor Aufregung das Blut in den Kopf.

„Wir ermitteln in einem Tötungsdelikt und wüssten gern von Ihnen, ob ein gewisser Jörn Holst hier die letzte Nacht verbracht hat", trug sie ihr Anliegen vor, während sich Petersen mit anerkennend hochgezogenen Mundwinkeln im Empfangsbereich des Hotels umblickte.

Die junge Empfangsdame, Wiebke schätzte das Mädchen auf Anfang zwanzig, nickte eifrig. „Gern", sagte sie. „Ich werde nachschauen." Sichtlich nervös machte sie sich an einem Computer zu schaffen und rief die Kundendatei auf. „Ein Herr Jörn Holst hat tatsächlich ein Doppelzimmer für eine Nacht gebucht", nickte sie dann.

„Hat er es nur gebucht, oder hat er auch hier übernachtet?", fragte Petersen aus dem Hintergrund.

„Das kann ich leider nicht erkennen, Entschuldigung. Die Hotelleitung legt Wert auf größte Diskretion; wir kontrollieren nicht, ob gebuchte und bezahlte Zimmer auch tatsächlich bewohnt werden."

Wiebke überlegte, ob sie die Bänder der Videoüberwachung beschlagnahmen sollte. Inzwischen verfügte jedes Hotel der gehobenen Preisklasse über eine Überwachungsanlage. Die Sichtung des Materials wäre allerdings recht zeitaufwendig. „Wer hatte gestern Dienst hier an der Rezeption?"

„Ich."

„Das trifft sich hervorragend", freute sich Wiebke. „Vielleicht können Sie sich an Herrn Holst erinnern?"

Sie beschrieb den Bauunternehmer so präzise wie möglich.

„Ich glaube, er war hier", nickte die Hotelangestellte, nachdem sie einen Augenblick überlegt hatte.

„Allein?", fragte Petersen.

Das Mädchen am Empfang dachte kurz nach. „Ich bin mir nicht sicher", sagte sie schließlich. „Ein Mann, auf den Ihre Beschreibung passt", sie blickte Wiebke an, „war hier. Und ich glaube, ihn in Begleitung einer blonden, ausnehmend hübschen Frau gesehen zu haben."

„Danke." Wiebke hatte alles erfahren, was sie wissen wollte. Sie nickte Petersen zu, bedankte sich bei der Hotelangestellten und verließ an der Seite ihres Kollegen das Hotel. „Und nu?"

„Auf nach Simonsberg, zu dieser Karin Vogt alias Chantal." Er drückte den Knopf der Fernbedienung, die Zentralverriegelung des Mondeo schnappte auf, und sie stiegen ein.

„Bist du sicher, dass wir die anderen Verdächtigen nicht aus den Augen verlieren?", wagte Wiebke einen Einspruch. „Torben Schäfer, beispielsweise. Er hätte Grund genug, Holger Heiners aus dem Weg zu räumen. Oder die frischgebackene Witwe. Könnte sie Interesse daran gehabt haben, ihren Mann zu töten?"

„Mädchen, denk nach: Er ist schon mal auffällig geworden, weil er sich mit Holger Heiners geprügelt hat. Das Alibi, das er uns genannt hat, weist so viele Löcher auf wie einer meiner Socken."

„Dann hoff ich doch keines, oder kannst du gut stopfen." Wiebke lachte kurz laut auf und beruhigte sich sofort wieder. „Die Auskunft aus dem Hotel muss nichts heißen – die Empfangsdame hat nur gesagt, dass sie es nicht genau wüsste, ob Holst dort auch tatsächlich genächtigt hat, aber immerhin erinnert sie sich an einen Mann, auf den die Beschreibung passt", erinnerte Wiebke ihn.

„Dann werden wir das mit unserem zweiten Joker absichern", konterte Petersen. „Das Callgirl wird uns sagen, zu welcher Zeit sie mit Jörn Holst zusammen war."

Wiebke atmete hörbar aus. Obwohl sie hoffte, dass der Fall gelöst war, behielt sie dennoch die anderen möglichen Täter im Hinterkopf. Doch sie wollte ihren Partner nicht ausbremsen und schwieg. Wahrscheinlich war er stolz darauf, den Mord ohne die Hilfe der Kollegen aus Flensburg aufgeklärt zu haben.

„Piet hat Fingerabdrücke von Jörn Holst im Technikraum des Multimar gefunden, und als Handwerker wusste Holst, wie er nach Ladenschluss in das Gebäude kommt." Nachdem er die Eisenbahnunterführung passiert hatte, hielt er sich rechts. Auf der Simonsberger Straße ließ der Verkehr nach. Während rechts das Gewerbegebiet am Hafen lag, erhoben sich linker Hand schon wenig später die mächtigen Anlagen des Husumer Windparks majestätisch aus der Südermarsch. Die riesigen Anlagen drehten sich träge. An der Finkhaushallig hatten sie den Ortsausgang von Husum erreicht, und Petersen beschleunigte den Wagen. „Die Luft wird dünn für Holst. Er hat ein wurmstichiges Alibi und ein sehr gutes Motiv für den Mord an Holger Heiners: Rache."

„Auch wenn er als Dienstleister für das Multimar tätig war, muss das nicht bedeuten, dass er über einen Schlüssel verfügt. Und irgendwie muss er ja reingekommen sein in das Gebäude."

„Das werden wir herausfinden", entgegnete Petersen, ohne den Blick von der Fahrbahn zu nehmen.

Manchmal konnte Petersen schrecklich stur sein, dachte sie, erwiderte aber nichts darauf.

Simonsberg, 16.45 Uhr

Das Haus lag in einer ruhigen Seitenstraße. Simonsberg, der Badestrand Lundenbergsand und die Finkhaushallig hatten ihr heutiges Erscheinungsbild im Laufe der Jahrhunderte durch zahlreiche Sturmfluten erhalten, und kaum jemand der Gäste wusste, dass die Dorfstraße einst als Deich genutzt worden war. So war der kleine Ort, der von zahlreichen reetgedeckten Häusern und grünen Deichen geprägt war, ein idyllisches Kleinod vor den Toren der *grauen Stadt am Meer.*

„Schön wohnt sie", kommentierte Wiebke, während sie den Blick über das kleine Reetdachhaus schweifen ließ, das sich hinter einen Deich zu ducken schien. Im wilden Vorgarten wurden sie von einer bunten Blütenpracht empfangen. In einem Beet reckten sich mannshohe Sonnenblumen in den inzwischen fast wolkenfreien Himmel. Eine Hummel taumelte summend von Blüte zu Blüte.

„Kein Wunder – in dem Job soll man ja recht anständig verdienen", murmelte Petersen, während er das kleine Holztor öffnete und den Vorgarten betrat. „Ich leg die Hand dafür ins Feuer, dass niemand der Nachbarn ahnt, welchem Beruf sie nachgeht", fügte er leiser hinzu.

„Mag sein." Wiebke fand im Grunde nichts Verwerfliches an Karin Vogts Beruf – immerhin sorgten Frauen wie sie mit käuflicher Liebe dafür, dass es weniger Vergewaltigungsopfer gab.

Petersen betätigte die Türglocke, die rechts neben der grün-weiß gestrichenen Haustür angebracht war. Über der Haustür gab es eine Dachgaube mit einem darin eingelassenen Fenster. Es dauerte nicht lange, bis sich hinter den Butzenscheiben in der Tür etwas tat.

„Ja bitte?" Die Frau, die ihnen die Tür öffnete, war Anfang dreißig, hatte in etwa Wiebkes Größe und war blond. Das passte schon mal zu der Beschreibung der Hotelangestellten. Und hübsch war sie auch, so, wie die Empfangsdame sie beschrieben hatte.

„Moin", sagte Wiebkes Partner freundlich. „Frau Karin Vogt?"

„Ja … Aber …"

„Mein Name ist Hauptkommissar Jan Petersen von der Kripo in Husum, und das", er deutete mit dem Daumen auf Wiebke, „ist meine Kollegen, Kommissarin Wiebke Ulbricht." Er zeigte den Dienstausweis; die Frau warf einen flüchtigen Blick darauf und bat die Besucher ins Haus. Auch drinnen strahlte das kleine Reetdachhaus eine urige Gemütlichkeit aus. Wiebke und Petersen wurden in die Stube geführt. Das warme Licht der Nachmittagssonne drang durch die beiden Fenster in den Raum. Es gab eine halbhohe Schrankwand, die Sitzecke mit einem niedrigen Tisch und einen Bollerjahn, der an kalten Herbst- und Wintertagen für eine heimelige Gemütlichkeit sorgte. Sie sanken auf ein blaues Sofa. Von einem der beiden über Eck angeordneten Fenster aus konnte man bis zum Lundenbergsand blicken.

„Ein toller Ausblick", kommentierte Wiebke.

„Danke." Ihre Gastgeberin sank auf den Sessel und schlug die Beine übereinander. „Was kann ich für Sie tun?" Sie beugte sich vor. „Habe ich etwas ausgefressen?"

135

„Das werden wir bestimmt herausfinden", grinste Petersen, und unwillkürlich fragte sich Wiebke, warum ihr Partner bei Frauen immer so freundlich war, während er Männer augenblicklich nicht gerade mit Samthandschuhen anfasste. „Es geht um einen Ihrer Kunden ... Klienten", verbesserte er sich schnell, als er registrierte, dass sich bei Karin Vogt Widerstand regte.

„Sie wissen es also."

„Was wissen wir?", mischte sich Wiebke jetzt ein.

„Womit ich mein Geld verdiene."

„Natürlich." Wiebke lachte freundlich. „Das liegt an unserem Beruf."

„Gut. Also – wie kann ich Ihnen helfen?"

„Sie hatten gestern Abend eine Verabredung mit Jörn Holst aus Husum."

„Stimmt. Er ist neu in meiner Kartei."

„Moment – Sie führen eine Kartei?"

„Kartei ist zu viel gesagt", relativierte Karin Vogt schnell. „Aber es ist schon so, dass ich über zahlreiche Stammkunden verfüge, wenn ich das so sagen darf."

„Qualität spricht sich wohl herum", grinste Petersen und fing sich von Wiebke einen bösen Blick ein. Er bemerkte es sofort und überließ ihr das Reden.

„Aber mit Jörn Holst war es das erste Treffen?", fragte sie.

„Ja. Er hat mich über die Agentur gebucht. Dort bin ich in einem Online-Portal registriert, und die Klienten haben die Qual der Wahl. Normalerweise arbeite ich in Kiel, Hamburg oder Flensburg. Husum ist nicht so der typische Ort für mein Gewerbe. Wenn allerdings Messe in Husum ist ..."

„Bitte nennen Sie uns doch den Zeitraum, den sie mit Jörn Holst verbracht haben", bat Wiebke ein wenig ungeduldig.

Karin Vogt dachte kurz nach. „Achtzehn Uhr", sagte sie dann. „Wir haben uns um achtzehn Uhr im Restaurant des Hotels an der Süderstraße getroffen."

„Sie haben also gemeinsam gegessen?", hakte Wiebke nach.

„Ja. Und, um es mal so auszudrücken, Holst war nicht der typische Gentleman."

Das konnte sich Wiebke bildhaft vorstellen. Dennoch fragte sie nach. „Inwiefern?"

„Nun, er scheint aus einfachen Verhältnissen zu kommen, fragen Sie mich nicht, wie er sich eine Hostess leisten kann. Aber das interessiert mich auch nicht, ich arbeite äußert professionell und diskret. In meinem Beruf stellt man keine Fragen, verstehen Sie?"

Und ob Wiebke verstand. „Heißt das, dass Sie nur mit ihm zum Essen verabredet waren?"

„Hat er etwas angestellt?", fragte Karin Vogt unvermittelt, fast so, als würde ihr die Tragweite des Gespräches mit den beiden Polizisten erst jetzt bewusst werden.

„Das wissen wir nicht", antwortete Wiebke schnell, bevor Petersen es tun konnte. „Deshalb erhoffen wir uns durch Ihre Hilfe einen Hinweis."

„Was ist nach dem Essen passiert?" Petersen erhob sich vom Sofa und trat an das Fenster. Er ließ den Blick über die weite Landschaft hinter dem Haus gleiten.

„Wir sind auf das Zimmer gegangen. Er hatte im Hotel gebucht."

„Wie lange waren Sie mit ihm auf dem Zimmer?"

„Nicht lange."

Petersen fuhr herum und warf Wiebke einen vielsagenden Blick zu.

„Er hatte mich nicht für die ganze Nacht gebucht, das war ihm wohl zu teuer." Karin Vogt lächelte nach-

sichtig. „Die ganze Nacht kostet knapp tausend Euro."
Als sie Petersens entsetztes Gesicht sah, fuhr die Frau
fort: „Dafür bekommt der Klient aber auch viel gebo-
ten. Nun, Jörn Holst hat mich für zwei Stunden gebucht; er schien es eilig zu haben."

„Demnach haben Sie das Hotel um zwanzig Uhr
wieder verlassen", stellte Wiebke sachlich fest.

„Es war zehn Minuten nach acht, um genau zu sein."

„Hat Holst mit Ihnen gesprochen, hat er Ihnen erzählt, was er mit der angefangenen Nacht vorhatte?"
Petersen blickte wieder aus dem Fenster und beobachtete eine Möwe am Himmel.

„Wir haben nicht darüber gesprochen – wie gesagt,
er schien es sehr eilig zu haben. Wir sind aufs Zimmer,
er hat die bezahlte Leistung von mir erhalten, danach
bin ich verschwunden." Nun lächelte sie. „Da war
nicht viel Zeit zum Sprechen."

„Sie haben das Hotel allein verlassen?"

„Ja, er ist dort geblieben."

„Danke." Wiebke erhob sich.

Petersen riss sich vom Anblick aus dem Fenster los.
„Eine letzte Frage, Frau Vogt: Hat Jörn Holst Sie in bar
bezahlt?"

„Nein, das mache ich grundsätzlich nicht – die Ho-
norierung erfolgt grundsätzlich über die Begleitagentur." Karin Vogt brachte ihre Besucher zur Haustür.

Dort angekommen, reichte Wiebke ihr noch eine Visitenkarte. „Hier", sagte sie. „Sollte Ihnen zu Jörn Holst
noch etwas einfallen, rufen Sie mich an."

„Versprochen." Karin Vogt blickte ihnen nach, bis
Wiebke und Petersen in den Wagen eingestiegen
waren. Dann erst schloss sie die Haustür.

„Jetzt haben wir ihn!" Petersen freute sich diebisch,
als er den Motor startete. „Er hat die Frau nicht die

ganze Nacht gebucht, so wie er es uns weismachen wollte. Und mit Karin Vogt als Zeugin muss er sich eine verdammt gute Ausrede einfallen lassen – sonst wandert er in den Knast."

Wiebke nickte zustimmend. Dennoch freute sie sich nicht darüber, dass der Fall für ihren Partner geklärt war. Für ihren Geschmack waren noch zu viele Fragen unbeantwortet.

Husum, 17.30 Uhr

Als Wiebke den Weg nach Ostenfeld antrat, drang die Sonne durch die Wolken und tauchte die Landschaft in ein anheimelndes Licht. Der Tag hatte windstill begonnen, und es hatte zunächst den Anschein erweckt, als hätte man die dichten Wolken über Nordfriesland festgeklebt. Erst am späten Nachmittag hatte die Sonne den Himmel über dem Land zwischen den Meeren zurückerobert. Das Grün der Weiden wirkte plötzlich saftiger und kräftiger, und die Kühe auf den Wiesen wirkten irgendwie glücklicher, fand Wiebke. Sie liebte das Gefühl der Freiheit, öffnete das Wagenfenster und sog die eindringende Luft tief in ihre Lungen ein. Ihre Gedanken kreisten um den Fall.

Der Tag hatte einen dringend Tatverdächtigen gebracht, der nun die Nacht in Untersuchungshaft verbringen musste. Zwar hatte Jörn Holst ihnen ein Alibi genannt, allerdings konnten sie ihm inzwischen nachweisen, dass er nicht die gesamte Nacht mit dem Callgirl verbracht hatte. Es stand nicht einmal fest, ob er überhaupt bis zum Frühstück im Hotel geblieben oder schon vorzeitig verschwunden war. Matthias Dierks hatte angeordnet, dass man das Material der Videoüberwachungsanlage sicherstellen und sichten sollte. So konnte unter Umständen dokumentiert werden, zu welcher Zeit Holst das Hotel verlassen hatte, nachdem Karin Vogt verschwunden war.

Das Smartphone des Toten hatte Dierks bei der KTU in Flensburg abgegeben; dort hatte man andere Möglichkeiten, dem Gerät mit viel Glück noch ein paar gespeicherte Daten zu entlocken.

Sogar zwei Kollegen aus Flensburg waren bei der Besprechung in der Polizeidirektion dabei gewesen. Sie hatten Heiners' Frau aufgesucht, um ihr die Nachricht vom Tode ihres Mannes zu überbringen. Wie sie sagten, hatte Gabriele Heiners gefasst reagiert. Sie war nicht weinend zusammengebrochen, wie man es im Polizeiberuf immer wieder erlebte. An sich nichts Auffälliges, da sich die Verhaltensweisen Angehöriger mitunter weit voneinander unterschieden. Während einige unter Tränen zusammenbrachen, verhielten sich andere ungewöhnlich kühl und sachlich. Meist dauerte es bei diesen Zeitgenossen ein paar Tage, bis sie die Nachricht vom Tod eines nahestehenden Menschen realisiert hatten. Also: Nichts, was Gabriele Heiners in irgendeiner Weise verdächtig machte. An ein Verhör war jedoch nach Aussagen der Kollegen aus Flensburg noch nicht zu denken gewesen.

Katja Graf und Sven Gerke waren den ganzen Tag über damit beschäftigt, sich bei den Naturschützern umzuhören. Es hatte ein paar sehr vage Hinweise gegeben, welche aber alle bald schon im Sande verlaufen waren.

Während für den Ersten Kriminalhauptkommissar Matthias Dierks und Staatsanwalt Mahndorf feststand, dass Jörn Holst hinter dem Mord an Holger Heiners steckte, plagten Wiebke noch immer Zweifel. Es war nichts als ein dumpfes Gefühl, das sie nicht erklären konnte, aber sie wollte nicht hinnehmen, dass man unterließ, auch die anderen Tatverdächtigen zu durchleuchten.

Einer von ihnen war Torben Schäfer. Ein Mann wie ein Bär, groß und stark. Rein körperlich war der Biologielehrer der Hermann-Tast-Schule sicherlich in der Lage, Holger Heiners zu überwältigen.

Und somit hätte er seinen ärgsten Feind nur allzu gern aus dem Weg geräumt und das Bauprojekt am Dockkoog verhindert. Insofern gab es ein berechtigtes Interesse für Schäfer, Heiners zu töten. Doch war ein Mensch, der eine Bürgerinitiative gründete und sich aktiv für den Umweltschutz einsetzte, auch in der Lage, einen Mord zu begehen? Wiebke konnte es sich nicht vorstellen. Torben Schäfer war vielleicht etwas verrückt, wenn es um seine Belange als Umweltschützer und Biologe ging, aber einen Menschen umzubringen ... nein, das passte nicht zu dem rührseligen Lehrer. Wiebke nahm sich vor, am Abend zu recherchieren. Als Gründer der Bürgerinitiative „Rettet den Dockkoog" gab es bestimmt Beiträge im Internet und in diversen Zeitungen über Schäfer. Immerhin erhitzten sich seit einiger Zeit die Gemüter am Dockkoog und an den bevorstehenden Veränderungen. Wenn überhaupt, gab es vielleicht einen militanten Anhänger der Bürgerinitiative. Dies müsste herauszufinden sein, überlegte Wiebke. Als sie daran dachte, dass morgen eine Sisyphusarbeit anstand, verschlechterte sich ihre Laune.

Erst am Ortseingang von Ostenfeld atmete sie wieder tief durch. Es war höchste Zeit, den Job auszublenden. Ein paar Stunden blieben ihr, um Kraft zu tanken für den nächsten Tag.

Wiebke nahm die Einfahrt zum Grundstück ihrer Vermieter an der Hauptstraße und spürte, dass heute irgendetwas anders war. Nachdem sie den alten Passat an seinen Platz gestellt hatte und ausgestiegen war, holte sie tief Luft. Sie blickte sich aufmerksam um. Offensichtliche Veränderungen hatte es jedenfalls nicht gegeben. Sie klimperte mit dem Schlüssel und schloss den Wagen ab.

Feierabend, dachte sie zufrieden und freute sich auf ein entspannendes Bad, auf eine warme Mahlzeit und auf Schmusestunden mit Garfield, ihrem Kater. Wahrscheinlich würde er sie wieder vorwurfsvoll anmaunzen, weil sie nach einem langen Tag nach Hause kam. Just in den Moment, als sie den Schlüssel in die Haustür stecken wollte, wurde die Tür von innen geöffnet. Durch die unterteilten Scheiben erkannte Wiebke ihre Vermieterin Heike Ludzuweit.

„Moin", sagte Wiebke mit einem freundlichen Lächeln.

Heike erwiderte den Gruß. „Bist spät dran", schmunzelte sie.

Normalerweise interessierte sie sich nicht für die Arbeitszeiten ihrer Mieterin. Wiebke fragte sich, ob es einen Grund dafür gab, dass sie es heute trotzdem tat.

„Wir hatten einen Toten, recht spektakulär", erklärte sie Heike. „Ich darf nicht drüber schnacken …"

„Kein Thema." Heike lächelte mütterlich und winkte ab. „So ist sie, unsere Wiebke", rief sie dann laut ins Haus. „Flitig as en Imm – fleißig wie eine Biene!"

Wiebkes Eindruck, dass heute etwas anders war als an den anderen Tagen, verstärkte sich. Gleichzeitig verspürte sie ein mulmiges Gefühl in der Magengegend, das sie sich nicht recht erklären konnte. „Heike", sagte sie ein wenig kleinlaut. „Was ist hier eigentlich los?"

„Komm doch erst mal rein!" Sie zog Wiebke ins Haus und verschloss die Haustür. „Hast Besuch bekommen heute!"

Wiebke schwante nichts Gutes. Wahrscheinlich war Tiedje so dreist gewesen, unangemeldet hier aufzutauchen. Dafür hatte er ein Gespür. Immer dann, wenn Wiebke an einem Fall arbeitete, der sie in Beschlag nahm, tauchte ihr Exfreund hier auf und jammerte, dass sie nur für den Job lebte. Daran, davon war er felsenfest überzeugt, war auch ihre Beziehung gescheitert. Selten nur hielt er mit seiner Meinung hinter dem Berg, dass er sich quasi aus purer Langeweile eine andere Frau gesucht hatte.

Und Heike hatte ihn, gut, wie sie war, ins Haus gelassen, damit er hier auf sie warten konnte. Wiebke spürte, wie Wut in ihr aufstieg. Sie fühlte das dringende Verlangen, Tiedje gleich die Meinung zu geigen, machte aber gute Miene zu bösem Spiel.

Nun standen die beiden Frauen ein wenig unschlüssig im Flur der Erdgeschosswohnung. Wiebke hatte ein gutes, fast freundschaftliches Verhältnis zu ihren Vermietern, und oft genug saßen sie an lauen Sommerabenden bis spät in die Nacht auf der Terrasse hinter dem Haus und tranken Wein und redeten über Gott und die Welt.

Doch heute fühlte sie sich ausgepowert. Obwohl sie einigen Hinweisen hinterher gejagt waren, gab es keine konkreten Spuren. Und Jörn Holst war für sie nun mal nicht der Täter, auch wenn sie nicht erklären konnte, warum und ihre Kollegen das anders sahen. Es war ein frustrierendes Gefühl. Deshalb war Wiebke eigentlich nicht nach Gesellschaft – den Feierabend hätte sie gern allein verbracht. Doch niemand hatte sie nach ihren Wünschen gefragt.

„Lass mich raten", setzte sie an und zwang sich, dabei zu lächeln.

„Ja, es ist ein Mann." Heike nickte. „Aber ich lass euch jetzt mal allein. Ihr habt euch sicher eine Menge zu erzählen."

Heike zog sich dezent zurück, ohne Wiebke eine Chance zu geben, ihren Protest kundzutun. Nachdem sie den Eingang freigegeben hatte, tauchte eine massige Gestalt hinter ihr auf. Groß und stabil wie Tiedje. Doch der Mann war nicht Tiedje. Er war ein paar Jahrzehnte älter als Wiebkes Exfreund. Und er trug verschlissene Jeans, ein ungebügeltes Hemd, dazu ausgetretene Schuhe und einen zerknitterten Sommermantel, der Wiebke unwillkürlich an den berühmten Trenchcoat des Inspector Columbo aus den Fernsehserien ihrer Kindheit erinnerte.

Doch vor ihr stand weder Tiedje noch Columbo. Das Gefühl, das sie in diesem Augenblick überrannte, war schwer zu beschreiben. Rührung, Herzklopfen, Aufregung. Nur die Wut, die sie noch vor einer Sekunde gehabt hatte, war verflogen.

Kurz dachte sie daran, einer Halluzination unterlegen zu sein. Doch dafür war es in Nordfriesland nicht warm genug.

Der Mann, der nun vor ihr stand, war keine Sinnestäuschung. Es war der, den sie am Mittag schon am Hafenbecken gesehen hatte.

Alt war er geworden, doch er war es. Eigentlich hatte sich der Mann, der nun lächelnd vor ihr stand, kaum verändert. Schon früher hatte er Bundfaltenjeans getragen – mit dem Unterschied, dass diese Hosen damals noch modern gewesen waren. Und es fühlte sich seltsam an, fast so, als hätten sie sich nur ein paar Stunden nicht gesehen. Doch es waren Jahre, die zwischen ihnen lagen, und eigentlich hätten sie sich längst entfremden müssen.

Sie kämpfte gegen den Wackelpudding in den Knien an, als sie sich an seine Brust warf. Da war er wieder, der gewohnte Duft nach Rasierwasser und Tabak. Also rauchte er noch immer. Doch das alles weckte Kindheitserinnerungen in ihr, und schlaglichtartig sah sie Bilder aus einer längst vergangenen Zeit vor ihrem geistigen Auge aufblitzen. Erinnerungen, die sie schon längst vergessen hatte. So wie sein Geruch, den sie so geliebt hatte. Obwohl sie sich so lange nicht gesehen hatten, war da keine Zurückhaltung, ganz im Gegenteil: Wiebke hatte sich oft über das Verhalten ihres Vaters geärgert, doch all die Vorwürfe waren in der Sekunde, als sie ihm gegenüberstand, vergessen.

„Papa", rief sie. „Du bist da." Dann kullerte ihr eine dicke Träne über die Wange. „Endlich bist du da!"

Treia, Grüfter Straße, 18.25 Uhr

Torben Schäfer hatte es sich in der großen Wohnküche seines Hauses gemütlich gemacht. Auf dem Tisch stand eine frisch zubereitete Kanne Tee, daneben eine Schale mit Kluntjes und ein Milchkännchen. Heute hatte er sich das gute Porzellan, das ihm seine Mutter vererbt hatte, aus dem Schrank im Wohnzimmer geholt.

Auch Gebäck gab es zur Feier des Tages. Er liebte es, die Abende in der Abgeschiedenheit seines windschiefen Reetdachhauses zu verbringen, in dem er aufgewachsen war. Nach dem Tod seiner Mutter vor sechs Jahren lebte er allein hier. Der Biolehrer war gerade dabei, sich die Pfeife zu stopfen, als es an der Tür klingelte.

Er wunderte sich, wer ihn um diese Zeit besuchen wollte und blickte auf die laut tickende Wanduhr. Schwerfällig erhob sich Torben Schäfer von seiner Eckbank, ließ schweren Herzens den frisch aufgesetzten Tee zurück und unterbrach seine Zeremonie, um nachzusehen, wer vor der Tür stand. Die Pfeife musste warten. Als es zum zweiten Mal klingelte, kam ein Brummen über seine Lippen.

„Bin schon unterwegs!", rief er in die Diele und wäre um ein Haar auf dem gefliesten Boden ausgerutscht. Eilig riss er die Haustür auf und wäre beinahe vor Schreck zurückgeprallt. Mit offenem Mund stand er einfach da und starrte seinen Besuch ungläubig an. Wie oft hatte er sich gewünscht, dass sie ihn hier besuchte?

In seinen kühnsten Träumen hatte er sich erhofft, mit ihr hier in seinem Elternhaus zu leben. Doch so weit war es nie gekommen, und als er versuchte, rational zu denken, fragte er sich, wie sie an seine Adresse gekommen war.

Doch er stand einfach da und betrachtete sie. Wie immer sah sie zauberhaft aus. Das lange, blonde Haar umspielte ihre Schultern und leuchtete im warmen Licht der Abendsonne wie eine Gloriole. Sie trug nur dezentes Make-up, mehr hatte sie auch gar nicht nötig. Zu einem kurzen Sommerkleid trug sie modische Schuhe und eine Jeansjacke. Der Duft ihres Parfüms betörte ihn.

„Du?", brachte er nun über die Lippen und gab den Eingang seines Hauses frei.

„Ja, ich." Sie nickte und trat in die Diele, blieb stehen, blickte sich um.

Plötzlich schämte er sich für sein bescheidenes Heim. Die altmodische und vergilbte Tapete im Flur, die alten Fliesen am Boden und die Spiegelgarderobe neben dem Eingang hatten die besten Zeiten längst hinter sich. Natürlich hätte er längst renovieren können, doch ihn verbanden so viele Erinnerungen mit diesem Haus, dass er fast nicht wagte, hier etwas zu verändern. Außerdem fühlte er sich hier wohl. Torben Schäfer war ein bescheidener Mann.

Obwohl sie längst über die Schwelle getreten war, sagte er: „Komm doch rein."

Sie schwieg und folgte ihm in die Wohnküche.

„Setz dich doch."

Wieder dieser Blick. Sie taxierte das Mobiliar und machte keinen Hehl daraus, dass sie sich zwischen den altmodischen Küchenmöbeln nicht sonderlich wohl fühlte. Trotzdem setzte sie sich auf die Eckbank und schlug die Beine übereinander, wobei ihr Rocksaum ein wenig höher rutschte.

„Ich habe einen Tee aufgesetzt." Er setzte sich auf die gegenüberliegende Bankhälfte und lächelte. „Möchtest du auch einen?"

„Nein, danke." Ein freundliches Lächeln, das gekünstelt wirkte.

Er zuckte die Schultern und schenkte sich eine Tasse ein, gab Kluntjes und einen Schuss Milch hinzu und rührte mit dem kleinen Silberlöffel um, ohne sie aus den Augen zu lassen. Er pustete in den Tee und trank vorsichtig. „Also", sagte er, nachdem er die Tasse abgestellt hatte und sich anlehnte, um die kräftigen Arme vor dem Oberkörper zu verschränken. „Was treibt dich hierher?"

„Ich habe Angst." Sie blickte ihn aus großen Augen an. „Fürchte mich vor dir", setzte sie nach, als er schwieg.

„Vor mir?" Nun musste er laut lachen. „Und dann kommst du her zu mir?"

Sie nickte. Levke strich sich eine widerspenstige Haarsträhne aus der Stirn, und er konnte sehen, dass ihre Hand zitterte. „Hast du einen Schnaps für mich?"

„Sicher." Er erhob sich von der Bank, holte eine Flasche Klaren aus dem Kühlschrank und nahm ein Glas aus der Vitrine. Natürlich wunderte er sich darüber, dass Levke Alkohol trank. Sicherlich war sie mit dem Auto da und musste auch noch zurückfahren. Doch er stellte keine Fragen und genoss den seltsamen Umstand, dass sie hier in seinem Haus war – aus welchem Grund auch immer.

Er kehrte zum Tisch zurück, zupfte die Decke glatt und stellte das kleine Glas vor ihr ab, um ihr einen Korn einzuschenken. „Hier", sagte er. „Der hilft bei Seehundbiss und Möwenschiss, bei Sturmflut, Deich- und Inselkoller."

Sie bemerkte kaum, dass er den alten Werbeslogan eines Spirituosenherstellers aus der Region zitierte, und griff hastig danach, um den Inhalt des Glases in einem Schluck herunterzukippen. Levke schüttelte sich und blickte – nun aus traurigen Augen – zu ihm auf, um ihm das Glas erneut hinzuhalten.

Schäfer lächelte nachsichtig und fragte sich, welche Laus der hübschen Referendarin über die Leber gelaufen war. Doch er stellte keine Fragen und schenkte ihr nach. Anschließend stellte er die Flasche ohne Deckel auf den Tisch. „Bedien dich einfach", brummte er und setzte sich wieder.

Sie trank, schüttelte sich diesmal nicht und bediente sich selbst an der Flasche Doppelkorn.

Nach dem dritten Glas blickte sie ihn an. „Warst du es?"

„Was war ich?" Seine buschigen Augenbrauen zogen sich zu einem durchgehenden Strich zusammen.

„Du weißt genau, wovon ich rede." Levke trommelte auf dem Küchentisch herum. Sie schwieg und lauschte sekundenlang dem Ticken der Uhr, dann sprach sie weiter. „Du hast ihn umgebracht."

Nun wurde ihm siedend heiß. Er fragte sich, was Levke Kühn von ihm wusste und was sie sich dazugedichtet hatte. Offenbar hatte sie ein völlig falsches Bild von ihm. „Das ist Unsinn."

„Du hast Holger auf dem Gewissen."

„Holger?"

„Ja." Sie nickte, griff zur Flasche und schenkte sich nach. „Du weißt genau, dass ich ein Verhältnis mit ihm hatte. Und das war Anlass für dich, ihn aus dem Weg zu räumen."

„Wäre dies ein offizielles Gespräch, würde ich dich wegen Verleumdung verklagen", erwiderte er bitter.

Sie lachte humorlos auf. „Das ist absolut lächerlich, und du weißt es."

„Levke – bitte. Warum sollte ich Holger Heiners auf dem Gewissen haben?"

„Du hasst ihn. Zum einen, weil er am Dockkoog bauen und damit ein Stückchen Natur unwiederbringlich zerstören wollte." Sie machte eine Pause, um ihre Worte auf ihn wirken zu lassen. „Und zum Zweiten", fuhr sie dann fort, „zum Zweiten hast du ihn getötet, weil du eifersüchtig warst."

„Das ist Unsinn – warum sollte ich denn eifersüchtig sein?"

Nun kicherte sie. „Glaubst du, ich bin blind? Du hast ein Auge auf mich geworfen, Torben, das ist mir schon bei unserer ersten Begegnung in der Schule aufgefallen." Nun rutschte sie auf der Bank zu ihm hinüber und legte eine Hand auf seinen Oberschenkel, während sie ihm tief in die Augen blickte. Er fühlte sich, als würden ihn tausend winzige Stromschläge durchfahren. Um ein Haar hätte er das Bein zurückgezogen. Doch er ließ es in ihrer Nähe und versuchte, ihre Berührung zu genießen. Auch wenn er sich andere Umstände gewünscht hätte – wie oft hatte er in der Vergangenheit davon geträumt, dass sie ihn berührte!

„Du bist nicht nur Umweltschützer und Biolehrer, Torben", sagte sie nun und blickte ihm so tief in die Augen, dass ihm schwindelig wurde. „Du bist so was von grün, und deshalb war es dir ein Dorn im Auge, dass ich nicht mit dir, sondern mit ihm zusammen war."

„Das ist Unsinn, und du weißt es auch." Er sprach ruhig und leise, aber wohl akzentuiert und machte Anstalten, ihr nachzuschenken. „Außerdem: Was hat das Eine mit dem Anderen zu tun?"

Levke schüttelte den Kopf und legte eine Hand auf den Rand des Schnapsglases. „Hast du was anderes?"

„Klar. Tee, Kaffee, oder…"

„Alkohol darf es schon sein, vielleicht kann ich die Dinge dann ein wenig lockerer sehen", erwiderte sie tonlos.

„Dann vielleicht einen Pharisäer oder eine ‚Tote Tante'?"

„Nichts Warmes."

Sanft schob er ihre Hand von seinem Schenkel und erhob sich. Er ging zum Kühlschrank und kehrte mit einer Flasche „Küstennebel" und einem weiteren Glas zum Tisch zurück. Torben Schäfer setzte sich wieder, zeigte ihr die Flasche. Als sie stumm nickte, schenkte er ihr „Küstennebel" ein und füllte danach sein Glas.

Sie stießen an und tranken schweigend.

„Wie kommst du bloß auf so einen Blödsinn, Levke?", fragte er schließlich.

„Du liebst mich."

Er widersprach nicht. „Deshalb bin ich noch lange kein Mörder."

„Wer sollte Holger sonst getötet haben?" Ihre Stimme klang tonlos. „Ich habe solche Angst, Torben." Schluchzend sank sie an seine breite Schulter. Er ließ es geschehen, obwohl ihm die plötzliche Zuneigung der jungen Frau eher unheimlich war. Wenngleich er sich ihre Nähe so sehr gewünscht hatte, fühlte er sich im Augenblick ein wenig überrumpelt.

„Er hatte viele Feinde, dein Holger", sagte er leise und strich wie selbstverständlich zärtlich durch ihr Haar. Sie duldete seine Liebkosung.

„Du warst immer eifersüchtig", erwiderte sie mit geschlossenen Augen. „Ich bin nicht blind, und natürlich ist mir nicht entgangen, dass du scharf auf mich warst." Nun blickte sie mit tränenverschleiertem Blick zu ihm auf. „Du bist ein total netter Kerl, Torben. Aber das Auge isst mit."

„Ich bin nicht dein Typ." Er musste lächeln. „Ich, mit meinen Gesundheitslatschen, den selbst gestrickten Socken und Pullis, meinem Bart und der Pfeife, die ich ab und zu rauche. Das mögen Frauen heutzutage nicht, damit muss ich mich wohl abfinden. Dieser Armanitragende Anzugtyp war dir da viel lieber. Aber kein Wunder, er war steinreich und konnte dir jeden Wunsch von den Lippen ablesen."

„Nicht jeden." Sie schüttelte den Kopf. „Er war verheiratet. Und es wollte ihm im Traum nicht einfallen, sich endlich von seiner Frau zu trennen. Ich wäre für den Rest meines Lebens immer die Nummer zwei für ihn geblieben. Lange hätte ich das wohl nicht mehr ausgehalten."

„Deshalb hast du ihn umgebracht."

„Wie bitte?" Sie blickte ihn entgeistert an.

„Du hast deinen Holger getötet, weil du nicht damit klargekommen bist, dass er sich nicht von seiner Frau trennen wollte." Torben Schäfer kicherte und füllte ihre Gläser. Sie stießen an, dann erst fuhr er fort: „Ich hab mal gelesen, dass Mord aus Eifersucht eines der häufigsten Mordmotive ist. Also liegt es doch auf der Hand." In ihm reifte ein Plan, doch es war zu früh, darüber zu sprechen. Lange hatte er sich um die junge Frau bemüht, die ihm schon bei ihrem ersten Treffen in der Schule den Kopf verdreht hatte. Und nun nahm das Schicksal eine unerwartete Wendung. Schäfer beschloss, die Dinge auf sich zukommen zu lassen.

„Du gehörst in psychologische Behandlung, Torben."

„Warum? Weil ich die Wahrheit kenne?"

„Du weißt, dass das nicht stimmt."

„Ich drehe nur den Spieß um, meine liebe Levke. Mord aus verschmähter Liebe – das wäre wahrlich nicht das erste Mal, und ich könnte mir sehr gut vorstellen, dass du seine Frau hasst. Aber: Du bist hergekommen und hast mich des Mordes verdächtigt. Und, offen gestanden, bin ich froh, dass du nicht für die Polizei arbeitest."

Nun musste sie kichern, und Torben Schäfer schob es auf den hochprozentigen Alkohol, den sie in recht kurzer Zeit zu sich genommen hatte.

„Was muss ich tun, um dir zu gefallen?", fragte er dann und spürte die Wirkung des Alkohols ebenfalls. Sekundenlang spielte er mit dem Gedanken, dass es wohl besser wäre, den Tee zu trinken, doch er entschied sich dagegen und genehmigte ihnen noch einen „Küstennebel". Er führte das Glas zu den Lippen. Der

Likör rann in seinen Mund, und er spürte, wie sich das Anis- und Lakritzaroma wie ein heißes Feuer auf seiner Zunge ausbreitete.

Sie saß dicht neben ihm und blickte tief in seine Augen. So tief, dass Torben Schäfer heiß wurde. „Was du tun musst, um mir zu gefallen?" Nun hob sie den Arm und strich durch seinen dichten Bart. Ihre Berührung war zärtlich und forschend zugleich. „Ich will dein Gesicht sehen."

„Tust du das nicht?" Er lachte leise.

„Nein. Dein Bart versteckt zu viel. Ich will sehen, wie du wirklich aussiehst."

Torben Schäfer stand auf und gab ihr ein Zeichen, ihm zu folgen. Er wusste, dass er nur diese eine Chance hatte, die junge Frau für sich zu gewinnen. Und er wollte nichts mehr verschenken. Es war an der Zeit, zu handeln, und wenn es um seine bislang einseitige Liebe zu Levke Kühn ging, war Schäfer auch bereit, Opfer zu bringen. Er ging ins Badezimmer. Altmodisch gefliest, in weiß und blau. Entschlossen trat er ans Waschbecken und betrachtete sich im Spiegel. Wahrscheinlich hatte sie recht, dachte er und fuhr sich über das behaarte Gesicht. Im Spiegel sah er, dass sie ihm gefolgt war. Ein schwer zu deutendes Lächeln hatte sich auf ihre Lippen gelegt. Levke stand mit vor der Brust verschränkten Armen da und lehnte sich an den Türrahmen. Schweigend beobachtete sie, wie aus Torben Schäfer ein anderer Mann wurde ...

Ostenfeld, Hauptstraße, 19.30 Uhr

Wiebke, die gar nicht auf Besuch eingestellt war, hatte aus purer Verlegenheit zwei Tiefkühlpizzen in den

Backofen geschoben. Im Kühlschrank hatte sie noch zwei Flaschen Bier und eine Flasche von ihrem geliebten Rotwein aus Tarragona gefunden. Die Pizzen hatte sie mit Schinken und einigen Scheiben Käse veredelt, dazu etwas Oregano, und um ein Haar hätten sie den Vergleich mit einer ofenfrischen Pizza vom Italiener standgehalten. War es Wiebke anfangs ein wenig peinlich gewesen, ihrem Vater eine Tiefkühlpizza zu servieren, so hatte er sich zu ihrer Begeisterung über den herrlich duftenden „Mafiakuchen", wie er es genannt hatte, gefreut.

Beim Essen hatten sie auf die Gegenwart und die Zukunft angestoßen; sie mit ihrem langstieligen Glas, er zünftig mit der Bierflasche. Es war eine herzliche, fast schon feierliche Stimmung zwischen ihnen entstanden, und dies war das erste gemeinsame Abendessen seit vielen Jahren. Nach dem Essen war Norbert Ulbricht aufgestanden und hatte sich von seiner Tochter die Dachwohnung zeigen lassen. Ihm selbst hatte sie das kleine Gästezimmer hergerichtet. Es störte ihn nicht, dass die Wohnung zahlreiche Schrägen aufwies – im Gegenteil: Er fand es gemütlich so, wie es war. Zumindest im Hinblick auf Wohnungen schienen Vater und Tochter den gleichen Geschmack zu haben.

„Eine schöne Wohnung hast du, wirklich." Ulbricht stand am Wohnzimmerfenster und blickte hinaus auf den Garten und die dahinter liegende Koppel. „Hier könnte ich es auch aushalten."

„Es gefällt mir hier auch sehr gut." Wiebke war neben ihren Vater getreten und betrachtete ihn von der Seite. Tiefe Furchen durchzogen sein Gesicht, die Ringe unter seinen Augen waren in den letzten Jahren dunkler geworden, so erschien es. Wie gern hätte sie die Zeit zurückgedreht. Nun war sie erwachsen und stand mit beiden Beinen fest im Leben, war sogar in die Fußstapfen ihres Vaters getreten, den sie schon als kleines Mädchen immer bewundert hatte, wenn er Tag und Nacht losgefahren war, um Verbrecher zu jagen. Gern wäre sie an seiner Seite erwachsen geworden, doch ihre Mutter hatte sie mit in den Norden genommen, als sie sich von Norbert Ulbricht getrennt hatte. Und es war ihr nicht schlecht ergangen, doch einen Vater, ihren Vater, hatte sie immer sehr vermisst. Sie fragte sich, warum der Kontakt zwischen Vater und Tochter abgebrochen war und überlegte, ob es ihrer Mutter zuzutrauen war, seine Briefe und Karten einfach verschwinden zu lassen.

„Oh …" Er lachte, als er ihr ernstes Gesicht sah. „Keine Angst – ich werde mich hier nicht einnisten. Du führst dein eigenes Leben, Wiebke."

„Darf ich dich was fragen?"

„Sicher."

„Warum bist du hier?" Sie schämte sich, kaum dass sie die Frage ausgesprochen hatte und ihr der unterschwellig vorwurfsvolle Ton auffiel.

Er blickte sie mit versteinerter Miene an und dachte angestrengt nach.

Wiebke sah förmlich, wie es hinter seiner Stirn arbeitete. „Ich habe viele Fehler gemacht in den letzten Jahren."

„Allerdings."

Sie biss sich auf die Zunge. „Ich meine, es ist einfach blöd gelaufen. Jahrelang habe ich ein Lebenszeichen von dir herbeigesehnt. Und nun, wo ich schon fast fürchten musste, dass du nicht mehr lebst, stehst du plötzlich in meiner Wohnung."

„Moment", fuhr er dazwischen. „Du hast gedacht, dass ich tot bin?"

Wiebke nickte und kämpfte gegen Tränen an. „Wäre das denn so abwegig?" Neben ihr stand der Mann, zu dem sie als Kind immer ehrfurchtsvoll aufgeblickt hatte. Der Mann, wegen dem sie sich für eine Karriere bei der Polizei entschieden hatte. Ihr Berufswunsch, auch zur Polizei zu gehen, hatte schon in der Kindheit festgestanden, sehr zum Missfallen ihrer Mutter. „Der Job ist schlecht bezahlt und du musst dich mit Räubern, Vergewaltigern und Mördern herumärgern. Das ist nicht ungefährlich", hatte ihre Mutter sie immer gewarnt. Doch das alles hatte Wiebke ausgeblendet, als sie sich damals auf der Polizeischule in Eutin angemeldet hatte. Und sie war stolz gewesen, als man sie schließlich zur Kriminalkommissarin ernannt hatte. Es war eine Fügung des Schicksals gewesen, dass rechtzeitig zum Ende ihrer Ausbildung eine Planstelle bei der Kripo in Husum freigeworden war. Und so war sie in den Genuss gekommen, nur zwölf Kilometer von ihrem Wohnort den Dienst antreten zu können.

„Da draußen laufen so viele Irre herum. Gewaltverbrecher, Amokläufer, psychisch gestörte Typen, die nichts im Kopf haben, außer ihren Mitmenschen Leid zuzufügen. Ich hatte Angst um dich, Papa."

Er lächelte, doch es war ein wehmütiges Lächeln. „Und trotzdem hast du den gleichen Beruf ergriffen wie ich." Stolz schwang in seiner Stimme mit.

„Ja", sagte sie. „Das habe ich. Als kleines Mädchen war ich so stolz, dass mein Papa Verbrecher ins Gefängnis brachte. Ich wusste schon damals, dass ich das auch eines Tages machen wollte."

„Konsequent warst du schon immer", schmunzelte Ulbricht und legte einen Arm um die Schulter seiner Tochter.

„Warum hast du mir nie geschrieben oder uns besucht?"

„Ich hätte deiner Mutter nicht in die Augen blicken können. Ich war wütend und enttäuscht, weil sie einfach mit dir abgehauen ist. Als ich von einer Geiselnahme nach einer vierundzwanzigstündigen Schicht nach Hause kam, war die Bude leer. Von jetzt auf gleich, ohne Vorwarnung. Mir war, als würde ich in ein tiefes Loch fallen. Und es gab nichts, dass an uns und die kleine Familie erinnert hat. Deine Mutter hat einfach alles mitgenommen. Alte Erinnerungen, Klamotten, Briefe, Fotos – und meine Tochter. Ich fühlte mich, als hätte man mir den Boden unter den Füßen weggezogen, verstehst du das? Das Einzige, was mir geblieben war, klemmte am Spiegel im Flur. Ein kleiner Zettel, auf dem sie nur ein paar Sätze hinterlassen hatte." Ulbricht stopfte eine Hand in die Hosentasche und zog ein zerknittertes Blatt Papier hervor. Man hatte es aus einem kleinen Spiralblock herausgerissen, die Reste der Perforation waren ausgefranst. Das Papier selbst war vergilbt und die Schrift darauf verblichen. Sorgsam strich er das Blatt glatt, warf einen Blick darauf, dann reichte er Wiebke den Zettel.

Sie nahm den Zettel an sich und las, was darauf stand. Nur wenige Worte, die das Leben der Familie Ulbricht für immer verändert hatten.

Ich halte das nicht mehr aus. Nie bist du für deine Familie da, also heirate doch deine Verbrecher. Wiebke nehme ich mit – du hast sowieso keine Zeit für das Kind. Mach dir also keine Sorgen, es wird uns gut gehen. Gruß Birgit.

Nun hatte es Wiebke schriftlich: Den wahren Grund, weshalb ihre Mutter mit ihr in den Norden gezogen war. Natürlich hatte ihre Mutter, schon als sie Kind gewesen war kein gutes Haar an Hauptkommissar Nor-

157

bert Ulbricht gelassen, dem die Verbrecherjagd immer lieber gewesen war, als seine Familie.

„Du hättest schreiben können. Wenigstens das."

„Das habe ich", beteuerte Ulbricht. „Ich habe Briefe geschrieben, Karten, zum Geburtstag und zu Weihnachten auch Pakete mit Geschenken. Niemals hast du mir geantwortet. Daher musste ich davon ausgehen, dass du mich hasst. Deshalb habe ich aufgehört, dir zu schreiben. Der Kontakt ist eingeschlafen, und ich habe mich mit meinem Junggesellenleben arrangiert, so gut es ging. Mein Assistent sagt immer, ich sei ein einsamer alter Wolf. Vermutlich hat er sogar recht. Doch das Alleinsein kotzt mich an. Nach dem Dienst gehe ich nach Hause, sehe die leere Bude und würde am liebsten sofort wieder abhauen. Oft genug fällt mir die Decke auf den Kopf, meistens saufe ich dann zu viel, gucke Fernsehen, schlafe irgendwann auf dem Sofa ein. Am nächsten Tag beginnt das Spiel wieder von vorn: Auf ins Präsidium, Verbrecher jagen, Einsatztagebuch schreiben, Feierabend. Leere Bude, nackte Wände, ein leeres Bett und sehr einsame und kalte Nächte."

„Das muss doch schrecklich sein."

„Und ob." Er nickte.

„Du willst einsam alt werden?"

„Das habe ich nicht gesagt. Nur ist im Moment kein Platz in meinem Leben für eine feste Partnerschaft, und ich weiß nicht, ob ich eine neue Enttäuschung überstehen würde. Trotzdem sehne ich mich nach einem Nest und der Familie."

„Dann hat dich die Sehnsucht hergetrieben?" Wiebke empfand Mitleid für ihren Vater und schämte sich ein wenig dafür, dass sie ihn viele Jahre lang gehasst hatte, weil er offenbar kein Interesse mehr daran gehabt hatte, den Kontakt zu seiner sechshundert Kilometer entfernt aufwachsenden Tochter aufrecht zu erhalten.

Er nickte stumm. „Es tut gut, dich zu sehen. Aber du hast nichts gelernt", sagte er schließlich.

„Wovon redest du?" Wiebke runzelte die Stirn, als sie den unterschwelligen Vorwurf in der Stimme ihres Vaters heraushörte. Ein wenig fürchtete sie, dass die gute Stimmung, die zwischen ihnen geherrscht hatte, plötzlich verflogen war.

„Du bist ein Bulle geworden – genau wie dein alter Vater." Er schüttelte den Kopf.

„War ich nicht schlechtes Vorbild genug für meine Tochter?"

„Ja, ich bin Bulle geworden. So wie mein Vater, auf den ich eigentlich immer stolz war, egal, was später aus unserer Familie geworden ist."

Norbert Ulbricht winkte ab.

Sie sah ihm an, wie unangenehm es ihm war, dass sie stolz auf ihren Vater war – sogar in all den Jahren, in denen sie sich aus den Augen verloren hatten.

Er setzte sich auf einen der Stühle am Esstisch und verschränkte die Arme vor der Brust. „So, und nun will ich alles von dir wissen. Schluss mit der Vergangenheit. Es gibt ein Privatleben, oder? Gibt es einen Mann in deinem Leben?"

Bevor Wiebke antworten konnte, strich ihr Garfield um die Beine. Sie senkte den Blick, als er leise maunzte. „Ja", sagte sie. „Aber er ist am ganzen Körper behaart und ziemlich verfressen. Und wenn ich länger arbeiten muss, guckt er mich nicht an, wenn ich dann nach Hause komme."

Ulbricht lachte. „Den Humor hast du jedenfalls von mir", stellte er fest.

„Ich wusste gar nicht, dass du überhaupt Humor hast", konterte sie schlagfertig. Sie ging in die Küche, ihr Vater erhob sich und folgte ihr.

„Darf man hier rauchen?"

Wiebke überlegte und nickte schließlich. „Küche ist okay", sagte sie und stellte einen Aschenbecher auf den kleinen Küchentisch.

Ulbricht zog eine zerknautschte Zigarettenpackung aus der Brusttasche seines Hemds und zündete sich einen Glimmstängel an. Er öffnete das Küchenfenster. Frische Abendluft wehte in die Küche, er sank auf einen der beiden Stühle am Tisch und beobachtete seine Tochter, wie sie das Fressen für den Kater zubereitete.

„Einen richtigen Mann gibt es nicht?", hakte er nach und nahm einen Zug an seiner Zigarette. Den Qualm blies er zum Fenster hinaus.

Wiebke unterbrach ihre Arbeit und schüttelte den Kopf. „Du müsstest das doch am besten wissen. Partnerschaft und Bulle sein, das verträgt sich nicht. Aber Tiedje gibt nicht auf. Er ist abgehauen, hat sich eine andere gesucht, und nun versucht er es immer wieder bei mir."

„Und? Lässt du ihn?" Ulbricht betrachtete seine Tochter aufmerksam. Der Gedanke, dass seine Tochter von einem Mann geliebt wurde, fühlte sich für ihn noch ungewohnt an.

Wiebke wusste nicht, wie sie auf diese Frage antworten sollte. „Es kommt darauf an. Wahrscheinlich wird es nie wieder so, wie es mal war zwischen uns. Aber wenn mich die Einsamkeit überkommt, ist er da für mich."

„Immerhin."

„Und aktuell? Arbeitest du an einem Fall?"

160

Wiebke füllte Garfields Fressnapf. Der Kater kam in die Küche und blickte sich um. Als er sah, dass sein Napf gefüllt war, begann er zu fressen. Wiebke betrachtete Garfield lächelnd und setzte sich auf den zweiten Küchenstuhl.

„Heute habe ich an einer Wasserleiche gearbeitet – im übertragenen Sinne", fügte sie schmunzelnd hinzu und berichtete ihm von dem toten Holger Heiners. „Heute Morgen ist der Tote im Großbecken des Multimar Wattforums gefunden worden, und heute Nachmittag haben wir bereits einen Verdächtigen in Untersuchungshaft gebracht", schloss sie stolz ihren Bericht.

Norbert Ulbricht hatte aufmerksam zugehört. Nachdenklich schüttelte er den Kopf. „Wird denn da nicht weiter ermittelt? Ein Mann in seiner Position hatte doch ein großes gesellschaftliches Umfeld, hatte Freunde und sicher auch Feinde. Was ist mit den Angehörigen des Toten? War er liiert? Wenn ja, müsst ihr die Witwe ins Kreuzfeuer nehmen. Wahrscheinlich gibt es eine hohe Lebensversicherung. Oder die Immobilienfirma gehört ihr, und er war nur das Gesicht des Unternehmens. Vielleicht hatte sie einen Geliebten, und ihr Mann war ihr im Weg. Oder er hatte eine andere Frau, und sie hat sich an ihm gerächt. So was darf man nicht außer Acht lassen. Ich denke, sie wäre eine potenzielle Verdächtige."

Wiebke stimmte ihm zu, hatte ihr Vater doch das ausgesprochen, was sie seit dem frühen Abend schon bewegte.

„Ich hatte Gabriele Heiners auch oben auf meiner Liste. Aber das übernehmen die Kollegen aus Flensburg, wo Heiners' Firma ihre Büros hat.

Er wohnte einen Katzensprung von Flensburg entfernt, in Glücksburg an der Ostsee. Aber auch da haben die Flensburger die Hand drauf. Wir sind raus, wenn man so will."

„Das ist doch unmöglich!", schimpfte Ulbricht. Als Erster Kriminalhauptkommissar war er in Wuppertal derjenige, der in einem Mordfall die Fäden in der Hand hielt und delegierte. Dass man ihm ins Handwerk pfuschte, kam nicht vor. Als Leiter des Kriminalkommissariats Eins war er für drei Städte im Bergischen Land und deren umliegende Ortschaften zuständig.

„Hier im Norden ticken die Uhren etwas anders. Die Entfernungen sind größer, und alles, was mit Flensburg in Zusammenhang steht, liegt nicht in unserem Bereich. So einfach ist das. Und wenn ich mich über die Bestimmungen hinwegsetze, riskiere ich großen Ärger."

„Ich werde dir helfen." Ulbrichts Stimme klang bestimmt.

„Wie willst du das tun?"

„Ich werde ..." Er wurde vom Klingeln des Telefons unterbrochen.

Wiebke murmelte eine Entschuldigung und eilte in die Diele. Hier steckte das Telefon in der Basis. Mit einem Blick auf das Display stellte sie fest, dass der Anruf von Petersen kam.

„Es lässt mir keine Ruhe", platzte es aus ihm heraus.

Wiebke hörte, dass er getrunken hatte. Das tat Petersen öfter, wenn ihm zu Hause die Decke auf den Kopf fiel und seine Gedanken sich im Kreis drehten. Doch er war volljährig und würde sich von Wiebke bestimmt keine Vorschriften machen lassen.

„Was lässt dir keine Ruhe?", fragte sie geduldig und warf ihrem Vater einen vielsagenden Blick zu.

„Wir haben unseren Mörder, und ich glaube trotzdem nicht, dass er es wirklich war."

„Das sind ja ganz neue Töne", erwiderte Wiebke verwundert. „Heute Abend warst du noch stolz darauf, den Mörder von Holger Heiners festgenommen zu haben, bevor uns die Flensburger in die Quere kommen."

„Hast ja recht", stimmte Petersen kleinlaut zu. „Aber es ist doch so: Jörn Holst ist ein Arschloch, eine arrogante Sau. Er hat ein Mordmotiv, wir haben seine Fingerabdrücke und er hat ein fadenscheiniges Alibi. Da bröckelt es für ihn. Aber trotzdem stellt sich mir eine Frage, die mir den ganzen Abend nicht aus dem Kopf gehen will: Holst ist, obwohl ich ihn nicht leiden kann, ein gwiefter Geschäftsmann. Er ist ein Drecksack, aber er ist nicht blöd. Als Unternehmer wird er eins und eins zusammenzählen können. Also kann er sich denken, dass wir sein Alibi überprüfen werden."

Wiebke hörte, wie er aus einer Flasche trank. Deutlich drangen die Schluckgeräusche an ihr Ohr.

Danach sprach er weiter. „Also frage ich dich: Warum tischt er uns diese Geschichte auf?"

„Du meinst, er verschweigt uns was?"

„Allerdings. Und zwar nicht den Mord an seinem Erzfeind Heiners. Er hat ein Geheimnis, denn sonst würde er nicht freiwillig in den Bau gehen, Mädchen."

„Was wollen wir tun?"

„Ich werd jetzt zur Poggenburgstraße fahren und mit Holst reden."

„Du hast getrunken, Jan."

„Ich fahr vorsichtig – mit dem Fahrrad."

„Du glaubst nicht ernsthaft, dass Jörn Holst einem angetrunkenen Hauptkommissar sein Herz ausschüttet."

„Dann komm her, hol mich ab, und wir besuchen ihn zusammen."

„Ist nicht gut. Ich habe Besuch, Jan."

„Ach so." Er klang pikiert. „Da will ich nicht stören."

„Red kein Blech, Petersen. Also, worauf willst du hinaus?"

„Nichts für ungut, Wiebke. Ich werd mir noch ein Bier gönnen und dann ins Bett gehen. Wir reden morgen weiter."

Bevor Wiebke antworten konnte, hatte Petersen aufgelegt. Am liebsten hätte sie sich ins Auto gesetzt und wäre zu ihm gefahren, um ihm den Kopf zu waschen. Es lag auf der Hand, dass ihn private Sorgen plagten, doch Wiebke war mehr als Petersens Kollegin – sie verband etwas miteinander, und wenn sie wusste, dass er einsam in seinem kleinen Traufenhaus hockte und seinen Frust im Alkohol ertränkte, empfand sie Verantwortung und Mitleid für ihn.

Ihr Vater musterte sie fragend. „Probleme?"

„Mein Kollege läuft manchmal nicht ganz rund." Wiebke lächelte matt und starrte auf das Telefon in ihrer Hand. Sie murmelte eine Entschuldigung und wählte Petersens Nummer.

Es dauerte nur ein Freizeichen, bis er sich meldete. „Was ist denn noch?" Er klang unwirsch, fast so, als hätte sie ihn bei einer unglaublich wichtigen Tätigkeit gestört.

„Ich setze mich ins Auto und komme nach Husum. Dann quatschen wir."

„Nein, es ist in Ordnung, Mädchen. Bleib mal, wo du bist. Immerhin bist du nicht allein, und da will ich nicht stören."

Bevor Wiebke etwas erwidern konnte, hatte Petersen zum zweiten Mal die Verbindung unterbrochen. Manchmal war ihr Partner zickig wie eine Diva, dachte sie enttäuscht und steckte das schnurlose Gerät zurück in die Ladestation. Über sein Verhalten war das letzte Wort noch nicht gesprochen, doch nun musste sie sich erst einmal um ihren Vater kümmern, den sie viel zu lange entbehrt hatte.

ACHT

Ihr war, als hätte man die Sterne an langen Fäden auf-
gehängt, die nun vom Nachthimmel auf das Land he-
rabhingen. Fast, so dachte sie, konnte sie nach den
leuchtenden Punkten greifen. Wie hell die Sterne doch
hier auf dem Land strahlen, dachte sie sehnsüchtig
und blickte zum Nachthimmel über Treia hinauf. Es
war eine laue Nacht, und sie hatten reichlich getrunken. Es war ihr völlig egal, ob sie am Morgen imstande
sein würde, zur Schule zu fahren. In diesen Tagen
herrschte Ausnahmezustand für Levke Kühn, und das
Leben der jungen Frau fuhr Achterbahn. Ihr Hass auf
Holger Heiners hatte sich in Luft aufgelöst und war
dem Gefühl, dass man ihr den Boden unter den Füßen
weggezogen hatte, gewichen. Gleichzeitig plagten sie
Gewissensbisse und Panikattacken.

Der Alkohol hatte sie wehmütig werden lassen. In
ihr war eine unendliche Leere entstanden, und sie
fragte sich, wie viel Schuld sie an dieser Leere selbst
zu tragen hatte. Es war ihr Traum gewesen, an der
Seite von Holger Heiners alt zu werden. Sie war fest
entschlossen gewesen, die Ehefrau aus dem Leben des
Immobilienkaufmanns zu verdrängen. Viele Opfer
hatte sie dafür auf sich genommen, und dennoch hatte
ihr ehrgeiziger Einsatz nicht genügt. Mit einem kalten
Lächeln auf den Lippen hatte er ihr gesagt, dass er sich
niemals von Gabriele trennen würde, komme, was
wolle.

Levke hatte sich gefühlt, als hätte er ihr ins Gesicht
geschlagen. Sie hatte sich gefragt, ob sie wirklich alles
Mögliche unternommen hatte, um sein Herz endgültig

zu gewinnen. Es war zu einem heftigen Streit am Dockkoog gekommen. Sie waren durch das Watt gewandert und hatten über ihre Zukunft geredet. Dabei hatte sich herauskristallisiert, dass Holger eine ganz andere Vorstellung von seinem Leben hatte als Levke. Sie hatte ihn angeschrien und wild beschimpft, während er bemüht gewesen war, nicht das Aufsehen der anderen Wattwanderer zu erregen. Immerhin war er eine bekannte Persönlichkeit gewesen, und da wäre ein Streit mit seiner Geliebten so ziemlich das Letzte gewesen, was er gebrauchen konnte.

Sie hatte die Demütigung über sich ergehen lassen und einen Entschluss mit ganz besonderer Tragweite gefasst. Nun war Holger Heiners tot. Die Karten waren neu gemischt. Und dennoch spürte sie diese unendliche Leere tief in ihrem Herzen. Sie fühlte sich einsam. Im Stich gelassen.

„So ruhig?" Torben trat hinter sie und hauchte ihr wie selbstverständlich einen Kuss in den Nacken, der sie erschaudern ließ. Er hatte eine Flasche Rotwein aufgezogen und war mit zwei Gläsern zurück auf die kleine Terrasse auf der Rückseite des windschiefen Reethauses gekommen, wo sie nachdenklich in den Sternenhimmel über Nordfriesland geblickt hatte. Er duftete gut, und sie sog den Duft seines Aftershaves tief ein. Als sie eine Hand hob und durch sein glatt rasiertes Gesicht strich, lachte er leise.

„Das hättest du schon viel früher haben können."

Sie seufzte. „Wer sagt denn, dass ich das wollte?"

Er reichte ihr das Glas, murmelte leise „zum Wohl" und nippte von dem Wein.

Sie benetzte ihre Lippen und trank einen Schluck. Heute Nacht war ihr alles egal. Levke hatte nur einen Wunsch: Sie wollte alles vergessen, was passiert war.

„Eigentlich dürfte ich gar nicht hier sein", flüsterte sie schließlich und drehte sich zu ihm um. „Ich müsste in meiner Wohnung sein und mir die Augen aus dem Kopf heulen. Immerhin ist mein Traumprinz tot." Sie lachte auf, doch es klang verbittert. „Jedenfalls ist der Mann tot, den ich eine Zeit lang für meinen Traumprinzen gehalten habe."

„Warum bist du dann bei mir?" Torben Schäfer betrachtete sie nachdenklich. „Wo du mich doch verdächtigst, ihn umgebracht zu haben?" Er hatte sich umgezogen, nachdem er sich den buschigen Bart abrasiert hatte. Jetzt trug er ein dunkelgrünes T-Shirt mit dem Logo eines Baseballclubs in Virginia. So sah er um Jahre jünger aus, und, darüber war sich Levke im Klaren, er sah besser aus, viel besser.

„Vielleicht, um dich besser kennenzulernen?"

Er schmunzelte. „Weil du Angst vor mir hast?" Torben stellte das leere Weinglas auf dem Fenstersims ab.

„Möglich." Sie blickte ihm tief in die Augen und sah zum ersten Mal, dass sie strahlend blau wie das Meer an einem Sommertag waren. Sekundenlang standen sie einfach so auf der Terrasse seines Hauses und blickten sich an. Als er sich zu ihr herabbeugte und ihren Mund mit einem vorsichtigen Kuss verschloss, ließ sie es geschehen. Womöglich lag es an der Wirkung des Alkohols, der sie ihrer Sinne beraubte, doch sie hatte keine Lust, sich ihm noch länger zu verschließen. Sie hoffte, dass er die Einsamkeit, die sie umfangen hatte, aus ihrem Herzen vertrieb. Der Gedanke, allein einschlafen zu müssen, war schrecklich. Und so wehrte sie sich auch nicht, als seine Hände über ihre Schultern glitten. Hatte sie bei ihm immer geglaubt, es mit einem grobschlächtigen Kerl, der kein Gefühl für Frauen hatte, zu tun zu haben, so bewies er sich nun als zärtlicher Liebhaber. Er zog sie sanft, aber bestimmt in seine Arme, sie schmiegte sich an seinen breiten Oberkörper und wunderte sich über die harten Muskeln. Dass er Bodybuilding trieb, konnte sie sich beim besten Willen nicht vorstellen. Es musste daran liegen, dass Torben ein Naturbursche war. Vermutlich hielt er sich in seiner Freizeit oft draußen auf und war es gewohnt, tatkräftig mit anzupacken. Immerhin hatte er sich schon vor Jahren beim Naturschutz eingebracht.

Seine wilde Art erregte Levke auf eine eigenartige Weise, und es störte sie nicht, dass Torben mindestens fünfzehn Jahre älter war als sie. Holger Heiners war fast doppelt so alt gewesen wie sie. Und auch hier hatte sie das Alter ihres Liebhabers nur als eine Zahl wahrgenommen, nicht als Lebensgefühl.

Als sie sich küssten, legte er eine Hand in ihren Nacken und spielte mit ihrem Haar. Die andere Hand schickte er auf Wanderschaft und brachte sie damit innerhalb weniger Augenblicke um den Verstand. Lag das am Alkohol, oder verstand es Torben Schäfer, eine Frau in seinen Armen schwach werden zu lassen?

Levke wusste es nicht, und es interessierte sie in dieser Nacht auch gar nicht. Sie gab sich ihm hin, ruderte nicht gegen den Strom, sondern ließ sich mitreißen von seiner Leidenschaft. Es lag für sie auf der Hand, dass für ihn ein lang gehegter Traum in Erfüllung ging. Und es stand bereits fest, dass sie heute Nacht mit ihm schlafen würde.

Vergessen war der Tod von Holger Heiners und die Suche nach den Gründen und den Ursachen. Als er sie wenig später ins Haus zog, leistete sie keine Gegenwehr. Schon im Flur streifte er ihr das dünne Sommerkleid über den Kopf, stand einfach da und betrachtete sie wie ein Weihnachtsgeschenk. Als hätte sie es geahnt, bevor sie zu ihm gefahren war, hatte sie sich für das neue Wäscheset entschieden, das ihre weiblichen Formen vorteilhaft betonte. Ihre Brüste waren üppig, der Bauch flach und durchtrainiert. Der Schnitt ihres knappen Slips ließ ihre Beine länger erscheinen, als sie tatsächlich waren, und so wie er sie betrachtete, war sie die pure Verführung für Torben.

Und Levke fühlte sich nicht nackt. Er betrachtete sie verliebt, während sie einfach in ihrer Unterwäsche dastand und ihm ihr verführerischstes Lächeln schenkte. Sie trat noch einmal hinaus auf die Veranda, nahm die beiden Weingläser mit und bedeutete ihm mit einer Geste, dass er die Flasche nehmen sollte. Dann ließ sie sich von ihm in das obere Stockwerk des kleinen Hauses führen. Hier lag sein Schlafzimmer. Die Dielen knarrten leise, und er ließ das Licht aus. Durch das Fenster fiel der Mondschein in den Raum und tauchte ihre Haut in einen geheimnisvollen Schimmer. Es dauerte nicht lange, und sie fielen unter einem nicht enden wollenden Kuss in die weichen Laken, die wundervoll dufteten. Er hatte sich längst seiner Kleidung entledigt, und als ihre Körper miteinander verschmolzen, vergaß Wiebke die Schrecken des Tages. Vielleicht war alles gut gelaufen.

Die Luft im Schlafzimmer war stickig, und Madeleine Oelke fand in dieser Nacht keinen Schlaf. Nachdem sie sich eine Zeit lang im Bett herumgewälzt hatte, ohne eine bequeme Position zu finden, erhob sie sich und stand auf. Ihr Mann schlief den Schlaf der Gerechten – ihm schien die Hitze im Zimmer nichts auszumachen. Madeleine Oelke verspürte Durst und verließ das Schlafzimmer. Den Weg zur Küche fand sie im Halbdunkel des Hauses. Im Kühlschrank zog sie eine offene Milchpackung hervor und trank gleich aus der Packung. Sie genoss die frische Milch und atmete tief durch. Obwohl sie müde war, fand sie in dieser Nacht einfach keinen Schlaf. Es ärgerte sie, denn morgen musste sie fit sein. Im Job gab sie alles, denn sie arbeitete mit Leidenschaft an der Schule in Husum. Die Vorstellung, dass sie morgen unausgeschlafen und schlecht gelaunt zum Dienst ging, gefiel ihr nicht. Madeleine Oelke wischte sich den Milchbart auf ihrer Oberlippe mit dem Handrücken ab und stellte die Packung zurück in den Kühlschrank. Nachdem sie die Tür geschlossen hatte, benötigten ihre Augen einen kurzen Augenblick, um sich an die in der Küche herrschende Dunkelheit zu gewöhnen. Nachdenklich trat sie ans Küchenfenster und blickte hinaus in die sternklare Nacht. Die halbhohen Gardinen am Fenster hatte sie mit viel Liebe selbst genäht. Überhaupt trug dieses Haus ihre ganz persönliche Note – sie liebte es, ein Nest für die Familie zu bauen.

Im Haus auf der anderen Straßenseite brannte noch Licht. Dort wohnte Torben Schäfer, der seltsame Biolehrer. Eigentlich war er ein netter Kerl, doch für Madeleine Oelkes Geschmack war er mitunter ein wenig weltfremd, wenn es um den Umweltschutz ging. Er war nicht einfach nur Biologielehrer – er lebte seinen Beruf voller Leidenschaft und er liebte es, den Kindern von seiner Arbeit als Naturschützer zu berichten. Trotz seines sehr ökologischen Kleidungsstils und seiner manchmal seltsamen Ansichten war er beliebt bei den Schülern an der Hermann-Tast-Schule.

Normalerweise ging Torben Schäfer früh zu Bett, wie er sagte, um Strom zu sparen. Umso mehr wunderte sich Madeleine Oelke, dass zu dieser späten Stunde noch Licht in Schäfers Haus brannte. Sie wandte sich um und blickte auf die Küchenuhr an der Wand, die leise vor sich hin tickte. Es war längst nach Mitternacht.

Ein Motorengeräusch riss sie aus den Überlegungen. Drüben rollte das Auto von Torben Schäfer die Einfahrt zur Straße entlang. Es war ein seltsames Fahrzeug, wie Madeleine Oelke fand: Ein hochbeiniger und geländegängiger VW Golf mit breiten Reifen und Unterfahrschutz. Man hatte den Golf vor rund zwanzig Jahren in limitierter Auflage als Geländewagen gebaut. Längst waren diese Fahrzeuge selten und meist nur noch in der Hand von Liebhabern anzutreffen. Schäfer liebte seinen Golf Country, und er sah es nicht ein, viel Geld in ein neues Auto zu investieren. Mit dröhnendem Motor rollte der Golf Country jetzt auf die Straße. Sie konnte vom Küchenfenster aus nicht erkennen, ob Schäfer allein hinter dem Steuer saß oder ob er sich in Begleitung befand. Normalerweise war Torben Schäfer auch ein besonnener Autofahrer, der hohe Drehzahlen mied. Er wollte die Umwelt nicht mehr als nötig belasten, wenn er schon mit dem Auto unterwegs war. Doch in dieser Nacht war alles anders: Mit rasender Geschwindigkeit fuhr Schäfer durch das Dorf in Richtung Ortsausgang.

Seltsam, dachte Madeleine Oelke, er hatte die Festbeleuchtung in seinem Haus brennen lassen.

Ob dort etwas passiert war?

Obwohl sie sich Gedanken machte, war sie eine zurückhaltende Frau und zog es vor, ihn am nächsten Tag darauf anzusprechen. Madeleine Oelke wandte sich vom Fenster ab und verließ die Küche. Im Schlafzimmer wurde sie vom leisen Schnarchen ihres Mannes empfangen. Lächelnd legte sie sich zu ihm ins Bett und schmiegte sich an ihn. Er quittierte die Nähe seiner Frau im Unterbewusstsein mit einem zustimmenden Brummen. Im nächsten Augenblick war auch Madeleine Oelke eingeschlafen.

Oldenswort, 21.55 Uhr

Sie blickte erschrocken auf, als ein Schlüssel in die Wohnungstür gesteckt wurde. Beke Frahm war auf dem Sofa eingeschlafen. Ein anstrengender Tag lag hinter ihr, und noch immer hatte sie die Erlebnisse vom Morgen nicht verkraftet. Ihr Vorgesetzter, Ralf Finner, hatte sie für die nächsten Tage beurlaubt. Ihm war an der Gesundheit seiner Mitarbeiter sehr gelegen, und das angenehme Arbeitsklima im Multimar war ihm äußerst wichtig. So war es für ihn mehr als selbstverständlich, ihr nach dem tragischen Ereignis ein wenig Zeit zum Vergessen einzuräumen.

Das Buch, in dem sie gelesen hatte, bis ihr die Augen zugefallen waren, lag auf ihrer Brust. Der Fernseher lief mit geringer Lautstärke und hatte sie berieselt. Bekes Herz pochte ihr bis zum Hals, als die Tür von außen geöffnet wurde. Im Flur wurde das Licht eingeschaltet. Ein breiter Lichtbalken fiel auf die Dielen im Wohnzimmer. Sie hatte nicht damit gerechnet, dass er sie heute noch besuchte. Dann erinnerte sie sich daran, dass er ihr am Morgen noch gesagt hatte, dass es später werden konnte. Rasch warf sie die Wolldecke, in die sie sich eingekuschelt hatte, zur Seite und stand auf. Polternd landete das Buch auf dem Fußboden.

Im gleichen Moment stand er im Zimmer.

Sein Gesicht glich einer Maske. Starr und unverwandt blickte er sie an. Er stand kurz vor dem Platzen, das sah sie ihm an, doch sie schwieg. Peer trug einen

173

grauen Sommeranzug, das Hemd stand offen, und sie roch an seinem Atem, dass er getrunken hatte. Seine Miene wirkte verschlossen, und seine Kieferknochen mahlten. Breitbeinig stand er da und funkelte Beke an.

„Was hast du den Bullen erzählt?", fragte er mit drohendem Unterton in der Stimme.

Beke schlug die Arme um ihn, doch er schüttelte sie ab und trat einen Schritt zurück.

„Wovon sprichst du?", fragte sie verängstigt.

„Das weißt du genau. Wie war das mit Heiners?"

„Ich habe ihn im Becken gefunden, aber das weißt du doch, Peer."

„Davon spreche ich nicht. Sie waren heute in meinem Büro und wollten mich ausquetschen. Warum hast du ihnen von uns erzählt?"

„Sie haben mich gefragt, und ich habe wahrheitsgemäß geantwortet. Die Polizei sucht nach einem Mörder, Peer. Ich wollte nicht unter Verdacht geraten, verstehst du das nicht?"

Er ging nicht auf ihre Frage ein. „Und an mich hast du nicht gedacht? Ich hänge in der Sache drin, sobald der Verdacht auch nur ansatzweise auf dich fällt!"

„Das tut mir leid", erwiderte Beke kleinlaut. Peer machte ihr Angst, so rasend vor Wut hatte sie ihn noch nie erlebt. „Ich wollte das nicht."

„Dafür ist es jetzt zu spät. Ich kann im Augenblick keine Bullen gebrauchen, Beke." Er ließ sich auf die Sessellehne sinken und verschränkte die Arme vor der Brust. „Für mich kann das der geschäftliche Durchbruch sein, und wenn es mir gelingt, pünktlich zu liefern, dann habe ich es nicht mehr nötig, in der Werft der alten Leute zu arbeiten. Ich werde ein Pionier der Offshore-Technik sein, und ich werde dafür sorgen, dass die Windenergie bei uns in Husum bleibt und nicht nach Hamburg abwandert. Man wird mich feiern, wenn mir dieses Geschäft gelingt. Ärger mit der Polizei kann das alles gefährden – willst du das?"

Beke schüttelte den Kopf. Sie wanderte ruhelos durch die spärlich beleuchtete Stube und rang mit den feingliedrigen Händen. Ihr Herz raste, und sie zitterte am ganzen Leib.

„Ich wollte unsere Zukunft nicht gefährden."

„Das hättest du dir vielleicht früher überlegen sollen", grollte Peer Hansen. „Bevor du mich gebeten hast, dich mitten in der Nacht nach Tönning zu fahren. Ich weiß nicht, was die nächtliche Aktion sollte, aber nach dem, was geschehen ist, kann ich es mir fast denken."

„Peer – ich hatte etwas im Multimar vergessen, mehr nicht. Oder soll das heißen, du hältst mich für eine Mörderin?" Sie blickte ihn fassungslos an.

Er zuckte die Schultern. „Mörderin ... Lügnerin ... Was macht das für einen Unterschied?"

Beke konnte nicht fassen, was Peer Hansen ihr vorwarf. Lag das am Alkohol, oder reagierte er so übertrieben, weil er sich von der Polizei in die Enge getrieben fühlte? Wut und Enttäuschung breiteten sich in ihr aus.

„Ich glaube, es ist besser, wenn du jetzt gehst", sagte sie leise, während sie gegen die Tränen ankämpfte.

„Das ist alles, was du zu sagen hast?" Er erhob sich von der Sessellehne.

Sie schwieg.

„Gut", er nickte. „Dann werde ich verschwinden." Peer Hansen warf ihr den Hausschlüssel vor die Füße. „Es ist aus mit uns, Beke. Ich kann nicht damit leben, dass du Geheimnisse vor mir hast."

„Spinnst du?", gellte ihre Stimme durch die Wohnung. „Holger Heiners ist tot. Der Mann, der dein ärgster Feind war, lebt nicht mehr. Er ist im Multimar ertrunken, ich habe seine Leiche im Wasser liegen sehen. Ich habe gesehen, wie die Fische ihn angeknabbert haben. Er wird dir nicht mehr zur Last fallen, Peer, hast du das jemals bedacht?"

„Es ist zu spät für uns, Beke." Er sprach ruhig und vermied es, zu viel Gefühl in seine Worte zu legen. „So kann es nicht weitergehen und ich werde die Konsequenz ziehen. Wahrscheinlich ist der Altersunterschied einfach doch zu groß." Ohne sich ein letztes Mal zu ihr umzublicken, verließ er die Wohnung. Erst als er die Tür hinter sich ins Schloss gezogen hatte, brach Beke Frahm weinend auf dem Fußboden ihrer kleinen Wohnung zusammen.

NEUN

Ostenfeld, 6.40 Uhr

Sie wurde von Musik geweckt. Wiebke blinzelte in die helle Morgensonne, die durch das Rollo in ihr Schlafzimmer drang. Als sie verschlafen an sich herunterblickte, stellte sie fest, dass sie einen ihrer karierten Baumwollpyjamas trug, die sie in kalten Winternächten so sehr liebte. Im Sommer schlief sie entweder nackt oder in einem leichten, übergroßen T-Shirt. Da sie aber nicht wusste, was ihr Vater davon hielt, wenn sie nackt durch das Haus lief, hatte sie sich für ihren kuscheligen Lieblingsschlafanzug entschieden. Dass der Pyjama einmal ein Geschenk von Tiedje gewesen war, verdrängte sie erfolgreich.

Die Nacht war viel zu kurz gewesen, und so brauchte Wiebke einen Moment, bis sie sich an den gestrigen Tag erinnerte. Ihr Vater Norbert Ulbricht war völlig überraschend aufgetaucht; sie hatten bis in die späte Nacht zusammengesessen und geplaudert. Und, so hatten sie festgestellt – die Chemie zwischen Vater und Tochter stimmte auch nach Jahren der Trennung noch. Irgendwann in den frühen Morgenstunden hatten sie sich verabschiedet und sie war hundemüde, aber sehr glücklich ins Bett gekrochen.

Wiebke warf einen Blick auf den kleinen Wecker und schüttelte die restliche Müdigkeit ab. Nun drang ein verführerischer Kaffeeduft in ihre Nase. Sie hörte, dass in der Küche mit Geschirr geklappert wurde. Gut gelaunt stand Wiebke auf, öffnete das Schlafzimmerfenster und atmete tief durch. Der Morgen roch frisch, und auf der Wiese hinter dem Haus glitzerte der Morgentau im Gras wie winzige Perlen in der Sonne. Der Hahn vom Nachbarn krähte, aber das tat er nicht nur im Morgengrauen, sondern den lieben langen Tag. Das Vieh war irgendwie gestört, fand Wiebke.

Der Tag konnte kommen, dachte sie und verließ das Schlafzimmer. Barfuß tappte sie durch den Flur. Dabei führte ihr Weg am Wohnzimmer vorbei. Vater hatte, das sah sie im Vorbeigehen, den Tisch der kleinen Essecke bereits gedeckt.

„Moin", sagte sie, als sie im Rahmen der Küchentür stand. Ulbricht hatte sie nicht kommen hören und fluchte gerade über seine eigene Unfähigkeit, den Eierkocher zu bedienen. Als er sich zu ihr umwandte, bemerkte Wiebke, dass er eine ihrer Küchenschürzen trug. Natürlich die mit den großen Gummibrüsten, die ihr die Kollegen zum ersten Grillfest der Polizeidirektion geschenkt hatten. Ein Scherzartikel, wie man ihn jedes Jahr zu Karneval in jedem Geschäft hinterhergeworfen bekam.

„Morgen … Na, gut geschlafen?" Als er ihren amüsierten Blick sah, verharrte er in der Bewegung und blickte an sich herab. „Was gibts denn da zu gaffen?"

„Die Schürze steht dir ganz hervorragend, Papa", lächelte sie, trat näher und hauchte ihm einen Kuss auf die Wange, was den alten Brummbär prompt erröten ließ.

„Es war die Einzige, die ich gefunden habe", verteidigte er seinen Anblick.

Bevor Wiebke etwas erwidern konnte, jaulte der Eierkocher auf. Ulbricht zuckte zusammen, Wiebke trat an seine Seite und zog den Netzstecker des kleinen, lärmenden Gerätes. Auf der Stelle kehrte Ruhe ein.

„Das Geräusch weckt ja Tote auf", brummte Ulbricht.

„In unserem Beruf vielleicht gar nicht mal die schlechteste Erfindung", lächelte Wiebke. „Abgesehen davon heißt es ‚Moin', nicht ‚Morgen'. In Friesland grüßt man sich so, und zwar vierundzwanzig Stunden am Tag, Papa."

„Da kannste mal sehen, dass ihr hier oben Langschläfer seid", konterte Ulbricht. Dann grinste er wie ein kleiner Junge und strich sich zärtlich über die üppigen Gummibrüste an der Schürze. „Aber schön habt ihr es hier im Norden schon."

„War klar, Papa." Wiebke winkte ab und nahm die Eier aus dem kleinen Gerät auf der Arbeitsplatte. „Das hast du schön gemacht", sagte sie dann. „Du hast mir kein Frühstück mehr gemacht, seit ich sechs Jahre alt war."

„Ich habe auch schon den Kater in den Backofen geschoben und die Brötchen gefüttert", stammelte er ein wenig hilflos, und erst, als sie lachte, registrierte er, was er gesagt hatte und stimmte in ihr Lachen ein.

„Gibt es eigentlich eine Frau in deinem Leben?" Ihr fiel auf, dass sie das Liebesleben ihres Vaters gestern völlig ausgeblendet hatten.

Ulbricht wiegte den massigen Schädel. „Eigentlich nicht."

„Und uneigentlich?"

„Es gibt eine Frau – eine gute Freundin, mehr ist da nicht. Sie ist Hauptkommissarin wie ich, lebt in Hameln, das liegt im Weserbergland. Ich war dort zur Kur, als ich über eine Leiche stolperte. Natürlich hab ich die Kur gleich abgebrochen und mich in die Arbeit gestürzt." Norbert Ulbricht kicherte, während er in der Erinnerung an seinen ersten Aufenthalt im Weserbergland schwelgte. „Das fand Maja Klausen gar nicht lustig. Sie hat die Ermittlungen geleitet damals und hat mich in meine Schranken verwiesen." Er tippte sich bezeichnend an die Schläfe. „Aber du kennst deinen alten Vater, Wiebke. Ich habe trotzdem weiter ermittelt. Den Fall haben wir schließlich gemeinsam gelöst."

„Die neue Frau tut dir gut", bemerkte Wiebke. „Diese Maja."

Norbert Ulbricht protestierte. „Sie ist nicht meine neue Frau."

„Wie dem auch sei. Immerhin kannst du den Eierkocher und die Kaffeemaschine bedienen. Lerne ich sie kennen?"

„Bestimmt – irgendwann." Er lächelte schief. „Kaffee kochen konnte ich aber schon früher, Kind."

Wiebke lächelte und half ihrem Vater, den Rest ins Wohnzimmer zu tragen. Sie setzten sich an den gedeckten Frühstückstisch, und Wiebke sah entzückt, dass er sogar ein paar Gänseblümchen gepflückt hatte, die er als liebevolle Dekoration um ihren Teller gelegt hatte.

Ulbricht schenkte ihr Kaffee ein. „Milch? Zucker?"

„Schwarz wie die Nacht."

„Genau wie ich." Norbert Ulbricht freute sich diebisch, dass seine Tochter den Kaffee ebenso trank, wie er es selbst schon seit zig Jahren tat.

Wiebke setzte sich und betrachtete den gedeckten Tisch. Er hatte an alles gedacht: Käse, frischer Aufschnitt, Marmelade, Brötchen. Das Frühstück bot alles, was das Herz begehrte. Dann stutzte sie.

„Woher hast du die Brötchen?"

Er schmunzelte. „Ich bin Frühaufsteher und habe die Gegend erkundet. Praktisch, dass es hier im Dorf einen kleinen Supermarkt mit Bäckerei gibt. Und da habe ich uns eben die Brötchen von meinem Morgen-spaziergang mitgebracht."

Sie aßen, und Wiebke fühlte sich richtig wohl. Sie genoss das Frühstück mit ihrem Vater und verdrängte, dass sie sich gleich wieder um einen Mörder kümmern musste.

Ostenfeld, Hauptstraße, 8.05 Uhr

Ulbricht hatte sein Versprechen wahr gemacht. Er hatte sich, nachdem seine Tochter das Haus verlassen hatte, ins Bad begeben, geduscht und sich angezogen. Eine halbe Stunde später verließ er gut gelaunt das Haus an der Hauptstraße. Es schien ein sonniger Tag zu werden, und nur der in diesem Landstrich ständig präsente Wind verhinderte eine unangenehme Hitze. Der alte Vectra parkte im Schatten eines mächtigen Kastanienbaums. Er stieg ein und startete den Motor. Zuvor hatte er sich auf einer Landkarte in Wiebkes Wohnzimmer den Weg nach Glücksburg angesehen. Das würde er auch ohne seine „Linda" finden, dachte Ulbricht, während er über kleinere Ortschaften zur Bundesstraße 201 fuhr und die idyllische nordfriesi-sche Landschaft bewunderte. „Linda" – so nannte er das kleine Navigationssystem, das er sich vor einiger Zeit angeschafft hatte. Obwohl er technischen Neue-rungen eigentlich eher skeptisch gegenüberstand, so hatte er sich für die Anschaffung der kleinen Kiste ent-schieden, weil er es satthatte, viel Geld in schlechte Karten zu investieren. „Linda" wies ihm stets mit ihrer sympathischen Stimme den Weg, wenn er mal über die Grenzen des Bergischen Landes hinausfuhr und er sich nicht auskannte.

Doch heute hatte „Linda" frei. Er richtete sich nach der Beschilderung am Straßenrand, hielt sich erst in Richtung Schleswig, fuhr dann bei Schuby auf die A7 bis Flensburg, wo er die Autobahn verließ und eine gute Viertelstunde später am Wasserschloss von Glücksburg vorüberrollte. Nachdem er eine Runde durch den Ort gedreht hatte, suchte sich Ulbricht einen freien Parkplatz. Er fühlte sich auf Anhieb wohl hier und wunderte sich, dass er bis zur Ostsee kaum eine Stunde unterwegs gewesen war.

Ulbricht betrachtete die Auslagen der Geschäfte und hatte sich irgendwann verlaufen. Ein Umstand, der ihn nicht nervös machte. Anders war das, als er feststellte, dass seine Zigarettenpackung leer war. Seitdem er Maja Klausen kannte, hatte er das Rauchen drastisch reduziert. Doch ab und zu brauchte er einfach den würzigen Duft einer Zigarette. So wie jetzt.

Auf der Suche nach einem Zigarettenautomaten marschierte er die Waldstraße hinunter, als sein Blick am Schaufenster eines Ladens hängen blieb. Auffällig war, dass auf dem schmalen Sims ein kleiner runder Aschenbecher stand. Hier schien ein Raucher zu arbeiten.

Ulbricht stoppte seine Schritte. Was gab es denn hier? Bücher. Erst beim zweiten Hinsehen erkannte er, dass es sich ausschließlich um Kriminalromane handelte. Ulbricht drückte den Kopf in den Nacken und las das Schild über dem Eingang. „Spurensuche", stand dort in roter Schrift. „Die Krimibuchhandlung".

„Na toll", murmelte er kopfschüttelnd. „So etwas braucht doch kein Mensch." Dann hatte er eine Idee. Maja liebte Kriminalromane. Er beschloss, ihr ein Buch mitzubringen. Sicherlich würde sie sich darüber freuen. Doch ob es in dieser Buchhandlung auch die

Weserberglandkrimis gab, die Maja so gern las, wagte er zu bezweifeln. Immerhin lagen fast vierhundert Kilometer zwischen Glücksburg und Hameln, wo Maja Klausen lebte. Er drückte die Klinke der Tür nieder und fand sich im nächsten Augenblick schon inmitten unzähliger Krimis aus dem In- und Ausland wieder. Die Verkaufstheke rechter Hand bestand aus zwei Schreibtischen. Der Rest der Buchhandlung war hell und freundlich eingerichtet, und es gab sogar zwei Ohrensessel, die zum Schmökern einluden.

„Moin." Eine rundliche Frau mit freundlichem Gesicht saß auf einem Stuhl und bearbeitete eine Computertastatur. Ihre Brille saß weit vorn auf der Nase, und sie wirkte schrecklich konzentriert. „Ich bin sofort bei Ihnen", sagte sie, ohne aufzublicken.

„Lassen Sie sich ruhig Zeit." Ulbricht wunderte sich insgeheim über seine Geduld. Eigentlich hatte er nicht vor, in Glücksburg alt zu werden. Wiebke wartete schließlich auf ihn. Immerhin hatte er ihr versprochen, sich im Umfeld des toten Holger Heiners umzusehen.

Es fühlte sich immer noch seltsam an, dass er nun, nach vielen Jahren, wieder eine Tochter hatte. Wiebke war längst erwachsen, doch plötzlich hatte er wieder die alten Kinderbilder vor Augen. Die ersten Weihnachtsfeste, der erste Geburtstag, Wiebke in einem bunten Laufstall, beim Kinderfotografen im Kaufhaus – stilecht mit einem knallroten Plastiktelefon in der einen und einem braunen Plüschhund in der anderen Hand. Er erinnerte sich, dass das Vieh asthmatisch geröchelt anstatt gebellt hatte. Wo waren bloß die Jahre geblieben?

„So", riss ihn die Stimme der Frau am Computer aus der Erinnerung. Sie hatte sich erhoben und stand nun vor ihm. „Was kann ich für Sie tun?"

„Haben Sie nur Krimis?", fragte er grimmig.

„‚Nur' ist gut." Sie lachte, und es klang sympathisch. „Ich habe zahlreiche Krimis vorrätig und kann viele Titel über Nacht bestellen. Aber ich recherchiere auch nach Ihrem Wunschbuch und verfüge über ein umfangreiches Antiquariat."

„Dann lieben Sie Krimis?" Ulbricht blickte sie fragend an.

„Sozusagen, ja." Ein Haarreifen bändigte ihre schulterlangen silbernen Haare. „Was suchen Sie denn?"

„Ich suche die Weserbergland-Krimis. Es gibt da so eine Reihe …"

„Gerne." Die Dame, offensichtlich die Inhaberin der Krimibuchhandlung, nickte und führte Ulbricht wie selbstverständlich zu einem der zahlreichen Bücherregale. „Bitte schön, es sind alle Titel vorhanden, und Sie haben die Qual der Wahl. Oder suchen Sie etwas Bestimmtes?"

„Ich, ähm, nein, also …" Ulbricht versuchte sich an den Namen eines Autors zu erinnern, für den Maja schwärmte. Doch ihm fiel nichts ein. „Was ist denn der neueste Titel?" Er wollte sichergehen, dass seine Freundin das Buch, das er ihr kaufen würde, noch nicht besaß.

Die Buchhändlerin griff ins Regal und reichte ihm den neuesten Band eines Hamelner Verlages. Das Titelbild war ansprechend gestaltet, und Ulbricht glaubte, auch den Namen des Autors zu kennen. „Gut, Frau …"

„Burkart", half sie ihm. „Eva-Maria Burkart."

„Danke." Ulbricht stellte sich nun ebenfalls vor, nicht, ohne seinen Dienstgrad zu nennen. Doch hatte er sich bei der Titulierung „Kriminalhauptkommissar" so etwas wie eine Regung im Gesicht der netten Buchhändlerin erhofft, so wurde er enttäuscht.

„Darf ich fragen, ob Sie aus rein privatem Interesse in die Buchhandlung ‚Spurensuche' gekommen sind?", fragte Eva-Maria Burkart. „Ich meine ... In Ihrem Beruf haben Sie es doch täglich mit Kriminellen zu tun und müssen mit ansehen, zu welch schrecklichen Dingen Menschen in der Lage sind." Sie tippte auf das Taschenbuch, das Ulbricht in der Hand hielt. „Mag man sich als Kommissar da nicht mit anderen Dingen ablenken?"

„Es ist für eine Freundin, die Krimis liebt", erwiderte Ulbricht. Dass auch Maja bei der Kripo arbeitete, sprach er nicht aus. „Sagen Sie", wechselte er dann das Thema. „Eigentlich war ich auf der Suche nach einem Zigarettenautomaten."

„Auch Genussraucher?" Die Buchhändlerin zwinkerte ihm verschwörerisch zu.

Ulbricht nickte. „Und offen gestanden ist mir der Aschenbecher auf dem Sims Ihres Schaufensters ins Auge gefallen."

„Dann sollten wir den jetzt auch mal benutzen." Sie lachte. „Kommen Sie schon." Das Buch nahm sie Ulbricht ab und legte es neben der Kasse ab. Gemeinsam traten sie vor das Geschäft. Eva-Maria Burkart hielt ihm eine Packung Zigaretten hin, er zog dankend einen Glimmstängel hervor, sie gab ihm Feuer und nahm sich dann auch eine Zigarette. Während sie rauchend an der frischen Luft standen, musterte Eva-Maria Burkart ihn von der Seite.

„Sind Sie dienstlich oder privat in Glücksburg?"

„Beides ... Gewissermaßen", schmunzelte Ulbricht und formte mit dem Mund kleine Rauchkringel. „Ich interessiere mich für Holger Heiners."

„Oh, da kommen Sie zu spät – er ist gestern tot im Großaquarium des Multimar Wattforums gefunden worden." Sie machte eine betroffene Miene. „Stand heute Morgen in der Zeitung."

„Das ist richtig, deshalb bin ich ja hier", nickte Ulbricht und wunderte sich insgeheim, wie gut man an der Ostsee über das Verbrechen in Nordfriesland Bescheid wusste. „Ich interessiere mich für ihn, will herausfinden, wie er als Mensch war."

Eva Maria Burkart lachte auf und verschluckte sich prompt am Rauch ihrer Zigarette. „Lesen Sie keine Zeitung, Herr Kommissar?" Nachdem sie sich ein wenig beruhigt hatte, sprach sie weiter. „Sie sollten wissen, dass er immer wieder mit seinen fragwürdigen Geschäften in die Schlagzeilen geraten ist. Angeblich hat er gemeinsame Sache mit einer Bank gemacht. Auch einflussreiche Politiker soll er geschmiert haben, damit sie seine Bauanträge wohlwollend beurteilen und durchwinken."

„Also haben wir es hier mit Korruption zu tun?" Ulbricht erinnerte sich an einen Fall, den er vor einigen Jahren in Wuppertal bearbeitet hatte. Angeblich sollten im Rathaus Politiker bestochen worden sein. Diese Geschichte hatte ihr tragisches Ende gefunden, als der Oberbürgermeister der Stadt dem Druck der Öffentlichkeit nicht mehr gewachsen war und Selbstmord beging.

„Das liegt auf der Hand, allerdings kann, ... also ... konnte sich Heiners die besten Rechtsanwälte des Landes leisten. So ging er immer wieder als Sieger vom Platz und nichts und niemand schien ihn aufhalten zu können." Die sympathische Buchhändlerin winkte ab. „Feinde hatte er wohl genug. Wird bestimmt nicht leicht, da den Mörder zu finden."

Ulbricht paffte gedankenverloren und fragte sich, warum er den Urlaub mit seiner Tochter nicht einfach mal ganz in Ruhe und ohne Arbeit genießen konnte. Wahrscheinlich lag das daran, dass er Polizst durch und durch war und er längst verlernt hatte abzuschalten, um die wohl verdiente Freizeit zu genießen. Andererseits stand Wiebke noch am Anfang ihrer Karriere. Und nun wurde sie mit einem derart kompliziert gelagerten Fall konfrontiert. Ulbricht schob es auf seinen väterlichen Beschützerinstinkt, dass er seiner Tochter durch seine jahrzehntelange Erfahrung ein wenig unter die Arme greifen wollte.

„Sie wissen nicht zufällig, wo er wohnte?"

Eva-Maria Burkhart lachte. „Sind Sie der Polizist, oder ich?" Sie nahm einen letzten Zug von ihrer Zigarette und drückte den Stummel in dem kleinen Aschenbecher auf dem Fenstersims aus. Dann gab sie Ulbricht ein Zeichen. Er folgte ihr in die Buchhandlung.

„Was wollen Sie wirklich von ihm?", fragte sie drinnen. „Als Polizist müssen Sie längst bei ihm gewesen sein, um seine Frau vom Tod ihres Mannes zu unterrichten. Also werden Sie seine Privatanschrift wohl in den Akten finden." Sie verengte die Augen zu schmalen Schlitzen. „Warum sind Sie hier? Privat oder dienstlich?"

„Wie ich schon sagte: Beides", murmelte Ulbricht ein wenig zerknirscht. „Also – wo wohnte Heiners?"

Eva-Maria Burkart schien über eine gute Menschenkenntnis zu verfügen. Offenbar vertraute sie Ulbricht. „Es gibt ein Haus am Mühlenteich, hoch umzäunt. Stand lange leer, bis Heiners beschloss, sich in Glücksburg niederzulassen. Er kaufte das halb fertige Haus für `nen Appel und ein Ei, ließ es fertig bauen und hat seitdem dort am Teich seine Residenz." Sie nannte Norbert Ulbricht die Adresse, er zückte den kleinen

Notizblock, den er immer bei sich hatte, und schrieb mit.

„Aber wenn Sie etwas über ihn rausfinden wollen, dann sollten Sie sich im YCG umhören. Dort war er sehr engagiert."

„Bitte wo?"

Die Buchhändlerin schmunzelte. „Im Yachtclub Glücksburg. Dort saß er im Vorstand und hat angeblich jede freie Minute am Meer verbracht. Der Geschäftsführer der Bank ist dort übrigens der erste Vorsitzende. Vielleicht erreichen Sie ihn und erhalten einen heißen Tipp aus erster Hand. Der Club liegt im Ortsteil Sandwig, können Sie gar nicht verfehlen."

Ulbricht schrieb eifrig mit. Dann steckte er den Block in die Jackentasche und nickte. „Vielen Dank, Sie haben mir sehr geholfen." Er bezahlte das Buch, nachdem Eva-Maria Burkart es in Geschenkpapier eingeschlagen hatte, und verließ die Krimibuchhandlung.

Husum, Polizeidirektion Poggenburgstraße, 9.35 Uhr

„Sach mal, Mädchen, hast du im Lotto gewonnen, oder warum grinst du die ganze Zeit wie ein Honigkuchenpferd?" Jan Petersen hatte es sich am Schreibtisch bequem gemacht. Er hatte die Füße auf die Platte gelegt und tickerte mit einem Kugelschreiber, ohne seine junge Kollegin aus den Augen zu lassen. Ihm war offensichtlich nicht entgangen, dass Wiebke heute zwar ein wenig zu spät, dafür aber blendend gelaunt zum Dienst erschienen war.

Wiebke saß am Computer und schrieb das Einsatztagebuch des gestrigen Tages. Noch immer befand sich Jörn Holst in Untersuchungshaft. Die Beweislage schien ihn förmlich zu erdrücken, und Petersen wollte später mit ihm sprechen. Er war immer noch sicher, dass der Bauunternehmer irgendeine andere Geschichte vertuschen wollte.

Petersen musterte Wiebke von der Seite. Als Wiebke schwieg, setzte Petersen nach: „Lass mich raten: Es liegt am Besuch, den du gestern hattest."

Jetzt nickte sie. Doch sie wollte es spannend machen und nicht gleich alles verraten. Sollte sich Petersen doch ein paar Gedanken machen, dachte sie amüsiert, während sie von ihrem Tee nippte und ihn lächelnd betrachtete.

„Ein Kerl?" Petersen verzog das Gesicht, als hätte er in eine Zitrone gebissen und nahm die Füße vom Schreibtisch. „War dieser Schlappschwanz etwa wieder da?"

„Tiedje?" War Petersen etwa eifersüchtig? So weit durfte es nicht kommen. Sie waren ein gutes Team im Job, sie verstanden sich – meistens – blendend und waren sich sympathisch. Und sie dachten und handelten wie ein altes Ehepaar, das sich nach vielen gemeinsamen Jahren ohne Worte verstand. Jeder wusste, wie der andere tickte, und manchmal genügten Blicke, um sich zu verständigen. Doch privat gingen sie getrennte Wege. Dabei fiel Wiebke auf, dass Petersen in letzter Zeit nicht mehr viel von seinem Privatleben erzählt hatte. Gab es einen Grund für seine Verschlossenheit? Wiebke überlegte, ob Petersen vielleicht sogar in sie verliebt sein könnte und deshalb in letzter Zeit so seltsam reagierte. Doch dass er nun eifersüchtig auf ihren Exfreund war, konnte Wiebke nicht nachvollziehen. „Ob Tiedje bei mir war?"

„Ja, ich glaube, so hieß der Dösbaddel."

„Nee, er hat nichts damit zu tun." Wiebke winkte ab. „Viel besser: Gestern stand mein Papa auf der

Matte." Sie hatte Petersen vor einiger Zeit von ihrem verschollen geglaubten Vater erzählt, und er hatte keinen Hehl daraus gemacht, dass er ihr von Herzen wünschte, dass sich ihre Vorstellung, er würde nicht mehr leben, nicht bewahrheitete.

„Mensch, das freut mich. Wusst' ich's doch – dein Vater lebt. Ich hab dir schon immer gesagt, dass er eines schönen Tages bei dir auf der Matte stehen wird." Jan Petersen schien erleichtert zu sein, dass es sich nicht um Tiedje handelte, der Wiebke so strahlen lies.

„Ich habe selbst schon nicht mehr daran geglaubt", murmelte Wiebke, als das Telefon auf dem Schreibtisch klingelte. Als sie Petersens Lächeln sah, griff sie selbst zum Hörer und meldete sich. Am anderen Ende der Leitung war eine Frau.

„Mein Name ist Madeleine Oelke. Ich arbeite im Sekretariat der Hermann-Tast-Schule."

Wiebke überlegte kurz, dann erinnerte sie sich an die Sekretärin der Schule. „Was können wir für Sie tun?"

„Ich habe ein paar seltsame Dinge beobachtet, die ich Ihnen nicht vorenthalten möchte."

„Geht es um den Mord an Holger Heiners?"

„Das weiß ich nicht, aber ich würde gern mit Ihnen darüber sprechen."

Wiebke schielte zur Wanduhr. „Wann können Sie hier sein?"

Die Schulsekretärin druckste herum. „Ich kann schlecht weg hier. Wäre es möglich, dass Sie herkommen?"

„Natürlich. Wir sind in einer Viertelstunde da." Wiebke legte auf und berichtete Petersen von dem kurzen Telefonat.

„Die erzählt uns jetzt bestimmt, dass Torben Schäfer hinter dem Mord steckt", grinste Petersen, während er sich erhob und nach dem Autoschlüssel suchte.

„Du machst blöde Witze", brummte Wiebke, dann waren sie draußen.

Husum, Hermann-Tast-Schule, 9.55 Uhr

Madeleine Oelke errötete, als Wiebke und Petersen das Sekretariat betraten. Die Zeit war günstig, denn die Frühstückspause war gerade zu Ende, und die meisten Schüler befanden sich in den Klassen. Auch das Büro des Schulleiters war verwaist – wahrscheinlich unterrichtete er selbst gerade.

„Moin", wurden sie freundlich begrüßt.

„Also", begann Petersen das Gespräch. „Sie haben etwas auf dem Herzen. Wir sind ganz Ohr."

„Ich weiß gar nicht so recht, wie ich das schildern soll", murmelte Madeleine Oelke. „Es ist nicht meine Art, meinen Mitmenschen hinterherzuspionieren. Auf der anderen Seite bin ich ein sehr aufmerksamer Mensch und nicht ganz auf den Kopf gefallen. Allerdings obliegt es mir nicht, dass ich mir ein Urteil über andere Leute erlaube. Deshalb versuche ich Ihnen jetzt zu erzählen, was ich gesehen habe. Vielleicht hilft das."

„Immer zu", nickte Wiebke freundlich.

„Sie müssen wissen, dass ich in Treia lebe. Heute Nacht war es sehr stickig in unserem Schlafzimmer, und ich fand keine Ruhe. Also stand ich auf, um etwas zu trinken. Dabei fiel mein Blick aus dem Fenster auf das Nachbarhaus. Dort wohnt Torben Schäfer, den Sie ja nun auch schon kennen."

„Zufälle gibts", bemerkte Petersen.

Die Sekretärin nickte. „Aber wie gesagt – denken Sie nichts Falsches von mir. Meine Beobachtung war wirklich Zufall."

„Was haben Sie denn gesehen?", fragte Wiebke.

„Im Haus von Torben Schäfer brannte Licht, und das, obwohl er früh schlafen geht und sorgfältig darauf achtet, kein unnötiges Licht brennen zu lassen." Nun lächelte Madeleine Oelke. „Sie wissen ja, dass er ein sehr großes Umweltbewusstsein hat und streng auf seinen eigenen Energieverbrauch achtet. Ich sah im gleichen Moment, wie er mit quietschenden Reifen noch mal losfuhr, wohin, weiß ich natürlich nicht. Aber auch hier war auffällig, dass Herr Schäfer sonst ein sehr umsichtiger Fahrer ist und sehr zaghaft mit dem Gaspedal seines Autos umgeht. Diese beiden Dinge haben mich gewundert – er lässt sonst nie die Festtagsbeleuchtung brennen, wenn er das Haus verlässt."

„Hm." Wiebke überlegte und konnte den Hinweis nicht ganz einordnen.

„Verstehen Sie mich nicht falsch, ich kann Torben Schäfer trotz seiner Eigenarten sehr gut leiden, aber er hat sich letzte Nacht sehr seltsam verhalten, und da habe ich mir Sorgen gemacht."

„Was hat das mit dem Tod von Holger Heiners zu tun?", stellte Petersen eine Zwischenfrage.

„Das weiß ich nicht – ich weiß nicht einmal, ob es überhaupt damit zu tun hat. Aber Torben Schäfer hat sich vor zwanzig Minuten krankgemeldet. Den Grund hat er mir nicht genannt. Und das Seltsame ist, dass er Levke Kühn auch gleich entschuldigt hat."

Wiebke warf Petersen einen Blick zu. Er zuckte unmerklich die Schultern.

„Haben die beiden ein Verhältnis?", fragte Wiebke.

„Davon weiß ich nichts. Allerdings betrat ich gestern unser Arbeitszimmer und glaube die beiden gestört zu haben. Sie standen dicht beieinander; und er hatte seine Hände auf ihren Schultern. Ich habe den Raum ohne anzuklopfen betreten, und die beiden schienen sich irgendwie ertappt zu fühlen."

„Sicherlich war es ihnen unangenehm, dass Sie von ihrem Verhältnis etwas mitbekommen haben", vermutete Wiebke.

„Ich habe vor einigen Tagen noch etwas beobachtet – es war auf dem Dockkoog. Ich bin oft mit dem Rad unterwegs, so auch an diesem Tag. Eher zufällig wurde ich auf ein heftig streitendes Paar aufmerksam. Es war Ebbe, und sie standen im Watt und schrien sich an. Was sie sagten, konnte ich auf die Entfernung nicht verstehen, außerdem war es windig. Bei der Frau handelte es sich um Levke Kühn."

„Kannten Sie den Mann auch?" Wiebke hoffte, dass nun der Name von Torben Schäfer fallen würde.

„Ja." Madeleine Oelke nickte. „Bei dem Mann handelte es sich eindeutig um Holger Heiners."

„Kein Zweifel?", fragte Petersen.

„Absolut nicht, nein. Er hatte sie gepackt und schüttelte sie. Levke kreischte wie am Spieß und wehrte sich. Schließlich hat sie ihn gebissen. Erst nachdem Heiners ihr eine Ohrfeige verpasst hatte, ließ er von ihr ab. Ich bin dann schnell weitergefahren, damit Levke mich nicht sieht."

„Gebissen?" Petersen schien es nicht glauben zu können. „Und das erzählen Sie uns erst jetzt?"

„Es … es war mir unangenehm. Ich wollte nicht wie ein altes Waschweib dastehen."

Wiebke winkte ab. „Haben Sie Frau Kühn darauf angesprochen, dass sie den Streit beobachtet haben?"

„Nein, mit keiner Silbe."

„Gut." Wiebke nickte ihrem Partner zu. Sie bedankten sich und verabschiedeten sich von Madeleine Oelke. An der Tür des Sekretariats angekommen wandte sich Wiebke noch einmal zu ihr um. „Verraten Sie mir eins: Woher haben Sie ihre Beobachtungsgabe?"

Nun schmunzelte Madeleine Oelke. „Ich lese für mein Leben gern Krimis."

Glücksburg-Sandwig, Yachthafen 10.05 Uhr

Unweit der Krimibuchhandlung gab es einen Supermarkt, in dem Ulbricht sich mit Zigaretten und einem zweiten Frühstück versorgt hatte, dann war er nach Sandwig aufgebrochen. Nachdem er den Vectra im Philosophenweg abgestellt hatte, legte er den Rest des Weges zu Fuß zurück. Vor dem Planetarium auf der gegenüberliegenden Seite des Weges hatte sich eine Schlange gebildet. Am Ende der Straße bot sich ihm ein Anblick, der ihn sehr an die Urlaube erinnerte, die er anfangs mit Brigitte erlebt hatte. Ulbricht stand mit in den Jackentaschen versenkten Händen am Bootsanleger und atmete tief durch, während er den Ausblick auf das Wasser genoss und sekundenlang alle Gedanken ausblendete.

Ein seichter Wind strich über die Flensburger Förde und spielte mit den Grasbüscheln am Ufer. Kleine Segelboote wirkten wie bunte Farbtupfer auf den glitzernden Wellen. Als die Sonne durch die Wolken brach und das Land in ein fast surreales Licht tauchte, war Ulbricht sicher, dass es ein derartiges Licht nur hier, ganz oben im Norden des Landes, gab. Alle Farben wirkten irgendwie kräftiger. Das seichte und von üppigem Grün bewachsene gegenüberliegende Ufer gehörte schon zu Dänemark. Ulbricht glaubte sich daran zu erinnern, dass die Staatsgrenze genau durch die Mitte der Förde verlief. Drüben lagen die Orte Østerkov, Olinde und Sønderhav. Als Ulbricht den Kopf nach links wandte, sah er die Schuppen des Yachtclubs. Es gab eine kleine Werft, darüber befand sich ein Gebäude, in dem offenbar das Clubheim des YCG untergebracht war.

„Moin."

Ein bulliger Typ im Blaumann nickte ihm zu. Die Seemannsmütze saß schief auf dem beinahe rechteckigen Schädel; die Pfeife in seinem Mundwinkel war längst erkaltet. „Gefällts Ihnen?"

„Guten Morgen", erwiderte Ulbricht und riss sich vom atemberaubenden Blick auf die Förde los. Innerlich schimpfte er sich einen Idioten. Wann würde er sich endlich daran gewöhnen, dass die Nordlichter sich rund um die Uhr mit einem zünftigen „Moin" begrüßten und das nichts mit dem üblichen hochdeutschen Gruß am Morgen zu tun hatte?

„Hübsch hässlich haben Sie's hier." Ulbricht grinste.

„Kann ich Ihnen irgendwie weiterhelfen?" Der norddeutsche Slang war unüberhörbar. „Sie seh'n so orientierungslos aus, Meister."

„Na schönen Dank auch." Ulbricht schnaubte. „Ich suche jemanden vom Vorstand des Yachtclubs. Vielleicht können Sie mir weiterhelfen?"

„Kommt drauf an. Ich bin übrigens Erik." Er reichte Ulbricht die Hand und drücke fest zu.

„Ulbricht, Norbert Ulbricht." Den Dienstgrad ließ er weg. Er wollte Erik nicht unnötig einschüchtern und dessen Misstrauen erwecken. Es gab einige Leute, die reagierten allergisch, wenn sie mit Polizisten sprachen. „Ich suche Holger Heiners. Kennen Sie ihn?"

Der Mann im ölverschmierten Overall bedachte Ulbricht mit einem mitleidigen Blick. „Sie lesen wohl keine Zeitung?" Die Pfeife in seinem Mundwinkel wippte bei jedem Wort auf und ab.

„Warum?" Ulbricht stellte sich absichtlich dumm und hoffte so, weitere Informationen über Heiners herauszufinden.

„Weil er tot ist, mausetot. Ertrunken im Aquarium."

Ulbricht zog eine Augenbraue hoch. „Sie verscheißern mich."

„Nicht die Bohne." Der Mitarbeiter des Yachtclubs schüttelte sein kantiges Haupt. „Natürlich nicht in einem Aquarium wie Sie es vielleicht kennen, so mit Goldfischen und so. Ich rede hier von einem Großaquarium mit zighunderttausend Litern Wasser."

„Wie kann man darin ertrinken?"

Erik zuckte die Schultern. „Was weiß denn ich, wie das geht. Fest steht aber, dass es genauso passiert ist." Nun blickte er sich um. Nachdem er sich vergewissert hatte, dass sich niemand in Hörweite aufhielt, senkte er – wohl sicherheitshalber – die Stimme und raunte Ulbricht zu: „Man munkelt, dass da jemand nachgeholfen haben soll."

„Das ist starker Tobak", brummte Ulbricht und verspürte auf der Stelle das Verlangen nach einer Zigarette. Er zupfte die Packung, die er sich auf dem Weg nach Sandwig gekauft hatte, aus der Hemdtasche und öffnete sie. „Auch eine?"

„Nee, danke, ich rauch nur Pfeife, sonst macht meine Alte wieder Krach." Erik lachte kichernd.

Ulbricht nickte verstehend und zündete sich eine Zigarette an. „Hatte er denn Feinde?"

„Der hatte mehr Feinde als Haare auf dem Kopp, sach ich dir." Wie selbstverständlich war Erik zum vertraulichen „Du" übergegangen. „Kein Wunder, bei den Geschäften, die er gemacht hat."

„Wie war er hier im Club – so als Mensch?"

„Ein ganz anderer Mensch, wie ausgewechselt, und wer noch nie geschäftlich mit ihm zu tun hatte, der mag gar nicht glauben, dass Heiners so abgebrüht war. Aber der hatte es faustdick hinter den Ohren und ging über Leichen. Will nicht wissen, was in seinem Büro am Ballastkai abgelaufen ist."

„Wo bitte?"

„Na, in seiner Firma. In Flensburg. Am Ballastkai. Wusstest du das nicht?"

„Nee, wusste ich nicht. Noch nicht." Ulbricht paffte und grinste. „Dank dir aber für den Tipp." Er beugte sich vertraut zu Erik hinüber. „Und wem würdest du einen Mord zutrauen?"

„Seiner Alten", kam es wie aus der Pistole geschossen. „Die hat Haare auf den Zähnen."

„Inwiefern?" Ulbricht musste darauf achten, dass er nicht zu sehr in seinen gewohnten Verhör-Tonfall geriet. Er wollte sich nicht als Kommissar outen und das Gespräch mit Erik zum Stocken bringen, noch bevor es begonnen hatte.

„Es ist ein offenes Geheimnis, dass Gabi was mit Jepsen hatte", brummte Erik und kaute auf dem Mundstück seiner Pfeife herum.

„Wer ist dieser Jepsen?"

„Kassierer, hier im Club." Erik deutete mit dem Daumen über die Schulter zum Gebäude des Yachtclubs.

„Und – ist da was dran?"

Schulterzucken. „Man hat sie ab und zu in, na ja woll'n mal sagen, verwerflichen Situationen angetroffen. Und wenn du mich fragst, war die Ehe der Heiners' sowieso im Arsch. Da ging nichts mehr, wenn du verstehst?" Erik kicherte und schob den Daumen seiner rechten Hand zwischen Zeige- und Mittelfinger hindurch.

Ulbricht verstand. „Hatten die beiden Kinder?"

„Gott sei Dank nicht." Erik schüttelte den Kopf. „Aber die Gabi, also seine Alte, die war unerträglich. Sie war grün veranlagt, wenn du verstehst. Und sie hat ihm das Leben schwer gemacht. Könnte mir gut vorstellen, dass sie längst einen anderen Macker am Start hatte. Und deshalb ist ihr Holger lästig gewesen. Sie hat ihn aus dem Weg geräumt und freut sich jetzt auf die Auszahlung der Lebensversicherung."

„Die nicht zahlt, wenn es sich um Mord handelt."

Eriks Augenbrauen verengten sich. „Kennst dich wohl aus in dem Geschäft?"

Ulbricht zuckte die Schultern, zog an seiner Zigarette und sagte dann: „Mord ist sozusagen mein Hobby." Er schnippte den Zigarettenstummel weg und bedankte sich bei Erik. Er musste in Ruhe nachdenken, und das konnte er am besten, wenn er allein war.

Husum, Polizeidirektion Poggenburgstraße, 10.20 Uhr

„Das ist ein Knaller", bemerkte Petersen, als sie wieder im Büro saßen. „Die Kühn hat Pfeffer im Hintern. Aber dass sie sich ausgerechnet mit Schäfer, diesem alten Körnerfresser, einlässt, hätte ich nicht von ihr gedacht."

Wiebke schmunzelte. „Bist wohl neidisch?"

„Ich werd mir mal einen Bart wachsen lassen, soll ja momentan wieder total angesagt sein."

Wiebke wurde ernst. „Glaubst du, dass die beiden unter einer Decke stecken?"

„Meinst du das jetzt wortwörtlich?" Petersen grinste amüsiert.

„Ich weiß nicht, aber fest steht, dass in fünf Minuten unsere Morgenrunde bei Matthias losgeht." Wiebke suchte einige Unterlagen zusammen und schnappte sich Block und Papier. „Komm schon", sagte sie, als sich Petersen nicht rührte. „Oder willst du den Kollegen aus Flensburg etwas vorenthalten?"

„Falsches Thema", murrte Petersen und stand ebenfalls auf. „Aber erst noch ein Tee."

Wiebke hatte keine Einwände und hängte sich ihre leere Tasse an den kleinen Finger. Auf dem Weg zum Büro des Ersten Kriminalhauptkommissars machten sie Station in der Kaffeeküche. Wiebke schenkte sich einen Kaffee ein; Petersen setzte sich einen Tee auf. Danach begaben sie sich in das Büro von Matthias Dierks. Er telefonierte gerade, bedeutete seinen Mitarbeitern aber gestenreich, schon einmal am langen Besprechungstisch Platz zu nehmen. Nach und nach trudelten auch die anderen Kollegen ein. Nur von Kriminalhauptkommissar Udo Friedrichs fehlte jede Spur – auch von seinen Leuten ließ sich niemand blicken.

„Der Abschlussbericht der Obduktion ist heute Morgen auch eingetroffen", bemerkte Piet Johannsen und wedelte mit einem Schnellhefter in der Luft herum. „Aber um es vorwegzunehmen: Entscheidende neue Erkenntnisse gibt es nicht."

„Dann hören wir zuerst, was die Kollegen der Rechtsmedizin herausgefunden haben", nickte Dierks, der vor Kopf des langen Tisches Platz nahm.

Petersen versenkte ein Kluntje in seinem Tee, und lehnte sich zurück, während er rührte. Das Klimpern des Löffels am Tassenrand störte niemanden. Vielleicht, dachte Wiebke, traut sich auch niemand etwas zu sagen, damit er nicht wieder ausrastet.

Johannsen rückte sich die Nickelbrille zurecht und schlug die Mappe auf. Nachdem er einmal in die Runde geblickt hatte, las er vor: „Fest steht die Todesursache, nämlich Tod durch Ertrinken. Aber das", er lächelte, „wussten wir ja schon. Trotzdem kurz die Grundlage, vielleicht könnt ihr etwas daraus gewinnen." Piet Johannsen räusperte sich und holte tief Luft. „Tod durch Ertrinken erfolgt, wie wir uns denken können, durch das Einatmen von Flüssigkeiten, einer speziellen Form der Asphyxie, also einer Form des äußeren Erstickens. Der Tod erfolgte bei Holger Heiners in vier Phasen: Zunächst erlitt er einen Kälteschock, hervorgerufen durch das plötzliche Eintauchen seines Körpers in relativ kaltes Wasser. Grundsätzlich ist festzuhalten, dass der Kälteschock mit Absinken der Wassertemperatur bedrohlicher wird. Einen Kälteschock erleidet man bei einer Wassertemperatur von knapp 20 Grad. Ab 15 Grad wird es schwierig, und wie wir wissen, hatte das Großbecken rund 11 Grad – absolut tödlich also für unser Opfer. Infolge des Kälteschocks wird die Funktion einiger Organe außer Kraft gesetzt. Parallel dazu führt das Einatmen von Wasser zu einem starken Husten. Durch die unkontrollierte Atmung kann das Opfer nicht verhindern, dass Wasser in die Lunge eindringt. Mediziner reden in einem solchen Fall vom primären Ertrinken."

„Was soll uns das jetzt bringen?", fragte Petersen und pustete in seine Tasse.

Johannsen ließ sich nicht aus der Ruhe bringen. „Das sind die Grundlagen, mein lieber Petersen. Hinzu kommt, dass es vor dem Eintauchen ins Wasser des

Großbassins offenbar zu einem Handgemenge gekommen ist. Beim Toten haben wir Blutergüsse festgestellt, die von einer Schlägerei stammen könnten. Ebenfalls gibt es Würgemale am Hals, die nicht auf den ersten Blick erkennbar waren, da sie durch den Druck des Wassers auf die Haut weniger ausgeprägt sind. Und eine Bisswunde am linken Unterarm. Problematisch ist jedoch die Bestimmung des Todeszeitpunkts, denn das ist bei Wasserleichen, wie wir ja wissen, nicht so einfach."

„Demnach war das Opfer körperlich geschwächt, als es ins Wasser stürzte", spann Wiebke den Faden weiter und erntete einen anerkennenden Blick von Dierks.

Johannsen nickte. „Korrekt. Und damit wurde der Tod durch Ertrinken begünstigt."

„Konnte er denn nicht schwimmen?", warf Sven Gerke nun ein und fuhr sich mit der Hand durch das kurze, blonde Haar.

„Das hat damit nichts zu tun", erwiderte Johannsen. „Bei dieser Wassertemperatur hätte er ein sehr guter Schwimmer sein können, es hätte ihm nichts genutzt. Womit wir wieder bei den vier Phasen wären: Zunächst der Kälteschock, der bereits nach einer Minute eintritt. Nach drei Minuten ist das Opfer nicht mehr schwimmfähig. Wie wir wissen, gibt es einen recht hohen Rand am Großbecken, sodass sich Heiners nicht aus eigener Kraft aus dem Wasser retten konnte. Wahrscheinlich hat er hilflos im Wasser herumgepaddelt – das könnte er mit etwas Glück eine halbe Stunde durchgehalten haben, bis die Unterkühlung einsetzte. Danach ging er unter ... Der Rest ist bekannt." Piet Johannsen klappte die Mappe zu und nahm die Brille ab, um sich den Nasenrücken zu massieren.

„Gehen wir also davon aus, dass er sich zum Unglückszeitpunkt nicht allein in dem Technikraum über dem Becken befunden hat – die Spuren weisen ja darauf hin", überlegte Katja Graf und kaute auf ihrem Kugelschreiber herum. „Wer auch immer bei ihm war – er machte keine Anstalten, den in Not geratenen Heiners zu retten. Somit scheidet der Unfalltod aus. Der große Unbekannte hat billigend in Kauf genommen, dass Holger Heiners ertrinkt."

„Jörn Holst", warf Dierks ein.

„Er ist kein großer Unbekannter mehr. Er sitzt in Untersuchungshaft. Sein Alibi, er habe die Nacht mit der Dame einer Begleitagentur verbracht, wurde widerlegt." Der Erste Hauptkommissar trommelte mit den Fingern auf der Tischplatte herum. „Dennoch können wir ihn nicht ewig hier festhalten, die Zeit läuft." Er betrachtete sein Team, musterte jeden Einzelnen. „Vorschläge?"

Petersen wandte sich an Piet Johannsen. „Was hat die Spurensuche im Technikraum ergeben – außer den Fingerabdrücken, die uns zu Jörn Holst führen?"

„Wir konnten Faserreste sicherstellen. Am Beckenrand konnte ich textile Spuren am Geländer feststellen, die eindeutig nicht von Holger Heiners' Kleidung stammen", berichtete Johannsen und blätterte in seinen Unterlagen. „Dabei handelt es sich um Baumwolle, nicht chemisch gefärbt. Die Proben befinden sich zum Abgleich im Labor. Sobald die Kollegen Ergebnisse haben, werden wir es erfahren."

„Und Fußspuren?", hakte Petersen nach und trank von seinem Tee.

„Einige", nickte Johannsen. „Ich habe leider zu viele Prints festgestellt, die von den Mitarbeitern und dem Handwerker stammen könnten. Das Profil einiger Schuhe ist recht grob, was auf Arbeitsschuhe hindeutet."

„Wie sie Jörn Holst trägt, wenn er auf einer Baustelle arbeitet", murmelte Katja Graf. „Eigentlich ist der Fall doch sonnenklar."

„Leider nicht", brummte Dierks. „Uns fehlt noch das entscheidende Beweisstück. Ich bringe Jörn Holst nicht dauerhaft hinter Gitter, solange nur einiges gegen ihn spricht. Wir sprechen hier von Mord, da wird kein Richter bei einer recht vagen Beweislage ein Urteil fällen, das eine lebenslange Freiheitsstrafe nach sich zieht."

„Ich bin der Meinung, wir sollten die anderen Verdächtigen nicht aus den Augen verlieren", wagte Wiebke einen Einspruch. „Es wäre fatal, wenn Holst im Knast landet, während der wahre Mörder frei herumläuft."

Dierks wandte sich an Graf und Gerke. „Was haben Sie über die Mitglieder der Bürgerinitiative herausgefunden? Gibt es militante Umweltschützer, die für den Erhalt des Dockkoog auch einen Mord in Kauf nehmen würden?"

Katja Graf studierte ihre Unterlagen. „Wir haben drei Personen befragt, die für eine solche Tat infrage kommen könnten. Allerdings haben alle drei ein stichhaltiges Alibi und scheiden aus. Alle drei hatten schon mal Stress mit dem Gesetz und wurden erkennungsdienstlich behandelt." Sie spielte mit einer blonden Locke und warf Johannsen einen Blick zu. „Wie Piets Abgleich mit den am Tatort gefundenen Prints ans Licht brachte, waren unsere Verdächtigen auch nicht im Technikbereich des Multimar."

„Was ist mit diesem Torben Schäfer?" Dierks richtete seine drahtige Gestalt auf und betrachtete Wiebke.

„Er ist ein Kerl wie ein Schrank, aber zahm wie ein Lamm", erwiderte sie schnell. „Ich traue ihm keinen Mord zu."

Matthias Dierks schüttelte den Kopf. „Leider können wir uns hier nicht auf Intuition verlassen. Hat er ein Alibi für die Tatzeit?"

„Wir werden es überprüfen", sprang Petersen für Wiebke in die Bresche.

„Warum ist das noch nicht längst passiert?" Dierks sprach ruhig und sachlich, dennoch war ihm anzumerken, dass er unzufrieden war.

„Weil wir nur zwei Beine und zwei Hände haben und der Tag nur vierundzwanzig Stunden hat, Mattes. Komm also runter." Petersen funkelte seinen Vorgesetzten wütend an.

„Bitte kümmert euch darum", antwortete der etwas versöhnlicher.

Wiebke nickte und machte sich eine Notiz. „Wir kommen übrigens gerade aus der Hermann-Tast-Schule", berichtete sie dann. „So wie es aussieht, hatte Holger Heiners ein Verhältnis mit einer Referendarin der Schule." Sie brachte die Kollegen über das Gespräch mit der Schulsekretärin auf Stand.

„Dann ist Levke Kühn eine wichtige Ansprechpartnerin", bemerkte Dierks.

„Das wissen wir selbst, Mattes. Und rate mal, was wir vorhaben, wenn das Kasper-Theater hier zu Ende ist?"

Dierks ging nicht auf Petersens Provokation ein. „Vielleicht müssen wir das Pferd auch von hinten aufzäumen, um an die Lösung zu gelangen", überlegte er. „Vielleicht solltet ihr euch mal im Multimar umhören. Fahrt nach Tönning und sprecht mit den Verantwortlichen."

„Was soll das bringen?" Petersen erinnerte sich offenbar an das Telefonat, das er gestern Abend mit Wiebke geführt hatte. „Wir sollten uns anders an den

Fall ranmachen. Angenommen, Holst hat Heiners nicht auf dem Gewissen, und ein anderer steckt dahinter. Warum nimmt Jörn Holst dann in Kauf, unter Mordverdacht verhaftet zu werden? Ich mein', er muss doch was anderes auf dem Kerbholz haben, denn sein Alibi ist ein Witz, das wissen wir alle."

„Darum können wir uns kümmern, wenn wir den Täter haben", winkte Dierks ab. „Heute wird übrigens in Holger Heiners' Büros eine Durchsuchungsaktion der Kollegen aus Flensburg stattfinden. Wir erhoffen uns Hinweise auf den Computern, die mit ganz viel Glück zur Ergreifung des Täters führen. Dafür müssen wir natürlich alle beschlagnahmten Rechner spiegeln und die Korrespondenz aller E-Mail-Konten sichten."

„Und das kann dauern", maulte Petersen.

„Das ist zu befürchten", nickte Dierks, und zum ersten Mal an diesem Morgen war es so, als wären sich die Männer einig. „Deshalb bleibt euch genügend Zeit für einen Besuch in der Verwaltung des Nationalparks."

„Was hast du die ganze Zeit gemacht, während wir draußen waren?" Petersen beugte sich über den Tisch.

Auch diesmal ließ sich Dierks nicht aus der Ruhe bringen. „Ich habe Informationen eingeholt und das weitere Vorgehen mit den Kollegen aus Flensburg abgestimmt. Wie wir wissen, gibt es bei der Staatsanwaltschaft bereits eine Akte, die das seltsame Vorgehen von Holger Heiners dokumentiert. Ich habe die Unterlagen gesichtet. Der Vorwurf lautet, dass Heiners und der Geschäftsführer einer Bank Grundstücke und Häuser weit unter Wert über nicht ordnungsgemäß vergebene Kredite an Privatpersonen und Unternehmen vermittelt haben. Angeblich hat Heiners der Bank die Objekte abgekauft und überteuert wieder an den

Mann gebracht. Dazu soll er selbst Kredite an seine potenziellen Käufer vergeben haben." Dierks kehrte die Hände nach oben. „Wie die Ermittlungsakte zutage brachte, ist wohl jeder käuflich. Und er machte vielen den Traum vom eigenen Haus möglich, die nicht kreditwürdig waren und nicht über die nötige Bonität verfügten. Sobald die Kunden zahlungsunfähig waren, kaufte er seine Objekte weit unter Wert zurück und veräußerte sie überteuert zurück an die Bank ... Und so begann das Spiel immer wieder von vorne."

„Das ist ja ein echter Sympathieträger", bemerkte Sven Gerke und pfiff durch die Zähne. „Und zuletzt hat er es sich auch noch mit den Umweltschützern am Dockkoog verscherzt."

„Womit wir wieder in Husum wären", nickte Dierks. „Also wissen wir, was zu tun ist."

Nachdem Dierks die Besprechung beendet hatte, erhoben sich alle Mitarbeiter, um weiterzuarbeiten. Dierks selbst trat an seinen Schreibtisch und hockte sich auf die schwere Platte.

„Jan, hast du mal einen Moment Zeit?"

Petersen, der schon fast auf dem Gang der Direktion stand, blieb stehen.

„Na klar."

Matthias Dierks wartete, bis alle anderen sein Büro verlassen hatten, dann rutschte er von seinem Tisch und bat Petersen, die Tür zu schließen. Er deutete auf einen der beiden Besucherstühle vor dem Schreibtisch und sank selbst auf seinen Sessel. Petersen setzte sich. Sekundenlang hockten sie schweigend da und starrten sich unverwandt an. Die Geräusche vom Korridor drangen gedämpft an ihre Ohren. Irgendwo klingelte ein Telefon.

„Was ist los mit dir?", begann Dierks das Gespräch mit einer Frage und beobachtete den Hauptkommissar.

Petersen schwieg beharrlich. Dunkle Ringe lagen unter seinen Augen. Als er sich über das kantige Kinn strich, knisterten die Stoppeln seines Dreitagebartes vernehmlich.

Matthias Dierks kannte Jan Petersen seit der Polizeischule in Eutin, sie hatten fast zeitgleich nach der Ausbildung ihren Dienst in Husum begonnen und waren zwischenzeitlich sogar als Team unterwegs gewesen. Dann schied der damalige Erste Kriminalhauptkommissar aus, und einer der beiden Partner sollte befördert werden. Es war zu der Zeit, als Petersen noch verheiratet war und seine Frau das Souvenirgeschäft am Husumer Binnenhafen führte.

Irgendjemand hatte damals dafür plädiert, Dierks zum Abteilungsleiter zu ernennen. Automatisch war er mit der Beförderung in eine höhere Besoldungsstufe gerutscht und leitete seitdem die Geschicke der Husumer Kriminalpolizei. Natürlich hatte er sich gefreut und sich schnell damit angefreundet, fortan mehr Verantwortung zu übernehmen. Doch es hatte ihm immer leidgetan, dass Petersen seitdem keine Beförderung mehr erfahren hatte.

Seit einiger Zeit hatte Jan Petersen eine Pechsträhne. Er rückte noch täglich aus, musste bei jedem Wetter Tag und Nacht präsent sein, seine Frau war ihm weggelaufen und nahm ihn seitdem aus wie eine Weihnachtsgans. Natürlich hatte er es nicht leicht, aber Dierks hatte sich vorgenommen ein strenger, aber fairer Vorgesetzter zu sein. Dass sich Petersen in den letzten Tagen aufführte wie ein Rebell, gefiel ihm ganz und gar nicht. Nicht, weil es nicht in sein Idealbild eines Hauptkommissars passte, sondern weil er Petersen schon lange genug kannte, um zu wissen, dass er vor einer Explosion stand.

Matthias Dierks öffnete eine Schublade in seinem Schreibtisch und nahm die Tüte mit den Lakritzbonbons heraus. Er knisterte mit der Packung, schob sich einen Lakritz in den Mund und hielt Petersen die Tüte hin. „Also, sag schon, was ist eigentlich los mit dir?", fragte er, nachdem sie sich ein paar weitere Minuten stumm betrachtet hatten.

„Ich hab die Schnauze voll." Petersen griff in die Tüte und angelte nach einem Lakritz.

Dierks kannte ihn gut genug, um zu wissen, dass er auf das schwarze Zeug stand. „Die Schnauze voll von mir?"

Petersen nickte schmatzend. „Auch. Du kommandierst uns rum, als wären wir kleine Kinder. Wir haben unseren Job zur gleichen Zeit erlernt, sind quasi die dienstältesten Bullen in diesem Stall, und ich habe keine Lust, mich von dir bevormunden zu lassen."

„Das verlangt der Job", verteidigte sich Dierks.

Petersen winkte ab. „Hör doch auf mit dem Scheiß. Sobald sich Kollegen aus Flensburg oder Kiel in unsere Arbeit einmischen, ziehst du den Schwanz ein, Mattes."

„Ich ziehe nicht den Schwanz ein, ich spiele nach den Regeln, die wir gemeinsam gelernt haben, wie du richtig bemerkt hast." Wütend knüllte er das Papier des Lakritzbonbons zusammen und beförderte es mit einem Schwung in den Papierkorb.

„Du hast doch `nen nassen Hut auf." Petersen tippte sich gegen die Schläfe. „Wenn du das wirklich so siehst, dass wir uns die Butter vom Brot nehmen lassen sollen, dann beantrage ich hiermit meine Versetzung." Er sprang wütend auf.

„Mach mal Urlaub, Petersen."

„Der Witz war echt gut." Sein ehemaliger Partner lachte trocken auf und rieb Daumen und Zeigefinger aneinander. „Wovon denn? Am Ende des Geldes ist immer so viel Monat über, verstehst du? Ich reiß mir für den Stall hier den Arsch auf, und der Anwalt meiner Exfrau findet immer was Neues, wie er mich ausziehen kann bis aufs letzte Hemd. Und dann kommst du und wirfst mir Knüppel zwischen die Beine. Vielen Dank auch, Herr Kriminalhauptkommissar!" Petersen rauschte aus dem Büro und knallte die Tür hinter sich zu.

Als die Schritte auf dem Flur verstummt waren, griff Matthias Dierks zum Telefon. Es war höchste Zeit, seinem ehemaligen Partner unter die Arme zu greifen. Es dauerte nur zwei Freizeichen, bis abgenommen wurde. „Wir müssen was tun", kam Dierks gleich auf den Punkt. „Jan scheint mal wieder Schwierigkeiten zu haben. Und ich will nicht, dass er obdachlos wird."

Glücksburg, 10.30 Uhr

Das Haus von Holger Heiners lag am Ende der Seestraße, einer Sackgasse, die am Ufer des Mühlenteiches in einen Wendehammer mündete. Ulbricht drosselte das Tempo und verrenkte sich den Hals nach dem Gebäude auf der linken Seite, dessen Fassaden nur aus Glas und Stahl zu bestehen schienen. Eine Hausnummer suchte er vergeblich, und so fuhr Ulbricht bis zum Wendehammer vor und parkte den Opel dort. Über seinem Kopf raschelte das Laub der Bäume im seichten Wind. Das Wasser des Mühlenteiches glitzerte im Licht der Sonne durch das dichte Geäst.

Ulbricht ließ den Blick über das Grundstück schweifen. Es war von einem zwei Meter hohen Zaun umgeben. Der alte Kommissar war sicher, dass auch irgendwo Überwachungskameras montiert waren, die den Hausbesitzer vor ungebetenem Besuch warnten. Wahrscheinlich, so dachte er sich, war seine Ankunft längst bemerkt worden. Er war versucht, die Zunge rauszustrecken, ließ es dann aber doch bleiben. Schließlich war der Hausherr einem Mord zum Opfer gefallen, und wer auch immer sich gerade im Innern des Hauses befand, war in seiner Haut auch nicht sicher, nahm er an, während er die Straße hinauf marschierte. Das Haus strahlte eine kühle Eleganz aus. Es lag auf einer kleinen Anhöhe, die von pedantisch gestutztem Rasen umgeben war. Für Ulbrichts Geschmack etwas zu protzig. Wer hier wohnte, der prahlte mit seinem Reichtum, und so etwas konnte er einfach nicht leiden. Ein Plattenweg führte zum Hauseingang, der seltsamerweise nicht vergittert war. Unterhalb des Erdgeschosses gab es eine Art offene Tiefgarage. Ein Beetle Cabrio parkte dort im Schatten. Ulbricht verharrte einen Augenblick und ließ den Anblick des Hauses auf sich wirken. Es gab zwar edle Jalousien hinter den großen Fensterflächen, die allerdings offen standen und neugierigen Besuchern einen Blick in das Innere des Hauses ermöglichten. Durch die gläserne Fassade erkannte er das Mobiliar – bestimmt handelte es sich dabei um Designermöbel, die allesamt eine nüchterne Eleganz ausstrahlten und für Ulbricht alles andere als Wohnlichkeit bedeuteten.

„Wer im Glashaus sitzt, der sollte nicht mit Steinen werfen", murmelte er grinsend. Ein Namensschild suchte er vergebens. So vermutete er, dass der Hausherr keinen großen Wert darauf gelegt hatte, dass jeder

Besucher auf Anhieb erfuhr, wer hier residierte. Seltsamerweise bestand die Haustür nicht komplett aus Glas. Es handelte sich um ein besonders massives Modell aus eloxiertem Aluminium.

Er drückte den Klingelknopf. Drinnen schlug ein dumpfer Gong an, der Ulbrichts dritte Zähne zum Vibrieren brachte. Er verzog das Gesicht und blickte sich um. Hinter ihm öffnete sich die Tür, und als er sich umwandte, blickte er in das Gesicht einer Frau Anfang dreißig. Sie war von zierlicher Statur. Das schwarze, lange Haar hatte sie hinter dem Kopf zu einem Pferdeschwanz zusammengebunden, ihr Make-up war dezent. Eine Duftwolke von schwerem Parfüm umgab sie. Zu einer glänzenden, schwarzen Bluse trug sie einen knielangen, ebenfalls schwarzen Rock. Ihre Beine steckten in schwarzen Nylonstrümpfen, an den Füßen High Heels. Für Ulbrichts Geschmack etwas zu aufgetakelt, in Anbetracht der Situation. Wenn er sich nicht gründlich irrte, dann stand hier eine trauernde Witwe vor ihm. Die Knöpfe der Bluse standen offen und erlaubten ihm einen atemberaubenden Einblick in ihr Dekolleté. Ulbricht war ein Mann, und prompt ertappte er sich dabei, auf den Ansatz ihrer Brüste zu starren.

„Ja bitte?" Die Stimme klang kalt, distanziert.

„Mein Name ist Ulbricht, Hauptkommissar Ulbricht", sagte er und war um ein freundliches Lächeln bemüht. Er griff in die Jackentasche und präsentierte ihr die Dienstmarke so, dass sie das nordrhein-westfälische Wappen nicht sehen konnte.

„Worum geht es?" Sie schüttelte den Kopf. „Doch nicht schon wieder um meinen verstorbenen Mann, oder?" Ihre Stimme klang, als würde sie gleich den Polizeipräsidenten von Flensburg anrufen, um sich über Ulbricht zu beschweren.

Doch Ulbricht ließ sich nicht aus der Fassung bringen. „Ich fürchte doch, Frau …" Eilig ließ er die Dienstmarke wieder in der Tasche verschwinden.

„Heiners, Gabriele Heiners", half sie ihm schnell aus. „Ich bin ein wenig altmodisch und habe bei der Hochzeit den Namen meines Mannes angenommen." Sie betrachtete Ulbricht von oben bis unten. Nachdem ihre Sichtprüfung gerade eben noch wohlwollend ausgefallen war, bat sie ihn ins Haus und führte ihn in das lichtdurchflutete Wohnzimmer. Es handelte sich um einen gut dreißig Quadratmeter großen Raum, der von der Fensterfront beherrscht wurde. Das Glas ging vom Boden bis zur Decke und endete in einem stilisierten Spitzgiebel, der innerhalb des Hauses von einer Galerie mit stählernem Geländer umgeben war. Womöglich bewunderten die Hausbewohner an milden Sommerabenden von hier aus den Sonnenuntergang über dem Mühlenteich. Wie Ulbricht sah, gab es eine Art Steg, der vom Grundstück direkt ans Ufer führte. Das Haus strahlte eine ihm noch nicht untergekommene Dekadenz aus, und als Gabriele Heiners ihm einen Sitzplatz auf dem Ledersofa anbot, verneinte er dankend.

Die Witwe zuckte die Schultern, so, als wolle sie sagen „dann halt nicht" und setzte sich. Sie schlug die Beine übereinander, wobei der Rocksaum noch ein Stück höher rutschte und sie ihm zwei wunderschöne Beine zeigte.

Ulbricht wandte sich um und blickte hinaus. „Schön haben Sie es hier."

„Sicher sind Sie nicht gekommen, um mit mir über unser Haus zu sprechen." Plötzlich klang Gabriele Heiners' Stimme schneidend.

„Wie wir erfahren haben, fungierte Ihr Mann vor der Tat als Investor in Husum."

„Sie sind ein wahrer Meisterdetektiv", erwiderte Gabriele Heiners spöttisch.

Ulbricht ließ sich nicht aus der Ruhe bringen. „Es geht um das Ferienressort am Dockkoog."

„Möglich. Von den Geschäften meines Mannes habe ich keine Ahnung. Ich leite eine Werbeagentur, und so ging jeder seinem Job nach."

Jetzt riss sich Ulbricht vom Ausblick auf den Mühlenteich los und drehte sich zu Gabriele Heiners um. „Hatte Ihr Mann Feinde?"

Sie lachte trocken auf. „Wer hat die nicht?"

„Ich, zum Beispiel."

Wieder das Lachen, diesmal klang es spöttisch. „In Ihrem Beruf hat man Feinde."

„Alles ist relativ. Die Menschen, die ich hinter Gitter bringe, bedeuten erst mal keine Gefahr für mich. Aber bei ihrem Mann war das sicherlich etwas anders." Ulbricht wanderte durch den Raum, die Arme wie ein dozierender Professor hinter dem Rücken verschränkt.

„Er war ein erfolgreicher Geschäftsmann."

„Und den Umweltschützern in Husum ein Dorn im Auge." „Dann wissen Sie, in welchen Kreisen Sie den Mörder suchen müssen." Tränen sammelten sich in ihren Augen, doch sie hatte sich unter Kontrolle und weinte nicht.

„Wir ermitteln in alle Richtungen", erwiderte Ulbricht.

Gabriele Heiners lachte spöttisch. „Sagen Sie das nicht immer?" Sie fuchtelte mit den Händen in der Luft herum. Ihre rot lackierten Fingernägel fielen Ulbricht erst jetzt auf. „Ich hasse dieses Behördendeutsch!"

Ulbricht ging nicht darauf ein. „Was wird nun aus der Immobilienfirma?"

„Darüber habe ich mir noch keine Gedanken gemacht", erwiderte sie ein wenig zu schnell. „Wahrscheinlich wird sie sein Geschäftsführer fortführen."

„Während Sie die Zügel in der Hand halten?"

„Das weiß ich noch nicht." Zum ersten Mal wirkte sie wirklich hilflos, wie Ulbricht fand. „Es ist noch alles so frisch. Und ich habe kein sonderlich gutes Verhältnis zu Rohde."

„Das ist die rechte Hand Ihres Mannes gewesen?"

„Ja. Er leitet die Geschäfte, wenn Holger unterwegs ist ... war."

„Wie stand es um gesellschaftliche Kontakte Ihres Mannes? War er Mitglied in einem Golfclub oder so etwas?" Bewusst stellte er sich dumm. Es ging die Witwe nichts an, was er schon wusste.

„Er liebte das Segeln. Und er hatte viele Freunde im Yachtclub. Vielleicht fragen Sie dort einmal nach?"

„Kennen die Menschen im Club Ihren Mann besser als Sie?" Nun war es an Ulbricht, sarkastisch zu klingen.

„Das wirft kein gutes Licht auf Ihre Ehe."

„Unser Verhältnis geht Sie nichts an."

„Das sehe ich anders." Ulbricht lächelte süffisant. „Wie stehen Sie zu Herrn Jepsen?" Er achtete auf jede Regung in Gabriele Heiners' apartem Gesicht.

Die Witwe hatte sich recht gut unter Kontrolle, und dennoch sah ihr der alte Hauptkommissar an, dass sie wie unter einem unsichtbaren Peitschenhieb zusammenzuzucken schien.

„Er sitzt im Vorstand. Also kannte ich ihn."

„Sehr gut sogar, würde ich sagen. Hat er Sie unter Druck gesetzt?"

„Worauf wollen Sie hinaus?" Gabriele Heiners schüttelte den Kopf.

„Dass Ihre Ehe nicht so gut lief, wie es auf den ersten Blick den Anschein hatte, Frau Heiners. Sie hatten ein Verhältnis mit Jepsen, warum stehen Sie nicht dazu?"

Sekundenlang herrschte eisiges Schweigen zwischen ihnen. Dann hatte Gabriele Heiners die Sprache zurückgefunden. Ihre Stimme zitterte, als sie Ulbricht antwortete.

„Wollen Sie mir vorwerfen, dass ich zu den Verdächtigen zähle, weil unsere Ehe faktisch nicht mehr bestand?" Sie lachte. „Aber Sie glauben nicht ernsthaft, dass ich meinen Mann in das Wasserbecken gestoßen habe, oder?" Sie sprang vom Sofa auf. „Sehen Sie mich an. Ich bin einen Meter siebenundsechzig groß und wiege achtundfünfzig Kilo. Glauben Sie, dass ich körperlich in der Lage wäre, meinen Mann zu überwältigen?"

„Vielleicht mithilfe eines Partners." Ulbricht presste die Lippen zusammen. „Ist Herr Jepsen groß und stark genug?" War es die Handschrift eines wohlhabenden Mannes, seinen Kontrahenten ins Wasser zu stoßen?

„Ich werde ein Disziplinarverfahren gegen Sie anstrengen!", keifte Gabriele Heiners nun. „Das ist Verleumdung!" Ihre blassgrauen Augen funkelten ihn wütend an.

Plötzlich ertönte ein markerschütterndes Klirren. Ulbrichts Herzschlag setzte für den Bruchteil einer Sekunde aus, dann sah er, was das Klirren verursacht hatte: Die riesige Fensterfront zeigte Risse, die sich sternförmig ausbreiteten. Im gleichen Augenblick ging ein Scherbenregen nieder, und Ulbricht riss schützend beide Arme vor das Gesicht. Zunächst glaubte er an eine Explosion, doch als die Druckwelle ausblieb, tippte er auf einen Schuss, den man auf die Fensterfront des Hauses abgegeben hatte, die zum Ufer des Mühlenteiches zeigte. Und er war sicher, dass es sich dabei nicht um einen Streich handelte, den irgendwelche Jugendlichen sich geleistet hatten. Hier handelte es sich um ein Attentat auf die Hausherrin. Es war kein einzelner Schuss, der abgegeben worden war – das tödliche Rattern einer Maschinenpistole drang jetzt an Ulbrichts Ohren. Wer auch immer es auf Gabriele Heiners abgesehen hatte, er wollte sicher sein, sie auch aus großer Entfernung, und wahrscheinlich von außerhalb des Zaunes, zu treffen.

Als Ulbricht sich schützend hinter dem Sofa in Deckung gebracht hatte und das Prasseln der Munition verstummt war, drang ein heiseres Röcheln an seine Ohren. Er zwang sich zur Ruhe und spähte vorsichtig über die Lehne des Sofas hinweg. Gabriele Heiners lag inmitten einer Blutlache. Ihr apartes Gesicht war schmerzverzerrt und glich einer Maske. Schwer hob und senkte sich ihre Brust; sie versuchte vergeblich, mit ihrem Mund Worte zu formen, doch es kam nichts als ein Röcheln über ihre Lippen. Die Bluse war zerfetzt und blutdurchtränkt. Es war ein grausamer Anblick, der selbst dem alten Kommissar noch einen Schauer über den Rücken jagte. Plötzlich bäumte sich ihr zierlicher Körper ein letztes Mal auf, bevor sie leblos zusammen sackte.

Hier kam jede Hilfe zu spät – Gabriele Heiners war tot.

„Verdammt", zischte Ulbricht. „Verdammte Scheiße!" Er zögerte, dann verließ er seine Deckung und stürmte durch den Raum. Durch die Reste der zerstörten Fensterfront rannte er auf die Rasenfläche und suchte nach dem geheimnisvollen Schützen. Vergeblich. Erst als er hörte, wie ein Motor gestartet wurde, riss er den Kopf nach rechts. Er sah einen grünen Wagen mit durchdrehenden Reifen davonfahren. Dabei handelte es sich um einen VW Golf Country. Ein seltsames Fahrzeug, das nur kurze Zeit hergestellt worden war. VW hatte den seinerzeit braven Golf als Geländewagen aufgerüstet und mit einem leistungsstarken Motor und Allradantrieb ausgerüstet. Ulbricht versuchte einen Blick in das Fahrzeuginnere zu erhaschen, doch die Verglasung des Golfs war staubig. Er blickte dem Wagen hinterher, aber auch das Kennzeichen war von Dreck verschmiert und unleserlich. Dennoch glaubte er ein „SL" zu erkennen. Ulbrichts Hand zitterte, als er das Handy aus der Tasche zog und den Notruf wählte.

Husum, 12.00 Uhr

Sie trafen Levke Kühn nicht in ihrer Wohnung am Stadtweg an. Die junge Frau wohnte in einem der Mehrfamilienhäuser mit Backsteinfassade, die hier Mitte der 1950er-Jahre entstanden waren. Eine Siedlung, die man in den Jahren nach dem Krieg gebaut hatte, um Wohnraum zu schaffen, der dringend nötig geworden war. Wiebke erinnerte sich daran, dass in einem der Häuser eine Schulfreundin gelebt hatte. Nachdem sie dreimal geklingelt hatten, öffnete sich ein Fenster im Erdgeschoss des Mehrfamilienhauses. Eine grauhaarige Frau im geblümten Kittel legte ihren Oberkörper auf die Fensterbank.
„Wo wollen Sie denn hin?", krächzte sie. Misstrauen lag in ihrem Blick.
Wiebke trat einen Schritt zurück und schenkte der alten Frau ein freundliches Lächeln. Gleichzeitig zeigte

sie ihren Dienstausweis. „Moin, wird sind von der Kripo Husum und würden gern mit Frau Kühn sprechen."

„Um diese Zeit ist die doch in der Schule. Sie will Lehrerin werden."

So viel wussten sie auch. „Leider ist Frau Kühn heute nicht zum Dienst erschienen – sie ist krank. Haben Sie eine Ahnung, wo sie sich aufhalten könnte?"

Die Alte schüttelte den Kopf. Dann setzte sie eine besorgte Miene auf. „Da wird doch nichts passiert sein?"

„Das wollen wir mal nicht hoffen", brummte Petersen und gab Wiebke ein Zeichen. Hier würden sie nicht die gewünschte Information bekommen. Doch Wiebke wollte noch nicht aufgeben.

„Hat Frau Kühn einen festen Freund, den sie unter Umständen besucht haben könnte?"

„Nicht dass ich wüsste", erwiderte die Alte.

„Ist schon gut", mischte sich Petersen plötzlich ein.

Wiebke warf ihm einen misstrauischen Blick zu. „Was ist denn los?"

Petersen beantwortete die Frage nicht und widmete sich der alten Frau am Fenster. „Ist Frau Kühn schon mal mit einem Mann hier gewesen?"

„Nee, die doch nicht." Sie schüttelte das graue Haupt. „Obwohl ihr bei ihrem Aussehen die Kerls bestimmt zu Füßen liegen. Aber die Levke Kühn ist nicht so, nee, keine Männerbesuche. Wieso fragen Sie?"

„Nur so", grinste Petersen und bedankte sich bei Levke Kühns Nachbarin. Er gab Wiebke ein Zeichen. „Komm schon", raunte er ihr zu. „Ich will keine Zeit verlieren." Er zog Wiebke zum Auto. Erst als niemand ihnen zuhören konnte, teilte er ihr seine Gedanken mit.

„Die Schulsekretärin hat doch erzählt, dass sich Torben Schäfer krankgemeldet hat. Nicht allein, schon vergessen?"

„Du meinst ..." Wiebke schlug sich mit der flachen Hand vor die Stirn, dass es klatschte. „Verdammt, das ist mir ja total durchgegangen. Klar, die hängt mit diesem Schäfer zusammen." Sie zog das Handy heraus und wählte Piet Johannsens Nummer, da sie wusste, dass sie ihn mit Sicherheit erreichen würde. Es dauerte nur zwei Freizeichen, bis er sich meldete.

„Wir brauchen die Anschrift von Torben Schäfer. Er wohnt in Treia." Wiebke hörte, wie Johannsen im Hintergrund eine Computertastatur bearbeitete.

„Ich habe ihn", meldete er dann und nannte ihr die Anschrift.

Wiebke schrieb mit. „Wir werden da jetzt hinfahren und diesem Biolehrer mal auf den Zahn fühlen. Irgendetwas stimmt da nicht."

„Ihr macht das schon."

„Was wären wir nur ohne dich, Piet?"

„Nichts, ist doch klar." Er legte auf, hatte offenbar keine Lust auf sinnfreies Geplänkel.

„Fahr zu", rief Wiebke, nachdem Petersen den Motor gestartet hatte. „Ich spüre, dass da was nicht stimmt."

Petersen rollte mit den Augen. „Geht das schon wieder los?" Er ahnte, dass es nichts Gutes zu bedeuten hatte, wenn Wiebke etwas zu spüren glaubte, war er doch ein Mensch, der sich lieber auf handfeste Fakten berief, wenn es darauf ankam.

ZEHN

Treia, 11.50 Uhr

Etwas fühlte sich anders an. Sie hatte jedes Raum- und Zeitgefühl verloren und wusste nicht, ob sie die Kälte tatsächlich spürte oder ob sie träumte.

Fremd, unbekannt.

Nur ein Gefühl, aber ein beklemmendes und intensives Gefühl zugleich. Ihr Brustkorb krampfte sich zusammen, sie fühlte jeden einzelnen Herzschlag.

Dumpf erinnerte sie sich daran, Alkohol getrunken zu haben. Viel Alkohol. Und nun lähmte sie Übelkeit. Ihr Schädel dröhnte, und ihr war, als hätte ihr Gehirn den Alkohol wie ein Schwamm aufgesogen und drohte nun, unter der Schädeldecke zu platzen. Sie glaubte zu spüren, wie das Herz ihr Blut durch die Adern ihres Körpers pumpte.

Träge, mühsam.

Sie erwachte, weil sie fror. Levke griff mit geschlossenen Augen nach der Bettdecke und zog sie sich bis zum Kinn. Trotzdem wehte ein frischer Wind durch den Raum, der ihre erhitzte Stirn kühlte. Wie war das möglich? – schlief sie doch niemals bei offenem Fenster.

Die Mücken machten ihr schwer zu schaffen, und so hatte sie es sich schon vor langer Zeit angewöhnt, sich bei einem Kontrollgang davon zu überzeugen, dass alle Fenster und Türen der Appartementwohnung in Husum geschlossen waren, bevor sie zu Bett ging. Es war ein Ritual, das sie jeden Abend durchführte. Erst dann konnte sie sich beruhigt hinlegen.

Doch der Luftzug war vorhanden, daran bestand kein Zweifel.

Entnervt blinzelte Levke und stellte fest, dass die Sonne ihre breiten Strahlen in den Raum warf. Auch das war komisch – sie liebte es, bei absoluter Dunkelheit zu schlafen und zog auch die Rollläden herunter, bevor sie zu Bett ging.

Etwas war anders, etwas fühlte sich anders an.

Unruhe ergriff sie, und Levke öffnete die Augen und kämpfte gegen die aufsteigende Übelkeit an. Ihr Schädel pochte, und sie massierte sich die Schläfen. Normalerweise war es nicht ihre Art, während der Woche zu trinken. Und dass sie getrunken hatte, stand fest. Dennoch, und das war der zweite Gedanke an diesem Morgen, der sie erschreckte, konnte sie sich nicht an den letzten Abend und die letzte Nacht erinnern.

Filmriss, hämmerte es durch ihren benebelten Kopf.

Sie versuchte, sich aufzurichten. Das Bett, in dem sie lag, war definitiv nicht ihr französisches Bett. Es handelte sich um ein altmodisches Bauernbett mit knarrendem Holzgestell. Die Bettwäsche hingegen duftete wundervoll frisch. Wo war sie?

Als die Bettdecke ein wenig herunterrutschte, stellte sie erschrocken fest, dass sie unbekleidet war.

Oh mein Gott, was ist bloß passiert?

Sie blickte sich in dem Schlafzimmer um. Der massive Eichenkleiderschrank, der altmodische Herrendiener neben dem Bett und die schweren Nachtkonsolen mit den Glasplatten an der Oberseite, die Lämpchen mit den kleinen vergilbten Schirmchen, all das war ihr fremd. Wo, um Himmels willen, befand sie sich?

Sie konnte sich nicht daran erinnern, jemanden im Bekanntenkreis zu haben, dessen Einrichtung so altmodisch war, wie dies in diesem Schlafzimmer der Fall war. Das Mobiliar war mindestens ein halbes Jahrhundert alt, die Tapeten an den Wänden wiesen schreckliche Muster auf und waren ebenfalls längst vergilbt. Unter der Decke gab es einen unansehnlichen, braunen Fleck, der wahrscheinlich von einem stümperhaft behobenen Wasserschaden herrührte. Was war das nur für eine Bruchbude, in die man sie entführt hatte?

Eine Zeitreise in die Vergangenheit – so hatte ihre Großmutter gelebt.

Ihr Herz begann zu rasen, als sie sah, dass ihre Kleidungsstücke auf dem Dielenboden verstreut lagen. Levke überlegte fieberhaft, was geschehen war. War sie auf einer Party gewesen? Hatte sie sich mit einem Mann eingelassen?

Krampfhaft versuchte sie, sich an die Ereignisse der letzten Nacht zu erinnern … Vergeblich.

Hatte man ihr vielleicht sogar K.O.-Tropfen ins Glas geschüttet, sie willenlos gemacht und sie vergewaltigt? Panik ergriff sie, und ihr Atem ging stoßweise. Ja, sie hatte mit einem Mann geschlafen. Das spürte sie. Als die Finger ihrer rechten Hand in ihren Schoß glitten und die noch immer vorhandene feuchte Wärme fühlten, hatte sie die schreckliche Gewissheit, dass etwas mit ihrem Körper geschehen war, an das sie sich nicht erinnern konnte. Ekel kam in ihr auf. Es war, als hätte man ihr Gedächtnis gelöscht wie die Festplatte eines Computers.

Sämtliche Erinnerungen an die vergangene Nacht waren wie weggewischt.

Als sie den Kopf ein wenig zu hastig zur Seite wandte, erblickte sie einen altmodischen Blechwecker. Doch das typische dumpfe und metallene Ticken blieb aus – die Uhr stand.

Levke hätte gern auf das Display ihres Handys gesehen, um zu wissen, wie spät es war. Als sie zum Fenster blickte, stand die Sonne schon hoch am Himmel.

Mein Gott, dachte sie panisch, ich muss zur Schule. Ich muss zum Unterricht.

Sie stieß die Bettdecke fort, spürte Schwindel in sich aufsteigen und massierte ihre Schläfen. Sie schloss die Augen, sah grelle Punkte vor den geschlossenen Lidern aufblitzen und spürte den bohrenden Schmerz, der ihren Kopf malträtierte. Gleichzeitig stieg das Gefühl der Übelkeit erneut in ihr hoch. Levkes Magen rebellierte, und sie spürte, dass sie sich übergeben musste.

Eilig, etwas zu schnell, stand sie auf und suchte ihre Kleidung zusammen, schlüpfte hastig und auf einem Bein durch das Zimmer hüpfend in ihren Slip und legte den BH an. Irgendwo fand sie auch ihr Kleid, nur von den Schuhen fehlte jede Spur. Sie lehnte sich gegen den Kleiderschrank und versuchte, ihren Puls unter Kontrolle zu bekommen.

Oh mein Gott, hämmerte es in ihrem Hirn, was ist nur geschehen?

Sie wankte aus dem Schlafzimmer und fand sich in einem mit rotem Teppich ausgelegten Korridor wieder. Die Tür zum Bad stand offen. Rechtzeitig schaffte sie es zur Toilette, klappte den Deckel hoch und übergab sich in die matte Schüssel. Ihr gesamter Körper rebellierte gegen das, was geschehen war. Es trieb Levke an den Rand des Wahnsinns, sich an nichts erinnern zu können.

Es dauerte zehn Minuten, bis das lähmende Zittern ihres zierlichen Körpers nachließ. Mühselig rappelte sie sich auf spülte sich am Waschbecken den Mund aus. Doch der pelzige Geschmack auf ihrer Zunge blieb. Schwerfällig verließ sie das enge Bad. Ihre Kehle, der Hals und ihre Mundhöhle brannten höllisch. Sie stieg eine Holztreppe hinunter und hörte eine Stimme in einem der angrenzenden Räume. Wie eine Marionette marschierte sie mit unsicheren Bewegungen in die Küche des Hauses.

Der Mann, der auf der Eckbank hockte, war ihr bekannt.

Torben Schäfer, ein Kollege. Biologielehrer an der Hermann-Tast-Schule, der Schule, an der sie als Referendarin arbeitete. Doch er sah irgendwie anders aus. Es dauerte einen Moment, bis sie begriff, woran das lag: Er hatte sich den buschigen Vollbart abrasiert und wirkte nun um Jahre jünger. Als er aufblickte und sie sah, lächelte er.

„Guten Morgen, Levke. Na, da haben wir aber gut was weggeputzt letzte Nacht, was?"

Die Gedanken überschlugen sich in ihrem Kopf. War es Torben Schäfer, der weltfremde Biolehrer gewesen, der sie vergewaltigt hatte?

„Ich zeig dich an, du Schwein!", krächzte sie. „Du hast mich entführt, mit K.O.-Tropfen willig gemacht und mich missbraucht! Ich werde dafür sorgen, dass du in den Knast wanderst, Torben!"

Torben schüttelte den Kopf. „Das klang gestern noch ein wenig anders, Levke, nichts für ungut."

„Du spinnst doch! Wie spät ist es überhaupt?"

„Kurz vor eins."

„Ach du Scheiße – ich muss zur Schule, der Unterricht … Nein, ich werde die Bullen rufen." Levke fand keine Zeit, einen klaren Gedanken zu fassen. Es waren zu viele Informationen, die auf ihr benebeltes Gehirn einprasselten. Es war unmöglich, alle Eindrücke zu kanalisieren. „Du wanderst in den Bau, Torben, du hast mich abgefüllt und mich gefickt."

„Ich hatte nicht den Eindruck, dass du es nicht wolltest", entgegnete er sichtlich kühl. Jetzt hielt er die rechte Hand hoch, und sie sah das Telefon. „Außerdem habe ich gerade ganz andere Sorgen."

„Hast du vergessen, die Korksandalen frisch zu besohlen, oder was?" Sie tippte sich rasend vor Wut vor die Stirn. „Du bist doch nicht ganz dicht, du verdammter Öko!"

„Hörst du mir nicht zu?", gellte seine Stimme durch die Küche.

„Ich habe dir gesagt, dass ich andere Probleme habe. In der Schule habe ich übrigens schon angerufen und uns krankgemeldet."

„Uns?" Es wurde immer schlimmer. „Du hast … uns krankgemeldet? Sag mal, spinnst du? Dann weiß jeder, dass wir die Nacht zusammen verbracht haben." Nun musste sie grinsen. „Aber mir kann es recht sein. Wenn ich Anzeige wegen Vergewaltigung erstatte, dann hast du dir mit dem Anruf in der Schule ein Eigentor geschossen!"

„Red keinen Mist, Levke. Wir waren betrunken, und wir haben miteinander geschlafen. Freiwillig. Wenn du dich nicht mehr daran erinnern kannst, finde ich das sehr schade, aber das ist nicht das Problem."

„Ist nicht das Problem? Was ist dann dein verschissenes Problem, Torben Schäfer?"

„Man hat mir den Wagen geklaut." Er blickte sie betroffen an.

„Man hat dir … Was?"

„Die Karre gestohlen. Stand hinter dem Haus. Und heute Morgen ist der Golf weg. Ich habe schon die Polizei angerufen; die Fahndung müsste raus sein."

Levke sank kraftlos auf einen der wackligen Küchenstühle. Sie stützte den Kopf in ihre Hände und schüttelte ihn. Langsam, zäh wie Wachs, kroch die Erinnerung in ihr Gehirn zurück. Er hatte recht. Sie hatte ihn aus freien Stücken in seinem Haus in Treia besucht. Sie hatten getrunken und waren schließlich im Bett gelandet.

Es waren die Wut und die Angst nach dem Mord an Holger Heiners gewesen, die sie in die Arme von Torben Schäfer getrieben hatten. Er hatte schon lange ein Auge auf sie geworfen, aber sie war froh gewesen, dass sie die geheime Frau an Heiners Seite gewesen war. Bis zu seinem Tod. Er war tot, der Gedanke manifestierte sich wieder in ihrem Kopf.

Natürlich. Er hatte Levke nicht als die Frau an seiner Seite und als die Frau in seinem Leben akzeptiert. Ihre Liebe – war es Liebe gewesen? – war eine einzige große Lüge gewesen. Und nun lebte Holger Heiners nicht mehr.

Mein Gott, dachte sie, nahm dieser Albtraum denn niemals ein Ende?

Glücksburg, 11.55 Uhr

Das Innere des Hauses glich einem Schlachtfeld. Überall lagen Scherben herum; einige hatten sich in die Polster der Sitzgruppe gebohrt und ragten wie die spitzen Klingen von Messern heraus. Auf dem Boden hatte sich eine Blutlache gebildet, und Ulbricht sah betroffen zu, wie die Männer vom Bestattungsunternehmen den Leichnam von Gabriele Heiners in einen Zinksarg verfrachteten, den sie nun aus dem Haus trugen. Der Notarzt war vor wenigen Minuten wieder abgefahren; die Todesursache galt als erwiesen. Eine Salve, abgegeben aus dem kurzen Lauf einer Maschinenpistole, hatte ihre Organe förmlich zerfetzt und sie qualvoll verbluten lassen. Man würde ihren Leichnam trotzdem im rechtsmedizinischen Institut der Christian-Albrechts-Universität in Kiel obduzieren lassen.

Ulbricht stellte fest, dass die Wege in einem Mordfall hier im Norden der Republik ein wenig weiter waren als im Bergischen Land. Er hoffte, dass die Tötungsdelikte hier trotzdem so schnell aufgeklärt wurden, wie er das gewohnt war. Betroffen stand er am Rand des lichtdurchfluteten Raumes, in dem Gabriele Heiners vor seinen Augen ermordet worden war. In seiner Laufbahn hatte er schon viel erlebt, doch bei einem Mord anwesend zu sein, das schlug ihm auch nach all den Jahren noch auf den Magen.

„Was haben Sie sich bloß dabei gedacht?"

„Was?" Als Ulbricht sich umwandte, blickte er in das besorgte Gesicht eines glatzköpfigen Mannes um die fünfzig, der seine Mitarbeiter in herrschsüchtigem Ton zur Eile antrieb.

Er hatte sich bei seinem Eintreffen knapp als Hauptkommissar Friedrichs, Leiter der Mordkommission der Bezirkskriminalinspektion Flensburg, vorgestellt. Ein seltsamer Typ, wie Ulbricht fand. Mit ihm schien nicht gut Kirschen essen zu sein. Der kahlköpfige Hüne stand mit hinter dem Rücken verschränkten Händen da und musterte Ulbricht mit tadelndem Blick. Um sie herum wieselten die Mitarbeiter der Spurensicherung in ihren weißen Einmalanzügen. Jemand fotografierte Beweisstücke und nahm eine Totale der Gesamtsituation auf. Man hatte Patronenhülsen mit einem Kaliber von 9 mm sichergestellt. Alles wies tatsächlich auf eine Uzi hin, wie sie von Armeekräften genutzt wurde.

„Sie sind als Privatperson hier und haben sich in einen Kriminalfall eingemischt", stellte Friedrichs fest. „Das ist nicht gut und bringt sicherlich Ärger."

„Hören Sie auf zu spinnen", erwiderte Ulbricht wütend. „Sie sind Bulle wie ich und wissen genau, dass man in unserem Job niemals Urlaub hat.

„Mag sein. Aber ich mische mich auch im Urlaub nicht in Ermittlungen meiner Kollegen ein und verwische unter Umständen wichtige Spuren. Wenn es blöd läuft, müssen Sie mit einem Disziplinarverfahren rechnen."

„Das Sie gegen mich anstrengen werden?" Ulbricht schüttelte den Kopf. „So was habe ich heute schon mal gehört. Dass ich nicht lache. Ihr Nordlichter seid doch über jede Unterstützung froh, die euch zuteil wird."

„Sie sollten sich Ihre Äußerungen genau überlegen. Was wollten Sie von Frau Heiners?"

„Ich wollte ihr ein paar Fragen stellen."

„Wie man das so tut ... in unserem Job." Spott lag in Friedrichs' Stimme.

„Sie sind zehn Jahre jünger als ich, Friedrichs. Und Sie müssen erst mal da riechen, wo ich schon hingekackt habe, also blasen Sie hier mal nicht so einen Ballon auf. Denken Sie nicht, dass ich blöd bin, nur weil ich nicht zu einer Behörde in Schleswig-Holstein gehöre."

„An Ihrer Stelle würde ich den Ball ganz flach halten", zischte Friedrichs und gab Ulbricht ein Zeichen. „Und jetzt kommen Sie."

„Ich soll kommen?" Ulbricht glaubte, sich verhört zu haben. „Wohin denn?"

„Mit mir. In die Direktion nach Flensburg. Dort werden wir alles in Ruhe klären." Nun grinste Friedrichs überheblich. „So wie ich Sie einschätze, liegt das doch ganz in Ihrem Interesse, oder irre ich mich?"

Ulbricht hatte genug gehört. Was bildete sich dieser arrogante Fischkopf eigentlich ein? Er war es nicht gewohnt, dass man sich in seine Ermittlungen einmischte. Doch hier hing es um mehr. Hier ging es darum, seiner Tochter zu helfen.

„Sparen Sie sich Ihren Sarkasmus, Friedrichs. Haben Sie denn schon die Fahndung nach dem Fluchtfahrzeug der Täter eingeleitet?"

Friedrichs wirkte sekundenlang irritiert. In seinem Augenwinkel zuckte ein Nerv, die schmalen Lippen hatte er zu einem Strich zusammengepresst, und Ulbricht wusste, dass Friedrichs die Fahndung noch nicht ausgerufen hatte. Wie sollte man hier einen Mörder fangen, wenn die Kollegen derart stümperhaft arbeiteten?

„Es liegt wohl auf der Hand, dass jemand verhindern wollte, dass ich an gewisse Informationen komme, die ich mir vom Gespräch mit Gabriele Heiners erhofft habe", beharrte Ulbricht.

„Und das hat sie teuer bezahlen müssen." Friedrichs winkte ab. „Was haben Sie gefragt?"

„Das werde ich Ihnen doch nicht auf die Nase binden", entgegnete Ulbricht. Er hatte keine Lust, einen Kollegen, der ein Disziplinarverfahren in Betracht zog, mit Informationen zu versorgen. „Haben Sie jetzt die Fahndung rausgegeben oder immer noch nicht? Die Karre war so auffällig wie ein rosafarbener Elefant in der Innenstadt, da dürfte es doch wohl nicht allzu schwer sein, den oder die Täter festzunehmen, oder?"

„Sie müssen mir bestimmt nicht sagen, wie ich meinen Job zu machen habe", giftete Friedrichs gefährlich leise. Dann setzte er ein kaltes Haifischlächeln auf. „Also, was halten Sie davon, wenn ich Sie zu einer Besichtigung der Polizei in Flensburg einlade? So als Kollegen, quasi?"

Ulbricht erwiderte das spöttische Lächeln. „Ach, gegen einen Kaffee hätte ich nichts einzuwenden, nach dem ganzen Theater hier." Dann ging er voran und verließ das Haus. Er war sicher, dass Friedrichs sich nicht lange bitten ließ, ihm zu folgen.

Treia, 12.30 Uhr

Wiebke hätte Torben Schäfer um ein Haar nicht wiedererkannt, als er ihnen die Tür seines schiefen Hauses öffnete und sie überrascht anblickte. Er schien über Nacht ein anderer Mensch geworden zu sein. Irgendwie wirkte er um Jahre jünger als am Vortag, und trotzdem wirkte er übernächtigt. Dann bemerkte Wiebke, was anders war: Er hatte den buschigen Bart abrasiert und sah nun deutlich jünger aus. Und attraktiver, das musste sie sich eingestehen. Den Strickpulli vom Vortag hatte er gegen ein modernes T-Shirt getauscht. Wer ihn nicht kannte, hätte ihn nicht für einen aktiven Umweltschützer gehalten. Äußerlich deutete nichts mehr darauf hin.

„Sie sind aber schnell."

Petersen grinste. „So sind wir halt. Dürfen wir mal reinkommen?"

Schäfer zögerte, blickte sich um und stierte ins Haus, dann nickte er und gab den Eingang des alten Friesenhauses frei. „Von mir aus."

Sie folgten ihm in einen düsteren Flur, in dem es muffig roch.

Wiebke rümpfte die Nase. „Haben Sie uns erwartet?", fragte sie.

„Na klar. Mein Auto ist weg. Gestohlen. Letzte Nacht. Und ich habe doch vorhin erst angerufen."

„Zufall", erwiderte Petersen knapp. „Absoluter Zufall – wir waren gerade in der Nähe."

Schäfer führte die Polizisten in eine altertümlich eingerichtete Küche. Wiebke betrachtete den alten Ofen, in dem ein Feuer prasselte und das Wasser in einem Kessel erhitzte. Es duftete fruchtig nach frischem Tee. Vor den kleinen Fenstern hingen liebevoll genähte Gardinen mit einer hellblauen Bordüre. Mit dem Weiß der Gardinen ergab sich das blau-weiße Friesenmuster. Schäfer hatte ein Stövchen auf den Küchentisch gestellt, dazu zwei Tassen, einen Pott mit Kluntjes und eine kleine Milchkanne. Jetzt nahm er auf einem der wackeligen Küchenstühle Platz und schenkte sich einen Tee ein.

„Schön", bemerkte Wiebke, als sie auf der knarrenden Eckbank neben dem Fenster Platz nahm und sich umblickte.

„Alles auf alt gemacht."

„Da ist nichts gemacht", erwiderte Schäfer.

„Ist noch von meiner Mutter. Und ich mag es so, wie es ist."

Torben Schäfer faltete die Hände auf dem Tisch, als wolle er beten.

„Was zu trinken?", fragte er beiläufig und deutete auf das Stövchen.

„Tee? Kaffee? Oder lieber was Kaltes?"

Petersen schüttelte den Kopf. Er war stehen geblieben und wanderte durch die große Küche. Am Fenster hielt er an und blickte hinaus.

Wiebke ging nicht auf die Frage des Lehrers ein. „Sind Sie allein?"

„Warum wollen Sie das wissen?", erwiderte Schäfer wütend. „Man hat mir mein Auto gestohlen, und Sie fragen, ob ich allein bin. Was soll das?"

„Bitte beantworten Sie meine Frage, Herr Schäfer. Wir sind hier, weil wir, wie sie wissen, in einem Tötungsdelikt ermitteln."

„Und ich bin der Mörder?" Schäfer lachte meckernd über seinen eigenen Witz.

„Reden Sie keinen Müll", grollte Petersen, ohne sich vom Blick aus dem Fenster loszureißen.

„Wir stellen die Fragen, und Sie antworten, so einfach ist das."

„Jawoll." Schäfer nahm im Sitzen Haltung an und salutierte spöttisch. „Dann mal los – fragen Sie."

„Das haben wir bereits", erinnerte Wiebke ihn. „Also – sind Sie allein?"

„Ja."

„Wir suchen Levke Kühn, die junge Referendarin."

„Von mir aus." Schäfer tat, als ginge ihn das alles nichts an. Er trommelte mit den Fingern auf der Tischplatte herum.

Wiebke fürchtete, dass die Männer gleich aneinandergerieten. Sie sah ihrem Partner an, dass Torben Schäfers stoische Ruhe ihn auf die Palme brachte. Bevor die Situation eskalierte, appellierte sie an Schäfers Kooperationsbereitschaft.

„Warum lügen Sie uns an?", fragte Wiebke. „Wenn Sie allein sind – warum stehen dann hier zwei Tassen auf dem Tisch?"

„Und warum parkt in der Einfahrt dieser blaue Mini Cooper?", fügte Petersen hinzu. „Oder ist das Ihrer?"

„Nee, natürlich nicht."

Bevor Wiebke etwas sagen konnte, flog die Küchentür schwungvoll auf. Levke Kühn betrat die Küche. Sie warf Schäfer einen verzweifelten Blick zu.

„Es hat keinen Sinn mehr, Torben. Du musst nicht lügen, um mich zu schützen."

Nun riss Petersen sich doch vom Blick nach draußen los. Er betrachtete die blonde Frau mit einem Anflug von Verzückung und zwinkerte Wiebke zu.

„Hallo, Frau Kühn", sagte Wiebke lächelnd. „Schön, dass wenigstens Sie vernünftig sind." Sie zeigte auf den Stuhl. „Setzen Sie sich doch einen Augenblick zu uns."

Die junge Frau sank schweigend auf den klapprigen Küchenstuhl. Sie wich Torben Schäfers Blicken aus. Irgendwie fand Wiebke, dass auch sie übernächtigt wirkte. Dunkle Ringe lagen unter ihren Augen, und wäre da nicht der männlich-herbe Duft nach einem Duschbad gewesen, Wiebke hätte schwören können, dass sie die Nacht durchgemacht hatte. Wie nah sie mit ihrer Vermutung der Wirklichkeit kam, ahnte sie nicht – noch nicht.

„Und nun sagen Sie uns mal, warum Herr Schäfer Sie schützen sollte!" Petersen beugte sich über den Küchentisch und hätte sich um ein Haar an dem heißen Stövchen verbrannt.

„Ich … Also, unser Verhältnis soll geheim bleiben." Levke Kühn strich die Tischdecke glatt. „Es wäre nicht auszudenken, wenn es sich im Kollegium herumspricht, dass …"

„Dass Sie die letzte Nacht gemeinsam verbracht haben?", beendete Petersen den von ihr begonnenen Satz.

Levke Kühn nickte.

Nun räusperte sich Schäfer.

„Ich habe einen Fehler gemacht. Ich habe uns beide im Sekretariat krankgemeldet. Wenn die Kollegen nicht ganz dumm sind, können sie eins und eins zusammenzählen."

Wiebke registrierte, dass sich die Aussage mit dem deckte, was sie von der Schulsekretärin gehört hatten.

„Offen gestanden weiß ich nicht, was das alles soll", murmelte Schäfer nun. „Mir wurde mein Auto in der letzten Nacht gestohlen, und Sie fragen mich über mein Verhältnis zu Levke aus."

„Sie haben den Bart abrasiert", wechselte Wiebke das Thema. „Steht Ihnen gut, aber was mich interessiert: Gibt es einen anderen Grund dafür?"

„Wie meinen Sie das denn nun schon wieder?"

„Wollten Sie sich ein neues Aussehen verschaffen? Weil Sie etwas zu verbergen haben?"

„Unsinn."

„Es gibt eine Zeugin, die gesehen hat, wie Ihr Wagen gegen zwei Uhr in einem hohen Tempo vom Hof fuhr." Petersen wanderte durch die Wohnküche. „Waren Sie das?"

„Nein, ich… Also, wir… Wir waren im Bett." Torben Schäfer errötete.

„Und das werden Sie gegenseitig natürlich bestätigen", nickte Petersen. Er schien zu spüren, dass das hier ausging wie das Hornberger Schießen – nämlich ohne Ergebnis. Dennoch startete er einen letzten Versuch, den engagierten Umweltschützer in die Enge zu treiben. „Der Bart ist ab, Sie verheimlichen der Welt Ihre Liebe, und nun ist der Wagen verschwunden – gestohlen. Etwas seltsam, finden Sie nicht? Vielleicht haben Sie ja Ihren eigenen Wagen entwendet? Für eine Straftat, beispielsweise, um ihn dann als gestohlen zu melden?"

Wiebke warf ihrem Partner einen warnenden Blick zu. Petersen hatte sich wieder einmal in Rage geredet. Und er lehnte sich ziemlich weit aus dem Fenster, aber das wusste er wahrscheinlich selbst am besten.

„Eigentlich interessiert uns aber Frau Kühn", sagte sie. „Wir sind nicht wegen des gestohlenen Autos hergekommen." Wiebke fixierte die Referendarin mit ihrem Blick. „Wo waren Sie in der vorletzten Nacht? Auch hier, bei Herrn Schäfer?"

„Ja, war sie", sagte Torben Schäfer hastig. „Warum fragen Sie das? Glauben Sie, dass sie hinter dem Mord an Heiners steckt?" Er lachte auf. „Das glauben Sie doch wohl nicht ernsthaft, oder?"

Wiebkes Telefon klingelte.

Sie murmelte eine Entschuldigung, stand auf und verließ die Küche. Auf dem Korridor warf sie einen Blick auf das Display. Der Anrufer meldete sich mit unterdrückter Rufnummer.

„Ja bitte?"

„Wiebke, bist du das?"

„Papa!"

Norbert Ulbricht tobte am anderen Ende der Leitung. Gleichermaßen wirkte er zerknirscht. „Ich stecke in der Scheiße. Man hat mich auf die Polizeiwache in Flensburg geschleppt und behandelt mich wie einen Kriminellen. Dieser Hauptkommissar Friedrichs ist ein Aas, und ich könnte …"

„Papa, was machst du denn in Flensburg?"

„Erst war ich ja in Glücksburg."

Wiebke ahnte Schlimmes. „Du hast dich in meinen Fall eingemischt und warst bei Heiners' Frau?"

„Das auch. Sie ist übrigens tot, ermordet. Aber das erzähle ich dir später. Kannst du mich abholen? Mein Auto steht noch in Glücksburg, und …"

„Sag mal, Papa, spinnst du?" Wiebke glaubte es nicht. Kaum, dass sie ihren Vater nach all den Jahren wiederhatte, machte er Blödsinn wie ein kleines Kind. „Was war da los?"

Ulbricht berichtete seiner Tochter stichwortartig, was sich in Glücksburg ereignet hatte.

„Also: Kommst du? Es ist wichtig."

„Warum?" Sie beschloss ihren alten Herrn schmoren zu lassen. Er hatte sich die Suppe selbst eingebrockt, dann musste er sie auch wieder selbst auslöffeln. „Ich stecke mitten in einem Fall, da kann ich nicht abhauen."

„Wie ich schon sagte, es ist wichtig, und du solltest kommen."

„Wieso denn das?"

„Weil ich Friedrichs gesagt habe, dass du im Fall Holger Heiners die Ermittlungen leitest und mich hierher geschickt hast. Nun behauptet er aber, dass die Ermittlungen von ihm geleitet werden. Er möchte dich dringend sprechen. Also – kommst du?"

Der Erste Kriminalhauptkommissar Friedrichs war Wiebke noch gut bekannt. Sie war ihm bereits ein paar Mal flüchtig begegnet, und trotzdem war ihr der Leiter der Flensburger Mordkommission noch in Erinnerung geblieben. Als sehr unangenehmer und selbstverherrlichender Abteilungsleiter einer Truppe, die täglich mit Gewalt und Tod konfrontiert wurde.

Und nun war ihr eigener Vater, selbst Erster Hauptkommissar, mit eben jenem Friedrichs aneinandergeraten. Das roch nach Ärger, und Wiebke spürte, wie sich ihre Brust zusammenzog.

„Wiebke – bist du noch da?" Er klang nun fast flehend, doch sie antwortete nicht.

Es gab wenige Momente, in denen Wiebke sprachlos war.

„Ich habe nach dem Mord ein Auto gesehen, das sich schnell vom Tatort entfernt hat. Wahrscheinlich das Fahrzeug des Täters oder der Täter."

„Du bringst mich um den Verstand, Papa."

„Halt durch, Kind." Er klang eifrig. „Hör zu, der Wagen hatte ein ‚SL' auf dem Nummernschild – damit bist du wieder im Rennen. Das war ein außergewöhnliches Auto. Ein Golf."

„Was ist daran ungewöhnlich?"

„Es war einer dieser Möchtegern-Geländewagen", erwiderte Norbert Ulbricht.

Nun wurde Wiebke hellhörig. „Meinst du einen Golf Country?"

„Ja, genau. So eine hochbeinige Karre, matschverschmiert."

„Aber das komplette Kennzeichen hast du dir nicht gemerkt?"

„Es ging schnell, Kind. Verdammt schnell. Und die Karre war dreckig, als wäre sie gerade durch den Wald gefahren."

„Ich komme", sagte Wiebke und unterbrach die Verbindung. Das Gespräch noch im Kopf betrat sie wieder die Küche.

Petersen hatte gerade Torben Schäfer ins Kreuzverhör genommen, während Levke Kühn auf der Eckbank saß und Tee trank.

„Ich weiß nicht, was Sie mir vorwerfen."

Torben Schäfer rang mit den Händen und tauschte Blicke mit Levke, die Wiebke nicht recht deuten konnte.

„Den Mord an Gabriele Heiners zum Beispiel", mischte sich Wiebke ein und zog sich einen Küchenstuhl heran.

Levke Kühn zuckte zusammen. Ihre Augen wurden groß. „Was sagen Sie da? Gabi ist tot?"

„Ja." Wiebke nickte. „Sie wurde ermordet. Und es gibt einen Zeugen, der gesehen hat, wie ein grüner Golf Country mit Schleswiger Kennzeichen vom Tatort flüchtete. So viele gibt es von den Dingern nicht, Herr Schäfer."

Torben Schäfer sank zusammen wie ein Häufchen Elend. Er stierte auf den Dielenboden und schüttelte stumm den Kopf.

„Das ist unmöglich", stammelte er und barg das Gesicht in den Händen. „Wir waren hier, haben getrunken – zu viel getrunken, ja. Und wir haben die Nacht gemeinsam verbracht." Schäfers Kopf ruckte hoch. Er warf Levke Kühn einen Hilfe suchenden Blick zu. „Sag es ihnen, Levke."

Alle Augen waren auf die junge Frau gerichtet, die nun nickte.

„Ja, das stimmt", sagte sie leise.

„Haben Sie miteinander geschlafen?", fragte Petersen.

„Was tut das zur Sache?" Levke Kühns Stimme klang schneidend.

„Es deutet darauf hin, dass Sie tatsächlich ein Verhältnis miteinander haben, so wie Sie es behaupten", erwiderte Wiebke. „Damit werden Sie einen Teufel tun, den jeweils anderen durch eine Aussage zu belasten."

„Das haben wir Ihnen eben schon alles erzählt", murmelte Schäfer kleinlaut. Er wurde sich offenbar bewusst, dass er gerade unter Mordverdacht stand.

Wiebke nickte Petersen zu. Ihr Kollege nahm die Handschellen vom Gürtel.

„Herr Schäfer, wir müssen Sie verhaften. Sie stehen unter dem dringenden Tatverdacht, an einem Mord beteiligt zu sein."

Petersen stellte keine Fragen. Sie hatten die Befragung von Torben Schäfer und Levke Kühn sofort abgebrochen, nachdem Wiebkes Vater sie um Hilfe gebeten hatte. Nun rasten sie im Dienstwagen zurück nach Husum.

Zwischenzeitlich waren die Kollegen vom Streifendienst eingetroffen, die eine Anzeige wegen eines gemeldeten Fahrzeugdiebstahls aufnehmen wollten. Stattdessen wurden sie von Wiebke und Petersen damit beauftragt, Torben Schäfer in Untersuchungshaft zu nehmen.

Levke Kühns Proteste hatten nichts genutzt – machtlos hatte sie mit ansehen müssen, wie man Torben Schäfer Handschellen angelegt und ihn zum Streifenwagen gebracht hatte.

„Sie halten sich bitte zu unserer Verfügung", hatte Wiebke ihr noch mit auf den Weg gegeben, bevor sie mit Petersen zum Dienstwagen gegangen war. Er war versucht gewesen, auch Levke Kühn festzunehmen, hatte es aber dann doch unterlassen.

„Es fehlt etwas. Eine Sache, bei der sie den Kopf nicht mehr aus der Schlinge ziehen können", murmelte Wiebke nachdenklich. „Ist dir aufgefallen, dass sie Frau Heiners beim Vornamen genannt hat? Wir müssen Frau Kühn unbedingt zu ihrer Beziehung zu dem Ehepaar Heiners befragen."

Petersen warf ihr einen flüchtigen Seitenblick zu und spürte, dass sie die Sache mit ihrem Vater beschäftigte.

„Was empfindest du für ihn?", wechselte er das Thema.

„Für Papa?" Wiebke lächelte matt. „Wut, Enttäuschung, aber auch Stolz, weil er wieder da ist und weil er es nicht ohne seine Familie ausgehalten hat. Er ist wieder da, und ich habe beschlossen, ihm zu verzeihen, dass er mir nie geschrieben hat. Meine Mutter war es, die seine Briefe und Karten weggeworfen hat. Im Grunde genommen kann er also nichts dafür. Ganz im Gegensatz zu dem, was er jetzt verbockt hat."

„Soll ich mitkommen?"

„Nach Flensburg?" Wiebke schüttelte den Kopf. „Nein, bleib du mal hier, und sieh zu, dass wir irgendwas herausfinden, was Levke Kühn oder Torben Schäfer für uns so interessant macht, dass wir sie in die Enge treiben können."

„Das haben wir doch schon: Er hat sein Aussehen verändert, sie beide gemeinsam in der Schule krankgemeldet, obwohl die Affäre der beiden eigentlich geheim bleiben sollte. Merkst du was, Wiebke? Er wollte, dass sie auffliegen, damit sie sich gegenseitig ein Alibi geben können. Und die Sache mit dem als gestohlen gemeldeten Golf ist auch komisch."

„Der Countdown läuft. Wir können Schäfer nicht ewig in der Zelle lassen. Jetzt müssen wir reinklotzen, um den Fall diesmal endgültig zu klären. Und Frau Kühn unterläuft vielleicht noch ein Fehler, weil sie sich durch Schäfers Verhaftung in Sicherheit wähnt."

„Wir sollten sie beschatten lassen", stimmte Petersen seiner Kollegin zu.

„Die zentrale Frage lautet doch: Wie kamen Heiners und sein Mörder in das Multimar?" Wiebke beruhigte sich langsam. „Haben wir schon alle Mitarbeiter durchleuchtet?"

„Piet sagt ja. Aber was ist mit Beke Frahm?" Petersen trommelte auf dem Lenkradkranz herum.

„Sie hat nichts damit zu tun, sonst wäre das alles ein wenig zu konstruiert. Warum sollte die Frau, die morgens als Erste die Ausstellung betritt, auch dafür gesorgt haben, dass ungebetene Besucher nach Kassenschluss ins Multimar kommen?"

„Weil sie rund um die Uhr reinkommt."

„Das würde heißen, dass ihr Freund in irgendeiner Weise in die Geschichte involviert ist. Und Peer Hansen kann es sich nicht leisten, dass sein Name mit solchen Gerüchten in Verbindung gebracht wird. So was ist nicht gut fürs Geschäft, Jan." Wiebke schüttelte den Kopf.

„Wenn er ein Motiv hatte, würde ihn das sicher nicht abhalten."

Wiebke überlegte. „Vielleicht hast du recht. Dein Freund Fiete hat uns doch was von einer Nacht- und Nebelaktion geflüstert. Da schert sich Hansen auch nicht um Gerüchte, die möglicherweise aufkommen könnten."

„Ich werd noch mal mit Fiete schnacken", versprach Petersen. Und er überlegte sich, wie er das am besten anstellen könnte. Sie hatten den Hof der Polizeidirektion an der Poggenburgstraße erreicht. Petersen lenkte den Kombi in eine der freien Boxen, nahm das Handy und die Unterlagen und stieg aus. „Und nu?"

„Werd ich mit meinem Auto nach Flensburg fahren und Papa aus den Fängen des schrecklichen Kommissars Friedrichs retten."

„Halt mich auf dem Laufenden, Mädchen."

„Versprochen." Sie zwinkerte ihm zu und stieg in den alten Passat ein, der mit dem ersten Dreh am Zündschlüssel ansprang, als wäre er ein Neuwagen.

ELF

Polizeidirektion Flensburg, Norderhofenden, 13.50 Uhr

Udo Friedrichs war ein unangenehmer Zeitgenosse. Schon als der Erste Kriminalhauptkommissar Wiebke am Empfang der Wache abholte, fiel die Begrüßung der jungen Kollegin sehr unterkühlt aus. Sein kahler Kopf war gerötet, und die Art, wie er Wiebke betrachtete, war ihr unangenehm. Spöttisch, von oben herab, blickte er sie an. Und doch war da noch etwas in seinem Blick, das ihn ansatzweise menschlich erscheinen ließ: Mitleid. Lag das daran, dass Wiebkes Vater sich in ihre Ermittlungen eingemischt hatte und zu einem wichtigen Zeugen in einem Mordfall geworden war?

Friedrichs Stimme klang schneidend, fast so, als würden Knochen brechen. „So", sagte er mit einem aufgesetzten Grinsen, bei dem nur seine schmalen Lippen lächelten, während der Rest seines Gesichts regungslos blieb. „Dann folgen Sie mir mal unauffällig."

Wiebke beschloss, eine Versetzung nach Flensburg ein für alle Mal auszuschließen. Friedrichs war ein Ekelpaket, das sah sie ihm auf den ersten Blick an. Sie war froh, dass Matthias Dierks ein umgänglicher Vorgesetzter war.

„Ich hoffe, es ist Ihnen bekannt, dass ich die Ermittlungen im Mordfall Holger Heiners leite", bemerkte er beiläufig.

„Dafür haben Sie sich bisher recht selten in Husum blicken lassen." Wiebke hatte keine Lust, sich für ihren Einsatz in den letzten beiden Tagen zurechtweisen zu lassen. Sie war auf dem Gang des Behördengebäudes stehen geblieben und hatte trotzig die Hände in die Hüften gestemmt.

Friedrichs war sekundenlang sprachlos, dann schürzte er die Lippen. „Ich muss Ihnen bestimmt nichts von der Personalsituation der Schleswig-Holsteinischen Polizei erzählen, oder? Aber Sie veranstalten ja einen ziemlichen Wirbel in Ihrem schönen Husum."

„Einer muss es ja tun. Wir haben gestern einen Mordverdächtigen festgenommen. Jörn Holst, ein Bauunternehmer, der Probleme mit Heiners hatte und für seine Gewaltbereitschaft bekannt ist. Heute ist es zu einer weiteren Festnahme gekommen: Torben Schäfer, er ist Mitbegründer der Bürgerinitiative ‚Rettet den Dockkoog'. So wie es aussieht, steckt er hinter dem Mord an Gabriele Heiners."

„Es wird Zeit, dass ich mich um den Fall kümmere", brummte Friedrichs. Offenbar hatte er zu seinem Sarkasmus zurückgefunden. „Sonst verhaften Sie noch halb Husum, bis sie die Verdächtigen nach dem Ausschlussverfahren wieder auf freien Fuß lassen."

„Es ist Ihr Fall", erinnerte Wiebke ihn. „Also treffen Sie Entscheidungen. Aber wann?"

„Ich wäre längst in Husum gewesen, wenn mich Ihr Vater nicht aufgehalten hätte", entgegnete Friedrichs schnippisch.

„Er hat uns nur unterstützt und trägt wohl kaum die Schuld an dem Mordanschlag auf Holger Heiners' Frau."

„Sie sind genauso frech wie Ihr Vater." Nun musste Friedrichs schmunzeln, und zum ersten Mal schien er wirklich amüsiert zu sein. Er machte sogar einen Schritt auf Wiebke zu. Als er ihr die Hand reichte, wusste Wiebke nicht recht, wie ihr geschah.

„Frieden?"

Zögernd ergriff Wiebke die Hand des Ersten Kriminalhauptkommissars und brachte ein Lächeln zustande, das abrupt unterbrochen wurde, als um ein Haar ein Schmerzenslaut über ihre Lippen kam. Sein Händedruck war fest, sehr fest.

„Frieden." Sie nickte. „Bringen Sie mich nun zu meinem Vater?"

Friedrichs nickte. „Unter einer Bedingung: Wenn Sie mir versprechen, ihn mitzunehmen und ihn von weiteren Ermittlungen abzuhalten!"

„Ich tu mein Bestes", versprach Wiebke. Seite an Seite betraten sie das Büro von Hauptkommissar Friedrichs. Norbert Ulbricht stand am Fenster und blickte in den Innenhof des Polizeigebäudes. Als sich die Tür öffnete, fuhr er herum.

„Wiebke", rief er erfreut. „Schön dich zu sehen, Kind. Hier behandelt man deinen alten Vater wie einen Verbrecher. Sogar Fingerabdrücke hat man mir schon abgenommen."

„Was machst du denn für einen Wirbel?" Sie trat näher und betrachtete ihren Vater. Er war also immer noch der Mann, den sie als Kind so verehrt hatte. Stets für das Gute und die Gerechtigkeit im Einsatz – daran hatte sich bis heute nichts geändert.

„Kennst mich doch." Er lächelte seine Tochter dankbar an. „Ich kann es nicht lassen."

Friedrichs hatte hinter seinem Schreibtisch Platz genommen und das Vater-Tochter-Gespräch verfolgt. Nun räusperte er sich. „Schluss jetzt mit den Sentimentalitäten."

Wiebke und Norbert Ulbricht blickten den Hauptkommissar fragend an. Unaufgefordert setzte sich Wiebke auf einen der knarrenden Besucherstühle vor

Friedrichs' Schreibtisch. Ihr Vater wanderte unruhig durch das helle Büro.

„Wie ist der Stand der Dinge?", erkundigte sich Wiebke so beiläufig wie möglich.

Friedrichs massierte sein kantiges Kinn und räusperte sich. „Wir haben inzwischen herausgefunden, dass Gabriele Heiners das Immobilienunternehmen ihres Mannes geerbt hätte – sie ist als Alleinerbin im Testament ihres Mannes eingetragen. Insofern hätte sie ausgesorgt gehabt. Sie galt als sehr geld- und machtgierig. Da die Ehe der beiden schon seit einiger Zeit nur noch auf dem Papier bestand, konnten wir ihr ansatzweise ein Interesse an der Übernahme der Firma nachweisen. In letzter Zeit hat sie sich oft in der Verwaltung am Ballastkai aufgehalten und die Mitarbeiter auf Trab gehalten. Dabei ist sie mehrmals mit Christian Rohde aneinandergeraten."

„Wer ist der Kerl?", fragte Ulbricht und setzte sich nun doch auf den letzten freien Besucherstuhl vor Friedrichs' Schreibtisch. Frau Heiners hatte ihm zwar von Rohde erzählt, doch das verschwieg er.

„Er galt als Heiners' rechte Hand. Und er passte gut zu Heiners' Idealvorstellungen eines Geschäftsmannes. Strebsam, ehrgeizig und eiskalt, wenn es um den Profit geht. Nicht sehr beliebt bei den Mitarbeitern, es liegt sogar eine Anzeige wegen sexueller Nötigung einer Sachbearbeiterin vor. Er soll sie bedrängt haben, und als sie sich gegen seine Annäherungsversuche wehrte, hat Rohde nur wenige Tage nach dem Vorfall für die Kündigung der Mitarbeiterin gesorgt."

„Durfte er das denn?" Wiebke runzelte die Stirn. „Ich meine, die rechte Hand des Geschäftsführers durfte eine Angestellte feuern? Bedarf das nicht in der Regel der Zustimmung des Chefs?"

„Das regelt jedes Unternehmen anders", erwiderte Friedrichs und strich sich über die Glatze. „Im vorliegenden Fall war das aber so, dass Rohde personelle Dinge ohne die Zustimmung von Holger Heiners regeln durfte – übrigens auch eine Sache, die Gabriele Heiners sehr missfiel."

„Sie haben Heiners' Unternehmen bereits durchleuchtet?" Wiebke zog anerkennend die Mundwinkel nach oben.

Udo Friedrichs strahlte. „Ja denken Sie denn, wir legen die Hände in den Schoß, während Sie Husum und die Umgebung auf den Kopf stellen?" Er schüttelte den kantigen Schädel. „Nein, junge Frau: Flensburg ist unser Bezirk, hier liegen unsere Stärken, und hier kämpfen wir an der Front. Hier wissen wir, wie der Hase läuft." Sein Grinsen wurde breiter. „Und genau das haben wir getan, während Sie Callgirls befragen und einen armen Bauunternehmer inhaftieren lassen."

„Sie wissen ...?" Wiebke war wirklich erstaunt. Wahrscheinlich hatte Matthias Dierks dem Kollegen von der Mordkommission bereits einen Lagebericht zukommen lassen. Manchmal lief die Bürokratie schneller als einem lieb sein konnte.

„Natürlich weiß ich das alles. Immerhin leite ich die Ermittlungen in diesem Fall. Da wäre es eine Schande, wenn ich nicht wüsste, was meine Leute gerade tun."

Wiebke passte es nicht, dass er sie großzügig zu seinen Leuten zählte, verkniff sich aber einen Kommentar.

„Sie sollten Ihrem Partner übrigens nahelegen, dass er Levke Kühn verhaftet. Sie steht unter dem dringenden Tatverdacht, an Holger Heiners' Tod mitschuldig zu sein."

„Sie ist klein und zierlich und wäre nicht in der Lage, Holger Heiners in das Wasser zu stoßen und so seinen Tod herbeizuführen", entgegnete Wiebke und band ihm nicht auf die Nase, dass Petersen und sie insgeheim hofften, Frau Kühn würde ein entscheidender Fehler unterlaufen.

Friedrichs schüttelte den Kopf. „Es könnte sich um einen Unfall gehandelt haben."

„Dann müssten sie noch eine Möglichkeit haben, nach Geschäftsschluss ins Multimar zu gelangen", gab Wiebke nicht auf. „Außerdem wissen wir seit einer guten Stunde, dass sie ein Verhältnis mit dem Initiator der Bürgerinitiative ‚Rettet den Dockkoog' hat."

„Nachdem sie eine Affäre mit Heiners hatte", nickte Friedrichs und warf Ulbricht einen Hilfe suchenden Blick zu. „Sie sind alt und erfahren, Herr Kollege", bemerkte er.

„Sagen Sie Ihrer Tochter, dass Eifersucht eines der häufigsten Mordmotive ist. Und Levke Kühn war eifersüchtig – sie konnte nicht damit leben, dass Heiners sich nicht von seiner Frau trennen wollte. Resultat: Blinde Eifersucht und ein daraus resultierender Streit mit Todesfolge. Aber der Reihe nach: Sie treffen sich zu einer Aussprache in Tönning, geraten am Rand des Beckens aneinander, und es kommt zum Unglück. Hilflos sieht sie zu, wie er ums Überleben kämpft." Friedrichs schlug die Hände aneinander. „Und schon haben wir den perfekten Mord. Sie flüchtet in Panik und hat keine Ahnung, wie sie sich verhalten soll. Prompt sucht sie Hilfe bei Torben Schäfer, dem Biolehrer." Friedrichs blätterte in einem Ordner und nickte dann. „So heißt er doch, oder?"

Als Wiebke nickte, fuhr der Leiter der Mordkommission fort:

„Er ist froh endlich ihre Zuneigung zu genießen und nimmt sie mit offenen Armen bei sich auf. Sie schlafen miteinander, und Schäfer gibt ihr ein passendes Alibi."

Friedrich stutzte. „Danach haben Sie Frau Kühn doch sicherlich gefragt, oder?"

Wiebke war ehrlich erstaunt, das Friedrichs offenbar sogar über den Besuch und die anschließende Verhaftung bei Torben Schäfer Bescheid wusste. Als sie gerade etwas erwidern wollte, klingelte ihr Handy. Sie zog es hervor und sah auf dem Display, dass der Anruf von Petersen kam.

„Halt mich jetzt nicht für verrückt, Mädchen", fiel er mit der Tür ins Haus. „Aber Torben Schäfer hat es nicht vorgetäuscht."

Petersen sprach in Rätseln. „Jan – was hat er nicht vorgetäuscht?", fragte Wiebke.

Sie schaltete den Lautsprecher des Telefons ein, sodass ihr Vater und Hauptkommissar Friedrichs mithören konnten.

„Der Autodiebstahl letzte Nacht. Es hätte alles so schön gepasst: Die beiden machen gemeinsame Sache. Er rasiert sich den Bart ab und ist plötzlich kaum wiederzuerkennen, sie outen ihr Verhältnis demonstrativ in der Schule und riskieren das Getuschel im Kollegium. Er meldet seinen Wagen als gestohlen, und sie haben Narrenfreiheit."

„Aber?" Wiebke verstand nicht, worauf ihr Partner hinauswollte.

„Man hat den Golf Country gefunden. Er stand ein paar Straßen von Schäfers Hof in Treia. Wahrscheinlich hat er im besoffenen Kopf noch eine Runde durch den Ort gedreht. Sie hatten viel getrunken und offensichtlich einen Filmriss. Jedenfalls Entwarnung: Der Golf Country ist wieder da."

Ulbricht, der dem Gespräch ungewohnt ruhig gefolgt war, sprang wie von der Tarantel gestochen von seinem Stuhl auf. „Unsinn: Offenbar hat sich den Wagen jemand geliehen, während die beiden Turteltauben sich in der letzten Nacht vergnügt haben."

„Wie bitte?" Petersen klang verwirrt. „Wiebke, wer ist da bei dir?"

„Mein Vater." Sie biss sich auf die Lippen. „Und Hauptkommissar Friedrichs."

„Was war das für eine Karre, die dieser Schäfer fährt?" Ulbricht gab nicht auf. Er beugte sich über das Telefon in Wiebkes Hand, sodass Petersen ihn besser verstehen konnte.

„Ein Golf Country, hab ich doch eben gesagt."

„Ha, das ist es!" Ulbricht warf Friedrichs einen Blick zu. Jetzt wanderte er in Friedrichs' Büro auf und ab.

Den Leiter der Mordkommission hielt jetzt auch nichts mehr in seinem Sessel. „Nach dem Mord an Gabriele Heiners flüchtete der oder die Täter in einem grünen Golf Country!"

„Und die Dinger sind sehr selten auf Deutschlands Straßen", nickte Ulbricht.

Am anderen Ende der Leitung seufzte Petersen. „Und was hat das nun zu bedeuten?"

„Wenn der Wagen geklaut worden ist, um damit einen Mord zu begehen, dann muss es Einbruchspuren geben", überlegte Ulbricht. „Das Türschloss geknackt, eine Scheibe eingeschlagen, die Zündung kurzgeschlossen, so was eben. Gab es etwas in dieser Richtung?"

„Nein, nichts dergleichen."

„Dann ist der Täter mit einem Zweitschlüssel unterwegs gewesen, den er sich wahrscheinlich im Vorfeld beschafft hat. Das sollten Sie prüfen, junger

Mann!" Ulbricht war in seinen gewohnten Befehlston verfallen und fing sich dafür prompt einen missbilligenden Blick von seiner Tochter ein.

Friedrichs grinste zufrieden. Plötzlich schien es ihn nicht mehr zu stören, dass Wiebkes Vater sich in die laufenden Ermittlungen einmischte und sogar ihrem Partner Anweisungen gab. Ein wenig konnte sie sich vorstellen, wie er mit seinen Mitarbeitern in Wuppertal umsprang.

„Stell den Wagen von Schäfer sofort sicher", rief Wiebke aufgeregt. „Da darf keiner mehr ran. Piet soll die Kiste auf der Stelle untersuchen. Ich will alle Spuren haben!"

„Wiebke, warum ..."

Udo Friedrichs nahm ihr das Telefon aus der Hand. „Hören Sie, Petersen. Machen Sie, was Frau Ulbricht Ihnen gesagt hat, sonst reiße ich Ihnen den Arsch auf! Ich bin in zwei Stunden spätestens in Husum, dann will ich die Ergebnisse der kriminaltechnischen Untersuchung sehen!" Er drückte den roten Knopf und reichte Wiebke das Telefon. „Manchmal ein bisschen träge, Ihr Kollege, was?"

Als weder Wiebke noch ihr Vater etwas erwiderte, zuckte Friedrichs mit den Schultern. „Sie haben es gehört – es gibt viel zu tun. Vielleicht könnten Sie jetzt wieder die Arbeit aufnehmen, Frau Ulbricht. Und Sie ...", er wandte sich an Norbert Ulbricht, „Sie sollten sich fortan aus meinen Ermittlungen heraushalten, damit das ein für alle Mal geklärt ist!"

„Das klang eben noch ein wenig anders", murrte Ulbricht. „Abgesehen davon fällt mir noch etwas ein: Es gibt einen Jepsen; er sitzt im Yachtclub Glücksburg im Vorstand. Man sagt ihm nach, dass er ein Verhältnis mit Gabriele Heiners gehabt haben soll. Vielleicht befragen Sie ihn nach seinem Alibi. Ich könnte mir vorstellen, dass die beiden gemeinsame Sache gemacht haben. Jepsen war scharf auf die Immobilienfirma, wenn Sie mich fragen."

„Ich frage Sie aber nicht", entgegnete Udo Friedrichs. „Abgesehen davon halte ich Ihre Idee für eine sehr gewagte Theorie. Als Vorstandsmitglied in einem Yachtclub hat er es ganz sicher nicht nötig, Heiners zu töten, um über Umwege an dessen Vermögen zu gelangen. Und außerdem ist das ein heißes Eisen, Ulbricht senior." Friedrichs bedachte Wiebke mit einem Seitenblick, den sie nicht zu deuten vermochte, dann fuhr er fort: „Bei Hinnerk Jepsen handelt es sich um den Direktor der Nord-Ostsee-Bank. Ich glaube nicht, dass er seiner Geliebten bei einem Mord assistiert." Friedrichs sank in seinen Bürostuhl. „Aber wir werden das selbstverständlich überprüfen, darauf können Sie sich verlassen."

„Wiebke", entfuhr es Ulbricht erfreut, als sie zu ihrem alten Passat gingen. Sie hatte ihren Privatwagen im Hof der Polizeidirektion zwischen zivilen Einsatzfahrzeugen geparkt. Trotz des biblischen Alters war der Wagen in einem tadellosen Zustand. Ulbricht deutete auf das Kennzeichen. „Du hast dir als Andenken an deine Heimatstadt ‚WU' als Buchstabenkombination auf das Nummernschild machen lassen!" Er strahlte wie ein kleiner Junge, dann zwinkerte er ihr verzeihend zu. „Aber du hast wohl vergessen, dass nicht ‚WU', sondern ‚W' für Wuppertal steht." Eine wegwerfende Handbewegung. „Macht aber nichts, ich weiß ja, was gemeint ist."

Die Zentralverriegelung schnappte hörbar, als Wiebke den Schlüssel in der Fahrertür bewegte.

„Mensch, Papa", rief sie ihm augenrollend über das Wagendach zu. „Das ‚WU' steht doch nicht für ‚Wuppertal'!"

„Nein?" Er war verdutzt, als er die Beifahrertür öffnete, den altmodischen Columbo-Trenchcoat abstreifte, ihn auf die Rücksitzbank warf und sich in den Sitz sinken ließ.

„Nein." Wiebke startete den Motor. „Die Buchstaben auf dem Nummernschild stehen für ‚Wiebke Ulbricht' – meine Initialen, Papa!"

Eigentlich klar, dachte er, während er seiner Tochter dabei zusah, wie sie den Wagen geschickt im Rückwärtsgang aus der engen Einfahrt rangierte. Die Mittagssonne hatte den alten Passat aufgeheizt, und Ulbricht kurbelte das Seitenfenster herunter. Sofort drang die frische Seeluft ins Wageninnere. Ulbricht war ein wenig stolz auf seine Tochter, die inzwischen, ganz wie er, Mordfälle bearbeitete. Dass ihr momentaner Vorgesetzter in dieser Sache, Erster Hauptkommissar Friedrichs, ein arroganter Sack war, tat ihm fast ein wenig leid. Am liebsten hätte er Maja in Hameln angerufen, um ihr von seinem Kind zu berichten.

Dann kreisten seine Gedanken wieder um den Fall. Er versuchte, die Ereignisse der letzten Stunden in ein chronologisch richtiges Gefüge zu ordnen und befragte Wiebke nach ihren Ermittlungsergebnissen, über die er noch nichts Genaueres wusste.

„Was mich stutzig macht", überlegte er halblaut, während er aus dem Seitenfenster blickte, „es passt zeitlich nicht: Ihr wart bei diesem Umweltschützer und der Lehrerin ..."

„Referendarin", verbesserte Wiebke ihn, ohne den Blick von der Straße abzuwenden.

„Von mir aus auch das." Ulbricht machte eine ungeduldige Handbewegung. „Ihr wart bei den beiden, die angeblich die Nacht zusammen verbracht haben. Er hat euch angerufen, weil er sein Auto als gestohlen melden wollte."

Als Wiebke keine Einwände hatte, fuhr er fort: „Und trotzdem wurde mit dem Wagen ein Mord verübt. Zeitgleich, sozusagen. Es klang plausibel, den Wagen einfach als gestohlen zu melden, um aus eurer Schusslinie zu gelangen, doch jetzt sind die Karten neu gemischt."

„Das ist, glaube ich, nicht ganz richtig. Wenn ich das so grob schätze, hätte Schäfer genug Zeit gehabt, nach Glücksburg und zurückzufahren, bevor wir bei ihm aufgetaucht sind. Aber das müsste man noch genauer bestimmen."

„Wenn der Verkehr nicht so stark war, hätte es eventuell klappen können, aber vielleicht hat er auch nicht gelogen und der Wagen wurde tatsächlich gestohlen", fuhr Ulbricht fort.

„Deshalb habe ich meinem Kollegen eine KTU des Golf Country empfohlen", nickte Wiebke und ordnete sich auf der zweispurigen Straße Norderhofenden links ein.

„Gutes Mädchen", lächelte Ulbricht und klammerte sich am Haltegriff des Dachholmes fest. Er war ein denkbar schlechter Beifahrer und bremste mit, sobald ein anderer Verkehrsteilnehmer im dichten Gewimmel der Flensburger Innenstadt vor der Haube des Passats die Spur wechselte. Wiebke schien sich auszukennen; sie ordnete sich nach links in Richtung Glücksburg auf den Hafenkai ein. „Sag mal, wo liegt eigentlich dieser Ballastkai?", fragte er so beiläufig wie möglich, als linker Hand ein Ausläufer der Flensburger Förde im Sonnenlicht glitzerte. Boote schaukelten auf dem Wasser auf und ab, und nun fühlte er sich tatsächlich ein wenig wie im Urlaub. Um ein Haar hätte Ulbricht vergessen, dass er vor kurzer Zeit noch mit einer Frau gesprochen hatte, die vor seinen Augen ermordet worden war.

Vor einer roten Ampel stoppte Wiebke den Wagen und blickte ihren Vater entgeistert an. „Warum?"

Er grinste jungenhaft. „Nur so."

„Vergiss es", rief sie kopfschüttelnd. „Ich werde nicht zu Heiners' Firma fahren, damit du dich dort umsehen kannst. Das haben Friedrichs' Leute längst getan. Und ich habe keine Lust auf noch mehr Ärger mit ihm. Er ist ein ziemlich arrogantes Arschloch und hält sich für den Größten."

„Aber er ist gut?" Ulbricht betrachtete seine Tochter. Die Ampel sprang auf grün, und sie fuhr los.

„Ja, allerdings. Er hat eine ziemlich gute Aufklärungsrate. Trotzdem ist es ein Hohn, wie er mit seinem Team umspringt. Er behandelt sie wie dumme Kinder und akzeptiert keinen, der mindestens so gut ist wie er, vielleicht sogar besser. Friedrichs ist der Beste – jedenfalls glaubt er das. Und er setzt alles daran, damit das auch so bleibt."

Ein wenig fühlte Ulbricht sich, als hätte ihm seine Tochter einen Spiegel vorgehalten. Er selbst hasste es, wichtige Aufgaben zu delegieren. Niemand seiner Mitarbeiter kooperierte wirklich gern mit ihm, dem alten Brummbär. Ulbricht war nicht nur privat, sondern auch im Job einsam alt geworden. Ein ehemaliger Kollege hatte sich ins Diebstahlkommissariat versetzen lassen, nur um nicht mehr mit ihm in einer Abteilung arbeiten zu müssen. Natürlich hatte Ulbricht die Schuld dafür niemals bei sich gesucht. An manchen Tagen kamen ihm seine Mitarbeiter wie hirnlose Kinder vor, ein Umstand, unter dem eigentlich kein

Kommissariat der Polizei funktionieren konnte. Er ließ sich die Butter nicht gern vom Brot nehmen, wenn es darum ging, einen Fall zu lösen. Und nun hatte er es zum ersten Mal am eigenen Leib erfahren, wie es war, sich einem Mann wie Udo Friedrichs gegenüber für sein Verhalten rechtfertigen zu müssen.

Unwillkürlich dachte Ulbricht an den jungen Kommissar, den ihm die Polizeipräsidentin höchstpersönlich vor zwei Jahren an die Seite gestellt hatte, um ihm „ein wenig zur Hand zu gehen", wie sie es damals wohlwollend gemeint hatte. Frank „Brille" Heinrichs war ein elender Speichellecker, jung, unerfahren und völlig übermotiviert, doch Ulbricht musste sich eingestehen, dass sich der Knabe in der letzten Zeit gemausert hatte. Würde Heinrichs zu seinem Nachfolger werden, wenn er den Dienst quittierte? Ulbricht wusste es nicht, und es war auch nicht der richtige Augenblick, um sich darüber Gedanken zu machen.

„Du musst hungrig sein", bemerkte er, als links ein Hinweisschild zum Ballastkai auftauchte. Gleich neben der Einfahrt zum Kanalschuppen erblickte er eine Fischhalle. Laster parkten an der Rampe des Schuppens, ein Gabelstapler rumpelte über den mit Kopfsteinpflaster belegten Hof. „Das sieht doch gut aus da: Flensburger Fischmarkt." Er zog einen Zehn-Euroschein aus der Tasche und knisterte vor Wiebkes Nase damit herum. „Ich lad dich zum Essen ein. Meinen Wagen können wir danach immer noch abholen, und Petersen und dieser Friedrichs sind auch erst mal beschäftigt. Sie kommen noch eine Stunde ohne uns aus."

„Uns?" Wiebke legte die Stirn in Falten. „Hast du gesagt, dass sie eine Stunde ohne uns auskommen?"

„Ohne dich, meine ich natürlich", erwiderte er schnell und registrierte, dass seine Tochter längst den

Blinker gesetzt hatte und nach links in den Hafenkai abbog. Nun lag der Fischmarkt auf der linken Seite. Wiebke suchte einen freien Parkplatz, während Ulbricht bereits die Hinweisschilder zum Ballastkai erblickt hatte und sich seinen Plan zurechtlegte.

Husum, Polizeidirektion Poggenburgstraße, 14.15 Uhr

Wütend rauschte Petersen in das Büro von Matthias Dierks, der erschrocken aufblickte. Jan Petersen hasste es wie der Teufel das Weihwasser, wenn er bevormundet wurde. Sein Puls raste, und am liebsten hätte er den ganzen Kram hingeschmissen. Doch seine persönliche Situation ließ es nicht zu, dass er den Job an den Nagel hängte. Also suchte er ein klärendes Gespräch mit seinem Vorgesetzten.

„Was hat das denn zu bedeuten?", rief er wütend.

„Moin, Jan." Dierks ließ sich nicht aus der Ruhe bringen. „Setz dich doch."

„Danke, ich steh lieber." Petersen baute sich vor dem Schreibtisch seines Vorgesetzten auf und verschränkte die Arme vor der Brust. „Bist du eigentlich mein Boss?"

„Natürlich." Matthias Dierks nickte. „Wer denn sonst?"

Petersen berichtete ihm von seinem seltsamen Telefonat mit Wiebke. „Was bildet sich dieser Friedrichs eigentlich ein? Er macht mich zu seinem Sklaven und befiehlt Piet die Untersuchung von Schäfers Auto. Was soll das?"

Matthias Dierks lehnte sich zurück und betrachtete seinen ehemaligen Partner erst einmal mit regungsloser Miene. Dann zog er ein Schloss an seinem Schreibtisch auf und nahm eine Flasche und zwei Gläser hervor. „Ich weiß nicht, was jetzt wieder los ist, aber es ist höchste Zeit, dass du mal runterkommst, Jan."

„Ich will nicht saufen, ich will Klarheit."

Unbeeindruckt schenkte Dierks ihnen zwei Klare ein. „Eins nach dem Anderen."

Petersen setzte sich nun doch. Prompt fühlte er sich ein wenig wie beim Arzt in der Sprechstunde. Er griff nach dem Klaren, kippte das Glas hinunter und schüttelte sich. Das Zeug brannte höllisch in seiner Kehle.

„So, und nun will ich wissen, wer mir was zu sagen hat."

„Ich."

Dierks trank auch, allerdings schüttete er den Schnaps nicht in einem Zug in sich hinein, sondern nippte nur daran. „Ich bin dein Vorgesetzter, Jan. Und allein das scheint dir augenblicklich Probleme zu bereiten. Hinzu kommt, dass wir es aktuell mit einem Tötungsdelikt zu tun haben. Und da ist die Bezirkskriminalinspektion Flensburg uns gegenüber weisungsbefugt. Insofern muss auch ich mich für die zum Affen machen." Er beugte sich über die Schreibtischplatte. „Aber das ist es doch nicht, Jan."

„Und dieser Ulbricht? Hat der mir auch was zu sagen?"

„Wer?"

„Ulbricht, Wiebkes Vater. Er hat mich angemault und mir Befehle gegeben."

„Keine Ahnung, was der damit zu tun hat. Wahrscheinlich will er uns nur helfen. Wie dem auch sei: Ich werde mit Wiebke reden."

Minutenlang kehrte Schweigen im Büro des Ersten Kriminalhauptkommissars ein. Die Geräusche der benachbarten Räume drangen gedämpft an ihre Ohren.

Dann hob Petersen den Kopf und blickte seinen ehemaligen Partner mit versteinerter Miene an. „Es kotzt mich an, von dir abhängig zu sein, Mattes." Lange hatte er versucht, sich die richtigen Worte zurechtzulegen. Natürlich war es ihm schwergefallen, die Karten auf den Tisch zu legen. Eigentlich war Petersen kein Mensch, der sich öffentlich seine Schwächen eingestand. „Du hast mich in der Hand, Mattes."

„Wovon redest du?" Er legte die Stirn in Falten und drehte das Schnapsglas in den Händen.

„Das weißt du ganz genau." Petersen hatte diesen Augenblick gefürchtet. Er hasste es, im Kollegenkreis offen über seine Gefühle zu sprechen. Normalerweise trennte er Berufs- und Privatleben strikt voneinander. Sogar Wiebke sah er in der knappen Freizeit nur selten. „Ich lebe nur noch, weil du mich leben lässt."

Matthias Dierks schüttelte energisch den Kopf. „Du redest Blech, Jan."

„Eben nicht", fuhr Petersen auf und hielt seinem Vorgesetzten das leere Glas hin.

Dierks schenkte schweigend nach.

„Früher sind wir zusammen zur Schule gegangen, haben das Abi gemacht und haben uns gemeinsam auf der Polizeischule angemeldet. Dann waren wir ein Team, und irgendwann stand eine Beförderung an. Du hast den Jackpot gezogen und warst der Glückliche, der fortan hier was zu melden hat. Ich sag das nur ungern, Mattes, aber du bist mein Boss, und du bist schon lange nicht mehr der gute Freund, den ich früher hatte." Petersen nahm das Glas, setzte es an und trank. „Du hast dich verändert, Mattes." Diesmal brannte der Klare schon nicht mehr so sehr wie beim ersten Mal.

„Und das macht dich so fertig?" Dierks schien es nicht glauben zu können.

„Nicht nur. Ich habe eine gescheiterte Ehe hinter mir und gehe finanziell auf dem Zahnfleisch, das muss ich dir nicht erzählen. Meine Ex zieht mich bis aufs letzte Hemd aus, ich verbringe jeden Abend einsam in meiner Bude und trinke zu oft und zu viel. Du hingegen fährst immer schön nach Hause zu deiner Familie, den fast erwachsenen Kindern und der Frau, die dich nach all den Jahren als Bulle immer noch liebt und sich jeden Abend freut, wenn du nach Hause kommst."

„Du bist ziemlich einsam, Jan."

„Das ist es nicht." Petersen schüttelte den Kopf und blickte auf seine Schuhspitzen. „Jedenfalls ist es das nicht allein." Er schämte sich plötzlich dafür, seinem ehemaligen Partner sein Herz ausgeschüttet zu haben. Früher hatten sie alles bei einem Feierabendbier besprochen. Und es war ihm peinlich, auf das, was Dierks in den letzten Jahren erreicht hatte, neidisch zu sein. Dennoch sah er die Dinge realistisch: Er war von Dierks abhängig, beruflich und privat.

„Dann sag mir endlich, was dich so fertig macht, und ich werde sehen, wie ich dir helfen kann." Dierks lächelte ihm aufmunternd zu.

„Ich kann dir diesen Monat keine Miete zahlen, Mattes." Petersens Kopf ruckte hoch. Er blickte Dierks lange an, versuchte, in dessen Gesicht zu lesen.

Plötzlich begann Matthias Dierks zu lachen. Er schien über Petersens Sorgen amüsiert zu sein – ein Umstand, der Petersen noch wütender machte. Was bildete sich dieser arrogante Kerl eigentlich ein?

„Sag mal, spinnst du?", fragte er und schlug mit der flachen Hand auf den Schreibtisch seines Vorgesetzten. „Hast du mir nicht zugehört? Ich habe nicht genug Geld auf dem Konto, um dir die Miete zu bezahlen." Hätte er doch damals bloß nicht das Angebot angenommen, in eines der Häuser von Matthias Dierks einzuziehen. Streng genommen gehörten die Häuser seiner Frau, die sie mit in die Ehe gebracht hatte. Als Petersen kurz nach seiner Scheidung eine neue Bleibe gesucht hatte, war es eine gute Fügung gewesen, dass eines der kleinen Traufenhäuser in der Süderstraße frei geworden war. Die Mieterin war verstorben und das Haus heruntergekommen. Dierks war ihm mit dem Mietpreis entgegengekommen und hatte auf eine Kautionszahlung verzichtet. Im Gegenzug hatte Petersen ihm damals versprochen, das Haus nach und nach in Eigenregie zu sanieren. Er fühlte sich wohl in seinem Hexenhaus, wie er es liebevoll wegen seiner schiefen Wände nannte.

„Mach dir doch über so einen Scheiß keinen Kopf, Jan." Dierks war ernst geworden. „Ich bitte dich – wir kennen deine finanzielle Situation, und ich bin bestimmt der Letzte, der dich deshalb vor die Tür setzt. Keine Angst, du musst nicht unter der Brücke schlafen. Zahl einfach so, wie du es kannst. Ich rede mit Elke, und sie wird meiner Meinung sein, jede Wette."

Elke war die Frau von Matthias Dierks. Ein liebenswertes Wesen mit großem Herzen und für Dierks, der offenbar auf der Sonnenseite des Lebens wohnte, ein echter Glücksgriff. Ihre Ehe verlief seit sechsundzwanzig Jahren harmonisch.

„Geht das denn? Ich meine, ihr müsst doch für das Haus jeden Monat an die Bank ..."

„Vergiss es." Dierks winkte ab. „Die Finanzierung ist längst durch, Jan. Deshalb fällt es uns auch nicht schwer. Ich habe mir so etwas übrigens gedacht. Deshalb habe ich gleich nach unserem Gespräch vorhin mit Elke telefoniert. Sie hat keine Einwände, wenn wir dir die Miete bis auf Weiteres erlassen."

„So einfach ist das?" Petersen konnte es einfach nicht glauben. Ihm war, als würde der Ballast, den er die letzten Tage mit sich herumgetragen hatte, einfach von ihm abfallen.

„Ja." Dierks nickte. „So einfach ist das." Die Schnapsflasche verschwand wieder in der Schreibtischschublade, und er erhob sich. „Was gibt es Neues zum Fall?"

„Warten wir die Untersuchung des Golf Country ab", schlug Petersen vor. „Auch wenn ich mir nicht vorstellen kann, was das bringen soll."

Dierks brachte ihn zur Tür. Dort angekommen, schlug er Petersen auf die Schulter. „Wie gesagt – mach dir nicht immer so einen Kopf. Vielleicht sollten wir mal wieder alte Traditionen aufleben lassen und ein Bier zusammen trinken gehen."

„Ja." Petersen nickte erleichtert. „Das sollten wir, ganz bestimmt sogar." Dann war er draußen, und plötzlich fühlte er sich wieder so, als könne er Bäume ausreißen.

„Jan, kommst du mal?" Auf dem Weg zu seinem Büro kam Petersen an Katja Grafs Arbeitsplatz vorbei. Die Tür stand offen, weil sie Sven Gerke zum Kaffeeautomaten geschickt hatte.

„Was gibt es, Katja?" Er betrat den Raum und zog sich einen Stuhl heran, um sich falsch herum darauf niederzulassen. Nach dem Gespräch mit Matthias Dierks fühlte er sich wieder ein wenig wie der Alte. Dierks war nicht nur sein Vorgesetzter, sondern auch sein Vermieter. Und er hatte sich als äußerst großzügiger Vermieter gezeigt, indem er Petersen die Miete erlassen hatte. Blieben nur noch die einsamen Abende, die er verlebte. Doch Petersen war sicher, auch eines

Tages die Frau fürs Leben zu finden. Er musterte Katja Graf unauffällig.

„Ich musste Jörn Holst rauslassen."

Petersen machte große Augen. „Du musstest ... was?"

„Er ist seit einer Viertelstunde auf freiem Fuß."

„Wieso denn das?" Petersen fürchtete, plötzlich vor dem Nichts zu stehen.

„Er hatte für die Tatzeit doch noch ein Alibi – ein unfreiwilliges allerdings." Katja lächelte, und er verliebte sich einen Augenblick lang in ihre lustigen Grübchen. „Wir haben ihn gestern Abend geblitzt."

„Wo und wann war das genau?"

„Auf der B 201, bei Schleswig. Das war gegen zweiundzwanzig Uhr."

„Dann wird es Zeit, zu überprüfen, wann im Multimar die Alarmanlage entsichert wurde. In modernen Anlagen wird so etwas ja dokumentiert."

„Hab ich schon längst getan", lächelte Katja. „Und es passt – oder auch nicht, je nachdem aus welcher Perspektive du es sehen willst. Die Abschaltung der Anlage erfolgte gegen 21.55 Uhr."

„Mist."

„Weil du jetzt ohne deinen Hauptverdächtigen dastehst?"

„Vielleicht." Petersen hieb sich vor die Stirn. „Warum habe ich das nicht gleich zu Anfang prüfen lassen?"

„Weil du nicht gut drauf warst in den letzten Tagen, Jan."

Katjas Stimme klang sanft und mitfühlend. „Irgendwie hat keiner daran gedacht, aber nun haben wir es ja schwarz auf weiß, denn ich habe mir den Ausdruck des Journals vom Multimar mailen lassen."

„Immerhin", sagte Petersen anerkennend, ohne auf ihren mitfühlenden Einwurf zu reagieren. Es war ihm unangenehm, dass nicht nur Wiebke aufgefallen war, dass etwas nicht mit ihm gestimmt hatte. Dass ausgerechnet Katja Graf daran eine Teilschuld trug, wollte er ihr nicht auf die Nase binden. Letzten Endes machte sie sich noch Vorwürfe, und das wollte er ihr auf keinen Fall zumuten.

„Wie geht es jetzt weiter?", fragte sie, als er plötzlich nachdenklich auf sie wirkte.

„Ich bin an einer anderen Spur dran, aber ich will Dierks nicht vorgreifen. In der Nachmittagssitzung bringen wir uns gegenseitig auf Stand, und morgen sind wir garantiert durch mit dem Fall, Katja."

Sie nickte, dabei hüpfte eine ihrer blonden Haarsträhnen auf und ab. „Das wäre schön."

„Ja." Er stand auf, stellte den Stuhl an seinen Platz zurück und grinste.

„Jan?"

Petersen, der schon einen Fuß auf dem Flur hatte, verharrte und wandte sich zu ihr um. „Was?"

„Hast du mal Lust, mit mir essen zu gehen? Im ‚Ratskeller' soll es ausgezeichnete Steaks geben."

Sie war ein wenig errötet und hatte die Stimme gesenkt.

„Klar – warum nicht?" Er gab sich Mühe, seine Freude zu verbergen und versuchte vergeblich gleichgültig zu klingen. Dabei fiel ihm auf, wie niedlich Katja mit roten Wangen aussah.

„Gibts hier was zu tuscheln?"

Weder Katja noch Petersen hatten bemerkt, dass Sven Gerke mit zwei Bechern bewaffnet vom Automaten zurückgekehrt war.

„Klar", grinste Petersen. „Wir lästern gerade über unseren Azubi ab." Als er in Gerkes überraschtes Gesicht blickte, ließ er die beiden allein.

„Mist, jetzt hab ich mein Telefon im Auto vergessen."
Ulbricht schüttelte den Kopf und schlug sich mit der
flachen Hand gegen die Stirn. „Es steckt in der Manteltasche, und der Mantel liegt auf dem Rücksitz. Muss
wohl noch mal los."

„Wozu brauchst du dein Telefon?" Wiebke legte den
Kopf schräg. „Soviel ich weiß, hast du Urlaub und
musst nicht zwingend erreichbar sein. Und deine vollständige Familie sitzt dir im Flensburger Fischmarkt
gegenüber – von dieser Seite ist wohl auch keine Störung zu befürchten." Wiebke lächelte ihren Vater verstehend an und reichte ihm den Autoschlüssel. „Aber
bitte mach mir keine Scherereien. Ich habe keine Lust,
dein Verhalten wieder bei Friedrichs erklären zu müssen."

Sie ahnte, was er vorhatte. Kein Wunder, dachte er
ein wenig stolz, immerhin war Wiebke seine Tochter.
Sie konnte eins und eins zusammenzählen und arbeitete bei der Kriminalpolizei. Also konnte sie sich denken, dass er ganz andere Dinge vorhatte, als sich sein
Telefon aus dem Auto zu holen, das er dort angeblich
vergessen hatte. Dennoch machte Ulbricht einen zer-
knirschten Gesichtsausdruck, als er sich von seinem
Stuhl in dem Fischrestaurant mit wundervollem Ausblick auf die Förde erhob. „Tut mir wirklich leid", murmelte er. „Vielleicht rauch ich mir auch gleich noch eine
Zigarette – wenn das für dich in Ordnung ist."

„Du bist erwachsen, Papa." Sie zuckte die Schultern.
„Also mach, was du willst. Das gilt übrigens nicht nur
für das Rauchen."

Ulbricht zögerte sekundenlang. „Verlass dich auf
mich, Wiebke." Dann wandte er sich ab und verließ

264

das urig eingerichtete Fischrestaurant. Draußen um-
schmeichelte eine sanfte Brise sein Gesicht. Er drehte
den Kopf nach Westen und sah die Wasseroberfläche
im Sonnenlicht glänzen. Ein Segelboot fuhr gerade auf
die Ostsee hinaus. Möwen begleiteten das Boot, während auf der Straße am Westufer der Verkehr zu stocken schien. Im warmen Licht der Sonne wirkten die
Fassaden der prächtigen Gebäude, als würden sie
leuchten. Ulbricht begann das nordische Ambiente zu
lieben. Er atmete tief durch, als er zum Parkplatz
schritt. Vor ihm ragten drei, vier neumodische Wohn-
und Bürogebäude in den fast wolkenlosen Himmel. Sicherlich war das Wohnen und Arbeiten hier sündhaft
teuer, überlegte er. Immerhin lebte man in bester Lage
von Flensburg und konnte den Blick auf das Wasser
genießen.

Im ersten Block war im Erdgeschoss eine Postfiliale
untergebracht – vielleicht handelte es sich auch um
eine privat betriebene Postagentur, so genau konnte
man das heutzutage nicht mehr unterscheiden. Ulbricht blieb stehen und betrachtete die modernen Gebäude. Jeder Block hatte seine eigenen Parkplätze, die
von einer pedantisch gestutzten Hecke umgeben
waren. An den Häuserfronten wechselten sich große
Glasflächen mit kleinen, stilisierten Bullaugen ab, die
unter einem halbrunden Dach lagen. Man zeigte sich
detailverliebt, denn auch die Hinweisschilder vor den
Gebäuden waren mit einem kleinen, halbrunden Dach
versehen. Ulbricht erstarrte, als er vor dem Haus Ballastkai 5 den Eintrag einer Immobilienfirma erblickte,
unter dessen Logo der Name „Holger Heiners"
prangte. Er überlegte. Vielleicht konnte ein kleiner Besuch nicht schaden, schließlich wollte er sich ja nur
einen Eindruck von der Firma des Toten verschaffen.

Im gleichen Augenblick war er sich darüber im Klaren, dass er dort keinesfalls als Hauptkommissar vorstellig werden durfte. Es lag ihm fern, Wiebke Probleme zu bereiten.

Ulbricht lehnte sich gegen die gläserne Eingangstür, die nur angelehnt war, und fand sich im nächsten Augenblick in einem nüchternen Treppenhaus wieder. Nun gab es für ihn kein Zurück mehr. Die Verwaltung von Holger Heiners' Immobilienimperium nahm das gesamte erste Stockwerk in Beschlag. Dort angekommen fand er sich an einer Art Empfangstresen wieder. Dahinter lag ein hell eingerichtetes Großraumbüro mit fast zehn Arbeitsplätzen. Auf der linken Seite zweigten Türen ab – dort residierten wohl die Chefs.

„Moin." Die schlanke Sekretärin lächelte ihn freundlich an. „Was kann ich für Sie tun?"

„Morgen. Ulbricht ist mein Name. Ich würde gern mit Herrn Christian Rohde sprechen."

Das Lächeln auf dem aparten Gesicht der Angestellten fror ein. „Ich nehme an, Sie haben einen Termin?"

„Nein, dafür war keine Zeit – nicht in Anbetracht der aktuellen Geschehnisse."

„Sind Sie von der Polizei?"

„Nein, wie kommen Sie darauf?", fragte Ulbricht mit empörter Miene. „Es geht um einen meiner Mandanten. Er sorgt sich um den Fortbestand seiner Immobilien auf Sylt. Und deshalb bin ich auch hier."

„Das können Sie sicherlich mit einem unserer Sachbearbeiter klären", erwiderte die Sekretärin schneidend.

„Ich fürchte, nicht." Ulbricht beugte sich zu der Sekretärin hinab. „Die beiden sind nämlich so." Er legte den Mittelfinger seiner rechten Hand um den Zeigefinger und symbolisierte so eine dicke Freundschaft. Das hatte er mal irgendwo im Fernsehen gesehen und fand es gut.

„Ach so. Ich werde Herrn Rohde fragen, ob er Zeit hat, Sie zu empfangen." Ohne seine Antwort abzuwarten, griff sie zum Telefon, tippte zwei Tasten und lauschte dem Freizeichen. Dann wurde offenbar abgenommen. „Hier ist ein Herr Ulbricht", säuselte sie mit dem typisch freundlich-distanzierten Sekretärinnengeflöte in den Hörer. „Er möchte Sie sprechen." Sie lauschte, blickte lächelnd zu ihrem Gast auf und nickte. „Danke." Dann legte sie auf. „Sie haben Glück", beschied sie Ulbricht. „Wenn es nicht lange dauert, können Sie jetzt zu ihm. Dritte Tür links. Soll ich Sie bringen?"

„Nein danke, das wird nicht nötig sein." Ulbricht trommelte auf den Empfangstresen und machte sich auf den Weg. Dabei versuchte er, möglichst viele Eindrücke zu sammeln. Es war auffällig, dass die Sachbearbeiter im Großraumbüro mit mobilen Rechnern arbeiteten. Man lächelte ihm höflich zu.

Ulbricht hatte die dritte Tür links erreicht und klopfte. Als von drinnen ein zackiges „Herein" ertönte, öffnete er die Tür und fand sich in einem luxuriös eingerichteten Büro mit Blick auf die Förde wieder. Hinter dem gläsernen Schreibtisch saß ein sonnenbankgebräunter, hochgewachsener Anzugträger von höchstens fünfunddreißig Jahren. An seinem Handgelenk glänzte eine goldene Uhr, ein feines Aftershave hing schwer im Raum. Als er den Besucher erblickte, erhob sich Rohde von seinem Ledersessel und umrundete den Tisch.

„Herr ..." Den Namen seines Besuchers hatte der oberflächliche Kerl also auch schon wieder vergessen, stellte Ulbricht fest.

„Ulbricht, Norbert Ulbricht", half er dem Anzugträger auf die Sprünge.

„Natürlich", lachte er. „Angenehm. Bitte, so nehmen Sie doch Platz!" Er deutete mit einer ausladenden Geste auf einen freien Stuhl vor seinem Schreibtisch, bevor er sich selbst dahinter verschanzte. „Also", sagte er, nachdem er die Fingerspitzen beider Hände aneinandergelegt hatte. „Was kann ich für Sie tun?"

„Das sind ja ganz schreckliche Ereignisse, die Ihr Unternehmen da in die Schlagzeilen bringen", ging Ulbricht in die Offensive.

„Ja, allerdings." Zerknirschtes Nicken. Rohde griff zu einem Kugelschreiber, der vor ihm lag. Er tickerte ein paar Mal mit der Miene, dann lehnte er sich in seinem Sessel zurück und kaute auf dem Stift herum.

„Und deshalb macht sich Herr Hansen auch Sorgen um seine Immobilien, die Sie auf Sylt für ihn verwalten. Er fragt sich verständlicherweise, wie es denn dort nun weitergeht." Ulbricht beugte sich vor. „Werden Sie die Geschäfte nach Herrn Heiners' Tod nun fortführen?"

„Zunächst einmal bin ich Ihr Ansprechpartner." Rohde machte ein Pokerface.

„Wollen Sie den Laden denn übernehmen?"

Christian Rohde schien ein wenig erschrocken über den saloppen Tonfall seines Besuchers zu sein. Doch er hatte sich schnell wieder unter Kontrolle und lächelte charmant. „Diese Firma ist mein Leben", sagte er ausweichend. „Sicherlich können Sie sich vorstellen, wie schwer mich der Tod von Holger Heiners und seiner Frau getroffen hat."

„Frau Heiners ist auch tot?", tat Ulbricht erstaunt.

Rohde stockte, dann nickte er. „Ja, sie wurde ermordet."

268

Ulbricht zog sein kleines Notizbuch aus der Hemdtasche und blätterte darin. „Oh", sagte er dann. „Ich habe leider keinen Stift. Wenn Sie mir vielleicht ..."

„Natürlich." Rohde nickte und reichte Ulbricht den Kugelschreiber, mit dem er gerade noch herumgespielt hatte. „So, und nun müssen Sie mir sagen, was genau ich für Sie tun kann. Von welchen Objekten auf Sylt sprechen wir denn?"

Diese Frage hatte Ulbricht befürchtet. Er spürte, wie sich sein Herzschlag beschleunigte und ihm heiß wurde. Hastig legte er sich eine Antwort zurecht. Doch bevor er reagieren konnte, wurde die Bürotür aufgestoßen.

Plötzlich stand Wiebke im Büro, dicht gefolgt von der Sekretärin, deren Hauptaufgabe es offenbar war, lästige Besucher auf die nötige Distanz zu halten.

„Es tut mir leid", rief sie aufgeregt. „Aber die Dame ist von der Polizei, das ist Kommissarin Ulbricht, und Sie ..."

„Danke", lächelte Wiebke und betrachtete ihren Vater. „Hier stecken Sie also", sagte sie vorwurfsvoll.

Ulbricht, der sich wunderte, warum er plötzlich von seiner Tochter gesiezt wurde, erhob sich. Kugelschreiber und Notizblock verschwanden wieder in der Hemdtasche. „Was soll das denn jetzt?", fragte er.

Rohde war aufgesprungen. „Polizei?", rief er. „Denen habe ich schon alles gesagt." Dann musterte er Wiebke. „Moment, wie war Ihr Name?"

„Ulbricht, von der Kripo."

„Aber er hier", Rohde deutete auf Ulbricht, „er sagt, er hieße Ulbricht."

„Keine Sorge." Wiebke lächelte. „Ich bin auf der Suche nach unserem Herrn Mayer." Sie tippte sich bezeichnend an die Schläfe. „Er befindet sich in psychologischer Behandlung." Dann schüttelte sie den Kopf. „Haben Sie wieder meinen Namen verwendet, um …"

„Wir gehen jetzt besser", unterbrach Ulbricht seine Tochter. Sie hatte keine Einwände, nahm ihn an der Hand und führte ihn aus dem Büro wie einen kleinen Jungen.

„Entschuldigen Sie noch einmal die Störung", rief sie Rohde und seiner Sekretärin über die Schulter zu, dann waren sie draußen.

„Was war das denn für eine schräge Nummer?", fragte Ulbricht seine Tochter, kaum, dass sie das Bürogebäude am Ballastkai verlassen hatten.

Sie grinste. Es tat ihr sichtlich gut, ihm eins ausgewischt zu haben. „Nun steht es eins zu eins", sagte Wiebke und führte ihn zum Auto. „Wenn du glaubst, mich reinlegen zu können, dann schlage ich zurück. Also bist du ein geistig verwirrter, alter Mann, den ich als Polizistin betreue. Aber es ist ja alles gut gegangen, und sogar dieser aalglatte Manager hat uns die Story abgenommen."

Ulbricht war stehen geblieben und musterte seine Tochter mit finsterer Miene. „Moment", rief er dann. „Den ‚alten Mann' nimmst du auf der Stelle zurück!"

„Wenn ich dafür ‚verrückt' stehen lassen darf, dann gerne!" Sie stiegen ein. „Was hattest du da drinnen eigentlich vor?", fragte Wiebke, während sie den Wagen in Richtung Glücksburg steuerte. Dort parkte noch immer Ulbrichts alter Vectra vor dem Haus der Heiners'.

„Ich wollte mich einfach mal umschauen", behauptete er.

„Und prompt ist mir aufgefallen, dass auf jedem Schreibtisch ein Laptop stand."

„Kein Wunder", lachte Wiebke. „Friedrichs hat wahrscheinlich längst sämtliche Rechner einkassiert und lässt nun die Festplatten durchleuchten."

„So hat jeder seine Methode, Beweise zu sammeln", murmelte Ulbricht und lehnte sich bequem im Sitz zurück, um die Landschaft zu bewundern. Nachdem sie das Ortsausgangsschild von Flensburg passiert hatten, wurde die Gegend wieder ländlicher, und die kurvenreiche Straße führte über sanfte Hügel und durch grüne Täler nach Glücksburg. Durch das offene Seitenfenster drang die frische Sommerluft in den Wagen, und der Fall, der sie beide beschäftigte, rückte für einen Moment in weite Ferne.

Als Wiebke immer wieder kurz zu ihm hinüber blickte, glaubte sie, dass ihr Vater döste. Er war ein altes Schlitzohr, und plötzlich war sie stolz darauf, dass er sich in ihren Fall eingemischt hatte ...

Husum, Polizeidirektion Poggenburgstraße, 14.40 Uhr

„Komm mal runter zu mir!" Piet Johannsens Stimme klang aufgeregt am Telefon.

Petersen nahm die Füße von seiner Schreibtischkante. „Wieso?", fragte er. „Hast du Freibier für alle gekauft, und ich soll dir tragen helfen?"

„Mensch, Jan, quatsch keine Opern! Ich will dir was zeigen!"

Petersen seufzte. Als er aus dem Fenster blickte, sah er dicke Wolkenberge, die sich über Husum aufgetürmt hatten. Es würde heute noch Regen geben, und bei seinem Glück setzte der Platzregen ausgerechnet dann ein, wenn er auf dem Hof der Direktion stand. „Also gut", murmelte er. „Aber wehe, du hast keinen triftigen Grund, mich durch die Gegend zu scheuchen."

„Du wirst erstaunt sein", erwiderte Johannsen und legte auf.

Petersen erhob sich von seinem wackeligen Bürostuhl und zog sich die dünne Jacke über. Wiebkes Schreibtisch war immer noch verwaist, und er wusste, dass sie mit ihrem Vater in Flensburg unterwegs war. Friedrichs hatte wohl einen ziemlichen Aufstand geprobt, weil sich Ulbricht senior in den Fall eingemischt hatte. Kein Wunder, Udo Friedrichs lebte seine Profilneurose in vollen Zügen aus. Dass nun ein alter Hauptkommissar aus dem fernen Wuppertal Zeuge wurde, wie die frischgebackene Witwe eines Mordopfers umgebracht wurde, passte da nicht in sein Weltbild. Petersen fühlte eine Prise Schadenfreude in sich aufsteigen. Er war gespannt auf Wiebkes Bericht, sobald sie wieder zurück in Husum war. Gemeinsam würden sie dann Torben Schäfer verhören. Vielleicht hatten sie Glück, und er gestand, etwas mit den beiden Morden zu tun zu haben. Wenn nicht, hatte Friedrichs ein Problem. Und Petersen war sicher, dass er seinen Frust ungefiltert nach unten an sie weitergeben würde. Langsam wurde es eng für ihn und die Kollegen – spätestens nach dem Zwischenfall in Glücksburg stand Friedrichs unter Strom. Fortan würde der Abteilungsleiter alles daran setzen, um den Fall aufzuklären.

Petersen trat über den Hinterausgang der Direktion auf den Hof. Hier parkten die Einsatzfahrzeuge der Husumer Polizei und einige Privatfahrzeuge. Die Tore einer KFZ-Halle standen offen. Er erkannte einen grünen, hochbeinig wirkenden VW Golf, dessen Kennzeichen von Schmutz verschmiert war. Offenbar hatte Johannsen alles daran gesetzt, Torben Schäfers

Fahrzeug so schnell wie möglich hierher bringen zu lassen. Eine angeordnete Blutprobe bei Schäfer hatte einen nicht zu verachtenden Anteil von Restalkohol im Blut ans Licht gebracht. Nun musste ein Sachverständiger klären, ob er derart alkoholisiert überhaupt hatte fahren können. Piet Johannsen hatte sofort mit der kriminaltechnischen Untersuchung des Golf Country begonnen.

„Also", sagte Petersen gedehnt, während er sich an eine der Säulen lehnte. „Was war so wichtig, dass du es mir nicht am Telefon sagen konntest?" In der Fahrzeughalle roch es nach Öl, Gummi und Lack.

Johannsen trug wieder einen seiner weißen Faseranzüge. Er grinste über beide Ohren. „Dies, mein lieber Jan, ist nicht nur das Auto von Torben Schäfer, unserem Umweltaktivisten – es ist auch das Auto, das dem Mörder von Gabriele Heiners als Fluchtfahrzeug diente." Als er Petersens verdutztes Gesicht sah, nickte er. „Passt nicht in das zeitliche Gefüge, was? So, und jetzt kommst du."

„Worauf willst du hinaus?" Petersen trat näher und warf einen Blick in das Innere des leichten Geländewagens. Eigentlich ein normaler VW Golf älteren Baujahres, nichts Besonderes also.

„Ich habe im Fußraum vor dem Beifahrersitz Spuren von Waffenöl gefunden."

„Was hat das zu bedeuten?" Kaum dass Petersen die Frage ausgesprochen hatte, begriff er, worauf der Kollege von der Spurensicherung hinauswollte. „Klar", murmelte er. „Du meinst, dass der Mörder die Waffe nach der Tat in den Fußraum geworfen hat, weil es schnell gehen musste. Das ist es doch, oder?"

Johannsen nickte. „Die Spuren sind relativ frisch, und so wie es aussieht, handelt es sich um eine leichte Ma-

schinenpistole, die hier in den Kurven, bei den Brems-
und Fahrmanövern hin- und hergerutscht ist. Ich
konnte die Spuren auf den Gummimatten sichern. Offenbar hat der Täter die Waffe vor dem Anschlag auf
Gabriele Heiners frisch geölt. Gut für uns." Er grinste
und nahm die Nickelbrille ab, um sich mit einem Ta-
schentuch die schweißnasse Stirn abzutupfen.

„Gabriele Heiners starb an einer Salve, abgegeben
aus einer leichten Maschinenpistole", überlegte Petersen. „Die Uzi beispielsweise verwendet die übliche
9 mm Munition."

„In 19er oder 21er Länge", nickte Johannsen. „Und
die 19er wurde am Tatort in Glücksburg gefunden.
Also schließt sich der Kreis, denn so oft kommt eine
Uzi auf dem freien Markt nicht vor."

„Meinst du, der Täter schmeißt das Ding so achtlos
in den Fußraum?"

Piet Johannsen nickte. „Klar. Was darauf hindeutet,
dass er allein unterwegs war. Er setzt eine Salve auf
das Haus ab, rennt zum Auto, springt hinters Lenkrad,
wirft die Waffe in den Fußraum und flüchtet mit quietschenden Reifen."

„Das sind, wenn auch alles ziemlich sicher zu sein
scheint, noch keine Beweisstücke", warnte Petersen
den Kollegen. Ihm kamen erneut Zweifel. Wenn Schäfer betrunken unterwegs gewesen war, dann erschien
es Petersen unmöglich, derart konzentriert zu handeln
und auf der Flucht keinen Unfall zu bauen. Wenn er
es nicht gewesen war, wer war dann mit Schäfers
Wagen unterwegs gewesen? Hatte Levke Kühn Schäfer absichtlich betrunken gemacht, um ihm dann den
Wagen für ein paar Stunden zu entwenden, den Mord
zu begehen und sich danach wieder zu ihm ins Bett zu
legen?

Wenn Levke Kühn mit dem Wagen unterwegs gewesen war, müssten sich DNA-Spuren auf dem Fahrersitz befinden. Haare, Hautschuppen, was auch immer.

„Sobald wir die Patronenhülsen untersucht haben und das Waffenöl und die Schmauchspuren abgeglichen haben, wissen wir mehr – das ist nur eine Frage der Zeit, mein lieber Jan."

„Ich werde klären, ob Schäfer im Besitz einer Waffe ist."

„Und wenn, wird er es wohl kaum zugeben. Also durchsuchen wir sein Haus, sobald wir einen Durchsuchungsbeschluss von Mahndorf haben."

Petersen nickte nachdenklich. Er fürchtete, dass die Untersuchungen der KTU viel zu lange dauern würden, denn es war eine Frage der Zeit, bis Schäfers Anwalt die Freilassung seines Mandanten erwirken würde. Es musste schneller gehen. „Du solltest mal die Datenbanken nach einer als vermisst gemeldeten Uzi durchsuchen", schlug er Johannsen vor.

„Da kann ich auch gleich die Nadel im Heuhaufen suchen", winkte der Kollege ab.

„Ich hab eben mal im Internet recherchiert." Petersen klopfte auf das dicke Blech des geländegängigen VW. „Von diesem Modell hat Volkswagen nur knapp achttausend Exemplare gebaut. Das Ding war ein Flop, heute sind SUVs ein Hit bei allen Hausfrauen, aber 1990 war die Zeit wohl noch nicht reif für einen höher gelegten Kompaktwagen, mit dem man auch mal durch die Pampa rumpeln konnte."

„Umso sicherer können wir sein, dass es sich bei Torben Schäfers Golf um das Tatfahrzeug handelt." Petersen massierte sich die Schläfen. „Aber es passt doch zeitlich nicht. Wenn er selbst den Anschlag verübt hat, muss er verdammt schnell gewesen sein."

„Genau, und deshalb bist du jetzt an der Reihe, das alles zu klären. Aber noch etwas anderes habe ich vorhin herausgefunden: Natürlich habe ich in dem Auto eine ganze Menge Fingerabdrücke sichergestellt. Nun musst du Torben Schäfer zur erkennungsdienstlichen Maßnahme antanzen lassen, und dann kann ich hier weitermachen."

„Kein Thema", nickte Petersen. „Wie lange machst du heute?"

Johannsen zuckte die Schultern. „Meine Frau kennt mich. Sie hat mich mit diesem Job geheiratet. Also bleibe ich so lange, bis ich den Fall geklärt habe."

„Guter Mann", grinste Petersen und überquerte den Hof just in dem Augenblick, als der Regen einsetzte.

ZWÖLF

Husum, Badestrand Dockkoog, 16.00 Uhr

Sand hatte der Dockkoog zwar nicht zu bieten, trotzdem herrschte am späten Nachmittag viel Betrieb in der Husumer Bucht. Es hatte angefangen zu regnen, doch die Touristen hatten sich mit wetterfesten Jacken ausgerüstet und genossen die frische Seeluft. Trotz des Regens hatte Ulbricht darauf bestanden, unter einem der weit ausladenden Sonnenschirme von „Antjes Imbiss" im Freien zu sitzen. Drinnen sitzen könne er den ganzen Tag, hatte er seiner Tochter beschieden, während er den Blick über den sattgrünen Dockkoog schweifen ließ.

„Die Pommes sind kalt", mokierte sich Ulbricht kauend, während der Regen auf den Schirm pladderte und seiner Tochter einen Schauer über den Rücken trieb.

Wiebke, die ihrem Vater gegenübersaß, warf ihrem alten Herrn einen vielsagenden Blick zu. „Papa", seufzte sie, „wir sind am Meer, und es regnet. Da musst du beim Essen nicht pusten, um dir nicht den Mund zu verbrennen."

Norbert Ulbricht hatte seine Tochter nach der Rückkehr aus Glücksburg darum gebeten, sich den Dockkoog, wegen dem es offenbar Tote gegeben hatte, mit eigenen Augen ansehen zu dürfen. Dass er hier schon allein gewesen war, störte ihn nicht. Gestern hatte er nicht gewusst, welche Tragödie sich hier gerade abspielte. Nun fühlte er den Husumer Badestrand und versuchte, sich in die Täter hineinzuversetzen. War jemand in der Lage, für den Erhalt des Naturschutzgebietes zu morden?

„Wie gehen wir weiter vor?", fragte er mit vollem Mund, ohne auf Wiebkes Einwand einzugehen.

„Da war es wieder", rief Wiebke. „Das kleine Wörtchen ‚wir'." Ihr Vater war einfach unverbesserlich, und sie fürchtete ein wenig, dass er nicht tatenlos zusehen würde, bis sie den Fall gelöst hatte. Dabei fiel ihr ein, dass sie noch gar nicht darüber gesprochen hatten, wie lange er blieb.

„Du weißt, wie ich das meine", entgegnete Ulbricht und lächelte seiner Tochter zu.

„Eben", nickte Wiebke, „eben." Sie trank von ihrem Kaffee, der sie von innen wärmte. Wäre es nach ihr gegangen, hätten sie sich einen freien Platz im Innenbereich des Kiosks gesucht. Sie berichtete ihrem Vater vom Telefonat, das sie im Auto mit ihrem Partner Petersen geführt hatte. Einen dringend Tatverdächtigen hatte man wieder aus der U-Haft entlassen müssen, und nun waren die Karten neu gemischt. Sie hoffte, dass sie schlagfeste Beweise gegen Torben Schäfer finden würden.

„Wer sagt denn, dass wir hier nach einem Mörder suchen?", fragte Ulbricht.

„Wir suchen nicht – ich suche", betonte Wiebke, dann runzelte sie die Stirn. „Was meinst du denn? Glaubst du, wir suchen eine Mörderin?"

„Vielleicht auch das." Ulbricht musste in Anbetracht der Spitzfindigkeit seiner Tochter schmunzeln. „Aber es sieht doch nicht danach aus, als würden wir es mit nur einem Täter zu tun haben. Während dieser Holger Heiners offenbar qualvoll ertrunken ist, weil er ins nasse Element befördert wurde, hat man auf Heiners' Frau geschossen."

„Du meinst wegen der unterschiedlichen Modi Operandi?" Nun wusste Wiebke, worauf ihr Vater hinauswollte. Sie registrierte, dass er stolz nickte.

„Du beherrschst die Bildungssprache der Polizeischule", freute er sich kauend. „Aber kein Wunder", schob er dann hinterher. „Ist ja auch noch gar nicht so lange her, dass du die Schulbank gedrückt hast."

„Vielen Dank auch."

„Gern." Ulbricht schob den leeren Teller in die Tischmitte und tupfte sich den Mund mit einer Stoffserviette ab. Dann zog er eine zerknautschte Zigarettenpackung aus der Hemdtasche und zündete sich einen Glimmstängel an.

„Jetzt weiß ich, warum du auf Biegen und Brechen draußen im Regen sitzen wolltest", jammerte Wiebke, „du kannst hier die frische Seeluft verpesten, während ich mir den Tod hole!"

Ulbricht schmauchte den Rauch unter den dunkelblauen Schirm. „Ich wollte einfach die Weite hier draußen genießen."

„Ja, das muss es wohl sein", nickte Wiebke und wedelte sich bezeichnend mit der flachen Hand vor dem Gesicht herum.

„Du schweifst ab", moserte er und klopfte die Asche am Rand des Aschenbechers ab. Er versuchte sich an das zu erinnern, was Wiebke ihm im Auto über ihre Kenntnisse in dem Fall berichtet hatte.

„Mit einem Serienmörder haben wir es nicht zu tun – dagegen spricht die unterschiedliche Art, die Opfer zu töten." Er grinste. „Das hast du sehr gut erkannt. Sonst hätte man vermuten können, dass es jemanden gibt, der die Heiners ausrotten will, was wohl eher für eine familiäre Angelegenheit spräche. Geschäftliche Gründe scheiden aus, weil Gabriele Heiners wohl nicht viel mit der Immobilienfirma ihres Mannes zu schaffen hatte. Außerdem war sie Umweltschützerin und konnte nicht mit den Plänen von Holger Heiners, hier ein Ferienressort zu errichten, einverstanden sein."

„Sie hätte nach seinem Tod den Laden übernommen", sinnierte Wiebke. „Dann wäre alles so gelaufen, wie sie es gerne hätte."

„Aber es gab jemanden, der ein berechtigtes Interesse an der Firma hatte." Ulbricht grinste, nahm einen Zug an seiner Zigarette und trommelte mit den Knöcheln seiner Hand auf der Tischplatte herum. „Und mit dieser Person habe ich gesprochen."

„Rohde?", fragte Wiebke fassungslos. „Christian Rohde, die rechte Hand von Heiners, soll hinter den Morden stecken?"

„Zumindest hätte er ein Motiv: Habgier."

Wiebke wiegte den Kopf. „Wer sagt denn", überlegte sie, „dass Rohde die Firma übernimmt, jetzt, da die Heiners nicht mehr leben?"

„Das herauszufinden, ist eure Aufgabe. Ich könnte mir gut vorstellen, dass seine Frau als Erbin für das Unternehmen eingetragen ist. Wie sich die Dinge verhalten, nun, da auch sie unter ominösen Umständen ums Leben gekommen ist, kann ich nicht beurteilen."

„Papa", rief Wiebke. „Willst du sagen, dass Rohde die Frau seines Chefs tötet, um an die Firma zu kommen?"

„Ich will gar nichts sagen – ich denke nur laut nach. Aber man könnte ihm unterstellen, dass ihm der Mord an seinen Chef sehr gelegen kam. Somit war sein Ziel, die Firma zu übernehmen, greifbar geworden. Er musste nur noch die trauernde Witwe aus dem Weg räumen." Nun grinste er seine Tochter an. „Wie gesagt: Herausfinden und lösen müsst ihr das alles selbst."

„Schönen Dank auch", erwiderte Wiebke, als sie ein leichtes Vibrieren in ihrer Jackentasche spürte. Sie zog das Handy hervor und runzelte die Stirn, als sie einen Blick auf das Display warf und Petersens Handynummer erkannte.

„Wann kommst du rein?", fragte er. Jan Petersen klang distanziert und unterkühlt. Wahrscheinlich ärgerte er sich noch immer über das letzte Telefonat, das sie geführt hatten. Es war wirklich nicht nötig gewesen, dass Friedrichs sich eingemischt und Petersen derart angeblafft hatte.

Wiebke versuchte, die angespannte Stimmung mit einem kleinen Scherz aufzulockern. „Hast du etwa Sehnsucht?", fragte sie. Als er nicht antwortete, fuhr sie fort: „Gib mir zwanzig Minuten. Ich esse nur eine Kleinigkeit, dann bin ich bei dir. Was gibt es denn?"

„Piet hat Spuren von Waffenöl im Fußraum von Schäfers Auto gefunden. Und Fingerabdrücke, die nicht zu Schäfer gehören, denn den hat er bereits erkennungstechnisch behandelt."

„Also ist tatsächlich jemand anderes gefahren."

„Alles deutet darauf hin, und wenn nicht gleich etwas passiert, müssen wir auch Torben Schäfer wieder unverrichteter Dinge auf freien Fuß setzen. Das Verhör hab ich für halb fünf anberaumt. Also gib Gas, Mädchen."

Wiebke atmete beruhigt durch. Wenn er sie mit väterlichem Unterton in der Stimme „Mädchen" nannte, dann war er ihr offensichtlich nicht mehr böse. „Ich beeil mich", versprach sie und beendete das Gespräch.

Ihr Vater hatte das Telefonat aufmerksam beobachtet. „Gibt es Ärger?", fragte er besorgt.

„Noch nicht." Wiebke berichtete ihm, was sie von Jan erfahren hatte. „Deshalb muss ich jetzt schnell zur Wache, damit wir Torben Schäfer verhören können."

„Der Kreis schließt sich", murmelte er, während er einen letzten Zug von der Zigarette nahm, bevor er den Stummel im Aschenbecher mit dem Logo der Flensburger Brauerei ausdrückte. „Dann mal los."

Polizeiwache Husum, 16.25 Uhr

„Papa, bitte ... ich glaube, das ist ganz schlecht." Sie standen ein wenig unschlüssig im Regen, während Wiebke mit dem Schlüsselbund klimperte. Er sah seiner Tochter an, dass ihr die Situation unangenehm war.

„Aber ich habe einen guten Grund, weshalb ich mitkommen will." Ulbricht war enttäuscht, als sich seine Tochter vor dem Eingang der Polizeidirektion an der Poggenburgstraße von ihm verabschieden wollte. Sie hatte ihm den Wohnungsschlüssel hingehalten, doch er hatte keine Lust, in ihrem Haus die Hände in den Schoß zu legen und tatenlos abzuwarten, bis Wiebke die Mörder von Gabriele und Holger Heiners gefasst hatte. Das war absolut nicht sein Ding, und schon längst hatte ihn die Unruhe gepackt. Er fragte sich, warum man hier oben immer vom beschaulichen Norden sprach – seine Tochter jagte gleich zwei Mördern hinterher, die ein Ehepaar aus guten Verhältnissen auf dem Gewissen hatten. In dieser Situation konnte er sie unmöglich allein lassen.

„Ich will keinen Ärger bekommen, Papa." Wiebke lächelte ihn schief an und tätschelte seine Hand, als wäre er ein seniler alter Mann. „Geh in die Stadt und schau dich dort ein wenig um, und sobald ich Feierabend habe, lade ich dich im ‚Ratskeller' zum Essen ein."

„Es regnet", brummte er, schlug den Kragen seines altmodischen Mantels hoch und blickte zum Himmel. Prompt landete ein dicker Tropfen auf seiner Nasenspitze. Er schüttelte sich angewidert.

„Dann geh ins ‚Tine Café'. Das liegt direkt am Binnenhafen. Du kannst oben sitzen und hast alles im Blick. Und viele alte Männer sitzen dort, um …"

„Na danke", schnaubte Ulbricht empört. Kaum war er hier, schob ihn seine Tochter aufs Abstellgleis. „Ich bin also ein alter Sack, der sich in irgendein Café setzen soll, weil es andere alte Männer auch so machen?"

„Tut mir leid." Wiebke senkte den Blick.

„Ist klar, Kind. Außerdem – wenn die Eingeborenen mit ihrem komischen Platt losschnacken – sagt man schnacken? – dann verstehe ich eh nur Bahnhof und Koffer klauen."

„Immerhin – besser als nichts." Sie zögerte. „Also, ich muss dann", schob sie schließlich hinterher.

„Glaub mir, es wäre gut, wenn ich mitkäme", beharrte er. Ulbricht hatte seine guten Gründe dafür, dass er die Husumer Wache von innen sehen wollte. Wiebke musste ihm unbedingt einen Kriminaltechniker vorstellen. Doch das verriet er ihr nicht – noch nicht.

Wiebke seufzte. „Also gut", sagte sie. „Dann komm schon. Ich werde Dierks Bescheid sagen, damit er weiß, was auf ihn zukommt."

„Wem?"

„Matthias Dierks, Erster Kriminalhauptkommissar hier bei uns. Mein Boss."

Ulbricht schmunzelte. „Du willst deinen Chef also vor deinem alten Vater warnen?" Als Wiebke nichts erwiderte, fuhr er fort: „Erster Kriminalhauptkommissar bin ich auch, also werde ich sicherlich keine Angst vor ihm haben." Er hatte keine Lust mehr, sein Licht länger unter den Scheffel zu stellen, fügte sich aber seinem Schicksal.

„Wie du meinst. Also los, ich habe viel Arbeit."

Gemeinsam stiegen sie die Stufen der Wache hinauf, er betrachtete das dunkelblaue Schild mit der Aufschrift „Politii" nachdenklich und erinnerte sich daran, dass es nur ein Katzensprung bis Dänemark war. Darunter stand, unterhalb der deutschen Bezeichnung, das Wort „Kriminåålkontoor".

„Soso", brummte Ulbricht. „Meine Tochter arbeitet also beim Kriminåålkontoor."

„Es ist kein dänisch." Wiebke war stehen geblieben und hatte scheinbar seine Gedanken erraten. „Das ist friesisch. Wird hier sogar noch gesprochen, wenn auch selten."

„Sag ich doch – ich versteh nur Bahnhof", erwiderte er. „Nee, nee, da fühl ich mich an deiner Seite sicherer, Kind."

„Schön." Sie betraten das Gebäude, und Wiebke führte ihn zu ihrem Büro. Auf dem Gang liefen sie einem dunkelhaarigen Mann entgegen, der ihn entfernt an den Schauspieler Jan Fedder erinnerte. In jungen Jahren, wohlgemerkt.

„Großstadtrevier" live, dachte Ulbricht. Das wollte er schon immer mal erleben.

„Moin", grüßte er ihn.

„Morgen", nickte Ulbricht und warf einen irritierten Blick auf seine Armbanduhr. Er fürchtete, dass der Mann nun friesisch mit ihm sprechen würde, und beschloss spontan, sich in einem Sprachkurs anzumelden. Bei dem Typ musste es sich um Jan Petersen handeln, Wiebkes Partner. Wenigstens der Name passte zu seinem Aussehen, dachte Ulbricht und dachte an den Schauspieler, den er mochte.

„Da bist du ja", sagte Petersen an Wiebke gewandt. „Wir müssen gleich mit dem Verhör von Schäfer anfangen, Dierks sitzt auf heißen Kohlen, weil Friedrichs Stress macht."

„Er wollte uns später Gesellschaft leisten", nickte Wiebke mit säuerlich verzogener Miene. „Ich freu mich schon."

„Wiebke – kann ich dich mal unter vier Augen sprechen?" Petersen warf Ulbricht einen Blick zu, den er nicht recht zu deuten vermochte.

„Klar, wenns schnell geht." Wiebke nickte ihrem Vater zu und ließ sich von ihrem Kollegen zur Seite nehmen. Obwohl er leise sprach, so verstand Ulbricht doch jedes Wort. Wenn es eines gab, das bei ihm noch hervorragend funktionierte, dann waren das seine Ohren.

„Wiebke, wir jagen einen Mörder, und du schleppst uns einen Penner hier an – was soll das?"

Ulbricht war versucht, dem Kerl die Meinung zu sagen, zog es aber vor, der Unterhaltung schweigend beizuwohnen, so, als hätte er nichts von der Äußerung mitbekommen. Dennoch blickte er peinlich berührt an sich herunter. Der Trenchcoat, sein geliebter Mantel, war in die Jahre gekommen, ohne Zweifel. Das gestreifte Hemd war ungebügelt, dafür wies die hellblaue Jeans eine akkurate Bundfalte auf. Gut, die Schuhe, seine ausgelatschten Hush Puppies, hätte er vor der Fahrt ruhig noch einmal putzen können, aber wie ein Penner sah er nun wirklich nicht aus. Ulbricht schüffelte an sich und konnte keinen unangenehmen Geruch feststellen. Dennoch war er froh, dass Maja

Klausen nicht bei ihm war. Ihr wäre eine kritische Anmerkung über sein Äußeres sicherlich eine Genugtuung gewesen. Sie plädierte schon seit Langem dafür, dass er sich modischer kleiden sollte.

„Das ist kein Penner, Jan", zischte Wiebke und schenkte ihrem wartenden Vater ein entschuldigendes Lächeln. „Er ist mein Vater. Du solltest lieb sein, er ist Erster Kriminalhauptkommissar!"

Na bitte, dachte Ulbricht zufrieden. Dann war sie also doch stolz auf ihren Vater.

„Der?", fragte Jan gedehnt. „Das soll ein Abteilungsleiter sein? Was leitet der denn?"

Ulbricht hatte genug gehört. „Erstes Kriminalkommissariat im Polizeipräsidium Wuppertal", stellte er sich polternd vor und hielt Wiebkes Kollegen die Hand hin. Er ergriff sie und drückte fest zu.

So lange, bis sich Petersens Miene schmerzlich verzog. „Hat Ihnen Ihre Mutter nicht beigebracht, dass man einen Menschen niemals nach seinem Äußeren beurteilen soll?"

„Doch ... ähm ... Hab es wohl vergessen." Wiebkes Kollege kratzte sich verlegen im Nacken, nachdem Ulbricht seine Hand losgelassen hatte. „Ich bin Petersen. Jan Petersen, Wiebkes Kollege."

„Und das da ist Piet Johannsen, unser Schnüffler", stellte Wiebke ihm nun einen untersetzten Mann mit schlohweißen Haaren und einer Nickelbrille vor, der, mit einer Kaffeetasse bewaffnet, auf dem Weg in die Küche war.

„Na, na", brummte Johannsen und runzelte die Stirn. Er blickte Ulbricht fragend an.

„Mein Vater, KHK Ulbricht", stellte Wiebke ihn schnell vor. Wahrscheinlich befürchtete sie weitere peinliche Verwechselungen.

„Angenehm", nickte Johannsen und wandte sich an Wiebke und Petersen. „Schön, dass ich euch hier erwische. Ich habe das Handy eures Verdächtigen ausgewertet."

„Jetzt willst du es aber wissen", grinste Petersen.

„Klar."

Johannsen nickte. Er schien weniger Berührungsängste vor Ulbricht zu haben als dieser Petersen. „Und stellt euch mal vor, welche Nummer er regelmäßig gewählt hat?"

„Mach es nicht so spannend", brummte Petersen.

„Torben Schäfer hat mehrere Telefonate mit Beke Frahm geführt. Mal hat er sie, mal hat sie ihn angerufen." Piet Johannsen blickte in die überraschten Gesichter seiner Kollegen. „Da staunt ihr, was?"

„Freunde der Volksmusik", staunte Petersen. „Zwischen den beiden lief was?"

Johannsen zuckte mit den Schultern und umklammerte seine Tasse fester. „Das weiß ich nicht. Aber ich weiß, wann die beiden zuletzt telefoniert haben." Sein Blick wechselte von Wiebke zu Petersen. Ulbricht kam sich ein wenig ausgegrenzt vor. „Zuletzt haben sie an dem Abend telefoniert, als Heiners starb. Und zwar um 21.52 Uhr. Das sind die Fakten, und nun macht was draus."

Petersen pfiff durch die Zähne. „Das passt."

Wiebke blickte ihn fragend an. „Was passt?"

„Die Alarmanlage des Multimar wurde am Tatabend um 21.55 Uhr deaktiviert. Ich hab da so eine Idee." Petersen zog Wiebke am Ärmel fort. „Komm schon, auf das Verhör bin ich gespannt."

Ulbricht ließen sie einfach mit Piet Johannsen auf dem Flur stehen.

„Darf ich dir `nen Kaffee anbieten, Kollege?"

Ulbricht nickte. „Warum nicht?" Auch wenn er es hasste, spontan und von fremden Leuten geduzt zu werden, fügte er sich seinem Schicksal. Bei dem Verhör von Torben Schäfer anwesend zu sein, war wohl zu viel verlangt, auch wenn es ihn brennend interessiert hätte.

Es war Wiebke ein wenig unangenehm gewesen, ihren Vater einfach so mit Piet auf dem Gang der Wache stehen zu lassen, doch Petersen brannte auf das Verhör von Torben Schäfer. Offenbar hatte er sich fest vorgenommen, den Fall noch vor dem Meeting am frühen Abend abzuschließen, um Friedrichs einen Erfolg vermelden zu können. So blieb ihr die Hoffnung, dass sich Piet Johannsen ihres Vaters annehmen würde, während sie den fensterlosen Verhörraum betraten.

Es war nicht das erste Verhör, das sie mit Jan Petersen durchführte. Sie wussten, wie sie sich die Bälle zuspielen mussten, um einen Täter zu überführen. Zwar stand Wiebke noch am Anfang ihrer Laufbahn, doch längst hatte sie sich auf Petersens mitunter ruppige Art eingestellt und spielte daher den sanften Part im Verhör. Es war ihre persönliche Masche, das alte 'Good Cop - Bad Cop' zu spielen. Dennoch spürte Wiebke eine gewisse Anspannung, als sie die Tür des Verhörzimmers hinter sich schloss. Ihr Puls erhöhte sich schlagartig. Sie atmete tief durch und war bemüht, gefasst zu wirken.

Torben Schäfer saß bereits am Tisch. Er war in sich zusammengesackt, wirkte völlig am Boden zerstört und hatte das gerötete Gesicht in den Händen geborgen.

Als Wiebke und Petersen den Raum betraten, blickte er auf und streckte den Rücken durch.

„Sie glauben nicht ernsthaft, dass ich ein Mörder bin, oder?" Der Biolehrer gab sich unerwartet offensiv. Wahrscheinlich hatte er den Ernst der Lage erkannt.

Doch Wiebke hatte ihn durchschaut. Sie überlegte, welches Geheimnis dieser Mann barg.

„Das werden wir jetzt herausfinden, Herr Schäfer", sagte sie, während sie sich einen Stuhl heranzog. Petersen war damit beschäftigt, das digitale Aufzeichnungsgerät in Gang zu bringen, dann setzte auch er sich. Mit monotoner Stimme belehrte er Schäfer über seine Rechte. Der Umweltschützer stierte auf den Tisch und nickte stumm.

„Also", begann Petersen das Gespräch, nachdem sie die Formalitäten hinter sich gebracht hatten. „Sie geben an, zur Tatzeit betrunken gewesen zu sein." Petersen beugte sich weit über die kühle Tischplatte. „Wissen Sie eigentlich, wie viele alkoholisierte Autofahrer unsere Kollegen vom Streifendienst täglich aus dem Verkehr ziehen?"

„Das sind doch so schräge Typen, die besoffen von der Kneipe nach Hause fahren, weil sie nicht mehr laufen können", erwiderte Schäfer tonlos.

„Du hast wohl `nen Clown gefrühstückt, Meister!" Dass Petersen automatisch zum „Du" übergegangen war, schien weder ihn selbst noch Schäfer zu stören.

„Habt ihr eine Ahnung, wie weit es von Treia bis Glücksburg ist?" Der engagierte Umweltschützer winkte ab, bevor er seine Frage selbst beantwortete: „Vierzig Kilometer. So betrunken, wie wir waren, hätte ich es wohl nicht einmal bis zur Autobahnauffahrt in Schuby geschafft. Sorry, da müsst ihr euch wirklich einen anderen suchen."

„Ihre Freundin, beispielsweise?" Wiebke klickerte ein paar Mal mit ihrem Kugelschreiber und klappte den Block, den sie sich noch schnell aus ihrem Büro geholt hatte, auf.

„Lassen Sie Levke da raus, sie hat damit nichts zu tun."

„Damit?" Petersen zog eine Augenbraue hoch. „Womit hat sie nichts zu tun? Mit deiner Trunkenheitsfahrt oder mit den beiden Morden am Ehepaar Heiners?"

Wiebke ließ sich nicht aus der Ruhe bringen. „Herr Schäfer, wenn Sie mit uns kooperieren, wird sich das sicherlich auf das Ausmaß Ihrer Strafe auswirken."

„Strafe?" Schäfers Augen funkelten sie böse an. „Wofür denn? Dafür, dass ich die Nacht mit der Frau verbracht habe, auf die ich schon seit Ewigkeiten scharf war? Dafür, dass man mir den Wagen gestohlen und schließlich wieder zurückgebracht hat, um mir einen Mord anzuhängen? Dafür soll ich in den Knast wandern?"

„Am Fahrzeug wurden keine Einbruchspuren festgestellt, und auch die Zündung wurde nicht kurzgeschlossen", erinnerte Petersen ihn.

Schäfer tippte sich gegen die Stirn.

„Nach unserem Kenntnisstand sieht es so aus, dass einer von euch beiden den Wagen gefahren haben muss", führte Petersen an. „Wir haben DNA-Spuren in deinem Auto gefunden, die nicht zu dir gehören. Also fragen wir uns – wer war es, der mit deinem Wagen unterwegs war?"

„Ist doch klar: Der Dieb! Ist das nicht euer Job, so etwas herauszufinden?"

„Natürlich." Petersen nickte. „Und das werd ich jetzt auch tun." Er zog sich das altmodische Wählscheibentelefon, das auf dem Tisch stand, heran und wählte eine zweistellige Nummer. Irgendwo im Gebäude schlug ein Telefon an. „Ich bin's, Jan. Du, schick doch mal ein Auto zu Levke Kühn los." Er nannte dem Gesprächspartner die Adresse der jungen Frau. „Holt sie ab und veranlasst mal eine erkennungsdienstliche Maßnahme. Wir brauchen ihre Fingerabdrücke zum Abgleich." Ohne eine Antwort abzuwarten, legte er den schweren Hörer auf.

„So", sagte er grinsend an Schäfer gewandt. „Bist du nu zufrieden? Gleich wissen wir mehr. Und wenn es sich bei den Spuren um Levke Kühns Fingerabdrücke handelt, dann hat sie ein verdammtes Problem."

„Lasst Levke da raus – bitte." Nun klang seine Stimme flehend.

„Warum nehmen Sie sie in Schutz?" Wiebke fixierte Schäfer mit Blicken.

„Weil ich sie liebe." Er hielt ihrem Blick stand und sprach mit regungsloser Miene. „Ich liebe Levke, seitdem ich sie das erste Mal an der Hermann-Tast-Schule gesehen habe. Sie hat mir schlaflose Nächte bereitet, hat mich um den Verstand gebracht. Leider ...", nun seufzte er, „leider war das eine sehr einseitige Liebe. Sie hatte ja diesen Heiners. Die beiden hatten eine Affäre, und ich blieb auf der Strecke." Nun musste er lachen. „Klar, der Armani-Anzugträger gegen den verbohrten Öko, der in Gesundheitslatschen und mit Stricksocken und Wollpullovern herumläuft. Da war Heiners schon eine andere Größe."

„Und das brachte dich so auf die Palme?" Petersen zog die Mundwinkel hoch. „So sehr, dass du ihn umgebracht hast?"

Schäfer zuckte die Schultern. Er ging nicht auf Petersens Behauptung ein, und Wiebke hätte ein Vermögen dafür gegeben, in diesem Augenblick seine Gedanken lesen zu können, als er in ruhigem Tonfall und mit völlig regungsloser Miene fortfuhr: „Jedenfalls war ich total hin und weg, als sie gestern Abend bei mir auf der Matte stand. Ich bat sie herein, wir tranken etwas zusammen. Und schließlich landeten wir im Bett. Der Rest geht euch nichts an, nur so viel noch: Wir waren so betrunken, dass wir heute Morgen verschlafen haben und völlig verkatert waren. Ich hatte sie endlich für mich, Levke ist zu mir gekommen, nachdem ich ihr lange wie ein liebeskranker Idiot nachgelaufen bin." Nun tippte sich Schäfer gegen die Schläfe. „Aber nun sind wir zusammen, ja. Und deshalb möchte ich, dass ihr sie da raushaltet."

„Wenn ihre Weste rein ist, wird ihr nichts passieren", versprach Wiebke.

„Was ich aber noch zu bezweifeln wage", schob Petersen nach. „Mal was anderes: Hast du eine Knarre?"

„Wie bitte?"

„Ob du eine Waffe hast? Im Besitz eines Waffenscheins bist du jedenfalls nicht, das haben wir schon überprüft."

„Dann ist die Antwort doch selbsterklärend."

„Ist sie das?" Petersen winkte ab. „Du wärst nicht der Erste, der sich illegal eine Knarre unters Kopfkissen legt."

„Das ist albern." Schäfer winkte ab. „Ich bin Umweltschutzaktivist, und ich bin Lehrer und erfülle eine pädagogische Aufgabe. Das wäre ja ein tolles Vorbild, wenn ich mich illegal mit Waffen beschäftigte."

„Die Waffe könnte Schutz bieten", erwiderte Wiebke. „Sie sind aufgrund Ihres Engagements als Umweltschützer nicht überall beliebt, Herr Schäfer. Und dass Sie sich mit Heiners und seinen Leuten angelegt haben, hat Ihnen bestimmt schon die eine oder andere schlaflose Nacht bereitet. Wäre es da so abwegig, wenn Sie im Besitz einer Waffe wären?"

„So habe ich das noch nie gesehen." Seine Stimme klang belegt. „Ich glaube immer noch an das Gute im Menschen, vielleicht habe ich deshalb trotz meiner Auseinandersetzungen mit Holger Heiners ruhig schlafen können."

„Wissen Sie, ob Levke Kühn eine Waffe besitzt?" Wiebke machte sich Notizen. Das ersparte ihr das spätere Abhören der Tonaufzeichnung, wenn sie noch einmal bestimmte Informationen suchte.

„Nein, aber ich kann es mir nicht vorstellen. Sie ist nicht der Typ dafür, wenn Sie verstehen?"

„Nein, verstehe ich nicht." Petersen schüttelte den Kopf.

„Dann lassen Sie es." Schäfer war wieder zum distanzierten „Sie" gewechselt. Er wandte sich an Wiebke. „Ich möchte einen Anwalt einschalten."

„Das können Sie später immer noch", erwiderte Wiebke in beruhigendem Tonfall. Für sie war Schäfer noch lange nicht als Mörder überführt. „Zunächst müssen wir klären, wer mit Ihrem Auto nach Glücksburg gefahren ist, um auch Gabriele Heiners zu töten. Und nach unserem derzeitigen Kenntnisstand sieht es so aus, als würde Ihre Freundin auf einem Rachefeldzug sein. Sie tötet Heiners, weil sie nicht damit klarkommt, dass er sich nicht von seiner Frau trennen will – das Motiv: Eifersucht und eine enttäuschte Liebe. Und schließlich erschießt sie auch Gabriele Heiners – aus Rache."

„Das ist völlig an den Haaren herbeigezogen", murmelte Torben Schäfer leise. Er stierte auf seine Hände, die flach auf der Tischplatte ruhten.

„Dann sagen Sie uns, wie es wirklich war." Wiebke schenkte ihm ein aufmunterndes Lächeln. Sie spürte, dass sie der Lösung des Falles greifbar nahe gerückt waren.

„Warum fragen Sie denn nach einer Waffe?" Schäfers Kopf ruckte hoch.

„Weil wir im Auto Spuren von Waffenöl gefunden haben. So wie es aussieht, wurde Gabriele Heiners mit einer Maschinenpistole der Marke Uzi ermordet."

Schäfer lachte humorlos auf. „Nicht gerade eine klassische Damenpistole, das weiß sogar ich."

Im Stillen gab Wiebke ihm recht.

„Das werden wir herausfinden, wenn wir die Fingerabdrücke Ihrer Freundin mit denen im Auto abgeglichen haben", versprach Petersen.

„Bitte lassen Sie Levke da raus." Plötzlich klang Schäfers Stimme wieder flehend, fast weinerlich.

Wiebke sah ihm an, wie er einknickte.

Torben Schäfers Hände strichen unruhig über den Tisch, dabei zitterten seine Finger. Sein Gesicht war blass, und sie sah, dass er wirklich Angst um die junge Frau hatte, um die er so lange gekämpft hatte. Hatte er mit allen Mitteln um sie gekämpft, hatte er auch alles riskiert, um ihre Zuneigung zu gewinnen?

„Wer hat Holger Heiners getötet?", fragte sie einer inneren Eingabe folgend.

„Niemand", sagte Torben Schäfer leise.

„Fakt ist, dass er tot ist", hielt Petersen dagegen.

Schäfer zuckte mit den Schultern und schwieg.

„Woher kennen Sie eigentlich Beke Frahm?", fragte Wiebke und achtete genau auf Torben Schäfers Reaktion. Als er aufblickte, sah sie das Nervenzucken in seinem rechten Augenwinkel. Schweißperlen standen auf seiner Stirn, und sie erkannte die dunklen Flecken in seinen Achseln. Der Mann stand unter Adrenalin bis zum Anschlag.

„Sie ist Umweltschützerin, so wie ich." Seine Stimme vibrierte leicht.

„Grund genug, regelmäßig mit ihr zu telefonieren – obwohl du auf Levke scharf warst?" Spott schwang in Petersens Stimme mit.

Torben Schäfer riss die Augen auf. „Was wisst ihr?"

„Mehr als dir lieb sein kann", drohte Petersen. „Also wär es günstig für dich, endlich mit offenen Karten zu spielen. Was sind das für Weibergeschichten, die da laufen?"

„Lasst Beke da raus", bettelte Torben Schäfer nun schon zum dritten Mal.

„Ich hab gerade ein Déjà-vu", konterte Petersen und blickte Wiebke an. „Hab ich so was nicht eben schon mal gehört, nur dass es da noch um Levke Kühn ging?"

„Das mit Levke ist anders", beeilte sich Schäfer zu sagen. „Beke ist eine gute Freundin, mehr nicht."

„Dafür, dass sie nur eine gute Freundin ist, hatten Sie aber sehr innigen Kontakt zu ihr", mischte sich nun auch Wiebke ein. „Besonders an dem Abend, als Holger Heiners im Multimar ertrank." Ihre Hand fuhr auf den Tisch. „Hat Beke Frahm Ihnen den Zugang zum Wattforum ermöglicht?"

Torben Schäfer stierte sekundenlang ins Leere. Sein Gesicht war zu einer starren Fratze verzerrt, und zum ersten Mal hatte Wiebke Angst vor ihm, vor dem Mann, den sie als sanft eingestuft hatte.

„Beke war sehr engagiert, als es um den Erhalt des Dockkoog in seiner ursprünglichen Form ging", murmelte Schäfer leise. „Sie hat sich in die Bürgerinitiative eingebracht wie kaum ein anderes Mitglied. Ich wusste vom ersten Augenblick an, dass sie den Gedanken des Umweltschutzes lebt. Und natürlich war ihr das Projekt von Holger Heiners ein Dorn im Auge."

„Nur das Projekt, oder war es auch der Mensch, der hinter dem Bauvorhaben am Dockkoog steht?", fuhr

Petersen ihn ungeduldig an. „Mann, lass dir nicht jeden Popel einzeln aus der Nase ziehen! Es ist an der Zeit, mit offenen Karten zu spielen, wenn dir etwas daran liegt, den Kopf jetzt noch aus der Schlinge zu ziehen!"

Die Luft in dem kleinen Raum war zum Zerreißen gespannt. Wiebke glaubte, winzige elektrische Ströme auf ihrer Haut spüren zu können.

„Wir haben Ihr Handy auswerten lassen", beschied sie Schäfer in sachlichem Tonfall. „Sie haben zuletzt mit ihr telefoniert, wenige Augenblicke, bevor die Alarmanlage des Multimar ausgeschaltet wurde. Wir sind nicht mehr in der Situation, an Zufälle zu glauben."

„Ja, verdammte Scheiße, wir haben an diesem Abend telefoniert."

„Weil Beke Frahm Vollzug melden wollte", schlussfolgerte Petersen. „Sie hat dich angerufen, um dir mitzuteilen, dass die Luft rein ist. Sie hat dir grünes Licht für die schräge Aktion im Multimar gegeben."

„Ich weiß nicht, wovon Sie sprechen."

„Halt uns nicht für dumm", warnte Petersen ihn mit schneidender Stimme. „Sie hat die Alarmanlage ausgeschaltet, damit du dich mit Holger Heiners im Multimar treffen konntest. Nachts, wenn sich niemand dort aufhält."

„Warum wollten Sie sich mit Heiners im Multimar treffen?" Wiebke stieg auf Petersens Spiel ein.

Etwas in Torben Schäfer begann zu bröckeln. Er sackte in sich zusammen, begann nach unsichtbaren Staubpartikeln auf dem Tisch zu angeln. „Ich wollte ihm zeigen, was er zerstört", murmelte er schließlich leise, fast unhörbar. „Deshalb habe ich ihn zu einer Aussprache ins Multimar gebeten. Wollte ihm zeigen, welche Lebensräume er vernichtet, wenn er das Ferienressort am Dockkoog baut. Habe bewusst das große Becken gewählt." Jetzt blickte Schäfer auf. Sein Gesichtsausdruck war der Wirklichkeit entrückt. „Wenn man dort oben am Beckenrand steht und die wundervolle Unterwasserwelt von oben betrachtet, hat das einen ganz eigenartigen Charme. So was kann man nicht erklären oder in Worte fassen – man muss die Atmosphäre spüren und wirken lassen, um es zu begreifen." Schäfer lächelte sie an. „Eine fast surreale Szenerie, wenn man am Rand des Wassers steht und den Lebensraum der Nordsee in greifbarer Nähe hat. So faszinierend und doch so todbringend, verstehen Sie das?"

„Ich fürchte, nein", erwiderte Wiebke kopfschüttelnd.

„Also, noch mal zum Mitschreiben", murmelte Petersen. „Sie hat die Alarmanlage des Multimar ausgeschaltet und die Türen für die ganze Aktion geöffnet. Danach hat sie dich angerufen, um dir mitzuteilen, dass du freie Bahn hast. Du hast Heiners unter einem fadenscheinigen Grund nach Tönning gelockt. Er ist dir in die Falle gegangen und hat sich mit dir im Multimar getroffen. Ihr seid in den Technikraum oberhalb des Großbassins gegangen, danach hast du ihn ins Wasser geschmissen. War es so?"

„Nein ... Um Gottes willen, nein." Schäfer schüttelte den Kopf. „Es war ein Unfall", flüsterte er dann und blickte die Polizisten mit feucht schimmernden Augen an. „Ich habe das alles nicht gewollt."

Petersen warf Wiebke einen Blick zu.

„War das eben ein Geständnis?", fragte sie Schäfer.

„Nein, das war es nicht, Frau Kommissarin. Ich habe Ihnen nur gesagt, dass es ein Unfall war."

„Aber bis zu dieser Stelle stimmen die Vermutungen meines Kollegen?"

„Ja. Genau so war es. Wir trafen uns dort, ich wollte ihm wirklich nur zeigen, was er zerstören würde, wenn am Dockkoog gebaut wird. Und durch Beke Frahm sind wir ins Multimar reingekommen. Ich habe ihm vorgeworfen, dass er ein skrupelloses Schwein ist und nur seinen eigenen Profit im Auge hat, ohne an die Zerstörung der Umwelt zu denken." In Schäfers Augen blitzte es wütend. „Doch er hat nur gelacht, hat mich einen weltfremden Spinner genannt. Und er sagte wörtlich, dass ich nur so wütend auf ihn sei, weil er Levke Kühn vögelt und nicht ich. 'Du kannst es nicht ertragen, dass ich es bin, der es ihr so gut besorgt, dass sie mit keinem anderen mehr vögeln will', sagte er. Damit hat er meinen empfindlichsten Nerv getroffen. Ich bin völlig ausgerastet, hatte plötzlich Bilder im Kopf. Bilder, wie er es mit Levke treibt, mit der Frau, in die ich verliebt war. Es war so schrecklich, so unerträglich. Ich bin auf ihn los und habe ihn verprügelt. Er war stark und wehrte sich nicht – Heiners kämpfte defensiv und beschränkte sich darauf, mich auf Distanz zu halten. Irgendwann sind wir dem Rand des Beckens nahe gekommen, sehr nahe. Er rutschte aus und stürzte ins Wasser. Schrie um Hilfe, brüllte, dass er nicht schwimmen könne. Doch er erreichte den Beckenrand nicht. Ich weiß nicht warum, aber zwischen der Wasseroberfläche und dem Rand des Großaquariums liegt eine große Distanz. Zu groß, um sich aus eigener Kraft retten zu können."

Wiebke schrieb mit und bemerkte, dass die Hand, die den Stift führte, zitterte. Sie wagte nicht, den Umweltschützer zu unterbrechen und spürte, wie ihr heiß wurde.

„Und du hast ihn, obwohl er um Hilfe gerufen hat, ertrinken lassen?" Petersen schüttelte den Kopf. „Dann müssen die Richter klären, inwieweit das Totschlag ist. Unterlassene Hilfeleistung mit Todesfolge kann dir auch ein paar Jährchen im Knast bringen."

„Ich habe helfen wollen", erwiderte Schäfer kleinlaut. „Wollte Hilfe rufen, hatte das Handy schon griffbereit, aber da drinnen hatte ich kein Netz. Deshalb bin ich rausgerannt aus dem Multimar. Noch bevor ich jemanden anrufen konnte, kam ein Windstoß, und die Tür des Personaleingangs wehte zu. Sie schlug ins Schloss, und ich war ausgesperrt. Wie sollte ich Heiners denn jetzt noch helfen? Ich war panisch, wusste, dass es auf jede Sekunde ankam, wollte ich nicht riskieren, dass Holger Heiners ertrinkt. Und ich handelte, ohne zu denken. Plötzlich wurde mir klar, dass ich ein Leben auf dem Gewissen haben würde, wenn nichts geschah. Aber auch wenn ich jetzt noch Hilfe holte, würde es zu spät sein. Bis man die Tür wieder geöffnet hätte, wäre Heiners sicherlich schon längst ertrunken. Das hat mich so fertig gemacht, dass ich mich ins Auto gesetzt habe und wie eine gesengte Sau in der Nacht verschwunden bin. Ich bin gefahren wie ein Wahnsinniger und hätte mehrmals um ein Haar einen Unfall verschuldet. Fragen Sie mich nicht wie, aber ich bin heil in Treia angekommen." Schäfer schüttelte den Kopf. „Filmriss", stammelte er. „Einfach so, verstehen Sie das? Ich weiß noch, wie ich auf die B5 gefahren bin, danach fehlt mir die Erinnerung. Am Morgen bin ich dann ganz normal zur Schule gefahren und habe unterrichtet."

„Warum haben Sie uns nichts gesagt, als wir Sie dort besucht haben?", wagte Wiebke einen Vorstoß.

„Ich habe es nicht geschafft", räumte Heiners leise ein. „Ich stand wohl immer noch unter Schock, und als

Sie vom Tode des Immobilienmoguls berichtet haben, in diesem Moment wurde mir klar, was ich getan hatte. Es war nur ein tragischer Unfall, aber ich habe ihm nicht geholfen, deshalb ist er ertrunken."

Schäfer blickte die Polizisten mit versteinerter Miene an, schien zu wissen, dass es nun kein Zurück mehr für ihn gab. „So", sagte er schließlich. „Nun wissen Sie alles." Er hob beide Arme und hielt den Polizisten die Hände hin, wohl um ihm Handschellen anzulegen. „Verhaften Sie mich. Ich bin bereit, meine Strafe anzutreten."

„Vor die Strafe hat das Gesetz das Urteil des Richters gestellt", antwortete Wiebke bewegt. „Was können Sie uns zum Mord an Gabriele Heiners sagen?"

„Davon weiß ich wirklich nichts, so wahr ich hier sitze."

Wiebke tauschte einen Blick mit Petersen und signalisierte ihrem Partner, dass sie Schäfer vertraute.

„Gibt es für Ihr Fahrzeug einen Zweitschlüssel?", fragte sie an Torben Schäfer gewandt.

„Natürlich. Aber der hängt in meinem Haus am Schlüsselkasten."

„Und das Haus? Schließen Sie nachts die Tür ab?"

„Natürlich. Obwohl … Wir waren betrunken, und ich weiß offen gestanden nicht, ob ich gestern Abend abgeschlossen habe."

Wiebke nickte. Sie hatte genug gehört und erhob sich. „Wir werden das untersuchen." Torben Schäfer würde in der Zelle auf sie warten. Wiebke wusste nicht recht, ob sie sich über die dramatische Wendung des Falles freuen sollte. Augenblicklich empfand sie eher Mitleid für den Biolehrer.

Ulbricht war beeindruckt von der Schönheit der Frau, die der Streifenpolizist in Johannsens Büro führte und ihm als Levke Kühn vorstellte. Nun konnte der alte Kommissar nachvollziehen, warum sich Torben Schäfer nach der schönen Referendarin so verzehrt hatte. Levke Kühn trug Sandalen und ein leichtes, geblümtes Sommerkleid mit einem tiefen Ausschnitt. Eine feine Parfümwolke umgab sie. Die langen, blonden Haare fielen wie eine Gloriole um ihr Gesicht, das Make-up war dezent. Schminke hatte sie überhaupt nicht nötig, befand Ulbricht und dachte mit einem schlechten Gewissen an Maja, die nichts davon ahnte, dass er seine knappe Freizeit mit der Klärung eines Mordfalls verbrachte und einer jungen Frau ins Dekolletee schielte. Nichtsdestotrotz handelte es sich um eine Person, die mit einem Mordfall in Verbindung gebracht wurde, und entsprechend distanziert gab sich Ulbricht der fremden Frau gegenüber.

Piet Johannsen hingegen sprang sofort auf und rückte der jungen Frau übereifrig einen Stuhl zurecht.

„Nehmen Sie Platz, Frau Kühn", bot Johannsen ihr an und schenkte ihr ein entwaffnendes Lächeln. Ulbricht überlegte, ob der norddeutsche Kollege verdrängte, dass es sich bei Levke Kühn um eine mögliche Mörderin handelte. „Möchten Sie etwas trinken? Einen Kaffee, einen Tee vielleicht?"

Ulbricht, der einen der beiden Freischwingstühle besetzt hatte, erhob sich ebenfalls und trat an das Fenster von Johannsens Büro. Er fragte sich, wie schwanzgesteuert der Kollege war, und erblickte prompt einen dicken goldenen Ehering an Johannsens rechter Hand.

„Hier wären die Unterlagen", murmelte der Streifenpolizist, bevor er sich dezent zurückzog. Ulbricht registrierte die Höflichkeit, mit der man sich hier in Husum begegnete und dachte unwillkürlich an Heinrichs, seinen Assistenten, der üblicherweise ohne anzuklopfen in das Büro seines Chefs gepoltert kam und ohne Punkt und Komma zu reden pflegte.

„Einen Tee nehme ich gern." Levke Kühn war angesichts der überschäumenden Höflichkeit, die Piet Johannsen an den Tag legte, etwas verunsichert, was wahrscheinlich auch daran lag, dass man sie eben erst erkennungsdienstlich behandelt hatte. Auch Johannsen schien zu bemerken, dass die schöne Besucherin noch durcheinander war.

„Die ED-Behandlung ist Routine, Sie können beruhigt sein", sagte Johannsen und nickte Ulbricht zu, bevor er sein Büro verließ.

Ulbricht war mit Levke Kühn allein. „Wie fühlen Sie sich?"

„Fragen Sie das ernsthaft?"

„Natürlich."

„Man hat mich gemessen, gewogen, fotografiert und eine DNA-Probe genommen. Fragen Sie wirklich, wie es mir geht?" Levke Kühn schlug die Beine übereinander.

Ulbricht zuckte die Schultern. „Wenn Sie sich nichts vorzuwerfen haben, müssen Sie nichts befürchten. Übrigens können Sie nach zehn Jahren die Löschung der Daten beantragen." Er marschierte im Raum auf und ab. „Und?", fragte er, als er sich vor Levke Kühn aufgebaut hatte. „Haben Sie etwas zu verbergen?"

„Nein", erwiderte sie mit schriller Stimme. „Das habe ich Ihren Kollegen auch schon mehrfach gesagt. Ich weiß beim besten Willen nicht, was das soll."

„Gut", nickte Ulbricht. „Sehen Sie es so: Wir arbeiten nach dem Ausschlussverfahren. Damit kann man mit ein wenig Glück bei Jauch zum Millionär werden. Wir suchen nur einen Mörder, aber jeder, der nur unter Verdacht gerät, kann die Freiheit gewinnen."

Er machte eine Pause, um Levke die Gelegenheit zu geben, etwas zu erwidern, doch sie zog es vor zu schweigen.

„Wir klären zwei Morde auf, Frau Kühn, da werden ein paar lästige Fragen doch sicherlich gestattet sein." Ulbricht klammerte aus, dass er hier seine Freizeit verbrachte und ihn die Klärung der beiden Morde eigentlich nichts anging. Doch dies war der Fall seiner Tochter, und er wollte sie tatkräftig unterstützen. Ohne Wenn und Aber. Und Ulbricht hatte noch einen Joker in der Tasche. Er blickte auf, als Piet Johannsen mit dem Tee im Raum erschien. Der setzte das kleine Tablett vor der Besucherin auf dem Schreibtisch ab und schenkte ihr ein. Danach umrundete er den Schreibtisch und setzte sich. Er griff zu der Mappe, die ihm der Kollege gebracht hatte, und studierte sie minutenlang.

Ulbricht lehnte sich an die Fensterbank und betrachtete den Kriminaltechniker, der sich nachdenklich die Schläfen massierte, während er las.

Levke Kühn beugte sich vor und gab Kandis in die Tasse, bevor sie in kleinen Schlucken trank. Ulbricht wunderte sich, dass die Friesen offenbar zu jeder Tages- und Nachtzeit Tee tranken. Ihm persönlich wäre jetzt ein kühles Bier lieber gewesen. Doch er schwieg und versuchte Levke Kühns Miene zu studieren. Das fein geschnittene Gesicht war regungslos wie eine Maske, doch er konnte förmlich sehen, wie es hinter ihrer Stirn arbeitete. Es lag auf der Hand, dass sie sich Sorgen machte. Entweder fürchtete sie um ihre eigene Freiheit oder um die ihres Freundes.

„Er ist kein Mörder." Die junge Frau strich sich die blonden Haare mit einer lasziven Bewegung aus der Stirn und blickte die Polizisten abwechselnd an. „Torben könnte keiner Fliege etwas zuleide tun, das müssen Sie mir glauben."

Piet Johannsen blickte von der Mappe auf. Eine steile Falte hatte sich auf seiner hohen Stirn gebildet, und er schob sich die Nickelbrille zurecht, bevor er antwortete. „Ohne Ihnen zu nahe treten zu wollen, Frau Kühn: Sie scheinen ihn ja recht gut zu kennen, und das, obwohl Sie erst seit letzter Nacht ein Paar zu sein scheinen. Zum anderen geht es hier gerade nicht um Torben Schäfer, sondern um Ihre Person."

Er betrachtete Levke Kühn mit ernster Miene, sein charmantes Lächeln, mit dem er sie eben noch bedacht hatte, war wie ausradiert. Ulbricht vermutete, dass die Ergebnisse der ED-Behandlung gegen sie sprachen, denn anders konnte er sich den Sinneswandel des norddeutschen Kollegen nur schwer erklären.

„Ich habe nichts damit zu tun", sagte sie, während ihr Blick ins Leere glitt. „Ich bin unschuldig, und es war ganz bestimmt kein Racheakt, weil Holger seine Frau nicht für mich verlassen hat."

Johannsen kniff die Augen zusammen und fuhr sich mit der freien Hand durch das schlohweiße Haar. „Das sagen Sie."

„Sie müssen mir glauben!"

„Nein." Piet Johannsen schüttelte den Kopf und bedachte Ulbricht mit einem Blick, den er nicht zu deuten vermochte. Führte Johannsen die Frau nun absichtlich aufs Glatteis? Die Ergebnisse der Untersuchung lagen doch auf seinem Schreibtisch, und er hatte den Bericht seines Mitarbeiters eben überflogen. „Glauben gewöhnt man sich in unserem Job ganz schnell ab, Frau Kühn."

Er klappte die Mappe zu. Dann lehnte er sich weit zurück und legte die Füße auf den Schreibtisch. Dabei ließ er seine Besucherin keine Sekunde lang aus den Augen.

„Ich glaube nur an Fakten, Frau Kühn. Und ich weiß nicht, was die Ermittlungen der Kollegen ergeben, aber ich weiß, dass Sie nicht im Auto von Torben Schäfer gesessen haben. Wir haben jedenfalls keine Spuren im Auto gefunden, die mit Ihrer DNA übereinstimmen." Das charmante Lächeln war auf sein rundes Gesicht zurückgekehrt, als er die Füße von der Tischplatte nahm. „Ich kann Ihnen nichts vorwerfen. Von mir aus können Sie gehen."

Nun entgleisten Levke Kühn doch die aparten Gesichtzüge, und Ulbricht musste sich ein amüsiertes Grinsen verkneifen. Piet Johannsen war ein Stratege alter Schule.

„Meinen Sie das im Ernst?"

„Natürlich." Johannsen nickte. „Sie können gehen. Halten Sie sich aber zu unserer Verfügung."

Levke Kühn stellte die Teetasse auf das kleine Tablett und sprang auf. Sie lächelte unsicher, konnte anscheinend selbst nicht glauben, dass sie eine freie Frau war. Sie bedachte Ulbricht mit einem Nicken. An der Tür blieb sie stehen. „Eine Frage noch: Was wird aus Torben?"

„Er bleibt zunächst in Untersuchungshaft, die Fluchtgefahr ist zu groß. Sobald sich herausstellt, dass er unschuldig ist, kann er natürlich sofort gehen."

„Danke." Levke Kühn nickte erleichtert und stürmte aus Piet Johannsens Büro.

„Was war das denn für eine Nummer?", fragte Ulbricht, als sie allein waren.

„Kein Theaterstück." Johannsen legte den Kopf schräg. „Nur Strategie, aber das sollten Sie als diensterfahrener Kollege selbst am besten wissen."

Ulbricht schwieg. Er wanderte durch Johannsens Büro und trat an das Fenster. „Wir sollten Levke Kühn trotzdem nicht außer Acht lassen", empfahl er, ohne sich umzudrehen. „Ich habe da so eine Idee, kann aber noch nicht die richtigen Verbindungen ziehen."

„Beachtlich, wenn man bedenkt, dass Sie hier Urlaub machen und Ihre Tochter nach vielen Jahren mal wiedersehen wollten", brummte Johannsen mit unterschwelligem Sarkasmus.

„Was wollen Sie denn hier?", blaffte der Erste KHK Friedrichs, als er in das Sitzungszimmer der Husumer Polizeidirektion trat. Sein Gesicht verfärbte sich tiefrot, als er Norbert Ulbricht mit den Kollegen aus Husum gemeinsam am langen Tisch sitzen sah.

„Sie ein wenig nerven." Ulbricht lächelte den Kollegen aus Flensburg jovial an. Er ließ sich nicht aus der Ruhe bringen, und auch der Umstand, dass seine Tochter Wiebke mit am Tisch saß, störte ihn nicht im Geringsten. Sie war längst kein kleines Mädchen mehr – zwar war sie immer noch seine Tochter, doch sie war erwachsen geworden.

„Das haben Sie schon geschafft", murrte Friedrichs, nickte mit grimmiger Miene in die Runde und nahm auf dem rechten Stuhl neben Matthias Dierks Platz, der wie gewohnt am Kopfende saß und offenbar eine Konfrontation befürchtet hatte. Links von Dierks saß ein gestriegelter Anzugträger, der Ulbricht vorhin als Staatsanwalt vorgestellt worden war. Fritz Mahndorf schien ein ruhiger Typ zu sein. Sein Kopf pendelte gelassen zwischen Ulbricht, Dierks und Udo Friedrichs hin und her.

Mahndorf betrachtete das Geschehen amüsiert, ohne ein Wort zu sagen. Ulbricht beschloss, den Staatsanwalt sympathisch zu finden. Ganz im Gegenteil zu Friedrichs.

„Ich will Ihnen helfen, also sollten Sie nett zu mir sein." Ulbricht faltete die Hände, fast so, als wollte er beten.

„Ich habe Mitarbeiter, die mir helfen", giftete Friedrichs mit hochrotem Kopf.

„Da habe ich anderes gehört", konterte Ulbricht unbeeindruckt. „Hier oben im Norden leiden Sie genauso unter Personalnot wie wir im Bergischen Land. Also bitte – wenn uns das nicht verbindet, was dann?"

Friedrichs winkte entnervt ab und schlug seine Mappe auf.

„Nachdem wir uns nun alle so nett kennengelernt haben, können wir jetzt mit der Sitzung beginnen", meldete sich der Staatsanwalt zu Wort. Er betrachtete den Schlagabtausch zwischen Ulbricht und Friedrichs offenbar als beendet. „Es scheint sich also ein erster Tatverdächtiger herauszukristallisieren, wie ich hörte", fuhr er fort und betrachtete dabei Wiebke und ihren Partner.

Jan Petersen nickte. „Torben Schäfer hat grundsätzlich gestanden. Ob das Mord, Totschlag oder nur ein Unglück war, muss der zuständige Richter nun herausfinden." Mit wenigen Sätzen berichtete Petersen, was sie beim Verhör des Umweltaktivisten herausgefunden hatten.

„Offensichtlich hatte Schäfer keine Tötungsabsichten, als er sich mit Holger Heiners im Multimar Wattforum traf", konstatierte Mahndorf und machte sich Notizen. „Was hat die Untersuchung seines Autos ergeben, mit dem offensichtlich der Mord an Gabriele Heiners verübt wurde?"

„Nicht viel, fürchte ich." Piet Johannsen räusperte sich. „Zwar konnte ich einige Spuren finden, die definitiv nicht zu Torben Schäfer gehören, aber das Profil taucht nicht in einer BKA-Datenbank auf. Demnach handelt es sich um einen Ersttäter." Johannsen blickte in die Runde. „Und hier gebe ich die Frage an die anderen Ermittlerteams weiter: Wer käme für eine solche Tat infrage?"

Katja Graf wechselte einen Blick mit Sven Gerkes. „Die Befragungen der Multimar-Angestellten sind zwar noch nicht ganz abgeschlossen, aber jemanden aus dem Team können wir wohl ausschließen."

„Ich könnte einen DNA-Test für sämtliche Mitarbeiter erwirken", schlug Mahndorf vor.

„Lassen Sie uns morgen abwarten", bat Dierks. „Ein groß angelegter DNA-Test wirbelt immer viel Staub auf, und wir haben die Medien am Hals."

Mahndorf nickte. „Wie Sie meinen."

„Was ist mit Beke Frahm? Dass sie Torben Schäfer geholfen hat ins Multimar zu kommen, wissen wir ja bereits, aber sie hat außerdem eine geheime Affäre mit Peer Hansen, dem Geschäftsführer der Werft im Außenhafen. Und wir haben von seltsamen Geschäften gehört", brachte Wiebke nun ein.

Dierks blickte sie interessiert an, deshalb fuhr sie fort: „Es geht um eine geheime Übergabe oder um einen geheimen Transport, der heute Abend stattfinden soll. Und dabei spielt die Kaserne in Oster-Ohrstedt offenbar eine wichtige Rolle."

„Ich kann mich leider nicht um alles kümmern", jammerte Friedrichs, der sich einen fragenden Blick von Fritz Mahndorf gefallen lassen musste. „Wir haben es mit zwei Morden zu tun, wovon erst einer aufgeklärt ist, wie es scheint."

Mahndorf tauschte einen Blick mit Matthias Dierks und schwieg.

„Wie steht es mit der erkennungsdienstlichen Maßnahme von Levke Kühn?", fragte Petersen in die Runde.

Piet Johannsen räusperte sich und schüttelte das ergraute Haupt. „Negativ, fürchte ich. Sie ist uns weder als Kundin bekannt, noch tauchen ihre Prints in Schäfers Auto auf. Sie ist nicht damit unterwegs gewesen, weder nach Glücksburg noch sonst irgendwo hin."

„Wie wäre es, wenn sie zu ihm gegangen ist, um ihn abzulenken?", warf Ulbricht senior ein. Alle Augenpaare ruhten auf ihm. „Ist das so abwegig? Es gibt einen geheimen Partner, der Interesse daran hat, Holger Heiners' Witwe aus dem Weg zu räumen. Die beiden machen gemeinsame Sache: Für Levke Kühn war es ein Leichtes, Torben Schäfer – für mich ist er trotz des tragischen Zwischenfalls im Multimar ein armer Wicht – abzulenken. Er war scharf auf sie, das hat er euch selbst so gesagt, und hat sie nicht fortgeschickt, als sie bei ihm auf der Matte stand. Während sie sich also, sagen wir, liebevoll, um ihn kümmert, bedient sich ihr Komplize am Schlüsselbrett, nimmt den Zweitschlüssel des Golfs und verschwindet damit nach Glücksburg, um Gabriele Heiners zu töten. Wer auch immer dahinter steckt – er geht davon aus, dass ein solches Attentat nicht ohne Zeugen abläuft. In dem Fall hatte ich die zweifelhafte Ehre, live und hautnah dabei zu sein. Das Auto ist ein ziemlich prägnantes Fahrzeug, und zwangsläufig führt die Spur zu Torben Schäfer. Wer nimmt ihm die Geschichte ab, dass er zu betrunken war eine solche Tat vollbracht zu haben? Niemand. Also ist er der Depp, der ins Gefängnis wandert." Ulbricht hatte sich in Rage geredet, und er registrierte befriedigt auch den stolzen Blick seiner Tochter.

„Das ist mir alles ein wenig weit hergeholt", polterte Friedrichs in die Runde und winkte theatralisch ab.

„Ich sehe das anders." Staatsanwalt Fritz Mahndorf streckte den Rücken durch und lächelte Ulbricht freundlich an. „In unserer Situation sollten wir nichts außer Acht lassen."

Mahndorf wandte sich an Dierks: „Ich empfehle Ihnen eine vollständige Revision von Frau Kühn, ich werde Ihnen vom Gericht eine Freigabe zur Überprüfung ihrer Kontodaten und sämtlicher Telefonverbindungen erteilen lassen." Mahndorf wandte sich an Friedrichs. „Was haben Ihre Untersuchungen am Tatort in Glücksburg ergeben?"

„Die Patronenhülsen wurden dem BKA zugeführt – derzeit warte ich auf einen Abgleich mit der Datei und erhoffe mir davon ein Ergebnis. Ansonsten haben wir Fußabdrücke und Faserspuren vor dem Zaun des Grundstückes sichergestellt. Das Ergebnis der Abgleiche steht noch aus, aber ich rechne noch vor morgen früh mit einem Ergebnis."

Mahndorfs Miene drückte aus, dass er sich vom Leiter der Flensburger Mordkommission mehr erhofft hatte. Andererseits, darüber war sich auch Ulbricht im Klaren, dauerten einige kriminaltechnischen Untersuchungen etwas länger.

„Wir wissen, dass es sich bei einigen der Schuhabdrücke um sogenannte Outdoor-Schuhe handelt. Die Spuren führen zum Zaun und enden an der Stelle, von der aus nach dem Urteil meiner Ballistiker die Schüsse auf Gabriele Heiners abgegeben wurden. Daraus schließen wir, dass es sich um die Schuhe des Täters handelt."

„Und Herr Schäfer ist nicht im Besitz dieser Schuhe?" Eigentlich war es eine rhetorische Frage von

Petersen, der sich mit einem süffisanten Grinsen zurücklehnte.

„Ich werde auch das überprüfen lassen", versprach Friedrichs dienstbeflissen.

„Dann trage ich Sorge für den nötigen Durchsuchungsbeschluss", versicherte Mahndorf und kritzelte einige Sätze auf ein Blatt Papier. Er nickte Dierks zu und löste das Meeting auf. „Wir sehen uns also morgen früh um halb neun zur Frühbesprechung."

DREIZEHN

Als sie am Abend vor die Wache traten, hatte ein scharfer Ostwind die Wolken hinaus auf das Meer getrieben. Doch es war kühl, und die Sonne kämpfte noch vergeblich gegen den Wind an. Wiebke zog den Reißverschluss ihrer Jacke zu und warf ihrem Vater einen abwartenden Blick zu. Sie genoss nach der abgestandenen Büroluft den frischen Wind. Die Abendsonne tauchte die umliegenden Gebäude an der Poggenburgstraße in ein warmes Licht. „Und nun?", fragte Ulbricht mit in den Manteltaschen versenkten Händen.

„Feierabend?"

Wiebke schüttelte lächelnd den Kopf. „Noch nicht ganz – für mich jedenfalls nicht." Sie hielt ihm den Haustürschlüssel hin. „Aber du kannst ruhig schon vorfahren und es dir gemütlich machen."

Ulbricht betrachtete seine Tochter zweifelnd. „Soll ich uns etwas zum Abendessen kochen?"

„Nein." Wiebke stellte sich auf die Zehenspitzen und küsste ihren Vater auf die rechte Wange. „Ich weiß nicht, wie lange es dauert."

„Wie du meinst." Er zuckte die Schultern, nahm den Schlüssel und verabschiedete sich von ihr. „Bis später dann."

Wiebke stand auf dem Bürgersteig und blickte ihm nach. „Papa?"

Er blieb stehen und drehte sich langsam zu ihr um.

„Nicht böse sein. Ist nichts Dienstliches."

„Kein Problem." Ihr Vater winkte ab. „Werde ich davon erfahren?"

312

„Klar, Papa." Wiebke nickte. „Alles zu seiner Zeit."

„Geht klar." Ulbricht hob zum Abschied die Hand und trottete davon.

Wiebke stieg in den Passat und fuhr eine Runde durch die Innenstadt von Husum. An einem Supermarkt hielt sie an und besorgte ein paar Dinge, bevor sie weiterfuhr und einen der wenigen freien Plätze an der Süderstraße fand. Sie stieg aus und nahm die Kiste „Flens" aus dem Kofferraum. Mit jedem Schritt klapperten die Bierflaschen in dem tiefblauen Kasten. Ein alter Mann auf dem Rad betrachtete sie mit einem Kopfschütteln, als sie sich mit ihrem für eine junge Frau eher ungewöhnlichen Gepäck über den schmalen Gehweg schleppte, um vor einem der windschiefen Traufenhäuser stehen zu bleiben. Die Häuser in der Süderstraße hatten eine bewegte Geschichte hinter sich, und auch Menschen wie Ingwer Paulsen und Hermann Tast, die das Leben in Husum geprägt hatten, waren hier zu Hause gewesen. Unwillkürlich fragte sich auch Wiebke, ob der Besuch bei ihrem Partner ihr Leben verändern würde. Der Gedanke, dass er sich in sie verliebt haben könnte, war ungewohnt für Wiebke. Jan war gut zehn Jahre älter als sie, und wenn sie zusammen Dienst schoben, dann strahlte er immer etwas Väterliches aus. Sie mochte seine langjährige Diensterfahrung und hatte längst begriffen, dass sie viel von ihm lernen konnte. Außerdem hatte er meist einen lockeren Spruch auf den Lippen und setzte sich für das Gesetz und die Gerechtigkeit ein. Frei von Vorurteilen ging er mit den Menschen um, die sie zu einer Tat befragten, auch das war ein Attribut, das Wiebke an ihm schätzte.

Doch das waren alles Eigenschaften, die sie bisher auf das gemeinsame Berufsleben beschränkt hatte.

Wiebke hatte – bewusst oder unbewusst – verdrängt, dass dies Attribute waren, die ihr auch privat sehr sympathisch waren. Sie mochte Petersen sehr, doch sie wusste nicht, ob sie ihn auch lieben können würde. Je länger sie darüber nachdachte, desto plausibler wurde seine unbegründete Eifersucht auf Tiedje. Ihr Exfreund hatte sich schon seit Tagen nicht mehr gemeldet, und Wiebke wurde bewusst, dass sie nichts in ihrem Leben vermisste. Sie hatte die Trennung von ihm inzwischen ganz gut verkraftet und es genügte ihr, in ihm einen guten Freund für Gespräche und einen leidenschaftlichen Liebhaber für die eine oder andere einsame Nacht gefunden zu haben. Wiebke fragte sich, ob Jan Petersen diesen Platz in ihrem Leben einnehmen konnte. Nein, gab sie sich selbst die Antwort, er war viel zu schade, um nur bruchstückhaft an ihrem Leben teilzuhaben. Sie wollte ihn nicht verletzen, und deshalb war sie gekommen, um ein offenes Wort mit ihm zu sprechen.

Wiebke zögerte, dann streckte sie die freie Hand aus und legte den Daumen auf den Klingelknopf. Drinnen schrillte eine Glocke, die ihr Kopfschmerzen bereiten würde, müsste sie hier wohnen. Es dauerte eine gefühlte Ewigkeit, dann hörte sie drinnen schlürfende Schritte. Jemand drehte den Schlüssel im Schloss und nahm eine Kette ab. Dann blickte sie in das überraschte Gesicht von Jan Petersen. Er trug bereits Freizeitlook – ein verwaschenes T-Shirt mit dem Logo des HSV und eine graue Jogginghose. Seine braunen Haare standen in alle Windrichtungen ab – wahrscheinlich hatte sie ihn bei seinem Feierabendnickerchen gestört.

Als er sah, dass sie einen Kasten „Flens" am langen Arm trug, entgleisten seine Gesichtszüge kurzfristig.

„Na", sagte Wiebke mit einem Grinsen. „Bin ich jetzt deine Traumfrau?"

Petersen strahlte. „Aber so was von. Komm rein!" Er nahm ihr den Bierkasten ab und gab den Eingang frei.

Sie erwiderte nichts und folgte der Einladung. Der Flur war halbhoch gekachelt, und neben der Holztreppe mit den ausgetretenen Stufen lehnte sein altes, knallrotes Mountainbike an der Wand.

Petersen führte sie in die Stube mit der niedrigen Decke. Der Bierkasten landete scheppernd vor dem Wohnzimmertisch. Durch die kleinen Fenster zum Hinterhof fiel das warme Licht der Abendsonne in den Raum. Der Fernseher lief ohne Ton. NDR, eine regionale Reportage. Großformatig zeigte man den Leuchtturm von Eiderstedt. Szenenwechsel, Totale der Seehundstation von Friedrichskoog. Eine Frau in Gummihosen fütterte einen Heuler. Auf dem Tisch erblickte Wiebke eine leere PET-Flasche Bier aus dem Discounter und eine offene Tüte Chips. Ungarisch, ihre Lieblingssorte.

„Setz dich doch", forderte Petersen sie auf und schob ihr seinen bequemen Lehnsessel zurecht, bevor er selbst auf dem Sofa Platz nahm.

„Tolle Idee", grinste Petersen und deutete auf den dunkelblauen Kasten. „Das mit dem Feierabendbier hatte ich mir zwar anders vorgestellt, aber gut ... Wusste gar nicht, dass du eine Frau der Superlative bist."

Wiebke schmunzelte. „Ich dachte, ein Feierabendbier in der nächstbesten Kneipe ist blöd. Und praktischer ist es auch, wenn wir hier eines trinken." Sie griff in den Kasten und nahm zwei handliche Bügelflaschen heraus. Eine reichte sie ihrem Partner.

„Du willst mich abfüllen?"

„Nein", lachte Wiebke. „Was wir heute nicht schaffen, lass ich dir einfach hier." Nun hob sie mahnend den Zeigefinger. „Aber denk dran: ‚Bier bewusst genießen!'" Wiebke deutete auf das kleine Etikett auf der Flasche. „Hier steht es, also halt dich dran!"

„Aber sowas von."

Sie ließen die Flaschen ploppen, prosteten sich zu und tranken.

„Ach", sagte Petersen nach dem ersten tiefen Schluck. „Das flenst. Ist schon was anderes als die Billig-Plörre aus der Plastikflasche." Er wischte sich den Schaum mit dem Handrücken von den Lippen und lehnte sich im Sofa zurück. „Also", sagte er gedehnt. „Was treibt dich in mein gemütliches Heim?"

Wiebke stellte die Flasche auf dem Wohnzimmertisch ab und schlug die Beine übereinander. Sie wusste nicht recht, wie sie anfangen sollte, und nagte ein wenig unsicher auf der Unterlippe. „Es ist höchste Zeit, dass wir reden", sagte sie schließlich und achtete auf jede Regung in Jan Petersens Gesicht. „Ich habe bemerkt, dass du dich … nun, ein wenig verändert hast in den vergangenen Tagen."

„Hm. Und nu?"

„Will ich meinen alten Partner Jan Petersen zurück."

„Na", grinste er, „den hast du doch wohl. Das Verhör heute haben wir gut gemeistert, und einmal mehr haben wir uns bewiesen, dass wir ein eingespieltes Team sind. Fast wie ein altes Ehepaar, findest du nicht?"

Genau das war der Punkt, durchzuckte es Wiebke. Sie richtete sich im Sessel auf. „Wir sind ein gutes Team."

„Ja, das sind wir." Petersen trank und nickte. „In der Tat verstehen wir uns blind."

„Jan, ich weiß nicht, wie ich es sagen soll."

„Immer raus mit der Sprache", versuchte er sie zu beruhigen. Ihm war nicht entgangen, dass sie etwas beschäftigte. Da war er wieder, der sanfte Unterton in seiner Stimme. „Ich werd dir schon nicht den Kopf abreißen."

„Du hast beim Essen gesagt, dass deine Probleme etwas mit der Liebe zu tun haben."

„Na ja … Ach so", dann erinnerte sich. „Du meinst gestern Mittag, an der Bockwurst-Baracke im Hafen?"

„Richtig. Wir sind ein eingespieltes Team, ich schätze deine Art und verbringe den Tag gern mit dir." Ihr Herz schlug ein paar Takte schneller, und Wiebke fürchtete Unsinn zu reden, deshalb stockte sie ein wenig. „Aber ich will unsere unbeschwerte Art nicht in Gefahr bringen."

„Womit denn?" Petersen legte den Kopf schräg. „Ich mag dich auch, Mädchen. Und seit der Zeit, als Mattes noch mein Partner war, sind wir das beste Team der Husumer Wache."

„Mehr ist nicht?" Wiebke schaute ihn mit festem Blick an. „Stichwort Liebe …", half sie ihm auf die Sprünge, als sie merkte, dass er um den heißen Brei redete. Wiebke griff zur Bierflasche und nahm einen tiefen Schluck. Trank sie sich jetzt schon Mut an?

Wie albern, durchzuckte es sie, während sie ein wenig nervös am Etikett der bauchigen Flasche herum knibbelte und seinem Blick auswich.

„Nein … Warum?"

Jan Petersen schien nicht zu verstehen, worauf sie hinauswollte. Dann begriff er. „Du meinst wegen der Andeutung, die ich im ‚Blinkfüer' gemacht habe? Wegen der Liebe, die mich in den letzten Tagen beschäftigt?" Er lächelte verstehend. „Mach dir mal keinen Kopp, Mädchen: Es ist nicht so, dass ich unsterblich verliebt bin."

Wiebke wusste nicht recht, was sie davon zu halten hatte. Stand ihrem Kollegen der Sinn eher nach einer lockeren Beziehung, womöglich ohne jede Verpflichtung? Nein, so etwas traute sie Petersen eigentlich nicht zu, war er doch ein grundehrlicher Mensch, der im Notfall sein letztes Hemd gab. Wiebke konnte sich kaum vorstellen, dass er der Typ für eine On-Off-Beziehung war.

Ja, dachte sie verächtlich. So nannte Tiedje das, was sie derzeit führten: Eine On-Off-Beziehung. Wie mit einem Schalter regelte man seine Gefühle. Mal waren sie ein-, mal ausgeschaltet. So einfach war das für Tiedje. Doch Jan Petersen unterschied sich um Längen von ihrem Exfreund. Sollte sie sich so in ihm getäuscht haben? Wut keimte in ihr auf.

„Au Kacke", rief Petersen plötzlich, als er ihr betroffenes Gesicht sah. Er schlug sich mit der flachen Hand vor die Stirn. „Jetzt hab ich's: Du hast mich erwischt." Er machte eine betroffene Miene. „War wohl nur eine Frage der Zeit, schließlich kennst du mich gut genug."

„Allerdings", nickte Wiebke und war froh, dass er endlich verstanden hatte, worum es ging. Das machte die Sache leichter.

„Eigentlich soll man ja nicht in der Firma anbändeln. Aber ich bin ja nicht mehr der Jüngste – da kann man schon mal eine Regel vergessen."

„Petersen – wir ...", stammelte Wiebke und suchte nach den richtigen Worten. „Also im Job sind wir unschlagbar, und ich mag dich auch sehr, ich schätze deine Art, aber wir ..." Sie spürte, wie ihr das Blut ins Gesicht schoss, und suchte nach einer Strategie, jetzt bloß keinen Fehler zu machen, doch Petersen schüttelte den Kopf und sprach weiter.

„Aber sie ist schon ziemlich nett." Er grinste. „Und es stört mich auch nicht, dass sie ein paar Pfund zu viel auf den Hüften hat. Im Gegenteil, ich mag das, wenn Frauen die Kurven an den richtigen Stellen haben." Er wirkte ein wenig verlegen. „Aber wie soll ich es ihr sagen?"

Nun bildete sich eine steile Falte auf Wiebkes Stirn. Es dauerte ein paar Sekunden, bis sie begriff, dass Petersen wohl verliebt war, aber nicht in sie. Verlegen kratzte sie sich am Hinterkopf. Wiebke überlegte, wie sie schnell und dennoch unauffällig zurückrudern konnte, bevor sie sich vor ihm blamierte. Hatte sie bereits zu viel von ihren Gedanken preisgegeben? Was dachte Petersen denn nun von ihr? Wahrscheinlich hielt er sie für eine unreife junge Frau. Wie töricht war sie denn gewesen, seinen Liebesfrust auf sich selbst zu beziehen?

Wiebke fragte sich, um wen es sich bei Petersens Herzdame handeln könnte.

Die Antwort gab er im nächsten Satz selbst. „Ich mag Katja eben. Gut, ich will nicht sagen, dass ich unsterblich in sie verliebt bin – aber wer weiß? Was nicht ist, kann ja noch werden."

„Moment", rief Wiebke aus. „Du stehst auf Katja Graf?"

„Auf sie stehen wäre wohl zu viel gesagt. Aber ich finde sie ganz nett." Petersen lächelte ein wenig verlegen. „Ich werd doch auch nicht jünger. Und ehe ich mich versehe, bin ich ein alter Mann und muss einsam und verbittert zurechtkommen. Willst du das etwa?"

„Natürlich nicht", lächelte Wiebke und leerte ihre Flasche. Es war ein eigenartiges Gefühl, zu wissen, dass Petersen sich in Katja Graf verliebt hatte. Dabei wusste sie selbst nicht einmal, warum es sich seltsam anfühlte. Hatte sie sich ernsthaft Hoffnungen gemacht, dass sie diejenige war, an die der alte Seebär sein Herz verschenkt hatte? Wiebke fühlte sich unwohl in ihrer Haut. Sie bezweifelte plötzlich, ob es richtig gewesen war, hierher zu kommen. Er schien von ihren Gedankengängen nichts mitzubekommen. Immerhin hatte er sich ihr anvertraut.

„Ich bin mir nicht sicher, immerhin ist sie eine Arbeitskollegin", bemerkte Petersen nun.

„Das wäre ich auch – beispielsweise."

Er ging nicht auf Wiebkes Bemerkung ein. „Aber der alte Grundsatz ... ,Not inside the company' ..."

„Liebe ist ein Gefühl, das man nicht mit Dienstbeginn ausklammern kann."

Petersen wiegte nachdenklich den Kopf. „Weise Worte", murmelte er und trank von seinem „Flens".

„Möglicherweise ist es völlig übertrieben, zu behaupten, ich wäre in Katja verknallt. Aber ich denke halt öfter mal an sie. Und da bin ich mir nicht sicher, ob es gut ist, ein Verhältnis mit einer Kollegin zu haben." Er lächelte. „Aber ich werde die Dinge auf mich zukommen lassen. Vielleicht lasse ich mich auch versetzen, wenn das mit Katja nicht gut geht."

„Du willst Husum verlassen?"

Jan Petersen zuckte mit den Schultern. „Vielleicht. Aber gern würde ich nicht gehen." Er deutete auf seine Brust. „Die graue Stadt am Meer ist mir ans Herz gewachsen. Ich bin hier groß geworden und kenne jeden Baum und jeden Strauch. Vielleicht hast du recht – es wäre wohl ein großes Opfer, mich versetzen zu lassen. Und ich weiß nicht, ob ich bereit bin, diesen Schritt zu gehen."

Mit einem eleganten Schwung, für den sie sich insgeheim selbst bewunderte, beförderte Wiebke die Bügelflasche zurück in den Kasten. „So", sagte sie dann gedehnt. „Ich muss auch mal wieder los."

„Du gehst schon?" Er blickte enttäuscht auf.

Wiebke nickte, während sie sich erhob. „Ich wollte nur mal nach dem Rechten sehen. Hab mir ein wenig Sorgen gemacht in den letzten Tagen. Aber wenn du mir versprichst, jetzt wieder ganz der Alte zu sein, dann bin ich ja beruhigt."

Ostenfelder Landstraße, 19.10 Uhr

Mit gemischten Gefühlen trat Wiebke den Weg nach Ostenfeld an. Einerseits war sie erleichtert, dass ihr Verhältnis zu Jan Petersen auch künftig nicht von privaten Gefühlsduseleien beeinträchtigt werden würde. Andererseits war sie auch ein wenig enttäuscht, weil er sich für Katja Graf entschieden hatte. Wiebke mochte Katja als Mensch und schätzte sie als Kollegin, und trotzdem fühlte es sich noch ein wenig seltsam an, dass ihr Partner sich offenbar zu ihr hingezogen fühlte.

Aber wahrscheinlich, so machte sich Wiebke Mut, war es gut so. Schwieriger wäre es gewesen, wenn er sich falsche Hoffnungen auf sie gemacht hätte. Hoffnungen, die sie womöglich nie erfüllt hätte. Es war nur vernünftig, dass er sich nicht die Frau ausgesucht hatte, mit der er Schreibtisch und Dienstwagen teilte. Wäre es anders, würden private Probleme sich wohl auch negativ auf die Arbeit auswirken.

Petersen und Katja ... Wiebke versuchte sich vorzustellen, wie die beiden Händchen haltend durch Husums Straßen flanieren, frisch verliebt und immer wieder zärtliche Küsse austauschend. Dennoch war es eigenartig, dass Jan etwas für eine andere Frau zu empfinden schien. War sie etwa eifersüchtig?

Unsinn, schalt sie sich selbst eine Närrin, während sie das Seitenfenster ein wenig öffnete und die einströmende Luft tief in die Lunge sog.

„Wir sind schließlich erwachsene Menschen, wir sind Profis, und da würde eine Liebe nicht in den Job passen. Basta."

Wiebke gönnte Jan von Herzen, dass er im Privatleben endlich wieder eine Frau an seiner Seite hatte. Zwar wusste niemand, ob sich daraus überhaupt eine Liebe entwickelte, doch ihr war das verliebte Blitzen in seinen Augen nicht entgangen, als er von ihr gesprochen hatte. Auch Wiebke würde irgendwann den richtigen Mann finden. Eines Tages würde er ihr über den Weg laufen, ganz bestimmt sogar. Nur eines wusste sie jetzt schon: Es war ganz sicher nicht Tiedje.

Ihr war aufgefallen, dass sie während ihres Besuches bei Jan nicht ein einziges Mal über den Fall gesprochen hatten. Und vielleicht war das auch gut so, denn mitunter tat es einfach gut, sich um private Dinge zu kümmern. Wiebke dachte an Petersens gescheiterte Ehe. Sie wusste, dass seine Exfrau ihm das Leben schwer machte. Dass er diesen Monat nicht einmal in der Lage war, seine Miete zu bezahlen, ahnte sie nicht.

Hinter Mildstedtfeld brach die Sonne durch die Wolkentürme, die der Wind ins Landesinnere geschoben hatte. Der Asphalt der Ostenfelder Landstraße glitzerte, und Wiebke setzte ihre Sonnenbrille auf. Sie atmete noch ein paar Mal tief durch und gewann langsam den nötigen Abstand, um sich auf den Feierabend mit ihrem Vater freuen zu können. Es gab noch so viel zu besprechen, sie hatte so viele Fragen an ihn.

Die Schatten der mächtigen Windräder strichen monoton über die weiten Felder und zauberten ein gleichmäßiges Muster auf die Wiesen. Weiter hinten, am Waldrand, zog ein Traktor gemächlich seine Bahn über einen Acker. Es stank nach Gülle, und Wiebke kurbelte das Fenster hoch. Aus dem Radio drang leise Musik. Natürlich berichtete man in den Lokalnachrichten über den brutalen Mord an Gabriele Heiners, und auch der Umstand, dass die Polizei offenbar vor einem Rätsel stand und der Mörder sich noch immer auf freiem Fuß befand, wurde thematisiert.

Wiebke fühlte sich wie ein winziges Zahnrad in einem mächtigen Getriebe. Zwar funktionierte sie, aber dennoch blieb das Gefühl von Hilflosigkeit. Sie jagten nun schon seit vierzig Stunden einen Mörder, Torben Schäfer hatte zwar den Mord an Holger Heiners gestanden, aber alles deutete darauf hin, dass er mit dem Tod der Millionärswitwe nichts zu tun hatte. Es war zum Verrücktwerden.

Am Ortseingang von Ostenfeld drosselte sie das Tempo und schaltete das Autoradio aus. Wiebke fand, dass es ein schönes Gefühl war, nach einem langen Arbeitstag nach Hause zu kommen. Sie lenkte den Wagen auf die kleine Einfahrt, die zum Haus führte. Heike hockte über einem Beet und bekämpfte das Unkraut. Sie winkte Wiebke freundlich zu. Das Verhältnis zwischen ihnen war beinahe freundschaftlich; sicherlich eine positive Eigenschaft der Menschen in dieser Region. Zusammenhalt wurde hier nicht gepredigt – er wurde gelebt.

Seit ihrem Einzug in die Dachgeschosswohnung an der Hauptstraße 4 a fühlte sich Wiebke hier wie zu Hause. Und augenblicklich konnte sie es sich nicht vorstellen, hier jemals wieder auszuziehen. Sie parkte den Passat an seinem angestammten Platz und stieg aus. Trotz des aufreibenden Tages empfand Wiebke tiefe Zufriedenheit, als sie die Haustür mit den Butzenscheiben aufschloss und die Stufen ins obere Stockwerk des Hauses erklomm. Oben roch es wundervoll nach einem frisch zubereiteten Abendessen. Wiebke trat in die Wohnung und hörte ihren Vater in der Küche mit dem Geschirr klappern. Das Küchenradio lief auf voller Lautstärke – Ulbricht sang laut, aber falsch zu einer Schlagermelodie mit. Unwillkürlich erinnerte sich Wiebke an ihre Kindheit. Früher hatte er immer an den Sonntagen – wenn er zu Hause war – für seine kleine Familie gekocht. Sie erinnerte sich an die Dreizimmerwohnung an der Straße An der Bergbahn in Wuppertal-Barmen. Ob er dort noch immer lebte? Oder war er umgezogen und hatte sich vielleicht eine kleinere Wohnung genommen? Sie beschloss, ihn danach zu fragen. Wiebke spürte einen Hauch von Heimweh nach Wuppertal – ein Gefühl, das sie lange schon nicht mehr empfunden hatte. Das unerwartete Auftauchen ihres Vaters hatte längst vergessene Kindheitserinnerungen hervorgerufen.

„Kind, da bist du ja", sagte er, als er bemerkte, dass sie die Wohnung unter der Dachschräge betreten hatte und im Türrahmen lehnte, um ihm bei der Arbeit zuzusehen. Es duftete herrlich, und im Ofen brutzelte ein Braten. Ulbricht trug wieder die alberne Titten-Schürze, doch Wiebke hatte sich fast schon daran gewöhnt und schmunzelte nur.

„Oh", sagte sie erfreut und blickte in die Backröhre des Umluftofens.

„Du machst uns einen Braten?"

Ulbricht, der gerade den Salat an der Spüle abwusch, fuhr herum. „Warum? Braten?" Dann schien er sie zu verstehen. „Ach so, das im Ofen. Nein, das ist kein Braten. Es ist dein Kater."

Wiebke schluckte im ersten Moment, dann erinnerte sie sich daran, dass sie Witze ihres Vaters schon als Kind nicht immer auf Anhieb verstanden hatte und lachte. Trotzdem ertappte sie sich dabei, sich unauffällig nach Garfield umzuschauen. Der Kater war nicht zu sehen.

„Schön, dass du uns doch etwas kochst", sagte sie dann.

„Na klar. Wie in alten Zeiten, weißt du noch? Auf dem Heimweg bin ich in Mildstedt vorbeigefahren, da gibt es doch diese Ansammlung von Supermärkten auf der grünen Wiese. Ich konnte nicht anders und musste anhalten, um etwas für uns einzukaufen. Tja ..." Er machte eine ausladende Handbewegung. „Und da steh ich nun mitten im Geschehen." Er trat an die Arbeitsplatte und präsentierte ihr voller Stolz eine Flasche Rotwein. „Hier", sagte er. „Habe ich extra für dich mitgebracht. Den magst du doch, oder?"

Wiebke betrachtete das Etikett der bauchigen Flasche. Ein Rioja, die Sorte Rebensaft, die sie über alles liebte. „Ja", sagte sie leise. „Den mag ich sehr."

„Schön." Ulbricht durchsuchte die Schubladen der Küche nach einem Korkenzieher, fand ihn schließlich im Fach neben der kleinen Spülmaschine und machte sich daran, die Weinflasche zu entkorken. Wiebke sah ihm dabei zu, dann ging sie zu einem Hängeschrank und nahm eines der langstieligen Weingläser heraus, die Tiedje ihr irgendwann aus Tønder mitgebracht hatte. Er hatte den kleinen Ort hinter der dänischen Grenze sehr geliebt und war regelmäßig mit ihr dorthin gefahren. Damals, als sie noch ein Paar gewesen waren. Damals, in einem anderen Leben.

Mit einem satten Geräusch löste sich der Korken vom Flaschenhals, und Ulbricht schenkte ihr das Glas ein. Nicht randvoll, so wie es sich gehörte. Er selbst hatte sich eine Flasche Bier aus dem Kühlschrank genommen. Sie stießen an und tranken schweigend.

„Es ist schön, hier zu sein", sagte er anschließend und wandte sich eilig ab, um nach dem Braten zu schauen.

Wiebke sah, dass seine Augen feucht schimmerten, und vermutete, dass ihrem Vater das unangenehm war. Deshalb sprach sie ihn nicht darauf an. Nachdem sie noch einen Schluck von ihrem Wein genippt hatte, stellte sie das Glas auf den kleinen Küchentisch.

„Ich deck uns schon mal den Tisch", sagte sie und nahm Teller und Besteck aus dem Küchenschrank, um beides zum Esstisch im Wohnzimmer zu bringen. In einer Schublade fand sie gemusterte Papierservietten, die sie kunstvoll faltete und neben die Teller drapierte. Auch eine Kerze zündete sie an. Maunzend kam Garfield aus seinem Versteck und strich um ihre Beine. Wiebke kraulte den Kater und führte ihn in die Küche. Eilig öffnete sie eine Dose Katzenfutter, um den bereitstehenden Fressnapf damit zu füllen. Der Kater war glücklich und fraß sofort.

„Wo kommt der denn her?", wunderte sich Ulbricht.

Wiebke zuckte die Schultern. „Manchmal macht er es sich im Korb mit der Dreckwäsche bequem." Dann lächelte sie. „Was hast du noch so getrieben, während ich Petersen einen Besuch abgestattet habe?"

„Ich war noch mal bei Johannsen. Er scheint ganz in Ordnung zu sein."

„In der Tat, das ist er", bestätigte Wiebke, dann runzelte sie die Stirn. „Was wolltest du von ihm? Hattest du noch etwas vergessen?"

Ulbricht nickte. „Sozusagen, ja. Ich habe ihm etwas zur Überprüfung gebracht." Nun grinste er wieder jungenhaft. „Sonderlich begeistert war er nicht, aber er hat mir versprochen, sich gleich an die Arbeit zu machen."

„Was war das?", fragte Wiebke.

Ulbricht schüttelte den Kopf. „Noch nicht, Kind, noch nicht. Ich warte ab, und wenn ich mit meinem Verdacht richtig liege, dann möchte ich dir den Ruhm lassen."

„Und wenn nicht?"

„Dann blamierst du dich nicht bei deinen Kollegen." Mit einer Geste deutete ihr Vater an, dass er das Thema vorerst als erledigt betrachtete. „Bei Petersen warst du also", bemerkte er stattdessen. Schon früher hatte er geschickt das Thema gewechselt, wenn ihm etwas unangenehm war. „Wie ist er, dein Partner? Bildet ihr immer ein Team?"

„Ja, man hat mich am ersten Tag in der Polizeidirektion Husum gleich in sein Büro gesetzt. Wahrscheinlich sollte er ein wachsames Auge auf mich Küken haben."

„Aber du bist nicht zufällig in ihn verknallt?"

„Papa – bitte!" Wiebke winkte empört ab. „Woran denkst du?"

„Glaubst du ernsthaft, es wäre das erste Mal, dass aus zwei Kollegen ein Paar wird?" Ulbricht schüttelte den Kopf. „Manchmal bist du so gutgläubig wie deine Mutter, Kind." Er lachte amüsiert, dann wurde er ernst. „Eines Tages wird auch für dich der Richtige kommen, ganz bestimmt."

Nun beneidete Wiebke ihn um sein Talent, in peinlichen Situationen das Thema zu wechseln. Um weiteren Anspielungen aus dem Weg zu gehen, kümmerte sie sich um Garfield.

„Was hast du vor?", fragte Wiebke später, als Ulbricht sich erhob und den Mantel vom Garderobenhaken nahm. Im Fernsehen hatten sie gemeinsam einen Krimi geschaut – eine Sache, die sie verband, nicht nur aus beruflicher Sicht. Natürlich war Wiebke nicht verborgen geblieben, dass er unruhig war und immer wieder auf die Uhr geschaut hatte.

Als er sich gegen zehn erhob und Anstalten machte, zu später Stunde noch einmal das Haus zu verlassen, beschlich Wiebke ein seltsames Gefühl.

„Es ist ein wunderschöner Abend, und ich muss noch einmal an die frische Luft." Er lächelte geheimnisvoll.

„Verscheißern kann ich mich allein, Papa." Wiebke winkte ab und stieß die Wolldecke, mit der sie es sich auf dem Sofa gemütlich gemacht hatte, fort. „Also – was liegt an?"

„Ich möchte mir die Gegend anschauen."

Wiebke kannte ihn gut genug, um zu wissen, dass er schweigen würde wie ein Grab. „Bitte mach mir keinen Ärger."

„Keine Sorge, ganz im Gegenteil. Ich werde dich anrufen, wenn ich Fragen habe", versprach er mit einem spitzbübischen Lächeln auf den Lippen und hauchte ihr einen flüchtigen Kuss auf die Stirn, dann war er draußen. Wiebke stand ein wenig unschlüssig im dunklen Flur und hörte, wie der Motor seines alten Opels röchelnd ansprang, dann entfernte sich das Fahrzeug. Ihr Vater war ein wandelndes Geheimnis, und sie ahnte, dass er sich mal wieder in ihren Fall einmischte. Ein ungutes Gefühl beschlich sie, und Wiebke spielte mit dem Gedanken, ihm hinterher zu fahren. Doch wahrscheinlich war er längst zu weit entfernt, und so verwarf sie den Gedanken rasch wieder. Sie erschrak, als etwas Warmes und Pelziges um ihre Füße strich.

„Mein Gott, Garfield, hast du mich erschreckt!" Sie nahm den Kater auf den Arm und kehrte nachdenklich ins Wohnzimmer zurück. Wenn Wiebke eines hasste, dann war es Warten. In der Stube angekommen, trat sie an das große Wohnzimmerfenster und blickte in Heikes Garten. Das Schilf am künstlichen Teich wiegte sich im Abendwind. Wiebke überlegte fieberhaft, was ihr Vater vorgehabt hatte, dann hatte sie eine Idee. Je länger sie nachdachte, umso sicherer wurde sie, dass ihr Vater nach Oster-Ohrsted aufgebrochen war. Sie setzte Garfield, den sie zärtlich gekrault hatte, auf den Boden und ging in die Diele, wo sie das schnurlose Telefon aus der Station nahm. Eilig tippte sie eine Nummer ein. „Ich brauche dringend die Kollegen vom Streifeneinsatzdienst."

Der Militärstützpunkt hatte etwas von der mysteriösen Area 51 der Amerikaner, fand Ulbricht. Die Kaserne lag zwischen Ostenfeld und Treia mitten in einem Waldgebiet. Selbst tagsüber herrschte hier kaum Verkehr; nur ab und zu verirrte sich ein Lieferwagen in die Einöde, um über die verkehrsarmen Nebenstrecken zur Bundesstraße 201, die Schleswig und Husum miteinander verband, zu gelangen und so dem einen oder anderem gemütlich dahin schleichenden Wohnmobil ein Schnippchen zu schlagen.

Beinahe hätte er die enge Einmündung in den kleinen Waldweg übersehen. Als die Lichtfinger der Scheinwerfer über das auseinanderklaffende Buschwerk am Straßenrand wischten, trat er das Bremspedal bis zum Bodenblech durch. Der Wagen schlingerte, dann riss Ulbricht das Lenkrad nach links und brachte es in einem waghalsigen Manöver fertig, ihn im letzten Moment auf den unbefestigten Weg zu bugsieren. Die Stoßdämpfer des alten Opels schlugen ein paar Mal hart durch, als der Wagen durch Schlaglöcher rumpelte, in denen man einen Kleinwagen hätte versenken können. Ulbricht wendete den Vectra, wobei tiefhängende Äste und Zweige über den Lack kratzten. Das Wenden war eine alte Angewohnheit, die er vor zig Jahren in der Polizeischule gelernt hatte und die ihm irgendwann in Fleisch und Blut übergegangen war. Im Zweifelsfall konnte ein vor der Abfahrt durchgeführtes Wendemanöver Leben retten, dann nämlich, wenn er sich einfach in den Wagen setzen und verschwinden konnte. Nachdem der Opel in entgegengesetzter Richtung stand, zog er den Zündschlüssel ab. Stille und absolute Dunkelheit umgaben ihn.

„Dunkel wie im Bärenarsch", brummte Ulbricht missmutig und verfluchte, dass die Batterien der Taschenlampe im Handschuhfach leer waren. Er löste den Sicherheitsgurt und stieg aus.

Obwohl ein seichter Wind durch die Äste der Bäume strich, fror er nicht, als er die Wagentür so leise wie möglich ins Schloss drückte. Das Klicken der Zentralverriegelung kam ihm in der Stille überlaut vor. Ulbricht atmete tief ein und genoss die frische Waldluft. Wäre da nicht der militärisch abgeriegelte Sicherheitsbereich mit Überwachungskameras und den leistungsstarken Scheinwerfern, die die Dunkelheit auch aus dem letzten Winkel peitschten, so wäre dies ein friedlicher, ja, ein idyllischer Ort gewesen. Dies hätte ebenso gut die Lüneburger Heide sein können, oder der Schwarzwald, doch dies war Schleswig-Holstein. Kein Urlauber ahnte, was hier geschah, und Ulbricht war wild entschlossen das Geheimnis zu lüften. Selbst die Menschen, die hier brav als Soldaten ihren Dienst verrichteten, ahnten nicht, welche Geschäfte hier abgewickelt wurden.

Hier wurden Container für den Einsatz in Afghanistan montiert und aufbereitet. Doch kaum jemand wusste, dass vor dem mannshohen Kasernenzaun noch andere Geschäfte getätigt wurden, die nichts mit der Bundeswehr zu tun hatten. Doch die Täuschung funktionierte perfekt, denn kaum ein Außenstehender würde sich Gedanken darüber machen, wenn hier Militär-Lastwagen anhielten und beladen wurden. Ulbricht wollte endlich wissen, was hier umgeladen und für den Transport vorbereitet wurde.

Der Wind frischte auf und erzeugte in den Kronen der Bäume ein sanftes Rascheln. Es dauerte einen Augenblick, bis der Mond durch die Wolken drang und die Szenerie in ein kaltes Licht tauchte. Nun konnte er sich zumindest ein wenig orientieren. In der Nacht sah alles anders aus, und erst, als er die Stelle erreicht hatte, an der die Schienen die Straße kreuzten, konnte er seine augenblickliche Position bestimmen. Ein paar Meter weiter gab es auf der rechten Seite ein großes Tor. Die Einfahrt selbst lag im Wald und war für die Insassen vorbeifahrender Autos nur schlecht einsehbar. Wahrscheinlich, so überlegte Ulbricht, war dies durchaus beabsichtigt. Keine Armee der Welt ließ sich gern in die Karten blicken; das galt für die Bundeswehr genauso wie für die amerikanische Armee. Er blickte sich um. Die Stelle, an der er den Vectra im Wald geparkt hatte, konnte man von seinem jetzigen Standort nicht mehr ausmachen. Gut so. Niemand durfte mitbekommen, dass er hier war. Ulbricht hoffte, dass die Bundeswehr keine Wachposten durch den nächtlichen Wald scheuchte, um das Areal auf mögliche Feinde zu durchkämmen. Als er noch einmal zum Himmel blickte, sah er, dass der Wind die Wolken nun vollständig vertrieben hatte. Ulbricht suchte sich eine Stelle, von der aus er das Haupttor des Kasernengeländes gut beobachten konnte. Er fand hüfthohes Dickicht auf der gegenüberliegenden Straßenseite und stellte sich dicht an den Stamm einer Eiche. Er wartete und hätte gern eine Zigarette geraucht. Doch auch wenn die Waldbrandgefahr nach den Regenfällen in den letzten Tagen äußerst gering war, so wusste er doch, dass die Glut einer Zigarette in der Dunkelheit unnatürlich hell war und seine Anwesenheit verraten würde. Also zog er ein Hustenbonbon aus der Tasche seines Mantels, wickelte das Papier ab und schob sich das Bonbon in den Mund. Der starke Minzgeschmack brannte in seinem Rachen, doch er glaubte zu fühlen, wie sich das Volumen seiner Lunge vergrößerte. Die Minuten verrannen zäh wie Sirup. Als sich aus der Ferne ein Motorengeräusch näherte, beschleunigte sich der Pulsschlag des alten Hauptkommissars. „Es geht los", knurrte er zu sich selbst und presste sich tiefer in den Schatten des alten Baumes.

Ulbricht musste kein Fachmann zu sein, um am Geräusch zu hören, dass es sich um ein schweres, hubraumstarkes Fahrzeug handelte. Ein Sechs- oder Achtzylinder näherte sich ziemlich schnell. Bald schon sah Ulbricht die Lichtbalken der Scheinwerfer, die dem Wagen vorauseilten und die Dunkelheit zerschnitten. Grelles Xenonlicht, wahrscheinlich die Grundausstattung einer Limousine der gehobenen Preisklasse. Nach endlosen Sekunden tauchte der dunkle Mercedes der S-Klasse in Ulbrichts Sichtfeld auf. Der Fahrer bremste das schwere Gefährt mit quietschenden Reifen wenige Meter hinter der Einfahrt zur Kaserne auf dem befestigten Seitenstreifen der Landstraße. Der Motor erstarb mit einem letzten Blubbern, dann klappte die Wagentür auf, und der Fahrer stieg aus. Ulbricht spähte durch das Buschwerk und erkannte eine hochgewachsene Gestalt in dunkler Kleidung. Wahrscheinlich war das Peer Hansen, der Freund von Beke Frahm. Unwillkürlich fragte er sich, was das für Geschäfte waren, die ein gestandener und offenbar angesehener Unternehmer aus Husum nachts und in aller Einsamkeit eigenständig abzuwickeln hatte. War Hansen in illegale Waffengeschäfte verwickelt?

Wieder vergingen einige Minuten, der Mann auf der gegenüberliegenden Straßenseite wanderte ungeduldig neben seinem Mercedes auf und ab, blickte dabei immer wieder auf die Armbanduhr und schüttelte den Kopf.

Dann tat sich auf dem Kasernengelände etwas. Ein Lieferwagen rollte im Schritttempo auf das große Tor zu. Der Fahrer stoppte an der Schranke, ein Wachmann trat an das Fenster auf der Fahrerseite und beugte sich ins Innere des Transporters. Die Männer wechselten ein paar Worte, dann legte der Wachmann grüßend eine Hand an die Krempe seiner Mütze und öffnete erst die Schranke, dann das große Tor. Der Diesel setzte sich schwerfällig in Bewegung, und Ulbricht erkannte, dass es sich um einen alten VW-Bus handelte. Das Fahrzeug war in Nato-Oliv lackiert, ob es sich dabei aber um ein echtes Bundeswehrfahrzeug handelte, konnte er aus der Entfernung nicht einschätzen. Viele Fahrzeuge aus dem ehemaligen Bestand der Bundeswehr waren längst veräußert worden.

Der Fahrer des Bullis bog nach rechts ab. Doch er schaltete nicht in den zweiten Gang, sondern näherte sich mit dröhnendem Motor dem wartenden Mercedes. Der Motor klapperte ein letztes Mal, dann sprang der Fahrer ins Freie und begrüßte den Mann, der nun an seiner Limousine lehnte, mit einem jovialen Handschlag.

„Sie sind spät dran", maulte Hansen, während er die Kofferraumklappe seines Wagens mit einem Knopfdruck auf die Fernbedienung öffnete.

„Ging nicht früher", entgegnete der Mann mit dem Armee-Bulli und machte sich ebenfalls am Heck seines Autos zu schaffen. „Wir schaffen das Zeug auf dem direkten Weg fort, und dann sind wir wieder gut in der Zeit."

„Ihr Wort in Gottes Ohr." Hansen deutete auf den Inhalt seines Kofferraumes, den Ulbricht von seinem Versteck aus nicht sehen konnte. „Fünf Kisten sind es."

Der Mann aus dem Transporter beugte sich in die Limousine und hob ächzend eine schwere Kiste heraus, während Hansen keine Anstalten machte, ihm zu helfen. Ulbricht schüttelte den Kopf und wartete ab, bis die erste Holzkiste im Heck des Bullis verstaut war, dann verließ er sein Versteck. Er war in etwa auf der Mitte der Straße angelangt, als sich ein Wagen in halsbrecherischem Tempo näherte. Ulbricht brachte sich mit einem beherzten Satz in Sicherheit und erkannte aus dem Augenwinkel, dass es sich bei dem Auto um einen blau-silbernen Touran handelte. Ein Streifenwagen, wie er überrascht feststellte. Dann überschlugen sich die Ereignisse. Die Männer blieben wie angewurzelt stehen, dann knallte Hansen den Kofferraum des Mercedes zu. Gleichzeitig machte der Fahrer des VW-Busses Anstalten zu flüchten, doch Ulbricht war schnell bei ihm und hielt ihn fest. „Schön hierbleiben, Freundchen", zischte er und sah, wie die Besatzung des Streifenwagens mit gezückten Waffen näher trat.

„Hände hoch – alle!", rief der Streifenführer in einem Ton, der keinen Widerspruch duldete.

„Ich bin ein Kollege – Hauptkommissar Ulbricht", rief er, als ein Schuss durch die Nacht peitschte. Peer Hansen hatte plötzlich eine Pistole in der Hand. Eine Kugel traf den Fahrer des Bullis in den Oberkörper. Der Mann sackte mit einem kehligen Schmerzenslaut auf den Lippen zusammen. Ulbricht ahnte, dass die Kugel ihm gegolten hatte. Die Miene des Schützen glich einer Fratze. Wutverzerrt und zum Äußersten entschlossen wollte er sich nicht festnehmen lassen. Hansen rannte um seinen Wagen herum und warf sich hinter das Lenkrad. Doch noch bevor er den Motor starten konnte, hatten die Polizisten ihm beide Hinterreifen zerschossen. Einer rannte mit der Waffe im Anschlag zum Einstieg der Limousine. „Werfen Sie die Waffe weg und kommen Sie mit erhobenen Händen aus dem Fahrzeug!" Nun endlich schien der Widerstand des Mannes gebrochen zu sein. Er folgte der Aufforderung, ließ sich die Handschellen anlegen und in den Fond des Streifenwagens verfrachten. Einer der Polizisten zückte das Handy und wollte einen Notarzt rufen, doch Ulbricht winkte ab. Der Fahrer des VW-Busses hatte den Schuss nicht überlebt. Ulbricht fühlte keinen Puls mehr, und der Mann hatte im Anblick des Todes die Augen weit aufgerissen. Hier kam jede Hilfe zu spät.

„Was war denn hier los?", fragte der Polizist mit belegter Stimme an Ulbricht gewandt.

„Eine Übergabe – von was auch immer. Macht einfach die Kisten auf, dann wisst ihr es. Der Mann, den ihr da verhaftet habt, ist mit größter Wahrscheinlichkeit ein gewisser Peer Hansen."

Der Polizist machte große Augen. „Der Peer Hansen? Ich meine, der von der Werft?"

Ulbricht nickte. „Hatte wohl nebenher noch Geschäfte laufen, die so wichtig waren, dass er sich selbst darum gekümmert hat." Dann verdunkelte sich seine Miene. „Wer hat euch eigentlich alarmiert, Kollegen?"

„Kommissarin Wiebke Ulbricht, sie hat sich wohl Sorgen um ihren Vater gemacht", grinste der Polizist, dann deutete er zu seinem Einsatzwagen. „So", sagte er, „dann fängt die Nachtschicht jetzt wohl erst richtig an."

„Ich werde Wiebke anrufen und sagen, dass alles vorbei ist", brummte Ulbricht und zog das Handy aus der Manteltasche, um seiner Tochter vom dramatischen Ausgang der Aktion zu berichten.

VIERZEHN

Ostenfeld, 6.30 Uhr

Als sie um halb acht von Kindergeschrei aufgeweckt wurde, überlegte Wiebke schlaftrunken, ob sie sich vielleicht doch einen anderen Weckton auf dem Handy einstellen sollte. Immerhin stand sie am Beginn ihrer Karriere als Kriminalkommissarin und da passte ein Kind einfach nicht in ihre Planung. Am frühen Morgen schon mal gar nicht.

Gähnend griff Wiebke nach dem Handy auf dem Nachtschrank, blinzelte auf das Display und schaltete das nervige Kindergeschrei ab. Nachdem sie die Bettdecke fortgestoßen hatte, trat sie unter die Schräge des kleinen Schlafzimmers und öffnete das Fenster. Tief atmete sie die frische Luft ein. Morgentau glitzerte auf den Wiesen hinter dem Haus. Beim Nachbarn krähte wie immer der Hahn, ansonsten umgaben sie Vogelgezwitscher und die dörflich-friedliche Stille von Ostenfeld. Die Blüten von Heikes liebevoll gepflegten Blumen auf der Veranda setzten wunderschöne, bunte Akzente, und die Welt schien um diese Zeit noch in Ordnung zu sein.

Wiebke streckte sich und wandte sich ab. Im Flur sah sie das gleißende Sonnenlicht durch die Milchglasscheibe der Küchentür. Sie sehnte sich nach einem starken Kaffee. Höchste Zeit, den Tag zu beginnen. Während sie sich an der Kaffeemaschine zu schaffen machte, kreisten ihre Gedanken um den Fall. Im Gegensatz zu gestern hörte sie keine Geräusche aus der

Küche. Schlief ihr Vater noch? Auf dem Weg ins Bad machte sie an der Tür des Gästezimmers Halt und lauschte. Absolute Stille, kein Schnarchen, nichts.

„Papa?", rief Wiebke und klopfte an die Tür. Nachdem sie keine Antwort erhielt, öffnete sie die Tür einen Spaltbreit und spähte in das kleine Zimmer. Das Schlafsofa unter der Schräge war nicht angerührt worden. Akkurat lag die Tagesdecke auf der sorgsam gefalteten Bettwäsche. Wiebke warf einen Blick auf die Garderobe im Flur. Sein Trenchcoat fehlte ebenfalls. War ihr Vater noch immer unterwegs?

Wieder einmal hatte er sich massiv in ihre Arbeit eingemischt, wieder einmal war er losgezogen, um eine seltsame Nacht- und Nebelaktion hochgehen zu lassen. Man hatte Peer Hansen verhaftet, nachdem er beim Zugriff einen Mann erschossen hatte. Womöglich war Ulbricht in der Polizeidirektion, um den Kollegen unter die Arme zu greifen. Wiebke konnte es immer noch nicht glauben, dass der in Husum hoch angesehene Peer Hansen einen Mann erschossen hatte. Wahrscheinlich aus Vorsicht, denn der Mann war ein Mitwisser, der ihm unbequem werden konnte. Doch nun würde man ihn wegen Mordes hinter Gitter bringen, daran würde auch der beste Anwalt der Welt nicht viel ändern können. Dieser Fall nahm seltsame Formen an, fand Wiebke und empfand plötzlich Mitleid für ihre Kollegen in der Husumer Wache, die sich in diesem Augenblick mit ihrem Vater herumschlagen mussten.

„Die werden sich bedanken", murmelte sie ironisch, während sie sich auf den Weg ins Bad machte. Jetzt brauchte sie erst mal eine Dusche. Während die heißen Wasserstrahlen auf sie niederprasselten, schüttelte sie die Müdigkeit ab und dachte nach. Wer steckte hinter dem Mord an Gabriele Heiners? Streng genommen war sie aus dem Fall raus: Die zweite Tat hatte sich in Glücksburg zugetragen und fiel damit in das Hoheitsgebiet von Hauptkommissar Friedrichs – ohne Wenn und Aber. Dennoch war Wiebke nicht ganz glücklich, den Fall nur zur Hälfte gelöst zu haben. Sie war sicher, dass es zwischen beiden Taten einen Zusammenhang gab. Jemand hatte seinen Nutzen aus dem Tod von Heiners gezogen und dessen hinterbliebene Frau aus dem Weg geräumt, um sich so einen Vorteil zu verschaffen. Doch wer, um Himmels willen, kam für eine solche Tat infrage?

Eilig frottierte sie sich ab, cremte ihre Haut ein und föhnte sich die Haare, bevor sie ein dezentes Make-up auflegte und sich in Slip und BH ins Schlafzimmer begab, wo sie in eine Jeans schlüpfte und ein figurbetontes T-Shirt überstreifte. In der Küche duftete es bereits wundervoll nach frischem Kaffee. Wiebke öffnete das Küchenfenster und atmete die frische Morgenluft tief ein. Gedankenverloren nahm sie am kleinen Esstisch Platz. Während in den Nachrichten auf Radio Schleswig-Holstein noch immer von einem Doppelmord am Ehepaar Heiners die Rede war, grübelte Wiebke angestrengt darüber, wer vom Tod der beiden profitieren würde. Prompt verbrannte sie sich die Lippen an dem Kaffee, dann hatte sie eine Idee. Es gab nur einen Menschen, der jetzt fein raus war. Und sie nahm sich vor, diesem Menschen heute auf den Zahn zu fühlen – ob Friedrichs das nun passte oder nicht.

Polizeiwache Poggenburgstraße, 8.05 Uhr

Wiebke spürte schon beim Betreten des Gebäudes, dass eine eigenartige Stimmung herrschte. Die Kolle-

339

gen, denen sie auf dem Gang begegnete, nickten ihr grüßend zu und begannen auf der Stelle hinter ihrem Rücken zu tuscheln. Wiebke fürchtete, dass das mit dem Aufenthalt ihres Vaters auf der Wache zu tun hatte. Gleich würde sie es erfahren – im ungünstigsten Fall von Matthias Dierks persönlich.

Petersen kam ihr entgegen. Er schwenkte grinsend seine leere Kaffeetasse. „Moin", rief er, sichtlich gut gelaunt.

Wiebke blieb stehen. „Moin, Jan. Alles klar bei dir?"

„Aber sowas von, Mädchen." Petersen nahm sie am Unterarm und zog sie in die kleine Teeküche. „Sie hat zugesagt", gab er ihr leise zu verstehen.

„Was?" Wiebke verstand nicht, wovon ihr Partner sprach. „Wer hat zugesagt? Wovon sprichst du, Jan?"

„Katja", raunte er ihr zu. „Ich habe sie gefragt, ob sie nicht vielleicht heute Abend schon mit mir essen geht. Und stell dir vor, sie hat ja gesagt."

„Mensch, Petersen", rief Wiebke erfreut. „Das ist doch prima!" Sie beobachtete ihn, wie er sich am Kaffeeautomaten zu schaffen machte.

„Auch einen?", fragte er, ohne sich zu ihr umzublicken.

„Gern. Ich habe eine verdammt kurze Nacht hinter mir, und mein alter Herr hat unseren Laden seit seiner Ankunft ganz schön aufgemischt."

Jetzt wandte sich Petersen zu ihr um. „Das kann man wohl sagen." Er nahm eine saubere Tasse aus dem Hängeschrank über der Spüle und schenkte Wiebke einen Kaffee ein. „Da nimmt der mal eben den Hansen hops – unglaublich, wirklich. Aber dass der in solchen Geschäften mitmischt, ist schon ein Hammer. Das hat ihm hier keiner zugetraut, wahrscheinlich war er nur aus diesem Grund noch auf freiem Fuß. Da muss erst einer von auswärts kommen, um uns die Augen zu öffnen."

„Ich versteh nur Bahnhof", gab Wiebke zu und massierte sich die Schläfen. „Was waren das für Geschäfte, in die Peer Hansen verwickelt war?"

„Waffengeschäfte", erwiderte Petersen lapidar und füllte seine Tasse, nachdem er Wiebke den ersten Steinbecher gereicht hatte. „Er hat in seiner Werft Baugruppen gefertigt, die in Afghanistan in Panzern und Flugzeugen verbaut werden." Er rieb bezeichnend Daumen und Zeigefinger aneinander. „Hat ein Schweinegeld damit verdient, aber das nutzt ihm jetzt auch nichts mehr. Ich hab es von Katja erfahren. Sie hat Hansen in die Mangel genommen. Die Werft gehört seinen Schwiegereltern, seine Ehe ist im Eimer. Und im Falle einer Scheidung hätte er die Werft verloren. Also hat er sich mit den Waffengeschäften wohl ein zweites Standbein aufgebaut, um ein wenig unabhängiger zu sein. Wäre seine Affäre mit Beke Frahm ans Licht gekommen ..." Jan Petersen winkte ab.

„Auch 'ne Art, sich an Hartz IV vorbeizumogeln", äußerte Wiebke mit einem Kopfschütteln. „Und mein Dad hat ihn dabei erwischt und seine zweite Karriere mit einem einzigen Schlag beendet. Unglaublich."

„Dafür hätte er einen Orden von Peter Harry Carstensen verdient", grinste Petersen.

„Lass den Ministerpräsidenten da raus, sonst wird mein alter Herr noch übermütig", warnte Wiebke lächelnd. Seite an Seite verließen sie die kleine Teeküche und betraten das gemeinsame Büro.

„Mensch, Kind, wo bleibst du denn?" Norbert Ulbricht rutschte von der breiten Fensterbank, auf der er voller Ungeduld gehockt hatte. Zu Wiebkes Verwunderung wirkte er kein bisschen übernächtigt. Er war ein zäher Knochen und ließ erst dann locker, wenn alle Täter hinter Gittern saßen. Und genau das war der Grund für ihre Mutter gewesen, sich von ihm zu trennen. Doch die bedrückende familiäre Vergangenheit rückte in diesem Augenblick in den Hintergrund. Ulbricht fuchtelte mit den Händen in der Luft herum. „Es gibt Arbeit satt. Aber alles nach der Frühbesprechung. Ich habe schon mit Dierks gesprochen."

„Worüber?", fragte Wiebke und setzte sich an ihren Schreibtisch, wo sie betont gemächlich ihren Computer einschaltete und sich ihrem ersten Bürokaffee widmete.

„Das wird er dir gleich alles selbst sagen." Ulbricht blickte zu Petersen hinüber, der das Vater-Tochter-Gespräch sichtlich amüsiert von seinem Schreibtisch aus verfolgte. Er blickte auf die Uhr an der Wand. „Nur noch drei Minuten, wir sollten langsam in den Besprechungsraum, Leute!"

„Papa – was soll dieser Stress?"

„Kannst beruhigt sein, Kind: Die Flensburger sind nicht da. Ich bin Friedrichs auch nicht böse, dass er nicht zeitig aus dem Bett gekommen ist. Also – der frühe Vogel fängt den Wurm!"

„Der frühe Vogel kann mich mal", konterte Wiebke unbeeindruckt, während sie sich über den Elan wunderte, den ihr Vater in seiner Freizeit an den Tag legte.

„Das ist mein Spruch, jedenfalls normalerweise", warf Petersen ein.

„Was ist jetzt mit Peer Hansen?", wechselte Wiebke das Thema.

„Sitzt in Untersuchungshaft. Sieht nicht gut aus für den armen Kerl." Ulbricht zog sich einen der Besucherstühle heran.

„Armer Kerl?"

Wiebke glaubte, sich verhört zu haben.

„Hansen ist einer der reichsten Männer in Husum."

„Jetzt hat er nichts mehr", behauptete ihr Vater. „Die Schwiegereltern dürften ihn inzwischen enterbt haben, auf dem Thron in der Werft sitzt er auch nicht mehr, und die andere Geschäftsidee hat sich auch nicht so nach seinen Wünschen entwickelt. C'est la vie, jedenfalls hat er jetzt ein paar Jahre Zeit darüber nachzudenken, ob es das alles wert war, einen Menschen zu erschießen."

„Apropos", unterbrach Wiebke ihn. „Wer war denn der Mann, den er erschossen hat?"

„Sein Kurier. Ein Zeitsoldat, der regelmäßig Transporte nach Afghanistan organisiert hat. In Oster-Ohrstedt geht es wohl um die Logistik für den Bundeswehreinsatz in Afghanistan, deshalb passte es ganz gut in Hansens Vorstellungen, sich einen Nestbeschmutzer einzukaufen, der ihm das Zeug zum Kunden schaffte. Hat sich wohl etwas dazu verdient, indem er Hansens Sonderfracht mitnahm. Soll man auch nicht machen, so was." Norbert Ulbricht schüttelte den Kopf. „Geht immer irgendwann schief, und wahrscheinlich hätte man ihn über kurz oder lang unehrenhaft entlassen."

„So, jetzt bin ich gespannt, was die Morgenrunde bringt", meldete sich Petersen zu Wort. Er leerte den Kaffee, packte seine Unterlagen zusammen und erhob sich. „Mal sehen, ob ich heute Abend in Ruhe mein Date genießen kann." Bei den letzten Worten zwinkerte er Wiebke verschwörerisch zu.

Fast wunderte sich Wiebke ein wenig, dass ihr der Erste Kriminalhauptkommissar Matthias Dierks nicht in den Arm flog, als sie gemeinsam mit Petersen und Ulbricht senior das Besprechungszimmer betrat.

„Guten Morgen, Frau Ulbricht", sagte er mit überschwänglicher Freundlichkeit. Johannsen saß bereits am Tisch, und Wiebke blieb nicht verborgen, dass er ihrem Vater zuzwinkerte. Die beiden schienen inzwischen feste Freunde geworden zu sein, und unwillkürlich fragte sich Wiebke, was sie verpasst hatte, als sie die Nacht in Ostenfeld verbrachte.

„So, dann wollen wir auch schon, viel Zeit möchte ich heute nämlich nicht verlieren", eröffnete Dierks die kleine Runde, nachdem er die Tür des Raumes geschlossen und sich gesetzt hatte. „Das war eine ganz hervorragende Arbeit, Frau Ulbricht, gratuliere zu Ihrem Erfolg!"

Wiebke, die immer noch nicht recht wusste, wie ihr geschah, schwieg. Sie hatte beschlossen, die Sache auszusitzen. Irgendwann würde man ihr schon sagen, was denn so toll gelaufen war, von dem sie nichts wusste.

„Sie werden sicherlich in die Fußstapfen Ihres Vaters treten, und ich werde mich für eine Beförderung starkmachen, wenn der Fall abgeschlossen ist, darauf gebe ich Ihnen mein Ehrenwort. Was Sie in Flensburg herausgefunden haben, ist beachtlich."

„Ich habe meinen Vater abgeholt", wagte Wiebke nun doch anzumerken.

„Das ist richtig. Und dabei haben Sie, so ganz nebenbei, eine heiße Spur aufgegriffen. Was denken Sie, wer hinter dem Mord an Gabriele Heiners steckt?"

„Darauf wollte ich sowieso zu sprechen kommen", sagte Wiebke und klappte den Ordner auf, den sie vor sich auf den Tisch gelegt hatte. „Es muss jemand hinter dem Mord stecken, der vom Tod beider, und ich betone, beider, Eheleute profitiert. Torben Schäfer ist für den Tod von Holger Heiners verantwortlich, wie wir inzwischen wissen. Doch ich wage zu behaupten, dass er nicht für das Attentat auf Gabriele Heiners in Glücksburg verantwortlich zu machen ist. Die Gründe kennen wir: Er war zum Tatzeitpunkt stark alkoholisiert und verbrachte die Nacht mit Levke Kühn, die uns diese Aussage auch schon bestätigt hat. Kommen wir zurück zum Ehepaar Heiners: Sie waren wohlhabend, die Immobilienfirma liegt gut im Rennen und erzielt traumhafte Rankingwerte. Sicherlich ein Filetstück für jemanden, der sich eine Existenz aufbauen und ins gemachte Bett legen möchte." Wiebke unterbrach kurz und blickte in die fragenden, teils zustimmenden Mienen der Kollegen. „Kinder haben die Heiners nicht, und Holger Heiners saß fest genug im Sattel, um die lästige Konkurrenz auf die nötige Distanz zu halten. Also drängt sich mir die Frage auf, wer auf das Unternehmen scharf sein könnte." Wieder legte Wiebke eine Pause ein, bevor sie fortfuhr: „Mein Verdacht fällt auf die rechte Hand von Holger Heiners, auf Christian Rohde. Er führt das Unternehmen zurzeit und hat sicherlich Ambitionen, nach dem Tode seiner Chefs das Ruder zu übernehmen. Wie wir inzwischen wissen, war Rohde so etwas wie ein Sohn für Heiners. Die beiden hatten ein freundschaftliches Verhältnis, fast eine Vater-Sohn-Beziehung zueinander. Zumindest geht dies aus dem Bericht der Flensburger hervor, die sich um die Mitarbeiterbefragung gekümmert haben. Wir sollten Rohde also auf den Zahn fühlen."

Dierks nickte begeistert, und sein Gesicht drückte eine Stimmung aus, als wäre er bereit den restlichen Arbeitstag für frei zu erklären und die Sektkorken knallen zu lassen. „Dann wissen Sie ja, was zu tun ist", verkündete er mit feierlicher Miene und beendete die Frühsitzung.

Nun räusperte sich Piet Johannsen. „Aber bevor ihr losfahrt, kommt noch mal in meinem Büro vorbei. Ich warte auf ein paar interessante Berichte. Wenn ich die habe, könnt ihr einen Deckel auf den Fall machen."

Wiebke tauschte einen Blick mit Petersen, der unmerklich die Mundwinkel nach unten zog und ein Nicken andeutete. Als Wiebke zu ihrem Vater blickte, grinste er nur. Wiebke fragte sich, was er die ganze Nacht über getrieben hatte. Sie beschloss, ihn später darauf anzusprechen.

Schleswig, Süderholmstraße, 10.10 Uhr

Die kleinen Häuschen der ehemaligen Fischersiedlung Holm gruppierten sich ringförmig um den Friedhof, der das Zentrum des Ortsteils darstellte. Langsam rollten die Einsatzfahrzeuge über das blitzblanke Kopfsteinpflaster. Während sich draußen auf der Schlei die ersten Kanufahrer auf den Weg machten, erschienen Wiebke die engen Straßen von Holm noch in einer Art Dornröschenschlaf dazuliegen. Erst als sie die erste Touristengruppe erblickte, die wild fotografierend durch Holm marschierte, erwachte der kleine Ortsteil der Schleistadt aus dem Dämmerschlaf. Einst eine Insel in der Schlei, gab es längst eine Verbindung zum Festland und zur Innenstadt von Schleswig, die nur gut zehn Gehminuten von diesem malerischen Ort entfernt lag. Bei der Gründung der Siedlung vor mehr als tausend Jahren hatte es weder Autos noch Parkplatzprobleme gegeben – heute war das anders. Während man den Urlaubern empfahl, den ältesten Stadtteil Schleswigs zu Fuß aufzusuchen, fuhren die zivilen Einsatzwagen der Husumer Polizei gleich bis vor das

346

windschiefe Haus in der Süderholmstraße und blockierten die Fahrbahn.

Ein wenig fühlte sich Wiebke hier wie in eine andere Zeit versetzt, und nur der Umstand, dass sie dienstlich hier war und die Festnahme des Mörders von Gabriele Heiners unmittelbar bevorstand, hielt sie davon ab, tief durchzuatmen und die Gegend zu genießen.

„Allens kloar?", riss sie Petersens sonore Stimme aus den Gedanken.

Wiebke nickte.

„Sicher." Sie löste den Sicherheitsgurt und öffnete die Fahrertür. Ein frischer Wind fegte ins Wageninnere. „Dann mal auf in den Kampf."

Im zweiten Wagen saßen Johannsen und ihr Vater, das Schlusslicht bildete ein Streifenwagen der Kollegen aus Schleswig.

„Hier ist es", bemerkte Petersen und deutete auf eines der Fischerhäuschen. Die Fassade strahlte ihnen blütenweiß entgegen, während Tür- und Fensterrahmen in einem maritimen Blau leuchteten. In den Blumenkästen vor den kleinen Fenstern gab es eine wahre Geranienpracht zu bewundern.

Wiebke stellte fest, dass es kein Namensschild neben dem Eingang gab. Sie klingelte. Es dauerte einen Augenblick, bis sich im Innern des Hauses etwas tat, dann blickte sie in das sichtlich verschlafene Gesicht von Christian Rohde. Die dunklen Haare standen in alle Richtungen vom Kopf ab, er war unrasiert und trug nur einen Morgenmantel. „Ja bitte?", fragte er, während er den Beamten entgegenblinzelte. Dann schien er Wiebke erkannt zu haben. Seine Miene verfinsterte sich. „Sie schon wieder?"

Wiebke ging nicht auf die Bemerkung ein. „Dürfen wir einen Augenblick hereinkommen?"

Rohde zögerte. Er blickte an Wiebke und Petersen vorbei und erkannte Ulbricht senior und Piet Johannsen, dahinter die Kollegen aus Schleswig. „Großaufgebot?", fragte er spöttisch und gab den Eingang frei. „Wenn's sein muss."

„Müssten Sie nicht längst im Büro sein?", erkundigte sich Wiebke beiläufig.

„Heute nicht – ich habe frei." Er führte seine Besucher in eine urgemütlich eingerichtete Stube. Eine gelungene Kombination aus antiken, gut erhaltenen Möbeln und modernen Elementen bildete eine eigenständige Harmonie. Wiebke hatte ihm diesen Geschmack gar nicht zugetraut – sie hätte schwören können, dass ein Mann wie Christian Rohde in einem kühlen Designer-Penthouse über den Dächern von Flensburg lebte. Wohnen in Glas, Stahl und kaltem Leder. Unpersönlich, aber ungemein stylish. Doch die Überprüfung von Rohdes Anschrift hatte sie eines Besseren belehrt.

Rohde setzte sich in einen Sessel und bot den Besuchern Platz an. Doch alle zogen es vor, stehen zu bleiben.

„Also", sagte der Immobilienkaufmann gedehnt. „Was kann ich für Sie tun?" Nun lächelte er sein bewährtes Haifischlächeln, das nur ein paar Immobilienkaufleute und einige Gebrauchtwagenverkäufer so perfekt beherrschten wie er. „Bitte stellen Sie mir keine komplizierten Fragen – es ist noch früh am Tag, und meine Nacht war kurz." Rohde grinste und betrachtete Wiebke mit einem anzüglichen Blick, der sie nur anwiderte. „Wenn Sie verstehen?"

„Wir werden uns kurzfassen", versprach Wiebke und gab Petersen ein Zeichen.

„Herr Rohde, wo waren Sie gestern Vormittag um halb elf?"

„Ich hatte einen Termin mit einem Kunden", antwortete Rohde, nachdem er kurz nachgedacht hatte. „Es ging um ein exklusives Objekt in Glücksburg, und der Mann ist sehr solvent, wenn Sie verstehen?"

„Wir sind ja nicht blöd, auch wenn wir bei der Polizei arbeiten", knurrte Petersen. „Sicherlich können Sie uns den Namen und die Kontaktdaten Ihres Kunden aufschreiben?"

„Selbstverständlich. War es das?"

„Leider nicht, Herr Rohde", mischte sich nun auch Johannsen ein. „Eine kriminaltechnische Untersuchung hat ergeben, dass Sie mit dem Fahrzeug von Torben Schäfer unterwegs waren."

„So?" Christian Rohde gab sich Mühe, überrascht zu klingen. „War ich das?"

„Allerdings. Ein DNA-Abgleich hat das zutage gebracht."

„Darf ich fragen, woher Sie meine DNA haben?"

„Natürlich", nickte Ulbricht senior und trat einen Schritt vor. „Sie waren so freundlich, mir Ihren Kugelschreiber zu leihen, als ich Sie in Ihrem Büro besucht habe. Neben den Fingerabdrücken auf dem Griffstück konnten wir Ihre DNA entnehmen, da Sie den Stift im Mund hatten – eine blöde Angewohnheit, auf Stiften herumzukauen, finden Sie nicht?"

Rohdes Gesichtszüge entgleisten kurz, dann hatte er sich wieder unter Kontrolle. „Warum sollte ich mit dem Wagen dieses Spinners unterwegs gewesen sein?"

„Sie kennen ihn also?", stellte Wiebke fest.

„Natürlich", nickte Rohde. „Wer kennt ihn nicht? Hat uns das Leben oft genug schwer gemacht, wenn wir neue Projekte planten, die auf der grünen Wiese angesiedelt werden sollten."

„Na, da kommt es Ihnen sicherlich sehr entgegen, dass er nun hinter schwedischen Gardinen sitzt", vermutete Petersen. „Und mir drängt sich der Verdacht auf, dass Sie ein wenig nachgeholfen haben könnten."

„Das müssen Sie mir beweisen", konterte Rohde.

„Nichts lieber als das." Johannsen schlug einen Schnellhefter auf und präsentierte dem Immobilienkaufmann eine Liste.

Er würdigte sie keines Blickes. „Und was soll das sein?"

„Eine Auswertung Ihres Handy-Providers. Wir können bis auf wenige hundert Meter exakt rekonstruieren, wann Sie sich an welchem Ort aufgehalten haben. Ein mehrseitiger Verbindungsnachweis hängt dem Bericht an."

„Na bitte – dann wissen Sie sicherlich auch, dass ich gestern Vormittag in Glücksburg unterwegs war."

„Im Haus Ihres verstorbenen Chefs?" Ulbricht senior zog spöttisch eine Augenbraue hoch. „Um die Witwe von ihrer Trauer um den verlorenen Mann zu erlösen?"

„Warum sollte ich das tun?"

„Um die Firma zu übernehmen. Im Falle des Ablebens von Holger und Gabriele Heiners werden Sie zum neuen Inhaber ernannt – das hat uns heute Morgen ein Notar in Flensburg bestätigt", fügte Wiebke hinzu. Sie nickte den Kollegen vom Einsatzstreifendienst zu. Der ältere der beiden uniformierten Kollegen zückte ein Formular und präsentierte es Christian Rohde.

„Was ist das?"

„Ein Durchsuchungsbeschluss."

„Darf ich auch wissen, was Sie in meinem Haus suchen?"

„Eine als gestohlen gemeldete Maschinenpistole der Marke Uzi, beispielsweise", erklärte Wiebke. „Wir suchen die Waffe, mit der Gabriele Heiners erschossen wurde, und wir vermuten Sie in Ihrem Besitz."

Rohde lachte weltmännisch. „Das ist absurd, meine Herren, meine Dame. Aber bitte – tun Sie sich keinen Zwang an." Er machte eine ausladende Handbewegung. „Sehen Sie sich ruhig um."

Schritte näherten sich von der Diele. Dann erschien eine verschlafen wirkende Levke Kühn in der Stube. Sie trug einen hüftkurzen Morgenmantel in glänzendem Satin. „Schatz, was ist denn hier los?", fragte sie, dann erkannte sie Wiebke und Petersen und stöhnte gequält auf. „Oh mein Gott ...", stieß sie hervor.

„Nein", grinste Petersen. „Nur die Polizei. Moin, Frau Kühn. Das ist aber eine Überraschung, Sie hier anzutreffen. Wohnen Sie hier?"

Die junge Frau tauschte einen verunsicherten Blick mit Christian Rohde, doch der schwieg beharrlich.

„Kaum ist Torben Schäfer im Gefängnis, treffen wir Sie hier an", bemerkte Wiebke. „Können Sie uns das erklären?"

Petersen nickte den Streifenpolizisten zu, und sie setzten sich in Bewegung und begannen mit der Hausdurchsuchung.

Levke Kühn setzte sich auf die Sessellehne und schmiegte sich an Rohde.

„Wir sind zusammen, was ist daran verwerflich?", fragte der Immobilienkaufmann.

„Daran ist im Grunde nichts auszusetzen, allerdings wissen wir, dass Frau Kühn eine Liaison mit Holger Heiners hatte. Nach seinem Tod flüchtete sie sich in die Arme von Torben Schäfer. Nun, wo er in Untersuchungshaft sitzt, treffen wir sie hier bei Ihnen an." Petersen legte den Kopf schräg. „Was denken Sie? Wo werden wir sie das nächste Mal sehen? Ich meine, wenn wir Herrn Rohde verhaftet haben?" Petersen wandte sich an die Referendarin. „Wer steht noch auf Ihrer Liste, Frau Kühn?"

„Das geht Sie nichts an", zischte Levke Kühn. Ihre Augen funkelten die Polizisten böse an, doch Wiebke ahnte, dass sie nun am Ende war.

„Es war von Anfang an ein abgekartetes Spiel", polterte Ulbricht senior in die Stille. „Sie beide", er deutete auf das spärlich bekleidete Paar, „Sie sind das eigentliche Paar, das belegen die Verbindungsnachweise Ihrer beiden Handys, also reden Sie sich nicht heraus. Dafür haben Sie sogar in Kauf genommen, dass es zwischen Frau Kühn und Holger Heiners, aber auch Torben Schäfer zu sexuellen Handlungen kam." Ulbricht schüttelte den Kopf. „Ich weiß nicht, ob ich das als glückliche Beziehung bezeichnen würde, aber meine Meinung ist sicherlich zweitrangig. Was tut man nicht alles, um zu Macht und Reichtum zu kommen?" Ulbricht trat einen Schritt vor und beugte sich zu Levke Kühn herab. „Sie haben mit Heiners und danach mit Schäfer nur angebandelt, um Ihnen und Herrn Rohde den Weg frei zu machen."

„Es war eine leichte Übung für mich, denn Schäfer war so schwanzgesteuert, dass es mir nicht schwerfiel, ihn abzulenken. Und es war genauso leicht, die Haustür einen Spalt offen zu lassen, sodass Christian sich den Schlüssel vom Brett nehmen konnte, nachdem ich mit Schäfer im Schlafzimmer verschwunden war."

„Ein ziemlich großes Opfer, mit einem Mann zu schlafen, nur damit Ihr Freund sich dessen Auto für einen Mordanschlag leihen konnte, um den Verdacht auf Schäfer zu lenken", gab Wiebke zu bedenken, dann wandte sie sich an Christian Rohde. „Warum musste es eigentlich ausgerechnet der Wagen von Torben Schäfer sein, den Sie für die Fahrt zum Anwesen der Heiners' nutzten?"

Jetzt grinste Rohde diabolisch. „Das fragen Sie nicht ernsthaft, oder? Ich war sicher, gesehen zu werden. In einer kleinen Seitenstraße von Glücksburg, in einer Sackgasse noch dazu, geht so gut wie nichts ohne Zeugen. Die Leute sind neugierig und lästern gern. Sie stehen hinter ihren Gardinen, sobald ein fremdes Auto am Haus vorbeifährt. So stellte ich mir schon lange vor dem Mord an Gabriele die Frage, wen ich als Bauernopfer nehmen sollte. Lange musste ich aber nicht überlegen, denn Schäfer war mir ein Dorn im Auge. Ich war sicher, dass er mir das Leben schwer machen würde, unabhängig davon, dass Holger nicht mehr lebt. Es war plausibel, dass ein fanatischer Umweltschützer den Heiners-Clan ausrottet, nur um den Dockkoog zu erhalten, finden Sie nicht?"

Wiebke blickte Levke Kühn nachdenklich an. „Dann hätten Sie vielleicht weniger mit ihm trinken sollen", merkte sie an. „So war Schäfer nachweislich zum Tatzeitpunkt nicht in der Lage, ein Fahrzeug zu lenken, schon gar nicht unfallfrei bis Glücksburg und wieder zurück."

„Ich will meinen Anwalt sprechen", murmelte Christian Rohde, ohne Wiebke dabei anzusehen.

„Das können Sie von der Wache aus tun", nickte Petersen. „Es ist vorbei, also wird Ihnen auch kein Anwalt mehr helfen können."

Levke Kühn schwieg. Sie starrte betroffen zu Boden und schüttelte langsam den Kopf.

„Sie beide sollten sich jetzt etwas anziehen", riet Wiebke. „Wir verhaften Sie, Christian Rohde, wegen des dringenden Tatverdachts, den Mord an Gabriele Heiners verübt zu haben. Unsere zusammengetragenen Beweise genügen für eine Inhaftierung, und alles Weitere wird der Richter entscheiden. Und Sie", Wiebke wandte sich an Levke Kühn, „begleiten uns wegen Beihilfe zu mindestens einem Mord."

Levke Kühne blickte aus tränenverschleiertem Blick zu Christian Rohde auf. Er presste die schmalen Lippen zusammen und deutete ein Nicken an. Als Petersen dem seltsamen Paar die Handschellen anlegte, leistete niemand Widerspruch.

FÜNFZEHN

Tönning, Multimar Wattforum, wenige Tage später

Im Forum des Multimar Wattforum herrschte eine angespannte Stimmung. Rund achtzig Besucher hatten sich bereits auf den Sitzbänken vor der Panoramascheibe des Großbassins niedergelassen und ließen die eindrucksvolle Atmosphäre auf sich wirken. Einige tuschelten wie aufgeregte Schüler in der Kirche, kurz bevor der Gottesdienst losging. Aus verstärkten Lautsprechern drangen sphärische Laute in Dolby-Surround an die Ohren der Gäste, und die einzigen Lichtquellen waren die Beleuchtung des imposanten Aquariums und die kleinen grün-weißen Schilder, die auf den Notausgang hinwiesen.

Im Becken selbst herrschte geschäftiges Treiben. Soeben kletterte der mächtige Hummer gemächlich aus seiner Höhle, fast so, als wolle er seine Zuschauer begrüßen. Ein Katzenhai schwamm in drei Metern Höhe neugierig an der Scheibe entlang, die den Besucherraum von den gut 300.000 Litern Nordseewasser trennten.

Ulbricht tippte seiner Tochter auf die Schulter. „Und da hat er drinnen gelegen?"

Wiebke nickte. „Ja, gleich vor dem großen Felsen, sagte man mir. Das muss ein unheimlicher Anblick für Beke Frahm gewesen sein, als sie morgens als Erste in die Ausstellung kam und den grausigen Fund machte." Sekundenlang rauschte die Erinnerung an ihren letzten Besuch in Tönning an ihr vorüber. Die letzten Tage waren wie im Fluge vergangen. Von Tiedje hatte sie seit Längerem nichts gehört, und sie stellte erleichtert fest, dass sie ihn nicht ein einziges Mal vermisst hatte. Der Fall hatte sie zu sehr in Beschlag genommen, und immerhin war ihr Vater nach vielen Jahren bei ihr aufgetaucht.

„Wie dem auch sei – du hast den Fall gelöst." Ulbricht war sichtlich stolz auf seine Tochter.

„Ich weiß aber immer noch nicht, warum Dierks am letzten Morgen so gut auf mich zu sprechen war", gab Wiebke zu bedenken. „Die Arbeit habe ich doch nicht alleine gemacht. Allein die Sache mit der DNA an Rohdes Kuli habe ich dir zu verdanken, mein Lieber!"

Ulbricht grinste. „Ich war doch quasi gar nicht da. Und wer den Stift mitgenommen hat, ist doch egal – bleibt schließlich in der Familie. Und so habe ich Piet den Stift mit der Bitte um Feststellung von Fingerabdrücken und DNA gebeten. Damit war Christian Rohde in der Falle, und wir mussten nur noch nach Schleswig fahren, um ihn festzunehmen."

Ulbricht hatte sich in ihre Arbeit eingemischt und die Husumer Polizeidirektion aufgemischt, aber dank seines beherzten Eingreifens waren innerhalb weniger Tage zwei Morde und ein illegales Waffengeschäft aufgedeckt und geklärt worden. Ihr alter Herr hatte ganze Arbeit geleistet, so wie sie es schon aus ihrer Kindheit kannte.

„Was hätte ich nur ohne dich gemacht?", fragte Wiebke lächelnd. Sie war froh, ihren Vater endlich wiederzuhaben. Peer Hansen würde sich wegen illegaler Waffengeschäfte und eines Mordes im Affekt verantworten müssen und sicherlich die nächsten Jahre im Knast verbringen. Auch den Mördern von Holger und Gabriele Heiners wurde in Kürze der Prozess gemacht – sie saßen in Untersuchungshaft und warteten auf das Urteil des Richters. Mit Torben Schäfer hatte Wiebke fast ein wenig Mitleid – er war der liebenswerte Chaot und der ständige Loser. Im Grunde genommen hatte er Holger Heiners nur die Augen für die Schönheiten des Wattenmeeres öffnen wollen. Dass die beiden Männer am Rand des Großbeckens dermaßen in Streit gerieten, dass Heiners dabei ins Wasser stürzte und ertrank, war niemals geplant gewesen, das wusste Wiebke. Sie glaubte dem rührseligen Biolehrer, auch wenn es ihm vor Gericht nicht viel nutzen würde. Nachdem Rohde und Levke Kühn vernommen und hinter Gitter gebracht worden waren, hatte Matthias Dierks Wiebke großzügig ein paar Tage Sonderurlaub eingeräumt. Ihm lag viel daran, dass sich die junge Kommissarin mit ihrem Vater austauschte. Und in den letzten beiden Tagen hatte sie ihm ihre neue Heimat gezeigt. Und sie hatte den Eindruck gehabt, dass Ulbricht die gemeinsame Zeit mit seiner Tochter genossen hatte.

„Du hättest den Fall auch irgendwie gelöst", war Ulbricht sicher. „Nicht mit der DNA an Rohdes Kugelschreiber vielleicht, aber immerhin bin ich sicher, dass du einen Weg gefunden hättest."

„Du Schmeichler."

„Psst, es geht los." Ulbricht legte den rechten Zeigefinger an die Lippen und deutete nach vorn. Eine Mitarbeiterin hatte sich mit einem Mikrofon vor der dicken Scheibe aufgebaut und begrüßte die Anwesenden. Wenige Minuten später stieg ein Taucher in das Wasser, um die Fische vor den Augen der Zuschauer zu füttern. Ganz nebenbei plauderte die Mitarbeiterin mit dem Taucher, der über einen speziellen Helm auch zu den Zuschauern sprechen konnte. Im Forum herrschte gebannte Stille, und die Zuschauer verfolgten das faszinierende Schauspiel im Wasser. Sie ahnten nicht, welch tragisches Schicksal sich hinter der sechs Zentimeter dicken Scheibe ereignet hatte.

Während des Spektakels betrachtete Wiebke ihren Vater von der Seite. Sie würden viele Stunden über die alten Zeiten sprechen und zumindest einen Teil der letzten Jahre nachholen. Wiebke atmete zufrieden durch. Ihr Vater war zurück, und auch wenn er sich wahrscheinlich immer wieder in ihre Arbeit bei der Kripo Husum einmischen würde, so war sie unendlich glücklich darüber, den alten Brummbär endlich wiederzuhaben.

DANKSAGUNG

Liebe Leserin, lieber Leser,

oft werde ich gefragt, woher ich die Ideen zu meinen Romanen nehme. Und genauso oft antworte ich dann: Aus der Wirklichkeit, denn die schreibt bekanntlich die besten Geschichten. Im vorliegenden Fall war es das geplante Bauvorhaben am Dockkoog, das nicht von allen Menschen positiv bewertet wird. Bei einem Besuch im Multimar Wattforum in Tönning dachte ich mir beim Besichtigen des Großaquariums, dass es sicherlich ein ganz besonders einzigartiger Anblick sei, wenn hier eine Leiche im Wasser liegen würde. Und so begann ich, meiner kriminellen Phantasie freien Lauf zu lassen . . .

Sinnigerweise wurde mein Vorhaben, im Nationalpark-Zentrum Multimar Wattforum einen Kriminalroman beginnen zu lassen, unterstützt – hier danke ich Claus von Hoerschelmann, der mich hinter die Kulissen der einzigartigen Ausstellung blicken ließ und mich mit seinem maritimen Fachwissen unterstützte. Auch Monika Hecker vom Nationalpark Wattenmeer gilt mein Dank – sie nahm sich die Zeit und gab mir Einblick in ihre spannende Arbeit, den Nationalpark weiter ins Bewusstsein der Menschen zu bringen.

Madeleine Oelke von der Hermann-Tast-Schule in Husum danke ich für ihr Engagement in Sachen Schule und Krimi – auch das Hintergrundwissen zum Schulwesen vor Ort. Unter uns: Wer hätte gedacht, dass es auch im beschaulichen Treia kriminell zugeht?

Claude Bruhn, dem Kapitän des einzigen Restaurantschiffes der *grauen Stadt am Meer* danke ich für die Freundschaft und die Informationen zu deinem Dampfer! Möge die Nordertor noch lange im Binnenhafen Einheimische und Touristen erfreuen!

Ich danke meiner Frau Tanja für das gnadenlose Vorlektorat – ja, mach mich fertig! Immer wieder werde ich gefragt, ob unsere Ehe glücklich ist, obwohl Tanja meine kritischste Leserin ist. Und diese Frage kann ich mit einem klaren Ja beantworten!

Besonders engagiert war auch diesmal wieder Carsten Holzendorff vom Verlag; Ihnen und dem gesamten Team gilt mein Dank für Ihren Einsatz. Aber, last but not least: Was wäre ein Autor ohne seine Leser? Ich danke Ihnen, dass Sie mir schon seit vielen Jahren die Treue halten.

Andreas Schmidt im Februar 2012

www.andreasschmidt.org
info@andreasschmidt.org